CUNEI

F●RM

铸刻文化

單讀

One-way
Street

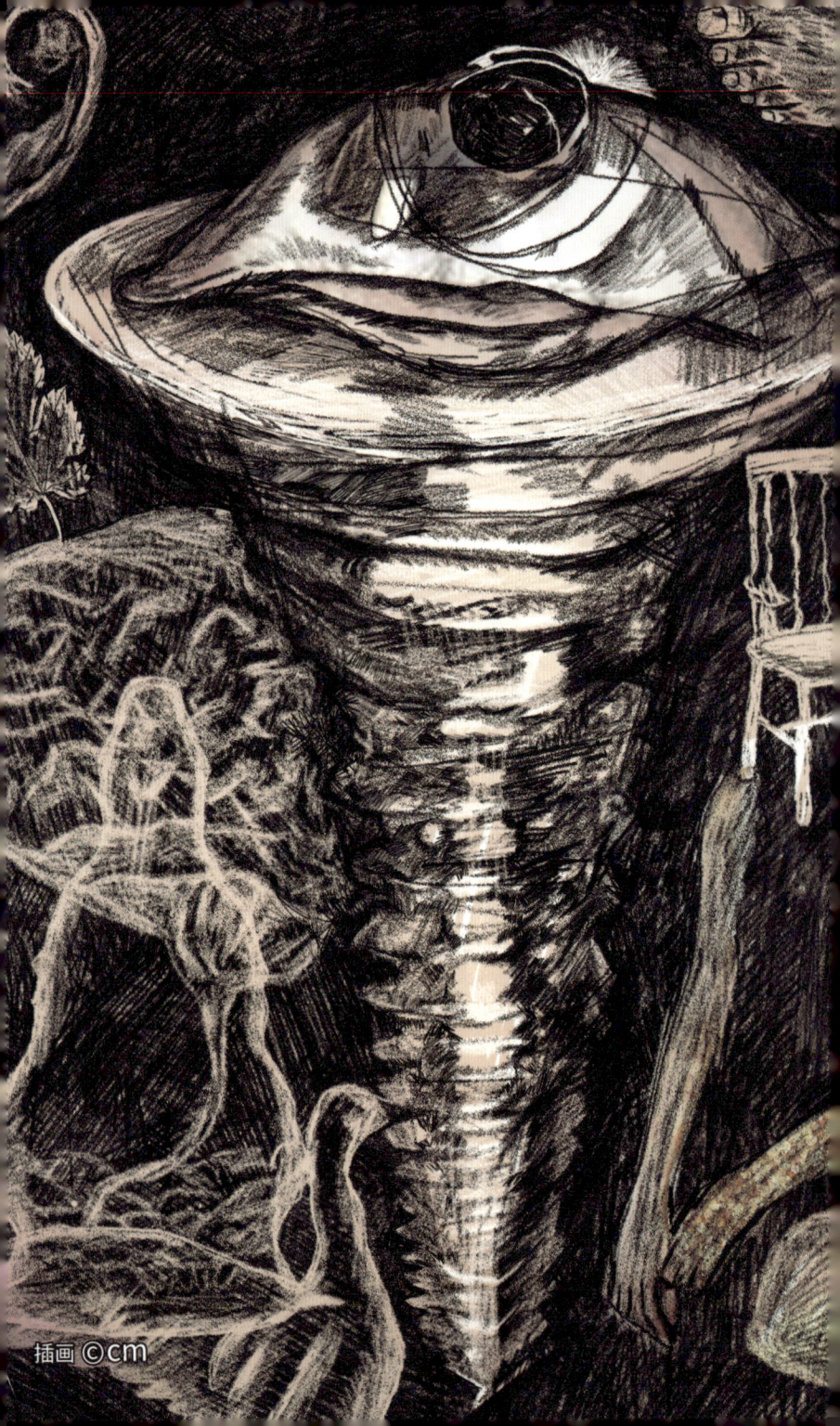

插画©cm

证明

宥予 著

GUANGXI NORMAL UNIVERSITY PRESS

广西师范大学出版社

·桂林·

证明
ZHENGMING

责任编辑：郑伟
特约编辑：王家胜　韩越
封面设计：左旋
内文制作：兮兮

图书在版编目(CIP)数据

证明 / 宥予著. -- 桂林 : 广西师范大学出版社,
2025. 4. -- ISBN 978-7-5598-8060-4

Ⅰ . I247.7

中国国家版本馆CIP数据核字第20255PU064号

广西师范大学出版社出版发行

广西桂林市五里店路9号　邮政编码：541004
网址：www.bbtpress.com

出版人：黄轩庄

全国新华书店经销

发行热线：010-64284815

山东临沂新华印刷物流集团有限责任公司印刷

山东临沂高新技术产业开发区工业北路东段　邮政编码：276017

开本：850mm×1092mm　1/32

印张：14　字数：230千字

2025年4月第1版　2025年4月第1次印刷

定价：69.00元

如发现印装质量问题，影响阅读，请与出版社发行部门联系调换。

目　录

塞里史龙洞

一

亲爱的珍珠姨：

不过，我不似原来那样讨厌我的父亲了，好多时刻，甚至忍不住念起他的好。这种情况令我恼怒，可是难以阻止了。或许时间也有温室效应，冰川偷偷融化，发觉那阵已太迟……

纸从旧书里掉出，一种不再使用的信纸，印淡紫色兰花，霉味，稍稍褪色的蓝色钢笔字，常青着实困惑一阵。她记得这封信寄出去了，并且收到了回信。那阵子为何不似原来那般讨厌父亲了呢，她猜了又猜，或许是终于不必乞丐似的讨要生活费。那种无助和窘迫，现在想一想，还会心脏紧缩，脑袋膨胀。

但我还是决定恨他，他好值得恨喇。

可搬回永庆坊的这几年，她越来越没办法理直气壮地恨。偶尔两人不得不一起外出，常川保持低头，双臂微微打开，小心翼翼挪动左脚，再挪动右脚，跨过拱起的地砖，然后炫耀地笑一下。她会忍不住生出点悲凉与酸楚，然后又恼怒，仿佛背叛了什么。

她尤其记得，政府部门发了疯般砍老榕树的那段日子，有次常川感慨，生咁耐嘅树，话斩就斩咗[1]。她下意识讲，斩就斩咗啦！她等着常川反驳，讲一通烦人的道理。可常川只是看她一眼，肌肉松松，笑讲系呀系呀，树根成日掀起阶砖，好似我噉嘅老坑行埋可唔方便[2]。

不对，这个回答不对，常青可从未想过有一天，父亲要这样跟自己服软。上了年纪后表露的真诚与善意，怎么也让她不甘心。这种事越来越多，哪怕严重到，她给常川讲，最好坐在马桶上小便，因为站着会弄脏，常川也照做了。

更可怕的是，她察觉到，常川开始在她身上，抱有一种分享愉悦的期待。上半年，一股冷空气刚从回南天里捞出广州，常川兴冲冲进家门，一声声喊阿青。常青不得不打开房门，假装借着睡意生气。常川站在楼梯转角，给她看一根树枝。

---

[1] 广州方言，意为：活这么久的树，说砍就砍了。（下文注释都是广州方言）
[2] 树根总是掀起地砖，像我这样的老头子走起来可不方便。

"阶砖巷嘅老陈,琴日去萝岗揾姑姐倾下偈,整咗两支无花果,沟咗成晚,佢畀我拣一支,我拣咗芽少嘅。"[1]

转阴已有一周,但身体仍是疲倦,她一点也不关心芽多芽少,只感到心烦。

"彩数好嘅话,出年就有可能结果呢。佢畀咗我包生根剂,你睇下,呢个老陈。"[2]

一个廉价塑料包,薄薄一层,白色有蓝边,常川捏着抖了抖。常青一点也不关心什么时候结果,能不能生根,这个老陈实在多事。她听说了老陈年前高烧不退,上了呼吸机,以为人要死——那阵子她还庆幸政策突然变了,不然讲不定会到方舱去,她可受不了不能好好洗澡——没想到如今又能栽树弄草了。

"我等下春到上面嗰个大盆入面,嗰棵鹅掌木死后,盆都有用,唔知泥仲得唔得。试吓啦,睇下佢愿不愿意工作。老陈同我讲第一返浇水到淋明,生咗之后,水就唔可以淋太勤,仲唔可以一直晒太阳,我得挪到阴凉地方,我应该可以挪动……"[3]

等到常川一阶阶把自己搬下楼梯,常青开始后悔自己

---

[1] 阶砖巷的老陈,昨天去萝岗找姑姑聊天,弄了两根无花果枝,泡了一夜,他让我挑一枝,我挑了芽点少的。

[2] 运气好的话,明年就有可能结果呢。他还给了我一包生根剂,你看看,这个老陈。

[3] 我等一下栽到上面那个大盆里,那棵鹅掌木死后,盆一直没用,不知道土还行不行。试试吧,看看它愿不愿意活。老陈跟我讲第一回浇水得浇透,活了之后水就不能浇太勤,还不能一直晒太阳,我得挪到阴凉地方,我应该能挪动……

太过冷淡。那背影甚至胖过年轻时，她还是又觉得，眼前的肉体小了。有一个数值，60%还是70%，她不确定，但她确定父亲的肉和骨头里水分越来越少。那种缩水、风干的感觉，眼睛瞒不过脑子。她想，身体里的水，有一日会蒸发干净。关上卧室门后，她有点害怕，心想或许不该搬回来住。她搞不懂，那个记忆中无数次讲"生旧叉烧都好过生你"的父亲，为何突然热衷于跟她分享愉悦。她真做不到，无法参与进父慈女孝的戏码。什么在阻碍，她好难搞清，偶尔她怀疑，一种弱小的无助会飘出记忆，钉住她，所以似河豚般鼓身子。她想象身体膨胀，应该是氢气，所以人在天花板打滚，停在墙角。得亏上面没钉子，她心中微笑。

十几天后，无花果发芽了。一天常川回来，讲老陈死咗，脑溢血。"肯定同得过新冠有关，搞到差哓，佢嗰棵无花果都冇发芽，都唔知生唔生嘅，留畀佢嘅仲系多啲嗰支。"[1]

过夏天，得闲去天台抽烟，常青有意不去看无花果树——如果称得上是树，可眼睛从来出卖她，她见证了每一片新抽的叶子，并为之欣喜。花盆在贴墙处，简直是花缸，青花色，她讨厌的中式山水和寿字。一道之字形轨道，长长，其实是摩擦印，雨水没能冲洗掉。那是常川挪花盆留下的，她明白，对一个老年人来说，装满土的大花缸太重，或

---

[1] 肯定跟得过新冠有关系，身体被摧垮了，他的那棵无花果还没发芽呢，也不知道活不活得了，给他留的还是芽点多的那枝。

许这才是父亲喊她的原因。自己的有意不看，或许是羞于见到它，所以马上鼓起一股无名火。

纸张底部划掉一句话，还能认出来。其实，我早知你同我阿爸偷情嘅事嘞！看来，这就是这张纸出现在这里的原因啦。记忆一旦占了上风，人逃无可逃。她放那张纸在桌上，盯紧窗外，窄缝里远处的高楼上一抹黄色。想不起到底哪年开始，龙舟水那半月，她不再哼着哗啦啦啦落雨大，哗啦啦啦水浸街，哗啦啦啦担柴上街卖，哗啦啦啦阿嫂着花鞋，不再沿途捡一捧鸡蛋花撒在窗台上，也不再跟珍珠姨写信了。

有段时间，常川家的客厅聚会中，每次张秋山开始酒醉后的表演前，总要开口骂一骂珍珠姨来助兴，婊子、淫妇之类的词，其他人倒不至于也跟着骂，不过总会帮衬几句不该把小孩也弄走之类。若常青正好在下面，常川就会给她一个眼神，让她上楼。稍长几岁后，她再不承认她怕那个眼神，但她确实怕，所以那个眼神尚未成形时，她已愤怒地刻意气势汹汹吵回去。

当时常青带着恨意，不觉得这辈子还会见到珍珠姨。进中山大学念书后，某日，珍珠姨重新出现在这座城市的消息，气味般渗透进她耳朵，她没想到珍珠姨会来找她。不过，阳光质地太好了，她发现，对眼前这个试图藏住老态的女人已毫无恨意。她们聊一些不会被记住的话，从马丁堂走到陈寅恪故居，廊下、红砖墙、阳光和榕果，珍珠姨脸上浮动影子，告诉常青偷情的事。

能看出，把偷情的事讲出来，花了珍珠姨不少勇气。常青脸上让珍珠姨误会成生气的表情，只是因为，她犹豫要不要告诉对方，自己早知道了，早早就知道。不远处，大草地着了火，颜色不辨年月。原来这件事对珍珠姨这样重要，需要专门过来告诉她。她明白，告诉对方她知道并不危险。终于她没讲。她搞不懂，对珍珠姨，恨为何这样容易消失。

不多久，她收到一封信，三张信纸，讲这次会面感受的只有十几行，之后用几百字抱怨月经每次不到四天就结束，又用几百字犹豫文眉的事。"得人惊，眉毛一直跌。"[1]上周她凝视镜子，突然想起这句话，终于发现那种好怪的感觉是什么，眉毛确实稀了，尽管尚不明显。可那时她大学生呀，哪里在意这个，心底里还些些好笑。她本不打算回信，后来决定问一下塞里史龙洞的事，于是照上面的地址回了一封。一直到期末考试结束，都没收到回信，但转过年开学，她收到了。

信里讲只知道天河那边有个龙洞村，去年五月中，她去华南植物园看萤火虫，在龙洞吃过泰国菜，太辣了，不多好吃。接着她讲跟一位律师谈恋爱的事——如果那都算拍拖的话——这句是珍珠姨的原话。

天河龙洞村不是常青要的答案，但写信继续了下去。通信不勤，常青不在学校写信，她只坐在这间房的这扇窗前写。在学校她拍拖、弹吉他、唱歌、分手。大三下学期对人

[1] 吓人，眉毛一直掉。

类学课程心灰意冷，每周有几个晚上，去晓港公园西边的一家酒吧驻唱。酒吧开在改造后的老小区，后门有棵老榕树，落地生根的树干像一把竖琴，二手电动车停在树下，她要从车座底下取出充电器，拿一个插线板，储物间的窗户拉开一道缝，插头丢进去，以此给电动车充电，好让电量撑回宿舍。等到结束，她收回插线板和充电器，借树影打散的光仔细检查车座，因为会有鸟在上面落屎。

酒吧老板，她能记起人称埃里克斯，是她大二那个男朋友的朋友，身上有混圈子那种人势利的、一捅就破的义气。可想起那位男朋友，总没办法第一时间记起名字，非得有一块脑子痒痒地打捞一会儿。乐队名不用费脑子，"新丝萝卜皮"[1]，男友是主唱，中长发，每时每刻都在难过和生气，嗓子里是拉丁音乐的唱腔，高音听上去有种南美洲荒野上神之哀伤的味道。是的，神之哀伤，她是这么形容，男友更骄傲了。那个岁数，发了疯地钟意这样的男人，好像要从他们身上寻找进入社会、理解世界的方式，然后受教训，才明白，从他们身上能找到的，只有劈腿、不尊重和飞叶子。

最后一次见他，已分手多年，2010 年 7 月 25 日，江南西地铁口关了一个，路已经封上，邻近的二楼平台上，一些大家都知身份的人拿相机拍摄，人们对他们竖中指，喊"收皮"，后来也喊"起锚""死开"一类的口号，她并未喊。

---

[1] 粤语俗语，常用说法为你以为自己系咩新丝萝卜皮啊，是你以为你有多高贵或了不起的意思。

一群穿"I love GZ"T恤的人开始领唱《光辉岁月》。她认出他了，头发已剪短，额头在流汗，张嘴时肌肉微微渗出中年的迟钝，但仍保留着同样的难过和生气。这一面印象深刻，她意识到有些爱牢固且正义过另一些爱，因为那些爱的对象不是一个人。

若要回忆他，更先想起的事还在大二。刚过完二十岁生日，常青马上领他回家，对常川讲我跟他领证了。常川圆睁眼睛，右手里一块蓝色抹布，往下滴水，水滴了半分钟，啪嗒啪嗒，落在蓝色塑料拖鞋上，流进趾缝里。随后常川突然挥舞抹布，让滚出去，两条烂仔。门砰的一声关上前，传来一句"笭底橙"[1]。

那当然是假的，她在门外哈哈大笑，心想个衰佬肯定气糊涂了，才会骂这样的反话。几个月里，她好几次给朋友表演常川那副囧样。织线稀疏的白短袖，灰短裤，蓝拖鞋，介绍完穿着，开始做动作，两腿微微分开，膝盖不直，手腕都朝上。她讲请注意，右手里是蓝抹布，抹布在滴水哦，真能听到水声哦。注意，她会提醒看客，努着右嘴角讲，这边有颗绿豆大的痦子哦，一根长汗毛在抖。

"扯！扯！都同我死开！[2]笭底橙！"

话出口，她挥舞双手爆发，跟朋友们笑作一团。

---

[1]　在广州话中指代大龄未婚女性。一般卖水果，都是把卖相最好的放在上面，而被人挑剩的都在"笭底"。笭底橙和卖剩蔗都是借这层意思指被挑剩的女性。

[2]　滚！滚！都给我滚出去！

直到这样的乐趣用完，剩下瘀子中间那根汗毛微微不直，一年年靠近她的心，直直扎进去。有一天她彻底明白，报复带来空虚，她需要的是无视，不是自欺欺人的无视，是保持距离，不再给出恨，也不再给出爱。

十多年中，她自认做到了这点。当然，并非毫无来往，只是她保持住一颗陌生的心。女儿死后第二年，她终于有了点活着的力气，几乎是扔掉爬到手上的蟑螂般甩掉房子，买尚未建成的新房子。然后常川突然找到她讲，新屋落成前，可以搬回去住。考虑好几天，她同意了。

那套房子里的记忆，她不堪承受。她知道有些失去小孩的人，会紧紧抓住某样孩子的遗物，一个小熊或者一张照片，每天摸它。或者新增一个类似雷达的器官，从不关闭，从世间万物那里捕捉相似性，联系到逝去的人。最终，她选择了逃。一碰就疼的东西，逃。妈妈死去后，她也是这样做的。她怀疑自己太冷漠、太无情。她小心翼翼，避免放出来，因为它们会把后半生填满。

逃确实有效，她努力不想起女儿，只是偶尔做梦。最让她害怕的梦有两个，都在同一个房间。

沙发上的牛仔小熊，地毯上的布娃娃，搭在椅子上的衣服，它们似乎还在等待，看上去冷漠又困惑。它们一直保持原样，仿佛那种等待的趋势延缓了死人的离开。她时不时看到女儿跑出来，重新拿起它们。她甚至还能听到一声妈妈。古往今来，只有一个人能喊出那声妈妈，从嗓子眼里挤出来的奶声。

上个梦之后，或者之前，或者另一个日子，或者同时，她梦到东西囚禁在箱子里，在楼底下装车，房间只剩垂下的空灯座，悬悬伪装一根柱子。构成一个家的，都是些蜘蛛丝样的东西，一阵大风就摧毁。她在空屋子里徘徊，世界变成纯粹的印象，靠得很近，又突然远离。空房间藏着一座时间的森林，人在里面并非实体，是一连串虚拟的印象。或许肉体在活着时才重要，死后靠别的，一个空间，一些感受，几个表情，几帧图像。

醒来后，难说是哪种悲伤或难过，就是一种浅淡、长久、微微恐惧的氛围，一种活着的颜色，地面不见了，每一脚都是空的。有那么几回，心脏快平复时，她会突然想起妈妈，带着几分恨意，想也该让她吃吃这样的苦。

妈妈肯定是吃过苦的，那些苦并没有更特殊，她越来越多尝过它们，蓝色的红色的紫色的粉色的绿色的莫兰迪灰的，甜味的酸味的咸味的荔枝味的。这没让她离妈妈更近。她从妈妈的皮肤上剥下来自己，放在一臂远处，这样，她就能看到更完整的妈妈了。可那没能让她看得更清晰，或者说那是一种镜子似的清晰，她倒是更了解自己了。对妈妈说出偷情的事，她早已不再内疚。青春期到二十多岁之间，她确实内疚过。那之前她想不到要内疚，只是隐隐感觉不对，不愿告诉任何人她说过。那之后她明白，妈妈不是这样简单的人，要为了丈夫的偷情自杀。

小时候大人不许她碰这个话题，好像一提起来就会传染，教坏了她。其实大人们不必如此小心，她自己就会避开，逃。那阵子她讨厌那个善良的临巷女人，因为妈妈死去几个月后，她正哼着歌走路，远远看到那女人站在门口，于是住了嘴。但经过时，还是被女人喊住。她记得那女人的眼睛，清澈，哀伤。女人抚她的头，可怜她，问她想不想妈妈。其实她不想，因为她常常忘记这件事。但她还是点了点头说想。她讨厌那个女人，一直到很多年后。

很多年后，或许是逃得足够远，妈妈的死不再被遗忘，也就不再被提醒，所以，那时候她才持续活在妈妈死掉的现实里，一日日直视。她可以开口跟拍拖的男人聊聊妈妈了，都没得出什么结论，偶尔也会听到一些"脆弱""想不开"之类的词。读研时拍拖的男人讲："我看你也挺危险的，每天看的那些书，说的那些话，悲观得不行。"

他真当开玩笑讲的，甚至带着好意。后来常青就不再找人聊。那些年中，她怪自己，怪父亲，但在心里，这些归罪都不够，问题日复一日地响了。

她试过往前找找证据，家暴应该没，别的东西也昏昏一团，既不清晰也没形状，伴随着客厅里的欢笑与吵闹，和那些已经记不住脸的陌生人一起，陌生且压抑。最理智的时刻，一个念头也会冒出来，可能自己真是凶手之一呢，同其他许多东西一样，一日日磨那个女人。

如今她猜妈妈只是厌倦，厌倦了丈夫、女儿、家庭，厌倦了这份尘世的幸福。厌倦，可怕过痛苦，她已经尝到味。

妈妈在这所房子里住过几年，是在常川卖房还债之后。再三十多年，常青搬进来，始终带着逃离的心，只当中途补给，然后新房子烂尾，疫情暴发。那之前她已辞去工作，发现所学的知识，所做的工作，脱离了相应环境，对具体的生活毫无用处。好在新冠病毒给了她暂不谋生的借口。有一回，临时管控的区域越来越多，"足不出户，上门服务"的，"个人防护，避免聚集"的，地图上，红色和黄色逐渐包围此处，她透过二楼卧室的小窗，看对面改造过的白墙壁，接近顶端的一条腰线上，生出好些植物，有毛蕨和酢浆草，还有几棵认不出来的幼树。她突然意识到，一天天沉积下来，日子在这里落出一层河床，必须认真对待。

她专门提起几分兴致，要为此做点什么，很多天里，一直搜索楼梯的款式和材料。几十年前的老木梯，不等人站上去就叽哇乱叫，仿佛鬼魂的重量也不堪承受。她时时幻听，楼梯在响，凝神等着，才发现无人上来。换楼梯的事，常川反对的话刚讲出一半，就戛然而止，而后一百八十度转弯地同意了。这不出她的意料，她生气他为何不继续反对呢。铝合金、木头、铁、玻璃钢，甚至亚克力，材质这样多，满意那样难，念头浓浓地持续好些天。可是，一次踩在台阶上，响声从足心传到脑壳，这些老木头，阿嫲踩过，妈妈也踩过，好似有个什么器官要被掏空。那些铝合金、玻璃钢、亚克力，可不会捕捉到鬼魂的动静啊，从此念头熄了。

常川不明所以，催她，她讲不换了。讲好哋哋，点话唔换就唔换咗[1]，常川不解。偶尔楼梯的叫声喊他想起这件

---

[1] 说得好好的，怎么说不换就不换了？

事，还会念叨几句。

念叨的声音连根头发也吹不起来，全然没当年喊萝底橙的气势。想起那句"箩底橙"，常青简直佩服常川的先见之明。

她是想过结婚的，和一个叫谷开山的北方男人。他消失后，只在电视里看见过他，疫情前中山大学的老同学发微信，催她打开一个都市台。她打开了，里面正在播放某个节目的外景部分，在水族馆。

尽管在表演，谷开山也没多少笑容，他从游客中选了一位长头发的姑娘，让她洗牌并且抽出一张。姑娘小心翼翼地倒腾了几下，抽出一张，给镜头交代是梅花 A。随后姑娘按照吩咐签上名字，放回牌堆，重新洗牌后交给他。谷开山又选了一位长着青春痘的胖男人从中抽一张，同时提醒他不要看，也不要让别人看到。胖男人抽了一张，花色那面小心地贴住手心。谷开山对着镜头说，我要将这张牌翻过来，大家一定要睁大眼睛看仔细。他说起话仍会在动词处重音，营造一种认真的氛围，让人以为掀开之后一定是那张签名扑克。这样的表演很多，观众都不太买账，很不热情。结果牌翻过来是方片 5，观众一片讶然。他近乎失去分寸地在牌堆里翻找，紧张地念叨："咦，怎么回事，那张牌哪里去了？"

周围人全都大声叫好。这时一个长鼻子男人突然指着玻璃水箱喊："快看，牌怎么跑到那里去了？"镜头摇近，那张扑克正夹在水族箱里的石头缝中。于是全场响起掌声，谷开山右手胸前，左手背后，弯腰致意。

常青哈哈大笑，一个东西从此处消失，出现在另一处，命运和把戏都能做到。

这个魔术师长了张平庸的脸，本事也不大。哪怕是挂上爱情的滤镜，那些蹩脚的小把戏也实在乏味。爱他什么？似是而非的理由从来不缺。一股忧伤的真诚，常青从这个谷楼村男人身上找到了这个。这到底是什么东西，需要深思时想不到深思，只浅浅抓住。后来是懒得再去想。回想爱过的男人，她发现这个事实，不管来自哪里，在什么样的家庭长大，他们竟然都有一种奇异的自大，深陷一种世界辜负了他们雄心壮志的失意之中。那不是什么忧伤的真诚，不过是失意者的自怜。

那层爱情里的弧光剥落，过去相处中那些隐隐被刺的感觉，开始变得清晰。一起参观张秋山的雕塑展时，她给谷开山讲过，妈妈死后一年多，在房间里，一块淤青逃出珍珠姨脖子上的纱巾，尽管依旧心有怨怼，她还是忍不住问："佢又打咗你？"[1]

珍珠姨扯扯纱巾，讲唔小心挵到[2]。常青知道怎么回事，生气地问："点解唔离开佢呢？"[3]

后来每次想起这个问题，常青就脸红。

"你唔明，我有难处。"这是珍珠姨的回答。

---

[1] 他又打你了？

[2] 不小心磕到。

[3] 为什么不离开他呢？

我有难处，那是第一次有成年人对常青讲这样的话。她给谷开山讲的时候，谷开山讲："是不容易，但归根结底还是看她自己，她要是有勇气，怎么可能离不开呢。"

这句话在当时不明显，几年后越来越清晰地荒凉起来。还有后面，在她讲"每个人的处境不一样，你不能只用你的处境来衡量"之后，谷开山伸手，试图摸摸她的脑袋，并且讲："是是是，我说错啦。"

当时她避开了谷开山的手，可是直到现在，她还能感觉到那只手落在自己头上。一开始，她只觉得他的话、眼神和动作让自己不舒服，却没想明白为什么。后来她终于察觉到，那里面是一种刻薄的包容，眼前的人不需要平等沟通，就像他已看破人世间的真理，在纵容她幼稚的想法。似乎在他的意识里，阻碍无须解决，只需要敷衍一下，跳过去，生活会自动更新。

那次雕塑展上，她看到的张秋山，如常川常常感慨的那般，确实不一样了。入口大厅正中间站着巨大的液晶屏，张秋山坐在屏幕中央，一身纯黑的衣服，讲他的理念和创作思路，看上去笃定、智慧又慈悲。这样一个他，始终没办法跟客厅里那个人对上号，像一个洞坐在椅子上。

在她家客厅里的张秋山，同聚会上的其他人一样，离死尚远。常青还是个趴在楼梯上偷看的小姑娘。张秋山先讲决定戒酒了。一般而言，客人们不在这里劈酒，也不喝几个邻居酒鬼常喝的九江双蒸，只慢慢嗒酒，威士忌、干红、干白，或者一个瘦瘦的画家用朗姆或金酒调出来的玩意儿。还有个男人，会大讲特讲麦芽生产、谷物生产和爱尔兰壶式蒸馏的不同，波本桶、雪莉桶、二次注木桶的区别，热风烘干或泥煤风干，在不同日子里，针对每瓶威士忌，聊那些分布在苏格兰、爱尔兰或者美国的酒厂。低地、高地、肯塔基、艾莱岛，"咁，喺边酿嘅就有边嘅味道罗"[1]。

常青记到现在的一句话是：让六家酒厂酿造一瓶威士忌，就像让六个吉他手诠释同一首曲子。

讲到中途，若常青正好经过，他会拿出注意力在她身上，用一杯调出来的玩意儿逗她，讲系非常好饮嘅饮料，唔系酒。若她真要去喝，又一把拿走，开心地笑起来。

对待张秋山，他们不是闹着玩的，好几个人用力怼酒，把他架在杯子上。很快，张秋山纵身一跃，跳进酒杯里，二百毫升的玻璃杯，分三口喝完，每喝一口，就抿紧嘴巴，屏息十几秒，似乎酒气泄去一点就不尽兴。大家的谈话内容也都是周围邻居不谈的，主要是艺术圈八卦，谁睡了个女学生，谁的奖潜规则来的，谁搭上了大众情绪的顺风车，穿插着政治、美国、花城精神之类。什么时候开始哭，就是他醉透了。就像突然有了当演员的天分，他垂着脑袋，脊背弓成弧，十根手指拉住一个人的手腕，开始道歉。被拉住的人还没搞明白，道歉的原因就换了好几个，没给父母争光啦，没能满足儿子的什么心愿啦，甚至能追溯到小时候学一个瘸子走路。眼泪从不擦，啪嗒啪嗒往下掉，全世界都不忍心责备

---

[1] 反正，在哪里酿的就有哪里的味道。

他啦。

或许那么多人到自己家来，就为观看这出道歉的好戏。常青也明白了，如此擅长道歉的人，肯定也很擅长原谅自己。每个人都知道他家暴，可能他流过眼泪的夜晚，也是珍珠姨挨打的夜晚。那双做出艺术品的手，打人时会几狠？落于人身又几疼？

今日常川不在家，就是去参加张秋山的葬礼了。

二

绿色。灰绿，死掉的毛蕨，一小片墙壁，左边天台倒扣的缸上发霉的口罩，邻家无人的裂窗、粤剧艺术博物馆假山旁的水……

脑子里数尽可能多的绿色，声音托她落了地，一眼看到外面半窗高的路。那里一对男女正向下看，也仿佛蒙一层绿色。她揣度两人的关系，觉得不像情侣。每天都要被看几次，节假日更过分。她已经可以没情绪地做一个景观，尤其窗户外还罩了不锈钢笼子。她时常想象生活在某层河床里，谷开山曾告诉她，开封城低过黄河好几米，上下摞着六座城池。她也几次站在游客位置，凝视这栋房子，猜测广州的历史上，自己活在几层。

从她搬进来那一年开始，永庆坊的新就开始传染，越来越大，越来越精致。最近她看到一些报道文章，已经给这里安上华南小巴黎的名头。人们都在说，美要反映本地文化和特色，似乎又对此缺乏自信，美来到这里，一副暧昧神色，那些花砖，那些满洲窗，总要重新演绎一番才肯落地。

她握拳敲了敲脑袋，只下楼这几步，已经忘记下来做什么。有一个事在脑袋里发痒，就是不肯跳出来，只一遍遍重复亲爱的珍珠姨。她走几步，赶那几个字出去，拉上窗帘，又走几步，避开常川的旧椅子，坐在小沙发上，不开灯，打算好好想想。前面的电视是去年换的，屏幕很大，能联网，常川常常抱怨不知怎么用。旁边的一桶竹子活得茂。卧室门关很严，书房门留有明亮的缝隙，一线光散在客厅地面。一种地下的味道缓缓升上来，柜子年代有前后，但都旧了，连同上面放的雕像、油画和瓶子，都像是过期了。

挺长时间以来，常川第一次为清晰的目的出门，平日只剩下习惯。能出门的日子，早上还要过河，去吃多宝路那家生记肠粉，点的东西都一样，一碗艇仔粥，一份加荷兰豆跟竹笋的罗汉斋肠。记忆中的店铺不剩几个，常青觉得他不是吃味道，而是吃回忆。这几个月来，常川到家后就坐在书桌前，从上锁的抽屉里拿出笔记本，煞有介事地摊开，拧开墨水瓶，不管钢笔里有没有墨都要再吸几下，却好久不下笔。那种仪式感，仿佛真有了不得的大事等他做。常青问他写什么，他只讲随便写写。下午到荔湾湖转转，也可能打麻将，有时也到逢源街的小教堂里坐坐（据她所知，和信仰没什么关系）。他经常做饭，腊肠饭蒸得好，牛河炒得香，常青搬进来后才察觉，常川做饭已那么正。偶尔也走远路，去永兴斩半边烧鹅上庄，图那块鹅碎窝，回程绕去宝华路的美美炸物店，称一斤煎酿三宝和炸芋虾。常青吃不来烧鹅，更闻不出常川念念不忘的柴火味，尤其淋上烧鹅汁，看得她反胃。不过，她爱吃酿青椒。

外面的锣鼓声闯进来，常青还是没能想起下来的原因。已经跟那件事没关系，想不起来才要命。她搞不懂锣鼓声何以高兴成这个样子。站起来四处走，寻找一个可以恍然大悟的灵感。果真找到了，是牛奶，带来灵感的是白，墙壁上一小块白，那里原来挂照片。原来只是牛奶，她模糊地回忆照片内容，打开冰箱，拿出一盒奶，发现上面的吸管没了。她没放回，咬开一个口，饮下。厨房凸出建筑的主体，像房间生的肿瘤，常青透过排气扇的圆孔，看到一个年轻男人在几米外举手机，正对排气扇。她知拍不到里面，仍赶紧撤两步。外墙以前只是砖，改造商为了美观，统一涂了水泥，又刷了水泥色的墙漆，她也觉得整洁了。

嘴里是牛奶味道，一切都好，只是倦怠，或许是梦的原因。梦本来互不关联，偏被铁链拽在一起，所以醒来时没能四散，东风借着大火，一锅端掉，余烬堵在鼻腔根部，生生烤着脑仁。

实际上，还有一件事可以试试。书房门轻易就推开，太阳挤过狭窄的巷子，落进窗户，这里明亮。笔记本罕见地躺在桌上。她并不在意常川的心事，诱惑她的是过去，一些遥远的答案。

走向它，心脏配合起窗外的鼓点，橙的蓝的透明的玻璃，规则的印花，透光但不透眼睛。烧麦香长驱直入，气汹汹地顶一下脑门，她从中分辨出面粉香和玉米香，鼻子一下子舒服了。她这才发现，房间里还有一股巴旦木的香味。

气味早就在那里了，却不知从哪里来。人对空间的占有是种错觉，她想，房间属于气味，属于灰尘，属于木头做的大家伙，属于墙壁里的声波。所有这些，霸道地围绕在周围，她开始疑惑声波在固体里的传播方式，那些坚固的东西为何愿意这样配合。她又疑惑自己想得太多，仿佛脑子专门避开将要做的事情。

笔记本敞着，纸张坦诚，暗绿色的横线平行，打定主意永远履行机器印给它的使命。这一页只有两行字，那些字不老实，像横生的灌木，没办法一眼望清楚。她听到门外传来一声巨大的喷嚏。

马上是第二声，接着是第三声。

逃得匆忙，但常川打喷嚏的样子自动出现在她脑中：打喷嚏前抬起下巴，嘴巴大张，眼睛望天，然后伴随一声巨响，上半身快速前倾，头颅重重垂下。重复三次后，整张脸洋溢着特别的神气，仿佛做了件骄傲万分的大事。

整间屋子还在消化喷嚏的余响，门开了。

常青已迫降在沙发上，若无其事地盯屏幕，手指在某个 APP 里上下滑动。每次有机会看看笔记本上的内容，都要上演一出虎口脱险的戏码。一开始只是好奇地想要翻翻，连番差点被捉，渐渐自己也以为是在做不堪的贼事，却因此越来越想要看一看。

如今连常川也不戴口罩了，边摘灰色渔夫帽，边讲点解唔着灯呢。声调，疑似质问的语气，都让常青生出怒意。常川把黑色长伞也挂在墙上，开了灯，手里剩红色塑料袋。

"周围都喺影相，我哋镜头嘅能力，战场上都可以生落嚟。"[1]讲话间常川已进厨房，打开冰箱，空手返。

抱怨专门为了几分得意说出，常青迁怒于此："影到都唔会点，何必哩呢。"[2]

"我肯定唔界佢哋影到。"[3]

说话间，常川已行到厕所门口。话里是常青不理解的气势，仿佛人生中有一个躲镜头的隐藏任务，而这个老衰佬已胜利在望。她想听到点葬礼上的事，但想听的欲望不够大，所以犹疑要不要起身离开。接下来有一场协调会要参加，她看了眼时间，不着急。

死者在这间客厅里讲过，若找到珍珠姨非得杀死她。那时候他肯定没想过自己会死。冲水声，咳痰声。常青突然察觉，每次回忆时，客厅里常川的含量好少。这种缺席让她不适，在这里，他是不可少的，牢牢在，就同现在一样，他肩膀微耸，拿着褪了色的不锈钢杯子往前行，脚心不舍得离开地面。倒一杯热水后，返到椅子上，肩膀散开，身体变软，皮肤变成苔藓，无视布料，贴附十几斤泛着油光的老木头。

---

[1] 到处都在拍照，我躲镜头的能力，战场上都能活下来。
[2] 拍到也不会怎样，何必躲呢。
[3] 我肯定不让他们拍到。

常川默默盯着雾气。常青盯了一会儿少了吸管的牛奶盒，准备好听常川讲讲葬礼的事。没什么特别想要知道的事，但葬礼嘛，毕竟是葬礼，一个人死了，还是想听一听。

死亡并不突然，张秋山已病两年，最初常川探得勤，后来越来越少，回来后坐在椅子上出神的时间越来越长。常青听他讲过，喝口水都得等人用勺子喂。

死亡真仁慈，她想，只要那么一死，身上的善与恶，一笔勾销。

"点样？"她忍不住问。

雾气里常川的眼睛困惑几秒，随即懂了。"葬礼嘛，就系个葬礼。"

常川慢慢从椅子上揭掉上半身，伏下，双手缓缓转杯子，嘴唇沿着边缘吸，发出呲溜呲溜声。常青讨厌这种声音，她想到常川总是喝很多水，食物吃得却少，仿佛他永远不饿，但永远渴。她还讨厌常川身上时不时出现的烧鹅味。

"见到唔少老友。"常川左手捏着杯子，右手食指在杯壁上画圈，又伸唇去够杯沿。

常青想问问珍珠姨有没有去，却没开口问。她想从饮水声中抽身出去，站起来讲："我去咗参加协调会。"

"有咩用，会一场场开，佢哋将力都用晒喺应付协调会。"[1] 讲完，常川又开始吸水。

---

[1] 有什么用，会一场场开，他们把精力都用在应付协调会了。

"还是要开，唔开仲可以点算。"[1]

"你夜晚返屋企食饭啦？我同你做干炒牛河。返嚟嘅路上，有个老太太卖绿豆芽，好鲜。"[2]

常青往上走，脚步放得很轻，想象自己正在上升。妈妈死后，客厅里又一次聚会中，珍珠姨就这样往上走。常青躲回屋，珍珠姨敲了敲虚掩的门，硕大的耳钉在耳垂闪动，问可唔可以入。常青没回答，也不看她，任由她行入。珍珠姨坐在旁边讲了一小会话，临行时，取下头发上的蝴蝶发卡，卡在常青头发上。从头发到头发，这一小段路程，自然过花钱去荔枝园亲自采荔枝。珍珠姨刚一出门，常青就薅下发卡，丢在地上，任由一小块头皮生疼。

不知道珍珠姨的姓，到现在也不知道，知道她戴很大的耳钉，是为了掩饰耳垂上指甲大的胎记。珍珠姨、珍珠姨地喊着，遇着那一幕后不愿意喊了。

两个人闯进房子，没想过有提前回家的人。大声地笑，接吻，然后入了卧室。常青趴在门后，叫床声从所有缝隙流淌出来，打了她的耳。她吓到了，好些天魂不守舍。妈妈以为她生病，带她去医院，医生看不出毛病，单独和她妈妈聊了一会儿。之后妈妈带她去吃麦当劳，问她发生咗咩事。她还是告诉了妈妈。

---

[1] 还是得开，不开还能怎么办。
[2] 你晚上回家吃饭吧？我给你做干炒牛河。回来的路上，有个老太太卖绿豆芽，好鲜。

"你睇到？"[1] 妈妈问。"系。"她说。"佢哋……"[2] 只说出这两个字，妈妈久久沉默。这些年，她常常倾听妈妈的这段沉默到底在说什么，当时却只是等着，一直等到妈妈问："佢哋见到你呀？"[3] "冇"。

妈妈让她放宽心，不想不问，大人的事情交给大人解决。她以为家里肯定要发生点什么，结果没任何动静，珍珠姨照例出现在客厅里，雕塑家照例喝酒道歉，客人们照例聊八卦讲政治，常川照例做一位牢牢的主人，妈妈照例收拾残局。

可总归是不同了，珍珠姨和常川之间每一个眼神，常青都捕捉到了。

"下流，真下流。"她心中骂道。

一年多后妈妈死了，再一年珍珠姨卷着儿子逃。

记忆连在一根藤上，随便一扯就是一大串。她慢慢放下，尿了尿，尿道口微微辣，她低头看了看，看不出异样。换了衣服，站在梳妆桌前，弓着腰画了眉，拣包下了楼。

客厅里人和杯子都不在。书房的门关着，虽然没动静佐证，但她知道常川在里面。放下的记忆又冒出来，她很想打开书房门问一下，塞里史龙洞到底意味着什么？

她没。

---

[1] 你看到了？
[2] 他们……
[3] 他们看到你了吗？

银色的防盗门，很丑，这个家的审美她尚不想参与太过。外面还有一层趟栊门。保留趟栊门的人家不多了，这经年累月的木头老得如此平均，她庆幸还没被涂上新漆。外面站着人，背对着，她顺着那些脑袋看过去，一排旗袍女人手举团扇，蹬着锣鼓声缓缓停下。不远处挂着长镜头的鸭舌帽男人指挥她们摆姿势，并示意这边的几个人躲一躲。

几个人不情不愿，推着肩膀踱走了，显得她专门站在门里偷窥。她退回阴影，看旗袍女人们手举旗子，能辨认出"弘扬"、"艺术中心"、"粤绣文化"之类的词。阳光追捧那些笑脸和顾盼，精致妆容里是疲倦。她突然委屈，觉得自己是这片小景点的障碍物，仿佛一个外人，于是怀念起女儿和卖掉的房子了。

花很长时间，旗袍女人们才继续前行。她走出去，感慨自己逐渐退化为家乡的群众演员，随即又对家乡这个词语皱起眉头。她对这个词语有地理上的偏见，觉得不属于城市，仿佛城里人都没家乡。好像家乡必须临着田野、树林、山川、小河流或湖泊。一个人要是指着高楼大厦讲这是我的家乡，好像哪里不对。她望望远处的大楼，它们把这一片围剿得恍若盆地。那就有道理了，所以这一片街道该改造，该成为挺有名气的民俗景点。发展总没错。

在这座城市里，她时常感到一种发展的疲态，此处却还茁壮，尽管偶尔也让她皱眉头。精心设计过的店铺间隙，挂着五颜六色的肥大内裤，布料稀疏到近乎透明。巷子宽度容不下四个人，在人群中前行，她觉得自己胆子越来越小，这也不敢碰，那也不敢碰，时髦店铺只在门口快速瞟一眼，走路总侧着身子，生怕挡了别人的路。不过，巷子里的晾衣绳批量拆掉后，能看到完整的长条形天空了，走在下面，有时她会以为迷了路。她常去买烟的那家士多去年不见了，取而代之的那家店她没进去过，据说已打通周围的房子，多出好大空间。两个字的招牌她认识，但不明白要干什么，没窗户，店门装得很窄，只能看到白色的玄关。

新开的咖啡馆和奶茶店，人一进去，店员们会用培训好的声调同时喊欢迎光临，那声音让她心脏突突跳。唯有巷子口那家开了八年多的咖啡馆还有点老意思。店是两位本地年轻人开的，下午五点后不接客，专门炒豆子。每次去，她都坐得靠近入口，和染了黄头发的那位浅浅聊聊。一有人进来，黄头发总要先讲粤语，常青喜欢看外地游客面面相觑的样子。

掏出手机看一眼，时间不够舒服地喝咖啡，于是她走进一家以茶为主的饮品店。她站在柜台前，看顶上贴的饮品名，拿不定主意。柜台里站的是个中年男人，一直通过旁边的小门跟人讲话。她点了杯顺眼的，名字马上就忘了。

一楼客满。楼梯台阶上贴满红色花砖，二楼位置更多。意象是老的，东西都新。窗户木菱格，鱼鳞纹绿玻璃，一眼就望远了。对面雨水纹的山墙上一扇小窗，盘了几条藤蔓，绿着一些，枯着一些。

一个得有两米长的鱼缸，却只有两条鱼。一条白，一条黑，前前后后活着。旁边几位年轻男女是大学生，讨论辩论赛的事，男生坐在两位女生中间，变换着粤语和普通话，偶尔还蹦出英语词，嗓门巨大，搞得两条鱼一愣一愣。

大鱼缸对面，十来岁的小姑娘趴在玻璃上看鱼，水让那张脸悠远，眉眼间，稚气已撤退到边境线，仿佛只需一步，就要出现成年人的征兆。

躲得再远，小朋友们还是会长大。失落一团一团打在她心上，意识到在这个死者活过的世界上，她是如何一无所有。

然后她出门，走到停车的地方，上了车。

三

拆了一半的建筑，太阳模仿岁月落在废墟上，挖掘机脸色发烫，黄色地假寐。新店铺一茬茬开，新房子一片片建，路上的人往前走，只向前看的人有种省力的幸福。

去年有段时间，同其他人一样，常青短暂乐观了一阵。当时房管局牵头，经过几个月的协调，开发商那边信誓旦旦，只要保证尾款打到监管账户，工程就可以继续进行下去。于是业主们提前将尾款打到监管账户上，希望房子重新长起来。很快又傻了眼，开发商再次操作资金出去还债了。她始终搞不懂这是如何做到的。

她已不在想象中装扮未来的房子。过去她偶尔以此逃避眼下，现在她明白，生活总会突破想象，在一栋烂尾的房子上构建生活不切实际。

安全带紧紧拽住她，仿佛要拦腰斩断一朵云。那个横穿街道的年轻人快步走远了。路边有工人在锯老榕树，留下只有树桩的路。这些树桩成了两个小男孩的新玩具——他们正蹲着数年轮。那肯定要数挺长时间，这些树都能做她的长辈。

然后是詹天佑小学斜对面的剪头摊子，和它的老头。剪头这个词突然惊了她的心，以前没想过还有一层暴力的意思，赶忙切换成剪发压惊。老头坐在椅子里，像侧坐在他的马上。头发白得透明，跷二郎腿，双肘压膝盖，两手抱拳支着下巴，肯定老花眼，所以怔怔望远处。木头脸盆架上卧着大红喜字的搪瓷脸盆，墙上贴着印有福字和牡丹花的镜子，染料和镜面都斑斑点点。常青觉得就是小时候见过的，她还记得到了夜里，一张写着福的红纸会盖在镜子上。她原没想过物品可以这样长久，稍稍褪色的八九十年代的色彩饱和度，也成了一样景观。她算算年头，吓自己一跳，一样无命的死物，也三四十年地活过来了。有些事变了，有些事没变，那是另一个庞大的系统，人们试图把握，总也把握不好。

"呢个老人真系襟老。"[1] 几个月前，她对另一位业主代表讲。

那位业主代表也住附近，看上一眼，配合地轻哇一声。"佢仲喺呢。细个嗰阵我阿爸总叫我喺度剪头，次次剪完我

---

[1] 这个老人真经老。

都生几日闷气，一出门口，就觉得个个都系衰人，喺嗰度笑我嘅头发。"[1]

"我系有次闹我阿妈，非要喺呢度剪。佢笑住话姑娘仔唔应该喺度剪，唔好睇。冇人可以劝住我。佢够小心，果然定难睇。嗰几日我一照吓镜就要喊，我阿妈就喺旁边笑我。"[2]

"我喺度返学时仲叫十二甫西小学呢，嗰时地方好细，都系啲旧平房。"[3]

"我那时都系，到咗呢个世纪几个学校合喺一齐，才叫咗呢个名。"[4]

"到咗呢个世纪，听到就有种斗转星移嘅岁月感。"[5]

"呢啲榕树都生咗几十年，估唔到就咁畀锯咗。"[6]

"还都唔算远，我都有大过你几多，以前点未见过你。"

"见过你都唔知，我又唔起眼。"

"所以话，人和人相识啊，就同唐三藏取经，有八十一难要行。"他闪烁着那双小牛犊般的眼睛，"宜家啱啱好。"[7]

---

[1] 他还在呢。小时候我爸总强迫我在这儿剪头，每次剪完我都生几天闷气，一出门，就觉得人人都是坏蛋，在笑我的脑袋。

[2] 我是有次闹我妈，非要在这里剪。他笑着说小姑娘不该在这里剪，不好看。没人能劝住我。他够小心了，果然还是难看。那几天我一照镜子就要哭，我妈妈就在旁边笑话我。

[3] 我在这里上学时还叫十二甫西小学呢，那时候地方很小，都是些旧平房。

[4] 我那时也是，到了这个世纪几个学校合在一起，才叫了这个名字。

[5] 来到这个世纪，这话听着就有种斗转星移的岁月感。

[6] 这些榕树都活了几十年了，想不到就这么给锯了。

[7] 现在刚刚好。

塞里史龙洞

"宜家算经过几难喇?"[1]

"八十一难已行完,即刻就入雷音寺。"

"如果要闯关度难识一个人,定系唔识好。"

常青还能想起,说话时这位取经人鬓角上有根头发长过其他,耳廓的外围向内卷,像个羞涩的小拳头。但她没兴趣了解更多,她能闻到,他也是会说出那种话的人。

那时候女儿还活着,一个男人对她有意思,她拒绝的时候,那个男人讲,醒醒吧,他们以前是怎么对你的?你以前过的都是什么狗屁日子,你心里没一点数吗?你还能遇到对你好过我的人吗?除了我谁还愿意对你这么好?

常青记得那个眼神,就像在看一个悲剧的、自甘堕落的可怜人。她真想不到,出于信任,跟他袒露过的话,在他那儿,成了一种证明,仿佛她前半生一直在过等待被拯救的受难生活。而且他觉得自己有这种义务。这义务不就是种权力吗?不管她经历过什么,她没什么后悔的,也一直努力按自己的意愿活,从未将自己的人生看成悲剧呀,哪里轮到他来可怜,更别提要一个救世主了。

有些话从一个人口中说出来,在她这里,就和说出之前判若两人了。有一天傍晚,她和那位取经人散步,看到路对面地上有个东西,像是猫或小狗。过去一看,是猫,下半身已经扁了,贴在路面上,血还是新鲜的。她想要找个袋子装起来,找地方葬了它。取经人讲你别闹了。他是闹着玩的

---

[1] 现在算经过几难了?

语气，可她心里咯噔一下。并非是有没有爱心的问题，那句你别闹了，既不关心别人为何想这样做，也没意愿去理解。

几十分钟的路，停车，下车，和其他代表一起等了一会儿。那位取经人远远打招呼，没过来烦她。代表们讲起关于开发商的小道消息，听起来都是走到绝境处下意识虚构出来的乐观，她还是生出一些期待。

然后上二楼，进会议室，在一个巨大的胃里，等着被消化。对面阵营里，一个年轻人始终东张西望。她一看就知道，那只是个过来瞧瞧热闹的，也许还是哪位股东的儿子呢。目光交汇时，她从对方的眼睛里看到几分善意。这太让她难受了，像菜汁落在白衬衫上，正因为只来瞧瞧热闹，才能有这样的善意。

中间有一阵子，一位代表突然打了个夸张的嗝。会议室像被减速带绊了一下。但未结束，嗝声开始周期性地响，会议室像坐上了铁轨缝隙过大的火车。能听出嗝声是控制过的，只是还没到大家可以忽略的程度。人们会微微皱眉，说不清打到第几个的时候，潜藏的乐趣击中所有人，全都大笑起来。

对面的人和主持的人都在讲难处、诉苦衷、表态度，听上去都有道理。世上的道理肯定被这些人讲完了，可为何还是我们一败涂地？她真想打嗝儿似的，把房子的事打出来，然后意识到，这个嗝已打了好几年。

全不应该，她想自己为何会在这个地方，看这位陈主任如何打量几位领导的脸；看那位盯着矿泉水瓶的张局长，时不时还要伸手转动一下，似乎要从中找出一片海；看刘局长的面无表情，背靠椅背，双手在腹部交叠，视线越过眼前的一切，直直落在尽头的什么东西上；看那位副区长右手摩挲一支钢笔，做出倾听状，左手时不时抬起来，用食指的关节处轻轻碰一下嘴角的瘊子，确保它没离他而去，仿佛那颗瘊子重要过从小到大的所有事；还有房产公司那些装模作样的人……

有一阵子她像是从胃里逃出来了，竟奇怪地可怜起每一个人，仿佛大家并非对手，只是机械地扮演身不由己的角色。

都会过去的，日子真是有点可怕呀，她想，什么都能过去。她还会想吃好吃的，想看好看的，有时也能发自内心笑一笑。

一位大家喊花姐的代表站起来发言："我妈妈已经八十了，还有高血压，就为了帮我买这套房，她也卖掉老家的房子，千里迢迢跑来跟我住，租的房子里头啊，她这辈子没住过租的房子，来之前她跟我说，不知道还有没有机会到新房子里住住。听了这话，我，我没脸，她还能活几年，跟我受这样的罪。"

清鼻涕配合眼泪，在花姐嘴巴前一跳一跳，常青有心递一张纸，可惜离得太远。然后她的手机震动了。

去广医三院的路上，太阳弱了，一排排大树把它的光变成斑马纹，汽车快速经过时，人仿佛活在光的笼子里。一动不想动，这几年，一种残躯感在她心里越来越浓，身体也就过分实诚地配合。城市摊得越来越大，未来却呈现给她一股颓废态势，时常有末日感。

有几个瞬间，她的眼睛睁不开，只能看到朦胧的金黄色。宽阔的大街讲不清哪里不好，道路之后还是道路，仿佛无尽头的下午，一片凝滞。

一走进住院楼，常青就觉得哪里不一样了。人变得谨慎了一点，敬畏了一点。她塞进电梯里，肉体满满当当。电梯每层都停，泌尿、心胸、心血管、肠胃、乳腺、脊柱、内分泌，这一路往上，恍惚正在肉体中旅行，她还在思考楼层排列的逻辑，就到了骨科楼层。

一间四人病房，常川躺在左边最里面那张病床上。床头挂药水的架子低着头，像一棵树在可怜他。

灾祸偏好伪装成巧合的样子，给人一种逃避的企图，所以常川歉意地解释突然响起的鼓声如何平地惊雷，让爬楼梯的他一下子没站稳，一脚踩下去，那一级台阶断了。

"鼓声早一阵迟一阵，就冇咗呢件事。"[1] 常川遗憾地讲。

常青太熟悉灾祸会如何颠倒因果，知道不是因为鼓声才摔了人，而是因为摔了人才有了那鼓声，但心底仍忍不住抱怨，早讲过洗好的衣服可以等她拿上去晾。她望着长长的输液管，觉得有股珠江的气势，或许它以为是给海洋打点滴呢。可常川看上去又瘦又小，像一截枯了的下水道，哪有一点海洋的样子。

---

[1] 鼓声早一会儿晚一会儿，就没这件事了。

"洗好嘅衫仲喺地下，你返咗嚟睇下，应该都唔污糟，直头晒上就得。"[1]

"你唔好理，好养病啦。"[2]

巷子里的晾衣绳拆除后，洗好的衣服开始挂在十几米见方的天台上。常青一次次叮嘱常川，洗完衣服后通知她去晒。但常川从未这样做过。一片擦伤，卧在常川左眼角外，仿佛尚未完全风干的腊鸭腿。常青生气，几乎要开口指责，心中悚然一惊，难道我也变成别人受到伤害后，怪罪对方不小心的人了吗？更何况，很快她就明白，想要指责常川，只是因为下意识逃避自己没有更换楼梯的内疚。

那方天台，不晒衣服时，常青也常在傍晚爬上去，抽根烟，看看夕阳，任由黄昏一层层落下，直到某个瞬间，一下子变成夜的密度。常川闭着眼，眉头始终皱着。他肯定在疼，常青突然想到，常川在天台晾衣服时，可能也喜欢看看四周。一叠叠坡屋顶，几处伪装成森林的天台，附近粤剧艺术博物馆里的假山与古建。太阳沉入大坦沙岛后，天空有一阵子特别澄明。她猜测常川也曾对着这样的天空心思悠远，于是心生不适。

"摔断了肋骨。"在医生办公室里，中年医生指着片子上的一处告诉常青。"胸腔积液不多，不用穿刺引流，留给身体吸收吧。"那身白色大褂微微发灰，力不从心地圈着这

---

[1] 洗好的衣服还在地上呢，你回去了看看，应该也不脏，直接晒上就行。
[2] 你别管了，好好养病吧。

具肉体。

确实是摔断了肋骨，两根轻微断开，一根骨裂，片子里显示得很清楚，没医学知识也看得出来。不是手臂，不是胯骨，不是小腿骨，是肋骨，医生也觉不易。

似乎到了一定年纪，就有东西噬咬骨头，最多是胯骨，摔上一跤，应声断裂。同一层的病人们让常青见识到这一点：狗惊了，一屁股坐在地上；一小汪水，滑了一跤；路砖凸起来，没跨过去。仿佛骨头都有脾气，工作到一定年限，铁了心罢工，专门等着那狗那水那砖。

医生双手掰着固定板使劲，时不时往常川肋骨外面比画，得到满意的形状后，他用酒精擦拭那一片皮肤，然后撕掉固定板的覆膜，贴敷在上面。

"这样就可以了吗？不用动手术？"

"不用，没错位，自然愈合就好。"

剩下的就靠肋骨自己了。当天晚上，邻床入住一位女病人，六十来岁。她吃过晚饭去邻居家串门，狗冲出门口猛叫，于是一屁股坐下。疼痛让她哼哼一整夜，第二天她对常青讲："我系咪太嘈咗？"[1]

"唔会，你痛嘛，要出声就得出声。"

"我就系太有用，但忍唔住，好痛喇。"女病人盯着常川，"你阿爸就犀利，多安静，一声都冇喊过。"[2]

---

[1] 我是不是太吵了？
[2] 我就是太没用了，但忍不住，太疼了。你爸就厉害，多安静，一声都没喊过。

确实是这样，常川一声疼也没喊过，他安静又配合。只有上厕所时，才小声叫常青。常青要做的事不复杂，把床摇到最高，然后托住常川的背，猛地一使力，常川得以直直坐起来，挪动双腿，从床边探下去，脚找到拖鞋。常青架住他胳膊，人借力立起来。到卫生间的路也需扶下，然后把人安置在马桶上，常青出门等，结束后再原样放回去。

重新躺下后，常川总要默默闭一会儿眼。他再睁开眼睛时，已经没痕迹，如果察觉到常青在看他，会回应一个笑。

病房里的生活并不陌生，有两三年时间，她一直过一种病房里的生活。不是一直在住院，是女儿动动手术，住上一段时间，然后回家，过了几个月再去住院，再动手术。后来就死咗，不用再去了。

同她的女儿一样，常川也不抱怨留置针带给手背的红肿。从清晨到中午，常青盯着五六瓶液体，消失在常川体内，已经不诧异血液里可以容纳那么多水。但她想不到，沾亲带故的人如此多。上了年纪后，谁要是生病住院，圈子里的人们就像免疫细胞嗅到病毒，无人专门通知，但全部人都知道了。一连许多天，大多三两结伴过来，开头唏嘘一阵，然后整理架子上的展品般，讨论谁不知所终，谁挂了，谁得了癌还剩几年活头。中间不得不夹杂几处时间不短的沉默，才意犹未尽地离去。

但珍珠姨是一个人来的，她刚到的时候常青不在。那天下午常青要下楼处理费用问题，常川双手在肚子上交叉，两根大拇指互相敲击了一会儿，突然开口讲："帮我去泮溪买啲虾饺同马蹄糕，得唔得？"

她去了，带着一种受到奖励的心情，经过小红楼和四面佛，涌对岸的戏台背对她，只给声音。回时，她入东门，揣摩父亲每日如何看风景。邻水的大戏台上戏还在唱。远远看见台上一对男女，女的头戴珠翠，身披白色厚披风，内里是红衣，怀抱琵琶。男的一身大红色官袍，手拄棍，顶上缀长穗。演员都老，粉填不满皱纹，底下的人更老。常青揣测父亲每天下午也会看上一阵。常青不主动接触粤剧，不喜欢听，耳朵听到过也不会记。不过还是远远停下了。

"我今独抱琵琶望，尽把哀音诉，叹息别故乡……"

唱得很好听，但还是不喜欢，常青又坚持站一会儿，听明白是王昭君的事。总共也没站几分钟，过了拱桥两位姑娘喊住她，请她帮忙在小红楼前面拍照。"一笛胡笳掩却了琵琶声浪，一阵阵胡笳声响，一缕缕荒烟迷惘，伤心不忍回头望，惊心不敢向前往，马上凄凉，马下凄凉，烦把……"

到这里就是医院北门了，听不清了，她走了进去。

"阿青？系阿青！"

电梯里出来的女人又老又胖，为了掩饰衰老化的妆，反而给衰老挂上了会亮的灯牌。

"我要等你返嚟嘅，但系仔打电话催，我落楼仲想，保佑我行大运，喺下面撞到你，果然撞到。"[1]女人拉住常青的

---

[1] 我要等你回来的，可是儿子打电话催，我下楼还想，保佑我行大运，在下面遇到你，果然遇到了。

胳膊，"快畀我好好睇睇。冇变吖嘛，都系一样咁靓。"[1]

现实肯定是个抽象派画家，眼前的女人纤毫毕现，常青没办法和记忆中的珍珠姨画等号。常青闻到浓浓的橘子味。她不承认这是势利，嫌弃现实的人会变老变胖，可她也不明白是什么正在阻止自己。

喊了一声珍珠姨，客气话随口就来，嗓子里一下一下愈发无力。直到眼睛捕捉到耳垂上的胎记，常青才有几分重逢的好心情。这熟悉也熟悉得面目全非，耳垂上绿豆大小的耳钉闪着银光，大概不需要大耳钉了。

"喺上面剥咗粒橘，你食唔食？"[2]珍珠姨摊开手，手心三瓣橘。

过去的人噗通噗通出现，常青早预料到这一场。揾闲话时，常青一遍遍偷盯这个女人。腮部的皱纹全都竖着，竖得那么直。眼尾的上眼皮奔拉下来，显得刻薄。头发是黑的，但发根冒出了白色。

常青发现自己一直忽略一个事实，妈妈也是会变老的。幻想回到那个时间点前，用某种方式阻止死亡，但幻想从来到此为止，没办法往前一步。她没办法想象继续往前活的妈妈，一大串问题会拖后腿：妈妈要是活着，自己会变成什么样，父亲会变成什么样……一个人死了，不单是一个人的死，一个人活着，也不单是一个人的活。她做不到。

---

[1] 快让我好好看看。没变嘛，还是一样漂亮。
[2] 在上面剥了颗橘子，你吃不吃？

眼前的珍珠姨以不可辩驳的真实，一层一层覆盖上来，记忆中的形象模糊了。做饭的经验让她知道，成熟的南瓜切开，扑鼻那一下有西瓜的清甜气，真填一片入口，又不是那个味道。她真希望没有这次重逢，长久不见的人最好永不相见，不然回忆起来，就不再是回忆中原本的样子。这不是南瓜不如西瓜，只是南瓜不是西瓜。

可她又感谢相见。时光远处的人出现，重要的不是拉人回到过去的某个瞬间，缅怀与感伤，以此慰藉和庆幸，而是向人证明，其实自己没有走得太远。的确，沧海桑田的感觉会先淹没人，让人沉浸于时间的无情和力量，发现一切都已那般遥远，但那种感觉过去，不管你意识到或没意识到，这漫长的一生，其实你没有行得太远。

直到今天，除了和珍珠姨的信，她没跟过去的任何人聊过妈妈的死。上大学前，她都不太能从口中讲出妈妈这两个字，在书中遇到，心就跳一下跃过去。她不告诉任何新朋友妈妈死了，朋友们聊起父母时，她敷衍过去，营造妈妈还活着的假象。所以很多年里，尽管她的妈妈死了，可在她学校里，在新认识的朋友中，仍处于活着的状态。

有一年开始能讲了，记不得哪一年，也记不得有什么特殊契机，就是能讲了。

能讲之后，想想过去的掩耳盗铃，她觉得好好笑。就是死了嘛，当成个天大的事，遮遮掩掩，讲不愿讲，问不愿问。现在知道其实事情很小，就是一个别人讲到"你妈妈"时，自己回答死了，然后别人讲抱歉的事。每次她都还要解释，不用抱歉，早就不伤心啦。后来解释烦了，认识了人就主动把消息透露出去，这下轮到对方有一点小小的尴尬，不确定要对这个消息表示哪种程度的哀悼。

那时的不在意是假的不在意，她只能对没经历过那场死亡的人做到。她做不到端出死亡当成话题，讲给共同经历过的人们。那时一个问题总来烦她：如果当时没告诉妈妈偷情的事，她是不是就不会死了？

在那张没寄出的信纸之后，她终于还是在信里告诉珍珠姨，她早就知道偷情的事，并且告诉了妈妈。

不是这样的，对吧？

肯定不是这样的，你不要有这种想法，珍珠姨信里讲。

女儿死后，她查文献，知道这叫幸存者内疚，还有恢复内疚，还有复杂悲伤，研究童年丧亲的文献她查了很多，都是英文的。她还看了威廉·沃登给从业者写的手册，《哀伤咨询与哀伤治疗》，知道丧亲后处理哀悼的四个过程。可看得越多，她越是明白，对她而言，那些东西只能用来验证，无法指导。

出大厅时，珍珠姨领先常青一步推开玻璃门，出去后用手拉住，一直到常青也出去，才跟回弹力较着劲送门关上，然后甩了甩膀子。

"唔信老唔掂，对付个门都劲。"[1]

出门还有三级台阶，珍珠姨两腿分得很开，五根手指

---

[1] 不服老不行了，对付个门都吃力。

压着膝盖，另一条胳膊虚张声势地微微展开，每走下一个台阶都"哎哟哟"一声，声音是从肚子里压出来的。常青伸出手准备扶一把，被拒绝了。

"唔使唔使，呢几步梯仲难我唔到。"[1]

眼睛看不到山，但常青知道，白云山在东北，玻璃闪人眼。眼皮刷了刷眼球，层次丰富的光线有音乐感。

"先些日见到你阿爸，估唔到冇几日就住入咗医院。"[2]

原来她确实去了葬礼。常青盯着一扇关闭的门。四个字，走火通道，她故意曲解，要是火如此听话，世上会少多少悲惨的事。一棵大榕树，在老住院楼旁边的空地上，底下有张褪色的长椅。大榕树的树冠很自在，像在家。

"系你阿爸睇你一个人开，佢讲野你又唔中意听，想累我劝吓你。我同佢讲，你先将自己睇好啦，仔知道自己点过最舒服，唔费咁多心。"[3]

这话题虽然讨厌，却也让常青放心。她刻意用嗓子眼夸张地笑一下作为回应，这样声音不大，类似被空气呛了一下。

"上次你阿爸，佢话你间屋嘅事，就一直咁？上面都冇咩讲法呀？"[4]

_____

[1] 不用不用，这几步台阶还难不倒我。
[2] 前几天见到你爸，没想到没几天住进医院了。
[3] 你爸看你一直一个人，他说的话你又不爱听，所以想让我劝劝你。我跟他说，你先将自己照顾好吧，孩子知道自己怎样过最舒服，别操那么多心。
[4] 上回见你爸，他说了你房子的事，就一直这样了？上面也没什么说法？

"拖住呢，好似边个都做不了主，边个都唔使负责。"[1]

"好无法无天喇。"珍珠姨忿忿不平，然后任由气势慢慢衰落，直到不见。"你阿爸仲同我讲，同你一齐处理呢个事嘅，有个业主钟意你。"[2]

"而家冇咗，唔联系。我对屋企嘅事都灰心晒，唔想再理，以后能唔去就唔去。"

"唔好灰心，慢慢解决啦，佢哋唔可以乜都唔理嘞。"[3]珍珠姨用左手按了按右边的膀子，"点就唔联系了，有看上？"

上了年纪的人如果学会闭嘴，是第一等美德。他们太爱用自己的旧经验去理解世界了。常青想抽烟，她知道自己没带，但还是拍了一下裤子两边的兜。她记得珍珠姨不抽烟，就没问。

告别时，珍珠姨讲："你同你阿爸平时倾偈呀？多同佢倾下，讲下嘢。"[4]

常青讲："好啊好啊，你点返去，揸车呀？"[5]

"我有办法，我有办法，唔使担心。"

珍珠姨的步子那么笨，像世上再没事能难倒她。盯着右胳膊总一下一下向前下方探得更狠的背影，染过的头发，

---

[1] 一直拖住呢，好像谁也做不了主，谁也不用负责。

[2] 你爸还跟我说，跟你一起处理这个事的，有个业主对你有意思。

[3] 不能灰心，慢慢解决吧，他们不能什么都不管了。

[4] 你跟你爸平时聊天吗？多和他聊聊，说说话。

[5] 好啊好啊，你怎么回去，开车了吗？

黑网兜在后脑勺，常青突然想，后来母亲死后，她和父亲再次偷过情吗？很奇怪，当时她下意识以为没有。

等背影打开的空气也已合拢，她站在外墙防火门前向上望，好奇会抵达哪里。走火通道，她决定走进去，但拉开门后，又放弃了。电梯的数字小下来，门开时，一厢人呆呆出来，一群人挤进去，不再允许人上。还有一辆慢得仿佛永远不会到来，仿佛恶意拒载、罢工，反而是刚刚人满的电梯跑了一圈又回来，她才涌了进去，虾饺与马蹄糕的香味冷了。

常川似乎真在睡，常青进去时，一本书从他胸前滑落地上。有两个病人睁着眼发呆。家属们都不在。常青捡起书，《幻影书》，她把书放在床头柜上，坐下来，盯着常川的脸。老年斑不太明显，耳朵前和额角的皮肤角质化了。酒精味和药味掩盖了老人味。眼皮闭得很紧，压倒了他的长睫毛。眉毛还剩几根不愿意白，因为从来没修剪过，眉尾翘起来，像干草。

眉毛长一辈子，也就这么长，她怀疑自己记错了，以前以为冷血、怪物的那个人，不是眼前这个人。

常青始终记得那个人的眼神，又死又冷，当她想要靠近时，这个眼神锁定她，久久不眨一下。但那个人也有心情好的时候，会玩小狗似的逗逗她，可是，她已经做不到随着他的心情起舞。

那个人在她讨要生活费时，仿佛完全听不到，保持原本的姿态，看都不看她一眼。若是她发出抗议，他便轻飘飘瞥上一下，如同驱赶眼皮上的小飞虫，一个无足轻重的讨厌鬼，任他宰割的小玩意。等她赌气离开，躲在房间里为下周的拮据惶恐时，他又会突然出现，恩赐般甩过来几张票子。回想起来，她能辨认出那个人脸上藏着的一种别扭，似乎一方面觉得之前有些过分，同时又为这份恻隐再次生气。

而眼前的这个人，会给自己炒牛河，更像从其他女人身边老过来的。她见过常川在那些女人身边是怎样一个人，她无法忘记那一次，常川在恩宁路的另一边迎面走来，与一位红裙子女人同行。他脸上的笑容像开滥的羊蹄甲。两人都看到了对方，但全无喊对方一声的意思，径自往前走了。

如果可能，她真希望保持那种形同陌路。她恨他，过去给妈妈划分凶手时，和自己相比，她让常川承担更多罪。有一次气急，她大喊都是你害死了妈妈。现在，想到常川可能也无数次在如果中给妈妈另一个结局，常青坐不住，下楼，出了医院，买了包南京，走在河边抽了两根，意识到月经就要来了，找最近的厕所垫上卫生巾，回了病房。

病房里太静，有种压力。尽管不愿承认，但她早就明白，和常川的关系会持续下去，既做不到完全宽恕，也狠不下心绝对憎恨。人和人不是只靠爱连接在一起，那让人们总是嫌恶，又无法断掉的东西，只是不再激烈，但不会消失。

我们会这样活下去，直到一个人死掉。这是妥协吗？这是绥靖吗？这是软弱吗？这是我最讨厌的那种毫无公正的和解吗？她问自己。

人陷入停滞的感觉里，仿佛身处一个多年没按的开关。

她怀疑开关已经坏了。在停滞里，她打了个盹。梦中有好事发生，但醒来遥无影踪，于是她怀疑根本无梦，只是子宫里的疼。梦里的快乐真伤人，世界像另一场春秋大梦。常青坐起来扭扭脖子，五根手指到包里翻找布洛芬，没找到。

常川放下手中的书，对她讲："你醒咗，甘夜你返去瞓啦，我宜家都可以自己起身，真系有咩事都可以叫护士。"[1]

"头先去泮溪，返时行嘅荔湾湖里头，嗰啲水杉又红咗。"[2]

"玉翠湖嗰几排？"[3]

"系啊。"[4]

"东门假山下嘅箭杜鹃开花咗未？"[5]

常青没留意到箭杜鹃，但她讲："开咗。"

"等我好翻晒，可以去睇下花。"[6]

四

你要问她，看见塞里史龙洞那天午后，她在做什么，

---

[1] 你醒了，晚上你回家去睡吧，我现在也能自己起来了，真有什么事还能叫护士呢。
[2] 刚才去泮溪，回来时走的荔湾湖里面，那些水杉又红了。
[3] 玉翠湖那几排？
[4] 是啊。
[5] 东门假山下的箭杜鹃开花了吗？
[6] 等我好了，可以去看看花了。

她会告诉你她在睡觉。这不是谎话，她确实睡了半个小时。醒来病房外洁白，让人误会是夏天，手机屏幕上只有快递的取件提醒。

就在刚刚……她徒劳地想着这四个字，找不到一个谎言填补在后面。就在刚刚，新推来的急救病人死了；就在刚刚，阳台上的金橘晒晕了；就在刚刚，燕子掠过窗外……可惜都不是刚刚发生的，她反思自己对浪漫的虚荣。发生时常常忘记，想起来已经晚了。就在刚刚，手机收到快递取件码，这样讲实在不够奇观，不够浪漫。这一点经常害自己，她想，生活得不够彻底。她不想取快递，今天做什么都是徒劳。

邻床有结伴来的访客，她借着几个女人的寒暄打发一会儿时间。耳听她们说起心里话，全是过日子的苦，说起那种折磨，丈夫又是富矿。原来人人活得这样不果敢，仿佛舍不得伤口痊愈，一日日磨它。这样想肯定有何不食肉糜的嫌疑，她还是忍不住想，人为何要把自己伤害成那个样子？

似乎和受伤害相比，有更令人害怕的东西在阻止人们。胆小鬼，没出息……一连串的词语冒出来，她察觉到自己的傲慢与优越，不舍得真用。无形的东西也会带来真实的疼痛，也会构建难以逾越的高墙，要是自己假装看不见、不存在、不值一提，她真会瞧不起自己。更何况，想这些又像在自作多情，也许讲出来的牢骚，在此处反而是得意，她们从这里走出去，回到家承受熟悉的一切，才会空荡起来。

大波浪的女人睁着大眼睛，对她笑。不认识，她反应了一会儿笑是什么意思，才回了笑。有点忘记人是如何跟人打交道的，所以世界上仿佛没了人。人，只是想到这个字，它庞大的概念就淹没过来，人一个个都在呢，面对那种浩荡的面目不清的东西，让她丢失了许多感觉，非得站起来往窗户走走不可。

阳光经营楼下的叶绿素，她发现对身处病房的现实毫无反感，萍水相逢的人不用深入相处，竟轻松过所有亲近关系。一个人和一个人之间总有一片荒漠，无法改造和回避，关系越近越接近它。她从未奢望过这片荒漠会消失。这一屋子的陌生人好就好在，离那片荒漠还十万八千里呢，甚至还一遍遍跟常川夸奖他有个好女儿。她自知不是，也不准备是，从未贪恋过这个名头，不过她也搞不懂，为何愿意亲身照顾起病父了。

出院的念头一浮现，突然生出几分不舍，这令她悚然一惊，太容易适应了，连病房里的日子都能将自己俘获。骨头生长，愈合，会发出一种声波，让病人和家属陷入轻微的愉悦。她猜这份仁慈是骨科病房的一种特质，她向外探身，试图看到 17 层的窗户，只看到一片峭壁。

那个叫妇产三科的地方，回想起来像蜃景。宫缩出现的夜晚，一位姓李的月嫂开车载她过来。待产病房是两人间，她进去时，靠窗那张床上的女人目光炯炯，双手撑住床板，一点点挪起来，倚着床头。常青以为就她一个，直到床与窗户之间，缓缓升上来一个惺忪的胖男人。

有个医生进来，拉上圈帘，戴上手套，让常青掀开裙子。常青半躺着，往上揪了两下，然后双手捏着裙边，一直提到胸口。医生讲行了行了，左手拉下内裤，右手两根手指进阴道。这两根手指厌倦了阴道，太过粗鲁。常青闷闷地承受，盯着这个女人疲惫的额头，尝试寻找一双母亲般的眼睛，猜想此刻正在阴道里的是中指和食指。

"宫口刚开两指，慢慢等吧。"语气里的亲切是流水线上批发来的，医生快速摘掉手套。"要是能忍住疼，可以在走廊走走。"

待产第一夜，陪伴常青宫缩之痛的，是陌生男人的呼噜声。邻床女人喊醒过男人一次，可不顶用，男人哼哼两声，呼噜声重新兴盛，急着绸缪剩下的夜色。

一开始心烦，后来又庆幸，好在有这呼噜声，心烦找到归罪的去处，不用四下游走。这样想，对事情本身没什么帮助，但是有用，一下子宽容了，脑子爬上呼噜的节奏，起起伏伏，像坐在骆驼上，寻找墙壁里沙丘般的嚎叫声。凝神听了几次，耳朵几乎贴着墙壁，嚎叫声又似无，她怀疑那是脑子里的声音。忘记抹橄榄油了，她心脏猛地一坠，随即意识到没什么大不了的。她早早查了防止妊娠纹的法子，每天涂两遍橄榄油，按摩半小时。孕二十四周她还庆幸肚皮干净，以为自己体质特殊，两周后妊娠纹还是出现了，越来越深，越来越宽，她怀疑会裂出一条东非大裂谷。

任由它们蔓延吧，她的四根手指攀上肚皮，试图摸出妊娠纹藤蔓或苔藓似的脚。根本摸不出来，指腹中生出轻微电击般的麻与疼。呼噜声流淌出一个撒哈拉沙漠，常青抱着肚子翻身。

"瞓唔着啦？"[1]

原来沙漠里还有别人呢，甚至这沙漠都是别人的。对面床上的轮廓，也如沙丘起伏。对面也在看着她，眼睛看不到，但知道，常青轻轻嗯了一声。

"唔使惊。系咪好痛？"[2]

"一轮一排嘅，挺过去嗰个劲就好一阵。"她往头底下拽了拽枕头。"你宫缩几耐呀？"[3]

"我仲未开始呢。我系二胎，预产期近，阿嫲非得叫我提前住入嚟。"[4]

人家已经生过一个，常青有几分后来者的谦卑，于是请教："你生第一胎嗰阵难唔难啊？"[5]

"我当时够运，都后生，生嘅时候，都算顺利。你真系犀利，冇听你嗌痛。"[6]

"可能我仲未到时。"她抚摸肚子，对胎儿心生谢意。"痛都冇办法，宜家只想赶快生出嚟。"[7]

"冇咁快，点都得到听日夜里，之前住呢张床嘅妈妈，

---

[1] 睡不着吧？
[2] 别害怕。是不是很疼？
[3] 一阵一阵的，挺过去那个劲就好一会儿。你宫缩多久了？
[4] 我还没开始呢。我是二胎，预产期近了，婆婆非让提前住进来。
[5] 你生第一胎的时候难吗？
[6] 我那时候运气好，也年轻，生的时候还算顺利。你真厉害，没听你喊疼。
[7] 可能我还没到疼的时候。疼也没办法，现在只想赶快生出来。

等两日先生出嚟。知唔知男女呀？"[1]

"咩？"

"肚入面嘅仔。"[2]

"唔知，唔系话唔畀查性别咩？"[3]

"我系男仔，婆婆带住我去查嘅。有一个人喺屋入边放咗部 B 超机，靠口耳相传静鸡鸡做呢个生意。帮我查完，都唔讲男女，只系话好健康，要咗八百蚊钱，阿嬷爽快嘅畀咗钱。出去我先知，收八百就系男仔，收六百就系女仔。"[4]

"女仔连呢度都能省下二百蚊。"[5]

"边个愿意省呢个钱。阿嬷话男仔女仔都唔紧要，只系为咗方便准备细路仔嘅用品，但我一直担心又系个女仔。"[6]

第二天仍旧等。在走廊缓缓踱步时，也有别人在走，藤蔓般的呻吟声钻进耳朵，常青并不害怕，只是心脏被一些潮湿的发烫的丝线网住，攥住勒住提住悬住，泡得发软发黏，又轻又重，脚底下不敢生出一点动静。医生手指插进她阴道的时候，和性器官有关的耻感不见了，她觉得自己挂在

---

[1] 没那么快，怎么也得到明天夜里，之前住这张床的妈妈，等两天才生出来。知道男女了吗？
[2] 肚里的孩子。
[3] 不知道，不是说不给查性别吗？
[4] 我的是男孩，婆婆领着我去查的。有个人在家里放了台 B 超机，靠住口耳相传悄悄做这个生意。帮我查完，也不说男女，只是说健康，要了八百块钱，婆婆爽快地付了钱。出去我才知道，收八百就是男孩，收六百就是女孩。
[5] 女孩连这里都能省下两百块。
[6] 谁愿意省这个钱。婆婆说男孩女孩都没关系，只为了方便准备婴儿用品，但我一直担心又是个女孩。

肉架上，是一大块冬天的五花肉。她想人对肉体的拥有是太平时的奢侈幻觉，稍有些慌乱，稍有些紧迫感，就让位给别的。

下午，常青最终决定给常川发个短信，没等到回音，这让她松了口气。上厕所时马桶堵了，她尴尬了挺长时间。晚上，邻床女人接到电话，是女儿打来的，电话里一直在哭，女人安慰一阵子，也不见好转，她呵斥女儿不要闹，一阵后突然唱起：月光光照地堂，虾仔你乖乖瞓落床，听朝阿妈要赶插秧啰，阿爷睇牛佢上山岗喔，虾仔你快高长大喔，帮手阿爷去睇牛羊喔……

嗓音擦过人心，像结球的天鹅绒，常青面部斜向下，上眼皮努力撑，手掌托住子宫里的疼。挂断电话后，女人重重叹息一声，侧卧着出神。好大一会儿，她突然笑了，指着常青身上讲："妹仔，你身上有只猫仔。"

常青往枕头里抹把脸，然后抬起脖子往身上找。邻床女人缩着脖子，右胳膊小臂贴着大臂，食指一探一探。原来是衣服上绣的云朵，从一些角度看过去，确实像一只小猫。这个发现没什么用，还是让她们看了挺久。

医生的手指又插了两次，夜里一点半，下了大赦的圣旨，宣布进产房。

像个车间。两边窄窄的产床，大肚婆们躺在上面，头发凌乱，额头有汗，出神或喊叫，看起来都很疼，可面部膨胀松软，好像女人们都被挤出了自己的身体，留给一个庞大的怪物，连那些疼也变得不真实。从中间经过，常青又宫缩了，大脑无限朝内部收缩，每一个细胞都变得具体明确。疼痛中，她到达产房尽头，一个半透明的房间，好几个浴缸。靠墙的浴缸里坐着戴浴帽的女人，几缕头发从帽檐逃出来，飘在耳朵上方。旁边空浴缸，护士拿喷头往里放水，左手时不时捞一下。浴缸旁边有普通产床，助产师说要是水中不顺利，还是要回到产床上。常青先躺在产床上，小小的床，助产师绑住她的肚子做胎监，她无法动弹，攥住手柄，想起妈妈模糊的脸。她饿了，两天来没能好好吃饭，也没睡个好觉。准备的生产包里有巧克力和红牛。她这辈子没喝过一口红牛。总是要疼的，她想。有几个彩色的灯亮着，不知道什么意思。她注意到助产师的瞳孔微微发蓝。

之前医生让她选择分娩方式时，问她有没有传染病或者皮肤病。她知道谷开山有脚气，不确定自己有没有感染。你有脚气？医生问。她讲她不知道，之前生活在一起的人有。医生在手机上戳了一会儿，告诉她脚气没关系。

半躺在浴缸里，等着宫口开更大，她依旧担心脚气的事。好像无数的孢子从脚趾缝里飘出来，占领整池液体，顺着阴道，填满她的子宫。女人们的惨叫声中，她一次次抬双脚出水面。添水的护士淋了淋她的背，夸她不紧张，还有心情戏水。细水落在皮肤上，痒。助产师和医生们忙活了一圈，轮到常青旁边的女人了。一根巧克力填进宫缩的间隙，苦和甜分了层，都清晰过往常。她没碰红牛。

来了是吧，来，一二三，鼻子吸气，吸口气，用力，往下点，再往下，往下点往下点往下点……对对对，很棒，好，好，憋住，不许吐，不许吐，很好，非常好非常好，再吐掉。不疼了是吧，好胀是不是，好胀了是吧……

听起来很简单，等到三个人终于围在她身边，讲同样的话，常青才发现完全听不懂，只记得助产师在眼前，手很软，骨头很细，脸很近。听了很多遍才搞懂每个动词什么意思，又听了很多遍，才知道它们应该怎么做。但她还是做不到。助产师颇为无奈地讲，喊那么大声做什么，你也没用力。她根本不知道自己喊了多大声。

这样大叫会分散力气，把所有力气集中在生孩子上，别用口，用鼻子，别用口呼吸……

她依旧大口吸气呼气，脑袋从颅骨里飘出来了，她感觉自己在旋转，头先吃下去的巧克力开始从食道上涌，每次一用力，就灼喉咙。这样过了不知多久，她终于学会顺着宫缩的力气，适时地闭上嘴，脚顶着浴缸的另一端，助产师和护士在讲话，但她听不到，很疼，疼让她全身硬邦邦的，手胡乱伸向背后，抓住一块软绵绵的东西，她使劲抓住不放。

看到头发了……缩回去了……看到头发了，用力，用力……缩回去了……你下一次一定要尽全力了，胎儿的头这样进进出出太多次，不是很好……

会不好？不好是指什么，会死吗？她怀疑自己生不出来了，她听到人们讲，头发在水里漂来漂去。好疼啊。力气到了尽头，她觉得再一使力，自己就会死掉。头发在水里漂来漂去，一张脸露出来，是妈妈的脸。好疼啊。

出来啦！出来啦……

一池血水。好丑的脸，没来得及看清楚，已被拿到一旁清理，量身高。护士大声讲，出生时间 4：34，身长 54，体重 6 斤 7 两。

然后她陪着这个 54 厘米的小人，长到 100，长到 114.6，再不长了。

然后她拎起包，逃出病房。忽略了几百米的路，走进巷子，拐到快递柜处取了快递。两双鞋。鞋是给常川的，专门挑的防滑鞋底。在趟栿门外，有个人喊住了她。

"我去原来的房子那儿，开门的是个小男孩，我以为是你的孩子，我问他你妈妈在家吗？他就喊妈妈，出来的女人我不认识，我才知道你把房子卖了。我不知道你现在住哪儿，就来这儿找，还真等到你了。"

眼前的谷开山确实还是谷开山，笑起来嘴角肌肉还会有一道弧形褶皱，可在常青眼睛里，确实是另一个人了。

谷开山执意要聊聊，常青自负不会再被他影响，将快递丢进门里，然后穿过一条狭窄的巷子，进了喜茶。

踩着红色花砖的台阶走上二楼，谷开山讲要回谷楼村盖一栋房子。

"我准备很长时间了，"他讲，"攒了钱，但是还不够。本来可以等下去，可是上个月见到我妈，她坐在凳子上盯着我，头一直上下晃。我希望在她活着的时候盖起来。"

常青记不清这个人大自己几岁，三岁？或者四岁？怎么也有四十五岁。她早就不怎么回想起这个人了，即使想到也是想起他讲故事。故事真烂，真的很烂，后来她会这么评价，然后她会脸红，因为她的确深深迷恋过讲故事时的他。

她的脸红是为前者而非为后者。

"你在听吗？它支撑我走过很多年了，阿青，疲惫时我的脑子里闪过平原、黄昏、河流、树木，停在老家的院子里，在那儿盖这座房子。它是个长方体，两层，通体白色。像是柯布西耶那样的，简洁，里面也必须简洁，正儿八经的空间，不用太多装饰。楼顶要不要搞一点儿几何造型，我正在犹豫。我还犹豫要不要玻璃天窗。那里应该有一扇窗，对吧？每扇窗都要对应一棵植物，随着季节落叶子的，红色黄色绛紫色。季节到这种程度，叶子已经落光了，然后会有雪，外面的那条路通向毫无阻碍的田野。这多像一条最终的路。"谷开山端起杯子喝上好大一口，喉结耸动，发出挺大声音。"最终的，是最！"

常青看向窗外的连廊，一位吊带连衣裙姑娘来回走动，好让另一位姑娘拍出漂亮的照片。裙子是黑色的。对面房子的玻璃里有颗太阳。

"你结婚了吗？"

常青不回答。谷开山的眼睛里并非疑问。

"没有对吧？你闲下来随时可以去住上一段时间，偶尔换换环境嘛，田园风光，夏天不像这里那么热，在河堤上走走，前些年新栽的杨树又铺天盖地了。冬天很分明，不像这里温吞吞的，说实话，这么多年我都没习惯这里的气候。正儿八经的冬天，田野边缘树木的剪影像吴冠中画出来的，河边芦苇飘荡，视野蔓延到天上，想想吧，那真是条不错的河。"

那确实是条好河，常青去过一次，是冬天。河里关着一条龙吗？她问。不是那个囷，谷开山讲，虯龙沟，虯枝的虯。结冰的河谦逊，时有白斑，没龙的张狂，堤上杨树叶子落光了，一副老年大象的神色。

灰白的土壤间，麦苗尚未发力，田野调色为灰绿。土堤顶部，枯草中间，踩出来的小路是一道白色的曲线，风带走浮土，留下光滑的地面，神奇地没有上冻。摩托车一直开到铁路桥下。冰面并不危险，从桥洞里望过去，没尽头。她会滑一会儿冰，而谷开山已经上桥，在桥上喊她。冰冻后的钢铁有颗寂寥的心，每一脚踏上去，都给鞋子空空的回馈，传到人的血肉里，生出的喜悦也带有辽阔。

但那确实是条好河。人行道的缝隙让冰面更加遥远，钢板中和了高度带给人的恐惧。路过的一列货车，裹着军大衣的人坐在车顶的绿帆布上。一连几辆货车过去，才来了一辆客车。她像本地人那样站住，陌生人在车窗里，在出发之后，在抵达之前，是一张张路途中的脸。

"还有雪，"沉浸在美好设想里，谷开山的面部不断胀大。"平原上的雪会抚慰所有人的心事。下雪时不算冷，嗯，是种柔软的冷。化雪时冷才实在，嘿，踩住雪嘎吱嘎吱走上一遭，灵魂都给冻结实了。"

常青感觉到那种冷了，可惜人没办法只活在景色里。一件事情会在好与坏之间随机跳跃，得知怀孕后，她尚不知该如何定性，谷开山已变成沙发上的死鱼。这副鬼样子一下将怀孕定性为坏事了，她没办法不生气，自去卧室躺下。过了挺久，脚步声进来，她闭上眼睛。门打开是一重紧张，脚步停在床边又是一重紧张。耐心等了一会儿，忍不住睁开眼。谷开山的鼻几乎抵住她的鼻，手掌垫下巴底下，凝神看住她。她故作凶狠，皱眉，谷开山抚平她的眉，温柔道歉，讲了不少好话。常青继续生一会儿气，很快就原谅他啦。

最后谷开山讲："我给你表演个魔术吧。"

真无聊，可常青还是问什么魔术。

"一个消失术。"

讲完谷开山让她闭上眼睛。她一点也不配合，死死盯住他。谷开山浑不在意，快速将上身伏在地面上讲："哈哈，不见了。"

她有点被逗笑了，可谷开山的背露出一个拱顶，对面椅子上挂着她送的黑色风衣，看上去一片荒芜。早上醒来，那件风衣不见啦。谷开山消失得很彻底，常青觉得，这肯定是他这辈子最成功的魔术。

"还可以养狗，你以前不是提过想养狗吗？"

狗？我女儿都死了，你还在讲养狗的事。

"怎么样，阿青，借我三十万，我肯定还给你，现在我演出赚得还可以，不出三年我肯定还给你，相信我。"

"我把孩子生下来了。"

话已出去，常青才张开嘴。她马上后悔，又一下没想清楚为何后悔。借着沉默的空当，慢慢想明白，本来将这次会面当成个笑话的，这样一讲把它变认真了。

"我知道，我都听说了。"挺久之后谷开山才开口，然后仿佛被戳破了，不得不努力向后流，直到一个大坝拦住他。他靠在椅背上，手指在桌面上虚敲两下。"我很难过。"

听说，我很难过。听上去真像会对遭难的朋友讲的安慰话。他知道女儿的名字吗？独自行在路上，常青被这个问题折磨，因为直到分开，谷开山也没提到女儿的名字。

坐在洗衣机正对面，看滚筒旋转，只觉得全是徒劳。可那些肥皂泡又不同意，每一次兴起与炸裂，都让衣服变干净一些，这给她一些底气。白色最明显，翻来覆去。微微泛蓝的泡沫，水浪声，高速转动的嗡嗡声，旁边窗户下的阳光白。她察觉人生的拥挤和漫长，察觉到，自己似乎不在这里，这里不是指广州、永庆坊、这栋屋，这里是她不知道哪里。她心虚地想起女儿。她决定不要想，马上又想起妈妈。仿佛必须二选一，她小声骂了两遍 Fuck。

夏令营参加一半，妈妈就不见了，还能怎样理解这件事呢，这又不是捉迷藏。

"到塞里史龙洞去了，再都唔返嚟喇。"[1]

这就是她得到的全部答案，多问点什么，只换回一声嫌弃的"啧"。从一个房间到另一个房间，三层，百来平面积，她花费许多年去等待。在课堂上，在路上，伴随轻微的恨意，她渴望妈妈戏剧性出现。她打定主意，妈妈出现后，要花上一段时间才肯原谅。

不会出现。周围的人生生死死，常川身边的女人换了

---

[1] 到塞里史龙洞去了，再也不回来了。

几个，就像世界上只有她独享了妈妈死亡的秘密。在她心中，一个分量越来越重的细节是，妈妈送她去集合的路上，她一直在生闷气。她不喜欢那个红色的杯子，上面印的三个小人很丑，但妈妈强迫她带着。妈妈跟她挥手再见时，她扭过脸去。

这就是最后一面。有一天她突然意识到，这个细节每次回放，都在固化女儿身份，导致她从来用女儿的目光，遥望那个死去的女人。她没见到妈妈的尸体，据说脑袋摔烂了，所以不敢让她看。那之后的很多年里，她时不时忘记妈妈是死了，然后重新想起，重新接受一次。她想象跳楼的场景，但主角一直不是妈妈，是一个陌生人，不总是女，有时是男，甚至有一次，她发现正在坠落的是自己。

想象中跳楼是一个人站在边上，停顿一会儿后，直直往前一倒，就落下去了。人落到地上什么样，她想不到那一步。不过，春天她在微博上看到一个视频，知道还有双臂拉住栏杆，双腿屈着踩墙面，有点像立定跳远的动作，试一下，又试一下，哪一下松手了，人就蹬出去了。落在地上后，人还会微微弹起一下。她觉得妈妈肯定是前一种。可为什么就活不下去了呢？

塞里史龙洞，洗衣机滚筒一圈圈转，水和机器声，常青盯着。

有件事终于可以不被打断地做了，她站起来，穿过照旧的客厅，走进书房。心中仍然有几分做贼的心思，窗玻璃兢兢业业，还是拦不住干炒牛河的香味。她去窗前看看，扣得这样牢固，她还是打开，重锁一遍。

太寂静了。声音也有，窗外也吵闹，可是太寂静了，仿佛有颗子弹正瞄准脑袋。冥冥中什么看不过去，派来一个提醒到她手机上。她这才知道，有冷空气和云团正向这个省份急行军。压扁的长条形天空，天气晴朗，阳光洁白，云朵三心二意，一点不在意的样子，她开始盼望这场冷雨给它们一点颜色瞧瞧。

这书房从小到大见过，仍然不熟悉。常川的阴影在每一样物什上包了浆，成为一个个间谍，心思复杂地窥探外来者。抵抗这份紧张，什么都想看一看，都要摸一摸，才知道不过是一些傀儡在虚张声势。原来有诸多事物从不会被囚禁，坚守原子层面的自由。

如此简单就坐在书桌前，手指触到纸张，常青突然失落。仿佛长时间围而不攻，就是为了逃避这一刻。胜利如此轻而易举，简直是什么都没战胜。这样的笔记本，任谁都能花钱在文具店买到，很难相信，它能撑起三十年的期待。她这才意识到自己一直忽略的事实：笔记本从来没承诺给她一个答案，而她第一次看到父亲在上面落笔，就想当然地自以为了。

来吧，她讲，让我睇一睇，这个老衰仔能给我什么惊喜。

五

如今连火焰也老了，偶尔在楼宇间隙、老旧屋顶、树冠中流露出灰白色的神态。假如时不时闯入眼睛里的白豹子仍是过去那只鬼魂，我也能从它的迅速与神出鬼没中发现失去光泽的毛和松弛的肌肉。面对它们我已不受煎熬，但仍会一遍遍把自己放回遇见火与白豹子之前，阿西木出现的那个夜晚。

下半夜，吊唁的人都已离去，女儿住在岳母家，多丽在房子的某处，灵堂只剩下我一个。灵堂布置在母亲的客厅，很多年了，我用客人的心态走进来，遥远的生活向童年要一些细节对我轻喊阿川。这时听不到了，但我看到它们的眼睛，它们的眼睛透过衰老和死亡，令我感觉在这些几十年的砖与木头中自己是唯一的那个。不止一人建议在殡仪馆租一间守灵堂，但念及父亲死时母亲坚持在家布置灵堂，于是决定仍然布置于此。桌上原本摆着父亲的照片，现在客气地往旁边让了让，给母亲的照片腾出位置。

一整天下来累被困意淹没，留下身体里臃肿而又破碎的松弛。一个人死去就是一场人际关系的演习，平日里沉淀在各处的人被翻出来操练一遍。和父亲去世时相比，人员发生了一些变动，有几个人来不了了。过去几年间，我也曾作为父亲在世的代表参加过几场葬礼。葬礼的气氛并不悲痛，每个人都客客气气缅怀，对逝者的过去种种表现出分量超标的宽容。

母亲的墓地挨着父亲的墓地，是三年前母亲坚持一起买下的。还没和他待够啊，事后我开玩笑地对母亲讲。母亲被这个问题惊到，猝不及防地笑了笑。扫墓时我总会想，死是这么回事，你知道他在那里，却再也找不到他。现在母亲也要不见了。我想着墓地的事，几乎要睡过去，突然听到母亲喊我的名字。

我站起身，耳朵寻找一声并不存在的呼喊，白幡和孝衣沉默如死者写给这个世界的休书。也没有听到多丽的动静，但听得到她正静静待在某处。这让我微微心安。

在多丽离开我之前，我离不开她，尽管看上去我笃定、勇敢、应付自如，其实内心深藏恐慌与不解，而我的力量总是借由多丽的存在得以确认。我从来羞于承认活得不快乐，好在还算克制。我应对所有恐慌、不解与不快乐的方式是算了。我无比擅长对自己讲算了，这两个字讲出来后，似乎把我从某种不可抗拒的屈辱中打捞了出来。我从不试图挑战谁的权威，因此落下与人为善的名声。我意识到人类社会有种不可抗拒的意志在阻止我，这意志正如宇宙的膨胀，正如恒星的诞生与湮灭，一种无法抗衡的尺度。假如难以战胜，不如在算了中获得救赎。

在爱情中亦是如此，我不表达自己的情绪，每当遇到挫折就怀疑对方的爱，只会单方面对自己讲算了。我的爱天然退缩，曾有过要单身一辈子的恐慌。多丽在一个意想不到的时候出现，救了我。多丽是个无视我内心讲算了的女人，她爱我，并不在乎我怎么想。每当我内心又在讲算了时，她就盯住我，用一种将我的懦弱看透的睥睨眼神，然后毫不客气地拎起我缩成一团的心脏扔进她的爱里。

我并不抗拒，至于这是本来就想要的，或仍是算了的心态，自己亦搞不清。

多丽精神上有我羡慕的气势，总是可以在事情依旧糟糕时突然快活起来。她多爱在拖地时哼歌啊。多丽常常挂在嘴边的一句话是，能活到哪种程度就活到哪种程度。同样一句话对不同的人来说是另一种感受。我知道自己不甘于活到自己能活到的程度，但又缺乏思路和力量找到抵达另一种程度的途径，所能依赖的只是工作，更加拼命地工作。这正是算了更深层次的力量，活在自己所能保持的惯性里，期待突然降临的奇迹。可不管怎样拼命，我仍然被无法抗拒的悲观笼罩，明白自己只能到这种程度了。

（此处涂掉两行半，黑色涂痕像只小恐龙，好是可爱。）

母亲的目光一直落在我身上。因为不常照相，照片里母亲表情紧张，眼神略显慌乱，正因为如此，眼神反而具有穿透力，盯得我心里发慌。角落里桌椅和杂物在此时的安静，泛着一股残忍的流动性，仿佛它们永远存在，既不得到也不失去。

我的身体控制我站起来，耐心等待一阵，让血液带给双腿足够多氧气，才往外边走。开门时多丽从厨房出来，问我去哪。出去透透气，我讲。眼睛里的意思是邀请，心里却没有邀请的意思。多丽只是讲早点回来。

或许她也在害怕不存在的东西，我有一点经验，这种怕无法用决心克服，需要某些特定时刻自动消失。我知道该留下来，可确实想出去，所以点点头讲不会太久。

巷子里的光显得很不本分，我脑子里想起坟墓，幽暗的地底，腐烂的祖辈。在我小时候，熟悉的亲人死后，我不敢进他们的屋子，不敢触碰他们使用过的东西。那时我恐惧鬼魂，认为鬼魂能通过死者生前常用的物品凝视生者，乃至走进活人的身体，带走灵魂。母亲告诉我，他们是你的亲人，永远不会害你。但这没用，我只见过活着时的亲人，一个鬼魂的亲人是原来的亲人吗？

母亲保留了一些外婆的遗物。一尊青瓷观世音菩萨像，香火停下了，变成时间里遥远的痕迹。菩萨像塞在一个楠木柜子里，身边是几张纸，两个铁皮罐子，一个枣木顶针，上面有核桃皮般的孔洞。小时候每次不得不打开柜子，都会在心中默默礼拜，因为担心观世音若是恰好降临，看到自己混迹于杂物中会降罪于我。

这些东西现在还堆在房子的某处，但我早已不再畏惧它们。父亲死时我更清晰地意识到：物品是无情的，物品从来不在乎使用它的人是不是活着，从来不在乎是谁在使用它。只是对于尚存于世的生者而言，或许能用我看过的一句话概括心情：所有这些都不再是我们的，只是死者的尘埃。

下楼往北走，熟悉的街道显现与人无关的安静。走在这种安静之中，我对路程的远近失去判断，直到经过那座小教堂，才意识到已走了这么远。院子里有抱圣子的圣母像和羊，主建筑的尖顶门紧闭，一派独属于深夜的气象。白天门总开着，但看过去仍旧昏暗，仿佛对过路人的目光漠不关心，让人兴不起进去的欲望。我对这里最深的印象是一个修自行车的小摊。摊主足够老了，戴黑色报童帽，一身褪色的中山装，身体空荡荡地装在其中。没见有谁去修自行车，老头一天到晚坐着，在漫长的夏天像块融化的蜡烛。我猜他有一些精神问题，因为他时不时会用打气筒对着地面上伸出来的一个软管打气，旁人问他，他便讲是给地球充气，不然地球就瘪了。

现在摊子只是一片空地，我特意蹲下来找了找，看到地面伸上来的一根软管，理解不了是做什么用的。

每天走同样的路，经过小教堂和修车铺，小教堂的门总是张着，老头总是保持望的姿态，它们以它们存在的方式存在。现在站在教堂门口，或许哪位神明突然在意了我，我意识到一切的本质都是重复。重复占领一切，从星系到微生物，一切活动都是场巨大重复的一部分。时间并非矢量，没有速度，就是一种液态的重复。液态是种感觉，没办法准确形容。

无所适从。我被挤出来，肉体连同那个总是算了的灵魂都挤出来了。根源就在这儿，我在这种重复里无所适从，从来如此，既融不进去，又没有哪个已知的空间可以跳出来容身，所以只能一遍遍对自己讲算了。算了肯定不是一种投降，也从来没有一场真正的胜利。

走走停停，脚步暂时成了感受器官，带来一种无比舒爽的释放感，仿佛我并非在走，而是在地面飞行。但很快，我的大脑又被沮丧笼罩，因为我无非是在走，一个无聊的重复的动作，除了满足突然想要行走的念头，什么也没带来。就是这么回事，一个念头，无数念头，我被驱赶着满足它们，然后又突然疑惑这一切到底为了什么。

随后我闭上眼睛，看到白天、太阳和沙漠，而我正坐在一条巨大的蜥蜴身上。这个我就是阿西木。

（这里涂抹了一段，不过能看出修改成了下面的一段。）

阿西木身份的我，是一位流浪传教士，正穿越沙漠去往马里一个叫塞里史龙洞的村子。正如村名所示，村子里有个龙洞，住着一条仁慈的龙。村里人靠喝龙奶过活，据到过村子里的人讲龙奶不好喝。我听闻这件事，想去见见这条会产奶的龙。

我的坐骑，那条巨大的蜥蜴叫丝娄。这条蜥蜴也突破我的认知，可以产奶，正是靠着蜥蜴奶和仙人掌，一路上我才没有饥渴而亡。

我紧守住阿西木的秘密，连多丽也没有透露。葬礼上我利用每一次低头，以阿西木的身份在一片陌生的大陆上前行。没有人发现我的异常，除了多丽。但她大概以为我正在悲伤，所以时不时抚摸我的肩膀。

母亲下葬后的夜里，想象接下来要做的事，重新投入一场艺术品展览的准备工作，几位还没在这座城市打出字号的年轻艺术家早就嗷嗷待哺。我有一些期待，更多的是失落。虽然不该这样想，我仍感觉葬礼像一个理所当然的假期，一个绝对借口，让自己从既定轨道中岔出来一阵。而明天我就不得不重新回去，那并非一个新开始，生命中早已没有新开始这个概念，只是用重复带来的安全感抵抗无时无刻不在侵袭的下坠感。就像无法摘去的痔疮，这人生，避免久坐，经常提肛，靠惯性前进。

生活就像蹲监狱，可是当我自问，我能离开这样的生活吗？答案是否定的。我开始为自己哀悼，你可真完蛋啦，完蛋啦，你还能有什么办法。于是闭上眼睛，阿西木坐在丝娄背上，承受沙漠、烈日与疲惫。

塞里史龙洞比想象中遥远，阿西木也比想象中更真实，习惯后转换起来不算难事。

一边同场馆人员、相关部门、赞助商、艺术家们、媒体、同行打交道，遇到的问题都是可以解决的问题，即使是解决不了的，也可以绕过去。路子都是走通了的，像是一个磨合好的系统，只要上上油随时就可以启动。你所能感到的不是累，是疲倦。

另一边，向塞里史龙洞前行。没有路牌，不知道距离，只是去。去一度取代了目的，然后到达了。

那是马里的夜晚，走近村子外围我才发现村子。当时我正在省美术馆举办的青年艺术家双年展的开幕式上，阳光透过玻璃穹顶落在致辞的馆长周围，围成半圆的人群中，除了熟悉的面孔，还有蹭合影的名媛与新人。我闭上眼睛，经过一棵一米多高的仙人掌，走进了村子。

路上没有人，建筑里没有光，空气中没有鸟兽的声音。我一路向里走，直到一座小山拦住我。或许不该讲是山，充其量是个大点的坟墓。洞口一人多高，我打开手电筒，里面看起来空，洞口上面写着塞里史。我让丝娄等在外面，举着手电筒进去，前方什么都没有，面积十几平，洞壁看上去是石头。我再向前确认，突然脚底一空，随后有什么东西硌在腰部，疼得我喘不过气。缓过气，我拿起腰下的东西，捡来手电筒一照，原来是颗骷髅。还不止呢，地面上散落不少骨头，有些甚至堆起来被烧黑了。此外，还有锈蚀程度不一的刀剑。上面的洞口三四米高，我大声呼救，只有丝娄伸脑袋进来看了看，然后又不见了。

从人群中走开时，已经是一位艺术家在谈感想了。我并没有走进厕所，而是打开一扇防火门。走火通道里有楼梯、扶手、声控灯、红色金属水管，没有人。常闭防火门坚定地弹回去，声控灯瞬间亮了，仿佛要确认黑暗中发生了什么。水管圆形的开关上挂着"常闭"，红色字体，看上去并不紧张，有令人吃惊的忠实。另一个通往水压表的管道，圆形表体大模大样，仿佛知道怎么回事般高高站着。还有一个开关，把手式，挂着蓝色字体的"常开"。开关令人敬佩，不管是开着还是关着，都在履行自己的工作。声控灯偷懒多了，很快就把走火通道交给黑暗。那不是彻底的黑暗，声控开关里的蓝色指示灯，楼梯转角的"安全出口"标牌，都让空气显现出特别的密度，人的心思在里面仿佛可以游泳。

钢筋混凝土的巨大建筑内部，一个不知道什么时期的洞穴，出乎意料地出现了。一墙之隔，什么都在发生。不知哪一层响起防火门粗大的动静，踏在耳膜上恍如大象的脚掌。从楼梯围成的矩形孔洞上下张望，云深不知处。

没有人在这里抽烟，没有一个人与另一个人在这里短暂相爱，走火通道古老而陌生。属于我的走火通道时刻。然后出去，切换另一套系统，扮演更可靠的角色。也许只是你需要观众呢，那些眼睛证明着你，你在认真生活。

但直到好几个小时后，我已经坐在庆功宴上，那个洞口才逐渐亮起来，才听到有人惊呼好大的蜥蜴。

当光变成火出现在洞口，我手背横在眼前，仰头向上讲，我是个没有武器的人，一个好人。

上面传来一个女人的声音，我知道你们这些人，看看你的周围，这种情况下表达的善意不怎么可信。

请相信我，我听说你们的龙奶难喝，是来帮你们解决问题的。

怎么解决？

您先让我上去吧。

那你就死在下面吧。

我赶紧讲，看到跟我来的蜥蜴了吗？挤了它的奶掺进龙奶里就可以了。上面没动静，我继续讲，蜥蜴奶不用多，一桶龙奶倒进去一碗就行，您可以先试试。

过了好一会儿，才有一根绳子垂下来，拉我上去。一上来，一碗奶塞进我手里。

喝下去。领头的女人面无表情，有着果子味的眼神，脸颊如同草原的雨季。她的眼神里不含敌意，也不像身后的人群那样充满戏谑的意味，只是看而已。丝娄趴在远处，无辜地望我，它可真没用。它旁边有只小羊，正喝一个陶碗里的奶。我的包裹已经被打开了，露出里面的旧衣服。而磨毛的《新约》、金属指南针、小铝锅和杯子、火柴，已经拿在几个孩子手中。

喝下去，她命令。

我没有犹豫，一口气喝光了，味道不错。味道不止不错，几位老人喝过后惊喜地喊，幸福的味道！

在塞里史龙洞的日子，经常有海东青在空中盘旋。我已经知道村口的那株仙人掌其实是一个叫曼尼卡的人，白天他会重新变成人，敲打金贝鼓。他的手翻飞如蝶，鼓声急促且哀伤。

领头的女人叫露安娜，上一任挤龙奶人去世后，龙选择了她，挤奶成为她的全部。她的生活，她的荣耀，她的枷锁。每个清晨，我将挤好的蜥蜴奶交给露安娜。而后她将蜥蜴奶倒进龙奶里，搅拌均匀，分给每一位村民。做完这件事，她往只属于她的龙鳞做的杯子里倒上一杯，一饮而尽，而后目光跃过低矮的屋顶，飘向天空的尽头。在我看来，她眼神中没有向往或者害怕之类的情绪，似乎她从不怀疑自己的生活，无须做选择。

并不是所有人都愿意喝掺了蜥蜴奶的龙奶。一个坚毅的中年人，布甘达，上上一代挤龙奶人的孙子，坚决拒绝，只喝最纯正的龙奶。他认为龙奶的味道是一种必要的考验，必须保持这种纯洁，往龙奶里添加任何东西都是亵渎。

这是一种背叛，必将受到惩罚！他信誓旦旦地预言。

一开始尚有一群人追随他，但时间流逝，美味的诱惑让跟随他的人越来越少。

露安娜曾问我怎么知道丝娄的奶水可以让龙奶变得美味。我不知道该如何告诉她，这本来只是一个念头。于是我手持《圣经》讲，这是上帝的旨意。

让你的上帝歇歇吧，她讲。

让你的上帝歇歇吧。此后我手捧《新约》翻阅时，她偶尔还会讲起这句话，语气中没有轻薄之意，仿佛她是真心实意替上帝感到疲惫。在村庄周围漫步时，我向她讲述一个和沙漠无关的世界。她告诉我，她的族人们在沙漠中看到过类似的世界，对塞里史龙洞的居民来说，那是世代相传的不可直视的禁地。所有去追逐它的人都被发现变成了干枯的尸体，她讲。她也会讲童年，塞里史龙洞的往事，以及跟觊觎龙的另一些人发生的几场激烈冲突。

她向我描述她父亲第一次带她去巴芬河捕鱼的场景。那年她五岁，河流令她恐惧，她不敢靠近。父亲站在水中，一直鼓励她，她终于把脚放进了水里。她讲，似乎听到了河流的心跳。那是快乐的一天，回程中她问父亲，我们为何不搬到河边来呢？

这里没有龙，父亲讲，然后又补充，生活都是同一回事，有了河，人就承受河，有了龙，人就承受龙。

自然，我见了龙，去了真正的龙洞。龙洞在露安娜家的后院（或者说挤龙奶人的家更准确一些），蜿蜒向下，穴壁上有发光的石头，我没认出是什么材质，很怀疑它们会不会有放射性。谁能想到洞的尽头会有一个如此广阔的空间呢，龙就盘在正中间巨大的球形石上。那条龙肥胖，闭着眼睛，一副懒散温和的表情。

令我想象不到的是，在这宽广的大厅里，还住着一群女人。她们身上披挂着绿色流体般的衣服，围坐在龙的身边诉说，用一种难以理解的语言。似乎为了方便泪水流出，她们眼睛凸起，泪水流成一条直线，落在衣服上，变成半透明的白色石头。露安娜告诉我，这种石头是龙最喜欢的食物。

去过几次之后，我再也不愿意到龙洞里去，因为那里面的氛围会扰乱我的心情。

但塞里史令我着迷，我理所当然地爱上了露安娜，利用一切时间闭眼，开会的时候，工作中，和多丽说话时，甚至和多丽做爱时。

你很奇怪，多丽停下来，对闭着眼睛的我讲，你到哪里去了？

睁开眼睛，脑中残留着露安娜和沙漠上空的繁星，多丽的注视让我有几分恐慌。随即想到阿西木永远不会被多丽发现，绝对安全。可是，罪恶感不因为绝对安全就不存在。闷闷地咳了一声，然后用轻松的语调讲，到马里去了。

多丽盯着我，一直盯着，厚重的压迫感让我骨骼发痒。我再次意识到我离不开多丽。人不是简简单单的思想与本能动物，人是个矛盾的怪物。

我故意大了声调，我不就在床上吗？能去哪里？

多丽仍然显得疑惑，但还是点点头讲，你多看看我，你的目光都不在我身上了。

早上感觉到多丽正在起床，我犹豫了一下，睁开眼睛对她讲，我爱你，多丽。多丽正背手扣胸罩，回过头讲，你确实不太对劲，你到很远的地方去了。

我在马里，马里是个好地方。我再次讲我爱她，然后去吻她的后脖颈，微小的汗毛像白色的冬天。罪恶感，生活的另一面，伪装的强大，这一刻我毫无疲倦，活着是件幸福的事，这是肯定的，尽管有太多无法否认的相反部分。

村里人越来越多地谈到婚姻，对我来讲，并不需要这样一个仪式，但也不可避免了。按照古老的传统，要和挤龙奶人结婚，必须用白豹子作为聘礼。

在塞里史的传说中，白豹子是天神的坐骑，代表力量、敏捷、毅力和忠诚。捕捉白豹子不是件容易的事情，必须独自完成，没有什么窍门，上次有人捉到已经是百年前。而曼尼卡正因为寻找白豹子失败，于是决定在夜晚变成仙人掌。

出发寻找白豹子时，周围是金贝鼓和鲁特琴的声音，人们围着我和露安娜跳舞。我跟丝娄亲昵了一会儿，露安娜帮我背上包裹，勇气同样属于露安娜，她小声讲，我等你回来。路过曼尼卡时，他对我讲，你的对手不是白豹子，你要和太阳、时间、沙漠、草原、自己对峙。

马里的太阳如同漫长的仇恨落到我身上。抵达巴芬河已是第二天深夜，星光巨大地停顿。我心潮澎湃，等到终于平静下来，满怀希望地沉入梦乡。

苏醒是世界重新在人的思维中生成。巴芬河载着无数个金灿灿的早晨向前奔流，大风之中我尖啸，呼喊露安娜的名字，一遍遍重复我爱你。声音被风咽下去，只留下口型，成为无形的纪念碑。

但一个月后，我开始怀疑寻找白豹子是一种徒劳，一份新的惩罚。我对这种怀疑并不陌生，许许多多事情上我经常反驳自己，然后用另一种反驳再反驳回去，来来回回，恍若渐渐失去弹性的弹簧。但另一个我，阿西木，心思坚定得像脚下的土地。他渴望白豹子，相信白豹子。就这样，天光云影，岁月流淌许久，我终于见到白豹子。

白豹子如同圣物，奔跑时在空气中留下一道白光。相遇艰难，捕捉更是漫长的过程。在平原和台地，在热带沙漠和热带草原，有一段时间甚至闯入了热带雨林，一人一豹来来回回进行了长近一年的追踪。

起先，白豹子总能从我的视线里逃脱出去。那种逃脱更像凭空消失，前一秒还在眼睛里，没有任何障碍物，下一秒就不见了，有时会消失上十几天之久。我想起曼尼卡的话，野外追踪白豹子，一切都会成为敌人，饥饿、酷热、寒冷、疲惫尚可以忍受，不确定感和孤独更加折磨人心。个别时刻难免丧气，我以为生活塞给我一个理由，现在似乎变成一个新的问题。但阿西木没有停下。退路同样无法忍受，阿西木能回到哪里去呢？我无法做到同曼尼卡一样度过一生，假如没有白豹子，我将到何处去呢？我没有答案，无法想象。

目的不再是最初的目的，白豹子不再是一件爱情的礼物，成了一种独立的存在，推石头一样的刑罚，捉它更甚于捉到它。

这段时间里发生了许多事，我经手的一批艺术品出了问题，欠了不少钱。我卖掉了房子，全家搬到老房子里去。很长一段时间，多丽看上去若有所思。

有次她问我，你没什么想要讲的吗？

我确实不知道要讲什么，于是问她，多丽，你有无法解决的问题吗？

无法解决的问题，那你就把问题当成答案。

我想了一夜，没有睡着，多丽在旁边轻声打了几次呼，很细小，微不可察，侧耳细听，像听不到。但感受是真实的，夜晚，宇宙，自己的整个人生，都泡在一种微不可察的鼾声里。

几个月后，在潮湿的早晨醒来，看到白豹子站在我身边凝视太阳，我的第一感受是不知所措，然后是不敢相信。我胆怯地伸出手，触碰白豹子的额头，豹子眼睛转向天上的云，但没有离去。

骑着白豹子归来，村子里举行了盛大的婚礼。在夜晚的篝火晚会上，月光和歌声遥远地拍打曼尼卡的身体。我离开人群，来到他身边。

曼巴卡先是祝福我，然后讲，我一直在接受不坚定的惩罚。当年去追踪白豹子，我受了伤，附近村落的一位姑娘救了我，养伤的时候，我和那位姑娘相爱了，那段时间我几乎忘记白豹子，也只是偶尔想起在这里等待我归来的人。半年多后，那位姑娘得疟疾去世，我消沉了一段时间，又重新去寻找白豹子，可白豹子始终没有出现。我回到村子，一生承受苦果。

那张脸出现岁月的委屈。我讲，你可以放弃的，人很复杂，有不坚定的权利。

这天起，我和露安娜开始共同生活。清晨我陪她挤龙奶，白天我们看云，在村子周围走动，丝娄和白豹子在不远处一起玩耍。我精力充沛，不考虑意义，不担心未来。

可是，若让我完全变成阿西木，我绝对接受不了。阿西木仿佛一个漂亮的诱饵，让这座城市的一切变得更好忍受。琐碎的关系，默默运转的暴行，纷杂的声音，仿佛成了可以宽容对待的小烦恼。

我尝试跟多丽讲塞里史龙洞的事（当然，隐瞒了露安娜），她毫无兴趣，一开口就打断我。不要让我听到这个地方！她近乎是吼，变得一点也不善解人意。有时候我睁开眼，从塞里史龙洞回来，发现她正冷冰冰地盯着我呢。我期待她讲出你不在这里之类的话，可她再也没有讲过。

这样也好，如果她纠结于此，现在的我可不是真有耐心处理她的问题。

但是，宇宙总在运行同一套准则，没有长久持续的好事。

雨季早就到了，但没下一场雨。连续好多天，海东青一只只坠落在曼尼卡身前，更可怕的是，龙的产奶量开始变少。村民们人心惶惶，不知道灾难起于何处。

布甘达重新活跃起来，宣扬是阿西木带来灾难。这是天罚，喝掺蜥蜴奶的龙奶是不洁的行为。他给出的解决方法是烧死我。露安娜尝试帮我辩解，可收效不大。龙奶越来越少，围拢在布甘达身边的人越来越多，一些年轻人日夜监视露安娜的房子，我躲在里面，不知所措。

不少村民已经叫嚣着把我交出去，我担心露安娜真会这样做。她没有这样做。那天夜里，她领我和丝娄走进龙洞，经过龙的卧室，那些绿色的女人正围着龙流泪，她们的话语在空间里交织膨胀，钻进耳朵里，撑得我头昏脑涨。

好在终于过去了，在宽阔大厅的尽头，露安娜推开一扇门，告诉我从这里可以离开，出口在村外二十里。

我请求露安娜跟我一起逃走，她拒绝了。我能到哪里去呢，她讲，龙在这里。

在黑暗的隧道里前行，好些时候，我觉得自己死了，正在坟墓中，永远走不到尽头。但还是走出去了，站在荒漠中，回头已看不到塞里史村。面对大漠我茫然无措，任由丝娄托着我前行。沿着巴芬河失魂落魄地前行很多天，在一个落日时刻，白豹子找到我。

跟随白豹子回去的路上，白豹子在前方如同飞行，丝娄也拿出我从没见识过的速度，草丛、树木成为连续的残影，我失去速度的概念，充满悔恨，痛苦同落日一样沉重。不安之人必将永无宁日，我一遍遍追问自己，为何将战场留给爱人。

那天夜里，我站在丝娄的背上，借着巨大的月亮，看到露安娜被绑在柱子上，布甘达正要点燃她脚下的干柴。

白豹子飞速冲上去，一群人手持长矛刺穿了它。丝娄哀嚎一声，准备冲上去。我突然搂住它的脖子，命令它转身离开。它困惑且愤怒地看着我，我声色俱厉，它望了一眼倒下的白豹子，不甘地转身疾驰。追赶的人投掷长矛，落在我们后面，我看着火焰骤然膨胀，吞噬露安娜的身体。

从此之后，大火日夜燃烧，我不敢闭上眼睛。大火也从塞里史龙洞烧到我的城市，灼烧我的足心，顺着血管和骨头，直烧到我的心里。火焰不止燃烧我的肉体，还占据我的灵魂。我无法思考，无法想念，疼痛覆盖一切感官。

而多丽也变了，曾经愿意对我付出的种种热情，只剩下不耐烦地别过脸去。我们的日子退化成一场场短促而僵硬的对话，沉默的氛围里潜藏着种种剑拔弩张。相爱是件复杂的事，撕开温情面纱，不愿意承认的那一部分是：两个人并非活在共同的边境线内，而是边境线荷枪实弹的两方，进行无休止的战争，是一方对另一方漫长地驯化与支配，其残酷不亚于一场你死我活的生存战争。但胜利者并不会享有胜利，所有人共同处于无尽的荒芜之中，难以撼动。曾有人对我讲过醉话，温情是我们的布洛芬，美好是我们的青霉素。

现在，布洛芬和青霉素都已经失效。这样的日子已经持续足够长，但不管怎样，我从来没想过会和多丽分开。那次我祈求一个吻时，多丽的唇是凉的、木的，毫无反应，我无比害怕。我很想做点什么，可不知所措，似乎怎么做都不对。

多丽终于提出要和我离婚，我知道她心里不愉快，实在没想到会到这种地步。或许这段时间我稍微冷落了她，可我真没做什么大不了的错事，露安娜的存在也很难讲是一种真正的背叛。

多丽消失那天是星期天，清晨下雨，我还要赶往布展现场忙活。女儿去参加夏令营了，多丽睡在女儿房间，走之前我推开房门，看到她还没有醒，又把门关上。

经过修车铺和小教堂时，白豹子突然在几栋大楼间一闪而过，我的脚命令脑子停下来。没有任何预兆，我走进几十年来从没走进的小教堂。

和下雨无关，小教堂里没人，仿佛密不透风的盒子，闷热，昏暗，彩绘玻璃窗看出去，一个黄与绿的上午。圣像前点着蜡烛，救世主的慈眉善目有几分阴森，旁边有扇虚掩的小门，光微弱地停在那里，像繁殖不动的微生物一般。

我坐在中间靠左的长凳上，做一名合格的异教徒，借别人的神，推敲自己的心，隐隐带有几分无望。时间在收割我，我面临的一切，都不像是某样具体的事物，它们编织成一张无形的网，让我不幸福。因此我也怀疑，肯定不存在某样具体的事物会让我幸福。贴身肉搏许久，没有宣布胜利的时候，但不能投降。可怎么样算是投降，仍旧没能想清楚，甚至也不知道自己在和什么肉搏。和自己吗？或许自己正是某个宏大意志的一部分。然后又嘲笑自己的自大。

修车铺的老头走进来了，和这个小空间里的空气有相似的颜色和密度。他在同一排的左边放下跪凳，跪下，胳膊架在前面的椅背上，双手握拳，下巴枕在上面祷告。

时间没有刻度地流淌了一段距离，一阵强烈的心悸，命运带着预感到来，老头站起来，走到我身边，在我反应过来之前，照我胸口来上一刀。

我以为自己要死了，但事情没有到这种程度，等我醒来，发现自己仍坐在教堂的长凳上，胸前没有任何伤口，向外看，门外修自行车的老头正在给地球打气。我闭上眼睛，看到塞里史龙洞的大火，燃烧的火焰在白天显得清明透彻。我的身边有一个黑色的大旅行箱，我推了推，很重。正准备打开时，看到有人骑着摩托从沙漠中过来。骑摩托的人戴白色头盔，等近了，我认出那是多丽。

你怎么来了？

不知道，多丽讲，我在等一个漫长的红灯，绿灯一直不亮，结果突然就到了这里。多丽看看阿西木的脸，看看周围，又问，这是哪里？

塞里史龙洞。我指了指远处的村子，有些脸红。

多丽摘下白色头盔，头发已经湿透，我看到她有一双水做的眼睛。我明白了，她讲。然后重新戴上头盔，骑着摩托往塞里史龙洞而去。

我试图喊她，可发不出一丝声音。我往前跑，可她越来越远，很快，摩托车不见了，她像是飞着，身上是绿色流体般的衣服。前方有一些海市蜃楼般的景象，她从中飘过，继续前往塞里史龙洞。远处的大火还在燃烧。我撞到一道无形的屏障，坐倒在地。很快，她变得浅淡，连同周围的一切，消失在我跟前。

黑色的大旅行箱孤零零地立在沙漠中，像一座纪念碑。

我走过去，它变得很轻，打开，里面是空的。

我跑回家，多丽已经不见了。

……

六

多丽，多丽，多丽……

哪怕在天台晾衣服时，她也变着法子轻声喊多丽。当然，她知道这个名字，早就知道，可是，脑子里出现那个女人时，指代她的从来是妈妈，而不是多丽。多~丽，她像树懒一样念，收尾时，舌尖重重弹过上颚。好大胆，好大胆好大胆，这样放肆，毫无顾忌，像一个女人称呼另一个女人。

她从桶里取出一件衣服，男士衬衣，又一件……音乐声和叫好声贴住黑色屋脊徐徐潜来，营造生机勃勃的外面。那棵无花果树独独一根枝条，却已显得茁壮，她放下衣撑，走到栏杆前，想看看声音来自何处。她点一根烟，生出不会被打扰的心情。几十米外，镂空楼梯上，女人一步步爬台阶，而黄昏拾级而下。

她吐出一口烟，喊多丽，发音短促，好让声音追上烟雾，声音和烟雾嬉戏一阵，消失。她用更多的方式吐烟圈，喊多丽。她学译制片的男声，学杰克喊露丝，学粤剧腔调，学苏丽珍喊周慕云，最后竟然用"猴~哥猴~哥，你真了不得"的曲调，唱起了"多~丽多~丽"。有一阵子，谷开山好爱哼，她想不到这好多年过去，曲调还记得这样准。她唱得忘情了，好大声，照旧隔空扔烟头，落到右前方那户的楼顶。那里像条舟，已有可乐瓶和烟盒，全是她干的，甚至还有看不到的荔枝皮和杏子核，谁让那户都不修上天台的楼梯。她还在唱，多～丽多～丽，一直重复这两个字，转过头，另一户的天台上，有个灰色的老人，正在翻陈皮，她一下子住嘴，脸红下楼。

等她出门，走一段路，来来往往的人类带来污染，她心中重又升起熟悉的不适，如果可能，真希望常川永远是那个满足她记忆中父亲形象的男人。她试图找回那种不费力的恨，一次次失败了。

在书房里，她合上笔记本，又寻到一个箱子。黑红格子的皮箱，藏身书房大柜子最深处，方方正正，大小很唬人，提的时候，她被自己的力气陷害了一下。实在没几件东西，全都客客气气，彼此不熟的样子。

一副太阳镜，栗色，装在黑色绒布袋里，她没印象；陶瓷娃娃缺失了一只耳朵，颜色却出落得更加崭新；它为何在这里？一枚琥珀色纽扣；一个黑色绒布盒子里，几件首饰，金的玉的；牛皮纸袋里有把梳子，她期望在上面找到根头发，失败了；一个印着"会展协纪念"的红塑封笔记本，记载着几十年人情往来的随礼记录；令她惊奇的是，里面竟然夹着几张照片，每张都有妈妈，坐在草地上的，抱着自己站在海珠桥上的，还有夫妻俩的合影，脸全都看不清了。

照片她也有几张，没想过还有。她见过父亲在一个陶瓷盆里烧东西，看起来是照片。火焰烧不起来，浓烟在房间里横行，或许气体中的毒性一直以灰尘的形式在房子里潜伏，她时不时能闻到那股呛人味道。

黑色大衣甘心待在最底下，看上去好硬，她想那枚纽扣会不会是衣服上掉下来的，发现不是。她抓住衣肩，重力展开衣服，声音不大，平平无奇。穿上这件衣服的一刹那，身体空空荡荡，只是因为她体型小过妈妈。

盯住镜子，统共也就这些东西了，仿佛一个人存在过的其他证据，被回忆当成耗材用掉了。她盯住，一直盯住，发现好似另一个女人，那就是妈妈吧，她一直盯住。后来她知道不会是，因为她看到几根白发，妈妈是永远不生白发的。镜子里的人倒突然有点珍珠姨的影子了。她想是不是要不了多久，自己也得开始染发。

原来，有时恨一人需要更大的决心。总是有更多细节跳出来，让一个人变得复杂、丰富、难言。那些错误、那些人性的弱点，一下子囊括进"复杂"这个词里，可以充当令人怜悯和原谅的借口。好像他非那么做不可，一个受摆布不由己的可怜人。尽管爱读书，可她这辈子从来不喜欢那些写东西的人，那些人总是自大地以为，洞悉了人性的奥秘，可以替人凝视与探讨，尽情悲悯与痛苦。但实际上，那些复杂哪里复杂了呢，只要愿意，人总能找到推脱的理由呀。她想，人对灵魂必须有点要求，不然哪里有止境。

她想着常川写东西的样子，又想起谷开山一遍遍讲给她的故事。她拿出那种轻蔑的姿态恶狠狠地想，男人怎么老有故事可讲。然后一个念头随机出现，也许他也恨我呢。对，有这种可能，他也恨她，几十年中，在她不断学习如何调整罪责分配到他身上的方式时，他也有罪安排给她，也试着用半生学习，如何放生一股恨意。她想，不管讲不讲道理，他总找得到理由来恨我啦。更何况，一个人要是不得不养育一个自己不爱的女孩，好容易就会厌恶她，生出恨意。她可是知道的，她的出生令常川几失望。

一片空地上，说唱比赛围住它的观众，一个男孩下了台，另一个男孩跳上去，举着麦克风开场："大家都有女朋友吗？"

台下的男人们齐声呼喊："冇啊冇啊。"

"那还不抓紧机会。"男孩指着台下的姑娘们。"呢度有咁多靓女！"[1]

前奏响起来了，是烂俗又熟悉的节奏，在这里听过，在那里也会听过。一些未来的错觉还在等着这些年轻人。声音的外围，常青仅仅站着，也像阴天的海滩。

她转身离去，丁字路口的红灯拦住她。对面，二楼的吊扇不动弹，一个男人印在窗户上，外立面闪着彩色灯条。好丑啊，那些光无辜地亮。虽已近冬天，却到处都热，听觉，视觉。城市变得不一样了，或许也没，它只是走在自己的路上，而一代人有一代人的乡愁。

红灯一直未变绿，简直是她这辈子等过最长的红灯，

---

[1] 这里这么多美女！

像是谁画了个信号灯。对面的猪肚鸡店铺没客人，花布连衣裙的妇女冒着热气，歪在门口椅子上，脸色下垂，空空盯着街面。

汽车经过，汽车拐弯，汽车停下，汽车打着方向盘像个犹豫的企鹅。大家都不知该怎么办了，不知道接下来要怎么走。城市构建的一切暂时失效，人困在这儿。

两个女孩子终于等不住，闯过去了。一对英雄，大无畏的勇士，披荆斩棘的人，她很感谢她们。所有人跟在后面走过去。太长时间了，实在太长，信号灯大概是坏掉了，每个人都这样想着脱罪。

好的事情。她轻轻吐出这四个字，被它的节奏震惊。舌头向下，向上，向前，向中，触感优美极了。好，的事情。好的，事情。好的事，情。她一遍遍讲它，舌头在恋爱，好的事情在口腔里切切实实发生了。好的事情。

但目前的事称不上是好的事情。今天站太久，整个小腿简直锈进路面。女儿出生后就添了这种毛病，走路多了下半身会麻木。业主群里快速闪过节哀和蜡烛，她往上翻，好大一会儿才看到花姐发的消息，她的母亲死了。

临街的饭店不再掩饰扩大边境线的企图，中年女人们提着白桌子和白椅子出来，占领街边领土。每张桌子都像白色的热带岛屿，已经有人坐在那里，如同刚出炉的面包，一派幸福景象。

三十七摄氏度的海浪，绕过这些幸福的浪花前行，常青停在一个烧腊铺子，忍住胃里的不适，烧鹅，一斤三十五蚊，照例要上庄。

砧板咣咣响，仿佛也不满作为砧板的命运。旁边挎棕色包的白裤子女人后退一步，担心那幸福的油花溅到身上。厨师凶狠地咬住烟头，脑袋偏向一侧，避免烟灰落在食物上。刀，扬起落下，每一下都果决。世界上最不犹豫的人，她想。

打包好的鹅肉，气味混在满街的食物香味中，仍旧打她鼻子。她不被人察觉地干呕两下，觉得曾经会阴撕裂的地方，又在微微发烫。二度撕裂，医生讲，我给你缝合。出产房后，有人推她进了一间病房，里面的人好似有一个教室那么多。她等着月嫂倒水时，听见有人聊起某个产妇，不得不顺产，结果难产，上了产钳，大出血。"出了1500毫升血，这样的奶瓶能灌满三瓶，现在还不能正常排便。"说话那人挥舞着手里正在冲奶的奶瓶。

她给月子中心的负责人打电话，问单人病房安排好未。几分钟后，负责人回电话，告诉她安排好了，去找黄护士长就可以。月嫂找黄护士长回来，告诉她黄护士长让她等着。几小时后，她和月嫂商量，是不是得送红包才行。但决定不送。她上厕所后，忍住疼，寻到单间病房楼层，跟服务台的护士打听，有没有常青的病房。有，护士讲，早就准备好了，我们还疑惑怎么人一直没过来。

单人病房面积大到浪费，她躺在一米五的大床上，每天有两个时间点，护士拿一个灯进来，请她张开双腿，清洗伤口后，灯头对准阴道口，一直照。烫吗？月嫂问。不烫。

这是理性的答案，可是她感觉撕裂的地方好烫，像走火，并且闻到一股烧鹅味。也是在那间单人病房，她后知后觉发现，不知是愿意了，还是能了，她对着那个小小的人，已经唱到：……月光光照地堂，年三十晚摘槟榔，五谷丰收堆满仓啰，老老嫩嫩喜喜洋洋呵，虾仔你快啲眯埋眼啰，一觉瞓到大天光。

人都该在走火通道里走一走。过一座拱桥，烧鹅味不见了。转到多宝路，路边的台阶上坐着瘦老头，正对亮灯的士多。很快店里出来一位胖老头，提着绿瓶子啤酒。瘦老头站起来，接过啤酒，扫了一眼常青，转身走了。他拎啤酒像拎一把菜刀，弓背，低头，脚走八字。背影如同一小块用旧了的手帕，它和常川的背影一点也不像。

人真是条河流啊，她想，但并非向前流动的趋势，是从头到尾的一整条河，有舟在水面，而河又在舟里。你要一次次刻舟，在船舷上留下一排刻痕，但你无法真跳入水中打捞它们。

人总是无力在属于自己的时代解决问题，往下游漂去，往下游漂去，所有事都在舟中发生。

她记得阴部照灯时，睡裙她会撩更高，用四根指腹寻找紫红色，时不时抬起脖子，确认指腹的触感准不准确。肚皮和大腿内侧如花瓜，她以为会永远那样。结果，后来紫红色的地方，反而比周围的皮肤更白，斜斜的细条纹，令她联想到路边一扇满洲窗上的竖条纹玻璃。

过一座桥，拐一段路，三院的门口到了。天色是种明媚粉。粉色将树木和大楼渲染成平面，来来去去的人速度缓慢，显得很新又很远。

绕过门诊大楼，到住院部，有个女人拉住门等她，她道了谢，继续走，看到电梯旁边的防火门，径直进去了。

走火通道里什么都没，又什么都有，在这人造的垂直洞穴里，她更愿意把那些自动亮起的灯看作生物，不想惊动它们，尽量走得轻。失败了，经过转弯的平台时，灯还是会亮，而下面一层又适时暗了。一亮一暗之间，产生轻微流动，仿佛光托住她升起。

她希望永远这样走上去。她想人都该走火通道里走一走。黑暗让这个垂直的世界失去尽头，声音在固体里是不同质地，远近高低的开门关门声如同天国的鼓声。外面的世界只剩下动静，细小的如洞壁中的流水，大的似闷雷。

但是，寂静中有种狩猎，她突然不笃定、不缓慢，胃里一阵慌乱。烧鹅的香气在这密闭处重新袭来，一种污染。胃肯定是大脑的副官，一点风吹草动都要谄媚地放大，仿佛整个人类史都在跟她打仗。

塞里史龙洞到底意味着什么？

她决定不再跟常川问这个问题了。能做到的，对吧，她问自己。一定能做到的，她回答。她暂时意识不到，假如询问的欲望袭来，确实很容易克制住，但在另一个想不出的时刻，因为旁的事，她会不受控地质问这个问题。

那天看到旧信时，那种好奇，那种友好而淡讽的情绪，那种对年少的轻慢同情，此刻不见了。确实，她已看不上写信时那份天真，可她也承认，她会嫉妒。那时她相信，正走在某种可以预期的明确的方向上，并最终抵达。那时她以为，世界需要她的理解、承受、选择和勇气。结果并不是，不是说无须这些，它们仍然很重要，只不过你根本来不及拿出来用，你必须每时每刻，在无序和混乱的水流里呼吸和换气，要在呛水后，好好咳嗽。

然后她再次想起那个问题，妈妈是谁呢？一个母亲，一个妻子，一个女儿，然后呢？早在给珍珠姨的信中，她就想要知道妈妈是怎样一个人。珍珠姨的确给了一些不太清晰的印象，构不成一个答案。现在，她隐约意识到，答案早就在那儿了，在那个跳楼死去的人的心中，答案以问题的形式出现——我是谁。常青隐隐意识到，唯有经过这个答案，那个死者心中的"我是谁"，她才可以在和死亡的相处中，进入新阶段，更自由、从容与主动。

她在脑子里翻出那张旧信纸，轻轻地写信：

亲爱的多丽：

不过，我不似原来那样讨厌父亲了，好多时刻，甚至忍不住……但管他呢。

多丽，（好大胆啊），亲爱的多丽，多丽……

证　明

　　我死去的母亲有一项特殊的智慧，总能一眼看出那些来家里借钱的男人，但 1999 年振兴叔闯进我家时，没能派上用场。

　　那些男人进门后，慢慢往院子中间的洋槐树下踱，嘴里说着院子收拾得好、洋槐树长得旺之类，在树下站上一会儿，大多还要聊一聊洋槐花蒸菜的事。他们会在加多少面上有分歧，但一致同意，除了盐，不需要别的调料，蒸好后，必须拌上蒜泥才最好吃，可以加醋，但不能多。接着再讲榆钱蒸菜和芹菜叶蒸菜也好吃，但榆钱蒸菜略干，芹菜叶蒸菜略冲，然后才肯坐下来，双膝合拢，脚后跟微微抬起，过一阵子，腿压脚后跟重重坠地，他们才想起来有脚这回事，前移几厘米，又马上缩回去，不大一会儿，脚后跟又离开了地面。

来访者依旧不表明来意，只是说闲话，小小的树叶漏下不多阳光，在发梢和衣服上游动。父亲和来访者对坐，母亲半倚洋槐树，左手握右手的食指。无关的话题会延续挺久，多是夸夸我和姐姐的学习，聊聊雨水和化肥，粮食涨跌了几厘，然后就是我们谷楼村的新闻，谁打架被抓了，谁为生儿子愁白了头，谁揍媳妇揍得狠，计划生育抄了谁的家……时不时穿插一段不大不小的沉默，好似谁都不舍得打破它。来访者话头间，开始偶尔恭维我家的地扫得多干净，东西摆得多齐，我的父母多能干，日子过得多好。出于慈悲而非吝啬，母亲会适时诉苦，说一说买化肥的钱还没还，买猪崽的钱还不够，交了公粮不剩多少粮食可卖，抱怨孩子长得太快，两年没买新衣服，肚脐眼就要露出来了。来访者很快坐不住，起身告辞。

"肯定是来借钱的，"母亲说，"我先说出来咱们没钱，比人家开口后再说要好。"

父亲认为母亲想多了，直到几次听说来访者在别处借钱的消息，才承认是真的。

有些时候，我们的学费也会令父母为难，我听烦了父亲挂在嘴边的那句"哪怕卖血也会供你们上学"。他也怀揣白条出门借过钱，有一回姐姐的学费比我晚交了几天。半是出于这种原因，假使有余钱，母亲也愿意评估一番借款人的信誉，借钱给别人，这样既给人提供了方便，也摆脱吝啬的名声。但振兴叔明显不符合母亲借钱的标准，他不是为了学杂费借钱，他没有孩子。也不像其他男人那样迂回，导致母亲那套慈悲的智慧来不及使用。

那时候我上三年级，傻女人还没有进振兴叔的家门，正值仲秋，我在洋槐树下打纸牌，纸牌每次落地，黄叶受到惊吓，往远处跳几公分。这时候门外响起一声大吼，险些让我倒地。

"嫂子，借钱！"

等到振兴叔进了院子，母亲先是惊讶，接着乐了，哄他说："振兴，你借什么钱？"

振兴叔直直地说："看病。"

母亲继续哄他："看什么病，不会又要拿钱去买果丹皮吃吧。"

"给俺娘看病！"

母亲这才认真了点："你娘怎么啦？"

"晕！疼！"

振兴叔目光转向我，眼睛能装下拳头，但漾着笑意，人中那儿有两道灰痕，是鼻涕留下的河道。因为很久没有剪发，头发盖过了耳朵。灰色尼龙布外套，胸前有干饭粒。

我有点怕他，躲开了，在厨房的窗台上抓起铲子，往院门外跑。"快吃饭了你又瞎跑什么？"母亲在后面喊。我没有理她，出了院门，最后听到她问什么病，就到树林里挖沟了。

我找到脚步经常踩过的地方，扒叶子，被洋槐树枝上的刺扎了指腹。我按了一会儿，没有流血，开始挖长方形的沟。我不大懂他为什么会跑到我家借钱，这不太符合谷楼村的规矩。人们从没有言明，但默默遵守一个默契，不大向村邻们借钱看大病，这种无底洞的事，只会找最亲的亲戚试试。若一个病花钱实在多，人们就死。人命总归不太值钱。

每一铲土，我都扬到远处，蟋蟀的叫声会让我暂时停下，朝枯叶中盯上一会儿。沟挖好了，一拃多宽，一臂长，深约两掌。我找几根细树枝架梁，找最大的叶子，梧桐叶，铺在上面，再铺一层槐叶、榆叶，让它看起来和周围没两样。我拎着铲子，检查周围，确保扬散的土没有痕迹。这时候振兴叔出来了，往树林走。他眼睛依旧很大，对我说了句什么，直直走向我刚刚完成的陷阱。

"别走那里！"

我可没想陷阱这么快就起作用。但他脚步没停，只是回头，笑着看我。

"别走那里！"

我紧走几步，试图拦在他前面，但太远了。他一脚踩进陷阱里，晃晃悠悠跌下去，趴在那儿不动。我站在旁边，不敢扶他。他双手撑地，屁股高高撅起，那两块补丁的针脚很密，回字形纹路，盯着树冠上的天空。后又左腿跪地，上身直起来，直直盯着沟里的右脚。

"这里有个坑！"他兴奋地说，"嘿这里有个坑，这里怎么会有个坑呢，我来的时候怎么没有踩到。"

"我挖的。"我说。我有点得意。

"你挖的？"他困惑地看我。我晃了晃铲子。他目光停在铲子上，思考了一会儿，恍然大悟。"你挖的，你你用这个铲子挖的！你什么时候挖的？哦，我知道了，你刚刚挖的，你用这个铲子挖的，上面还有土呢。"他抽出右脚，认认真真地看陷阱。"你太厉害了，我一点也没看出来，我往前走，脚底下一空，我就我就我就倒了，我做过那个梦，我踩在哪儿，哪儿就裂开，最后地球都要烂烂掉了。我刚才就以为真那样了，趴在那儿不敢站起来。"

这样的陷阱我又挖过几次，直到有一次邻家新娶的媳妇踩进去，找我母亲告状，我被拧了耳朵才作罢。

我问过母亲，钱借给他没有，她说小孩问这做什么。我猜她没借，抛开前面的理由不讲，没有人会把钱借给傻子，平日里连振兴叔传递一个消息，大人们都要找三奶奶确认一遍才作数。

几天后，我听说振兴叔的两个姐姐领着三奶奶去了县里的医院，下午就回来了。当时我以为三奶奶很快就要死了，谷楼村大多这样，人过四十多岁，若是生了得去县里看的病，回来后，几个月，最多一两年，肯定要死掉。但她没有死，只是腿一天天弯了，走路像骑在一头猪背上。她甚至特别能活，我工作后第三个春节，跟父亲提起，好些年没见过三奶奶了。

"你要能见她就坏事了，人早没了。前年就埋了，死之前想跟你三爷爷埋在一起，那是别人的地，人家不让埋，最后起了你三爷爷的坟，合葬到她自己家地里了。"

反而是我母亲，转过年春天，清明前夕，兴了起几间新屋子的打算，同父亲一起，拿白条去镇上。十天后葬礼结束，我独自穿过田野和人群，回到家中，热闹了几天的院子静寂下来，父亲独自站在院子正中，见到我，脸色张开了些，迎过来，摸我脑袋，问我葬礼顺不顺利，出没出岔子。我从他手底下躲开，走到窗台边抠砖缝，才突然意识到，原来从镇上回来的只有父亲一人。两个人一起去镇上，一人回来了，母亲的死在我这儿只是这样一件模糊的事，我并不经常想起她，只是，清明的时候，我不愿意吃鸡蛋了。

我们那儿，除了春节和中秋，孩子们最期待清明和端午。前两个节日是一年中少有的能吃到肉的机会，而清明和端午，是一年中少有的能吃到鸡蛋的日子。大人们提前几天去集上买回算好数量的鸡蛋，往橱柜最高层最深处放，小孩们每天踩一个凳子，扒着看。忍不住要伸手摸一摸时，大人们的呵斥声就来了："下来！打碎了你一个也吃不上。"

往年，清明前一天，我和姐姐早早穿林跃沟，观门过户，在振兴叔家右转，十几米后左转，胡同里只剩下奶奶和大伯同住，再往前，我们旧家的房子还在，但已不避风雨。枣树从手指长到小臂粗细，有一年开始结果。旁边的几棵老柳又发新芽，一米粗的树干，弯出一定弧度，上面有能容下小孩脑袋的大洞，离夏天还有一段距离，洞壁尚未生出白色菌类。总是我蹿到树上，去折高处的柳枝丢下。等我落回地面，姐姐已经编好柳冠。回去的路上，我们一直戴着柳冠，会将一截柳枝揉松，抽出中间的木头，树皮变成柳笛。柳枝有股新鲜的苦味，但不在舌头上留存，一股青气顶进鼻腔里，让人微微头晕。不过，我怀疑头晕是吹气太多，缺氧的缘故。柳枝插在门楣两边，不让鬼魂入户的同时，也让房子和万物一起分享春天。第二天醒来，母亲已经煮好鸡蛋，我三个，姐姐两个。年龄大的要让着年龄小的，父母用这个理由，让姐姐说不出抱怨的话，甚至产生了担起某项义务的责任感。我们会把鸡蛋拿到学校，互相打听带了几个鸡蛋。一般这个时候，家里开大诊所的同学身边围不少人，他不说话，只矜持地微笑，别的同学经过时，他身边的人便将人喊住，报出他带了六个或七个鸡蛋。

大家会碰鸡蛋，按照经验，拿尖头进攻，很快，人群中又流传谁的鸡蛋最硬的消息。同学们寻过去，围在旁边，期待那颗鸡蛋继续战无不胜。往往这时发生意外，一颗名不见经传的新鸡蛋碰碎了它，成为新的王者，接管了这一天最大的荣耀。旧王者拉着人一遍遍解释之前的佳绩，但同学们不太在意了。

端午的鸡蛋没有这种热闹，正宗的吃法是掐伤力草的嫩叶，放在清水里煮，煮到比红薯水色深几分，鸡蛋打进去。人们说这样吃补人的阳气，所以每年父母都会逼我和姐姐吃上一个，满足某种不成形的仪式。我家屋后年年都有一簇伤力草，不止近邻，远处的村民也来采它。我在里面见过好几次蛇蜕，所以每次经过都不敢靠得太近。这种草有种稀释后的甲胺磷的味道，煮出来后，气味变得更浓，那种苦味会在口腔里膨胀，卡在喉咙口，喘不过气。母亲也不爱吃，但父亲作为家里的劳力，不得不吃，连汤水也要喝干净，好补齐去年流失的力气。

母亲死后第二年，清明前我不去折柳了。临近傍晚，父亲又恼了，我才就近寻大腿粗的柳树摘回几条。清明的早上，父亲接管母亲的角色，早早煮好鸡蛋。但我不太愿意吃了。端午时与伤力草同煮的鸡蛋更是一口不碰。父亲发了一通火。"不吃！"我用两个字默默跟他对抗。最后他只得无奈地抱怨："鸡蛋都不吃了，怎么弄得，作成这样，鸡蛋这么好的东西……"

　　从此之后，这成了我和父亲的一项不同，他清明依旧插柳枝、煮鸡蛋，端午依旧虔诚地喝伤力草汤。我再不愿意参与其中，知道即便不插柳，也没有哪个鬼魂愿意进门，喝再多伤力草，也没有什么阳不阳气。所以每年这个时候，我们总要不大不小地冲突一回。

　　但我对母亲的猜测不准，是一场持续十九年的误会。2018 年，在病房里，振兴叔的声音在走廊渐渐消失后，父亲说："你妈妈还在的时候就借给他钱，你妈妈一死，那个老妖婆不承认！"

　　父亲因车祸入院。那年 11 月，我刚刚因为港澳通行证的事回过谷楼村一趟，一个月后，我从香港出差结束，回到广州，接到姐姐的电话。

　　"谷旺，你明天回来吧，咱爸被车撞了，但人没事。"

　　电话刚一接通，姐姐就在电话里哭了，等她情绪平复下来，尽可能忠实地转述了病情：人醒过来了，能认出她是谁，没有大出血，有骨折但需要第二天做更详细的 CT。

　　收拾好行李，我坐在地毯上、窗台边、餐椅中，等待清晨的第一班飞机，时不时站起来，去厨房打开冰箱，去卫生间拧开水龙头，发现我并没有东西要拿，没有手要洗。

父亲受了伤，接受了急诊处理，等待第二天医院上班后进一步治疗。听上去似乎不会发生我最害怕的事。可是，为什么要等第二天呢？不应该第一时间就处理吗？这是不是正说明问题不太严重？可是，医生的自信是正确的吗？万一呢？

我还是睡着了一会儿，一个小时，或者两个，我睁着眼睛等待闹铃响起。

飞机飞到云海之上，太阳已经等着。一个金色的早晨，我耳鸣得厉害，心中有掩耳盗铃的期望：这架飞机永远飞行下去，不要抵达。

冬天在平原上已经颇具规模，机场周围的田野白茫茫一片，但那不是雪，是晒干的土壤。三小时后，我来到县人民医院，门诊大楼前停满了车，我选择离入口最近的车缝往前走。当中有一个雕像，是古人形象，进门诊楼之前，我一直在想他是华佗或者李时珍。父亲的伤情在不远的地方压迫着我快速过去，但一种侥幸让我忍不住拖延，眼睛必须张望，试图用这种方式，减缓前行的速度。剑落入水中，但在到达之前，仍旧只是船舷上的一处标记。

可脚步不听从眼睛的号召，始终很快。生锈的铁，变色的砖，破损的设施，旧大楼处处力不从心。寒冷的空气中声音稀薄，入口处的厚毡门刚掀开一道缝，声音和热气爆炸，要将我弹出去。我意识到身体已经冻硬了，一路上我忽略了两地近 30℃的温差。

通往住院部的走廊闭塞昏暗，视觉上潮湿，在医院固有的味道上还要再加一种霉味。左边是卫生间和墙，和一个通往医学影像中心的走廊；右边有不锈钢门、64 排螺旋 CT 室、住院缴费处等。靠墙处，轮椅上，平车上，人处处都有，但在眼睛里变得不祥，仿佛一种萎靡且难以摆脱的障碍。有人在说话，感觉上却没有声音，视觉上一切轻微凝滞。我不太能衡量自己走路的速度。

走到尽头，住院部到了。两部电梯前站了不少人。电梯门旁边贴着一则提醒：病人使用，家属请走步梯。左边的那部正好打开，人们涌进去。老年男人站我对面，提营养品，肚子几乎要顶到我。他伸出手按了三楼。正是我要去的楼层。老年男人对我笑了一下，我不知道自己是什么表情，才想明白电梯旁那些字的意思。

电梯上升迟缓，仍然到达了三楼。电梯门刚打开，姐夫已在那里等我。跟在姐夫身后进走廊，半边是病房，半边是洗漱间、卫生间、医生办公室和护士办公室等。经过十几间病房的门，停下的那间是双开门，镶竖长条玻璃。姐夫推开时，门费力地叫唤几声。一台电视机蹲在墙上，好似衰老的大象。玻璃上有水，窗外上午昏黄，远处几栋灰色楼房的边角萧索。抱膝坐床的老头，吊在床尾的断腿，红色塑料凳上的中年皮衣男……

"你来了。"说完这句话，姐姐又哭了，她的头顶缩到我下巴的高度。

我并非刻意忽略真正重要的部分，那个正躺在床上的男人，我的眼睛很晚才找到他。

　　左边三张病床中间那张，那时我还不知道是 29 床。

　　床头站着简陋铁支架，顶部的枝丫被人掰弯，吊瓶挂在上面。液体纯净，在输液管里仿佛不动。父亲陷在枕头里，闭眼，眼皮肿胀，几乎透明，血凝固了，和灰尘一起，占领半张脸。额头右上方贴着白色纱布，纱布过于干净，衬得人很脏，那样弱，像被摔碎了。我有想哭的冲动，但马上就消失，我平静下来。

　　姐姐俯下身，在父亲耳朵边轻喊几声爸。父亲哼哼两声，艰难地睁开眼，看向声音的来处。我喊他，或许他仅有的精力都用在了眼睛上，所以没有听到。是姐姐告诉他谷旺回来了，父亲的眼睛才顺着她手指的方向慢慢转过来，一片血红。

　　"小旺，你来啦。"他的声音是那种一激动就会有的尖细。

　　随后他自责，觉得没能照顾好自己，给大家添了麻烦。"我真是，"他的声音缓慢艰涩，似乎有东西在压迫声带，"我平时一直都注意着呢，也不知道怎么就出了这事。"

　　他说都躺下看电视了，突然想起来明天清早没馒头，于是起身骑电车去邻村买，但已卖光，他想着镇上或许有，便骑电车去了。

　　我们安慰他，他重新睡着了，眉头时不时锁住。恐惧的消退，会带来愉悦，甚至会略微兴奋。父亲痛苦地躺在病床上，我突然开心起来。是的，他还活着，而且亲眼确认后，知道他还将继续活下去。他会承受疼痛，过一段艰难的日子，但是，他会重新站起来，会做饭，送外孙上学，在路边和人打牌。他还活着，天底下还有更好的事情吗？

姐姐告诉我："救护车本来要去县直医院，咱爸中间醒了一会儿，非要来人民医院。咱妈就是在人民医院没的。"

别侥幸，没有命运不敢对你做的事。

夜行几公里路，买馒头，好像早上那口馒头非吃不可。

然后出现短暂意识丧失，持续时间不详……急诊查 CT 颅内未见异常，额骨左侧线性骨折，左额部及颞顶部颅外软组织肿胀，右侧鼻骨成角，双侧上颌窦、筛窦炎，左肺下叶渗出性病变，左侧部分肋骨骨折，左侧胸腔少量积液，左侧肩胛骨下缘骨折稍紊乱。

这是补签入院记录时，我看到的急诊诊断。一连串的左侧，灾祸瞄准他左半边身体。

当天下午，两位交警找到病房。年长的那位找父亲简单做了笔录，之后到病房对面的医生办公室整理。走廊里，另一位交警询问了病情，然后说："这个结果还挺好的，我去到现场，看到那么多血，以为人肯定不行了，没想到还不算很重。"

他说撞人的电动三轮车尚未找到，他们在排查，不过那种电动三轮太多了，而且没有拍到人，所以很难。

我们没有抱找到的希望。

随后他给我看了视频。

视频来自路对面一家手机店的监控镜头，很暗，摄像头距离事发地点有些距离，夜晚的枯树占了一半画幅，街上不见人，一些招牌还亮着，边缘的光晕过于强烈，字模糊了。我没有看到父亲在哪里，交警指给了我。

一个不动的黑影？那就是父亲吗？我还没有确认，一辆逆行的装了车棚的电动三轮车撞到他。我的心脏停跳了，随后它的一部分炸裂开，以至于后面的部分我没有理解。

然后，视频开始播放第二遍。为什么交警会播放第二遍呢？是不是之前有无数家属给他提供经验，没人能在第一次观看中理解发生了什么？我真能经受第二次观看父亲被撞击的瞬间吗？我没有表情，没有说话，盯着交警手中的屏幕，我想知道究竟发生了什么。

那是这几年我无数次想起的画面。谁会用这个视角看人呢？代表我父亲的黑影，站在路边。招牌上的字终于认出了，一加一超市，初中我在里面买过袜子。往右，那家店铺关门了，我知道是一家肉铺，或许已经不是。小神医药店，室内明亮。通往菜市场的路口，路口另一边，留念包子店，已经开了二十多年，有人正在拉下卷帘门。往左，旋转吧小火锅，我没有见过。宠爱宝贝孕婴店，有个人站在门口。乐百姓购物广场，那几年镇上陆续开了三家这种大超市。

父亲站在那儿，不动，耐心等待即将到来的厄运。命运不会踩下刹车，电动三轮车准时出现。我看到了后面的部分，父亲飞起来，随后消失在车行道的黑暗中。

无论第几次回想这幅画面，心脏都生理性地疼。更残酷的是，亲眼看着父亲走向即将到来的厄运，会产生一种错觉，你想拉住他，那看上去如此轻易，仿佛只需要喊他一声，只需要稍微耽误他一点时间，就能避免这一切发生。

交警告诉我，电动三轮车是红色的。

我在医院后门外的店铺里买了折叠帆布床，它的宽度正好可以放在两张病床的间隙。天没亮透，病房里的家属们就起来了。有些日子窗户上结霜花，凑近看，能看到外面树木的剪影和建筑的轮廓，无悲无喜，而太阳渐渐升起，在玻璃上铺金黄色的毯子。我已尽可能擦干净父亲的脸，还原黝黑的肤色。因为禁食禁水，他的嘴唇起了两层皮，我用勺子帮他湿湿嘴唇，再用开水湿一下小方巾，擦一遍他的牙齿和口腔。

下管引流，固定肋骨，父亲整个人精神了些。"脑子总算清亮了，之前一直在做梦，好的不好的，一直都是梦。"问他什么梦，他只说都是过去的那些事，然后闭上嘴，嘴唇变薄了。

父亲听从安排，不发牢骚，不喊痛，尽可能不添麻烦。我用蓝牙小音箱连上他的手机，调只有他能听到的声音，放在他耳边，播放单田芳的《白眉大侠》。他很愿意闭着眼睛听，时不时露出笑容。如果突然睁眼，会告诉我徐良又做了什么。换集时的空白，他会喊我，让我看看怎么回事。

我们之间没有闲聊，对方在那里，我们知道。

一天晚上，疼痛加久卧不动的煎熬，使父亲心烦意乱，忍不住哼哼。一次擦脸喂水之后，我坐回旁边床沿，他右手微抬，对我说："这只手不舒服，你帮我揉揉。"

我放下手机，站起来抓起他的手。手上已经没有血渍，看起来还是红的。很凉，因为输液太多，微微肿起来了。

他闭着眼说："你今夜少睡点吧，握一会儿。"

我向来退避这样亲密的表示，托着他的手，心里有点难为情的小别扭，弓腰站着。

不知何时他睁开了眼，他说："你搬个凳子坐，站着多累。"

我没有说话。

过不大一会儿，他睁开眼，看到我还站着，于是他说："手好了，你松开吧。"

稍停了一会儿，我慢慢抽出来，退坐在后边的床上。

片刻后，我又起身，搬一只暗红色塑料凳子，坐在旁边，悄悄握住他的手。

他没有睁眼，说："没事了，站着累。"

我说："搬了个凳子。"

在平原冬天的夜晚，父亲呼吸声逐渐平缓，可时不时皱起的眉头显示，创伤与骨折硌着白天与夜晚，疼痛正冲刷他的肉体，一刻也没有停歇。窗外正在结冰，我坐着，暖气的温度不太顶用。我给姐姐发信息，让她天亮后带热水袋过来。

第一次帮他擦洗身体在更前面。那是夜晚，探望病人的人都离开了，过夜的家属们呆呆坐着，没有声音。回想起来，毛巾从盆里捞出时的水声仍然很响。一个儿子帮父亲擦洗身体，这样一幅画面，出现在旁观者眼中，或许是平静且稍显温馨的一幕。毛巾走到腰部之后，我手没有停，继续向下，帮他擦洗阴茎。病房里的人不会知道，一个洞从我的掌心，一直通往心脏。父亲闭着眼，眼皮似乎在抖动。他在想什么呢？许久后，他缓缓舒一口气。

他觉得屈辱吗？或者是欣慰？

但很快我就顾不上这些情绪了。邻床新来的女病人有两个女儿，没有儿子。父亲突兀地说："你们没有儿子这辈子是白辛苦。"我慌忙跟人道歉，指责父亲乱说话。父亲困惑地望着我，不明白哪里出了错。女病人似乎听惯了这种话，只有一种认命的无奈表情，熟练地说闺女我们也满意。

这也是我们的不同，比清明吃不吃鸡蛋更重要。我还能再拿振兴叔出来，证明我和父亲更本质的不同。

那天终于没有人探病，父亲闭着眼输液，耳朵贴住小蓝牙音响，独自跟白眉大侠救皇帝。其他病人的家属正在聊一个吸毒的人死了，有人踏上家门，要花二十万买走尸体。他们认真讨论从骨头里能提炼多少毒品，并且举了好几个尸体被偷走的例子。

我忍不住说："毒品进入人体内，几天之内基本就会代谢出去，并不会残留在骨头里。"

病房里安静了一阵子，走廊传来哒哒哒的动静，仿佛有一匹醉马缓缓踱步。一位男性家属终于开口："也许呢，吸毒时间长了，就像骨头泡在这个毒品里，总会渗进去的，你说是不是。"

病房里的人们附和他，我没再说话。外面有人争吵，我听不清那个扯嗓子喊的声音在说什么，只听得懂护士长的大嗓门："老先生你跟我们吵没用，这个我们也给你报不了，不交钱也没办法给你治，你还是得找你老板，你给谁干活受的伤，就找谁要钱。"

终于，那个含混的声音降下来，变得清晰了一点："我不知道啊，我不知道，我去找他，他不理我，他们把我撵出来了。"

病房里有人出去瞧热闹，我在床边坐着没动。

外面的动静熄灭后，病房的门开了一半，一个老人背贴门，往里探头。然后他看到我的父亲，接着看我，他笑了。

"小旺，你在这儿呢。"

我认出他是振兴叔，不过隧道口的风在他喉咙里刮，我好大会儿才理解什么意思。父亲终于从宋朝回来，问："咦，振兴，怎么是你过来了？"

振兴叔手里提着半透明的白色塑料袋，站在进门的地方，身体挂在拐杖上，很瘦，但还是显得太重了。他抬起左边拐，门一直挤他。我反应过来，走过去帮他拉住门。他扭着身子，把拐送进来，银色的拐哒哒落地，搬进来一截冬天的河道。

"振南哥说在三楼17病房，我说真的假的，我治腿的时候就就住这个病房。我今天来拿点药，想进来看看，没想到，一眼就就看到你了。我不敢认，看看看到你爸了，才知道就是你。"

我已八年不见他，他的眼睛变小了。我指着旁边的空床位，问他能不能坐。

"站着就好，站一会儿不当紧的。"他看向右边靠窗那张病床，上面的小伙子小腿吊着，有石膏和螺丝，正在玩手机。"我之前就在那张床上。"

我拿橘子给他吃。他虚虚抬手，让我注意口中稀疏的黑牙，说吃不了酸的。之后夹紧拐杖，小臂抬起来，看看塑料袋里的药，又放下。

他说："到医院来再拿点药，想问问之前的医疗费什么时候报销，那群坏人跟我说报不了。"

父亲说："你还是得找雇你干活的人。"

他说："她们也这么说，但老板不不理我，不给我钱。"

旁边别的家属接话："那你告他，走劳动仲裁。"

他说："我不知道啊，我去找他，他都都不理我，他手底下那几个人把把我撵出来了。"

"不用他理你，你直接去法院告他就行。"

他喃喃说："我不知道，我不知道，我去去找他，那些年轻人就要打打我。"

对话一时停顿，他扭头望了望我这边，笑了一下，而后转过头去，对着我的父亲抱怨："这些女女的总说不给我报，都是坏坏人。"

离开时，我又帮他拉门，听他哒哒地变远。父亲告诉我，两年了，邻村楼板厂的老板找振兴叔去干活，一个多月前断了腿，那个老板付了一万块钱，再不给了，振兴叔花完自己的积蓄，又卖了粮食，很快又没钱了，只能出院。

"我应该借点钱给他。"我拿起一颗橘子。

父亲脖子离开了枕头，眼球飞出来。"别瞎扯八迌了，你妈妈还活着时候就借给他钱，你妈妈一死，那个老妖婆不承认！"

"我不指望他还。"橘子窝在手心，触感很舒服。

父亲的脖子重重落回枕头里，嘴中发出"nia""nia"声，别过脸去，看着墙壁上的某样事物。"你傻到家了，你跟他发这善心有啥用，啥都换不回来。"他转回头，继续看我。"你看看他，都过来了，就空着手，连苹果都不拿一个。"

"我没准备换回什么，他应该把腿治好。"

"你借你借你借。"父亲闭上眼，头转到另一边，手猛地一扬又落下，带动输液管，输液架晃荡了几下，我隔着床抓住。"你过好了，你是个大善人，你有钱烧得你就借呗，你愿意拿钱打水漂，我管你干吗。"

液体落入滴壶里，壶里的平面不动，我坐回去，三根指头一直按橘子，里面在变软。"我应该领着他找楼板厂的老板理论，或者帮他找劳动局。"

父亲甩过头，眼睛要把我整个吞下，然后脑袋又砸进枕头，痛苦地闭上眼睛，嘴巴张了几张，又紧紧抿着。他用鼻子重重舒了十几秒钟长气。他的声音又变得尖细。

"你非得掺和这事弄啥，你知道多得罪人不？你知道开楼板厂的家里亲戚是谁不？你啥都不知道，你离得远了，乡下的人情世故不懂一点，他自己的姐姐外甥都不管他，你充什么好人。"

"应该有人帮帮他，他自己能怎么办呢，他什么都不知道。"

我知道我不会借钱给他，不会去帮他找楼板厂老板，更不会去帮他找劳动局，那会很累。我一遍遍提醒自己，那样做不会有什么用。但我非要这样对父亲说不可。

"你对他好心弄啥，你不知道他爹当年怎么帮着振东他爹欺负咱家……"

不，我知道，我知道无数遍了，而且我知道，我没有办法阻止父亲再讲一遍，我的爷爷如何从生产队厨师改去掏粪，宅基地怎么样少了一米，那几场架打得多么难看……

那折磨得他疼痛无比的东西，他总是不得不一遍遍讲述。于是，他在病房里讲，白天讲，晚上讲，沉默许久后突然又讲。我无法阻止，这一次无法阻止他说出，下一次还是难以阻止，我何必再改变什么呢，他看上去那样老，生气起来脸的狰狞如同濒死的兽，我再不要和他起冲突了。

但冲突还是来了，2023年春节后，正月初七那天，院子里的阳光白，但洋槐树早就砍了，父亲栽的石榴树已经结过十年果子。冬天，石榴树枝条稀疏，麻雀在上面拥挤。

石榴树开花结果的第一年，父亲已经不像几年前那样悲伤和愤怒，元旦假期，他从镇子接我回家的路上，一直说给我留了石榴。

"结了五个石榴，有两个没长成，我吃了一个，给你姐和你一人留了一个，谁也别说我偏向。"

我听得烦，我已经走了很远的路，不再会为一颗石榴欣喜，更何况，他的量词用了"个"，不论是水果还是鸡蛋，我早就不用"个"了，他每说一次，我非要在心中纠正成"颗"。

一进院子，他就直奔堂屋，很快左手托着煤块样的东西出来。石榴的丑样子让他不好意思，他一遍遍重复："放太久了，风干了，里面应该没啥问题，你姐吃的时候也是这样，里面好好的。"

"我不吃。"

"看着不好看，里面真没事，很甜，我掰开你看看，要是坏了你就不吃。"干石榴掰成两瓣，粒粒晶莹，父亲开心了，双手举着。"你看，里面一点事也没有，你尝尝，尝一口……"

那时我对这样一颗石榴不屑一顾，并不是因为它的外表。父亲往我手里塞，我甩手，半块石榴掉在地上。我没有多看一眼，去收拾行李了。父亲捡起那半块石榴，喃喃自语："怎么了这是，连石榴都不吃了，又没有坏。"

他坐在堂屋门外的阳光下，独自食用他留了几个月的石榴，时不时汇报："这一点事也没有，甜得很，你不知道有多甜，你尝不尝，尝一尝吧，比我之前吃的那个还甜……"

我不知道有多甜，我永远都不会知道，那颗石榴到底有多甜。正月初七这天，我搬小凳子走向石榴树时，想起这件旧事，我想当时阻止我吃下这颗石榴的，大概是"个"和"颗"的不同，我多么需要那份不同。麻雀落往院墙外的杨树和柿子树，我坐在石榴树下，耳朵上方的头发长了，喊姐姐帮忙剪它。父亲正在做饭，透过小窗子听到，拎着锅铲跑出来了。就这样，我感到恼怒和无力，用一种沉默跟他争吵。他依旧坚持正月里不能剪头，尽管我没有舅舅。我的小外甥出生后，他每逢正月就紧张。接下来的好几天，他一遍遍放一个抖音视频，视频里一个难听的男声，说一个人正月里剪了头发，过几天舅舅死了，被舅舅的家人告上法庭。父亲拿这件事教育我外甥，其实他不必太担心，因为我的姐姐也会禁止我的外甥这么做，尽管我一遍遍对外甥说，你随时可以剪头，不管是不是正月。

父亲太旧了。他牢牢遵守大年初一不能扫地的习惯，因为会把财扫走。他看重村子里每一个人的看法，唯恐自己稍有不同，被视为异类。我一次次告诉他，不要在意别人的看法，因为那样随便一个人都有了给你制定标准的权力，他依然如故。他觉得女人做家务天经地义。他觉得离婚的女人不值钱。看到有人对小动物太好，他就心里不舒服，觉得不可理喻。他不承认曾经少给姐姐一颗鸡蛋，给姐姐晚交了几天学费。我们买回家的菜，比他买的贵了一毛钱，他就大发雷霆。我们煮的粥多了，没有喝完，他也要生气。他觉得喝粥对身体最好，我问他以前喝不上粥对吧。他说是的，喝不起粥，根本没有白面，生病的时候煮一碗白粥，别提多好喝了。他吃了很多年红薯干，一看到晒的红薯干喉咙里就泛酸水。他无数次讲因为馒头挨的打。只有过年的时候，我的祖母才会蒸一锅白馒头，锅盖一冒烟，父亲和伯父围着锅台不肯离开。他说那个香气太馋人了。但这一锅馒头不是给家里人吃的，过年走亲戚，谁家拿几个馒头，都是祖母早就算好的。但有一回他还是偷吃了，挨了打。这就是他认为粥对人最好的原因，贫穷和饥饿就是这样成为人的一部分，像基因一样遗传。

太多了，我已不愿意因这些不同吵架，每次气闷，只无奈地想起我们对振兴叔的态度，以一个更先进的文明者自居，判定父亲为愚昧，将他视作另一个世界未开化的怪物，委屈地受困于血缘关系，爱且嫌弃。

是的，怪物。他真的是怪物，我早就知道这一点，所以我需要一遍遍拿出振兴叔，证明我和他的不同。

十几年前，振兴叔有过一个女人。三奶奶跟人说，她赶集的路上，碰见了这个女人，觉得可怜，于是捡了回来，好歹有饭吃，有个地方住。

听到的人们回她："好心有好报，你肯定会抱上孙子。"

但私下里没人相信她的好心，人人都知道她的心思。人们的议论中，也怀疑哪里就那么巧，路上就能捡一个活人回来。

大一暑假，我回到家第二天，闲谈间，父亲提到这件事。

"这是强奸，是非法拘禁。"

父亲错愕地望着我。"瞎说什么，这怎么就是强奸了。"

"这就是强奸，把一个没有民事行为能力的人弄回家，这是拐卖，是非法拘禁。"

"你这说的也忒难听了，啥强奸强奸的。"

"就是强奸。"

"是是是，强奸强奸，你说是就是，别说啦，你让别人听见了。"

"应该帮她找找她的家人，让她回家。"

"你别胡扯了，你上学上傻了是不是，人家的家事你乱管什么。"

那些日子，男人们在树林里避暑，都脱下鞋，垫在屁股底下，有的两臂架在膝盖上，抠手心的茧子，有的两只手来回搓侧肋，时不时拿到眼前看一看，弹到远处。蝉在林中鸣，他们聊天吹牛，分析国际形势，说说十里八村的稀罕事。若是谁看到振兴叔远远走来，就会大声喊他过来。振兴叔快步走来，准备脱鞋坐下。有人大声问他："振兴，睡过了没有？睡没睡过？"

振兴叔手停在鞋上，依旧弯着腰，笑容还在，大眼睛望着说话的人，并不回答。

"得劲不，得劲不？"

笑浅了，鞋落回地上，振兴叔直起腰，脚踩在鞋上，并不穿。

"你别问他啦，他知道是咋回事不，他不知道。"

"我咋咋不知道……"振兴叔嘴张得很大，或许太过用力，舌头发硬，说不出解释的词，看看这个，看看那个，眼神烫人。我站不住，想后退几步，但我稳住了。我想离开，但没有离开的勇气。

"那说不准，河东边不有个傻货对着肚脐眼弄半年，他娘一直没怀孕，盯着两个人弄，上去就给那傻货后脑勺一耳巴子，说你个吃猪食的货，在这儿捣肚脐眼弄啥。"

振兴叔穿上鞋，要走了。

"别走啊，振兴，跟我说说。"

"走走走了，走了。"振兴叔说。他重新笑起来，蹬到树根，快走了几步才稳当。

"她领的那个女的长得还不孬。"

我见到了那个女人的长相。那天临近中午，我去奶奶家吃饭，经过振兴叔家门口。两个我认识的女人，背着粪箕勉强站直，抓一把银银菜的嫩叶，正跟一个矮小的女人说话。

"你叫啥？"

"你家在哪儿你给我说说。"

"骂人了骂人了。"

但我没听清她是不是在骂人。她左腿很细，用外侧脚背着地，说话时嘴张成一个倾斜的圆形。头发到耳朵下面，左边头发上有东西，我以为是干玉米叶的碎屑，不是，一枚小小的发卡，或许是红色。

"你多少岁了呀？"

"你能吃饱吗？"

"是说舅舅吗，我听着她说舅舅，你没听见吗，她刚才说的能不是舅舅吗？"

"听不清她说啥。"

她转脑袋时，歪着头，嘴巴使力，上下嘴唇更斜了。她的双腮红润，没有生过冻疮的痕迹，衣服上是一些新鲜的灰尘。转身比转头麻烦，右腿挪一下，然后站定，半边身体拖着左腿划一个弧度，直到转到想要的方向，停下来，略一喘息，右脚快速弹一下，脚掌回到舒服的位置。鞋底是纳的千层底，针脚漂亮。

面向我，她使劲说了几句话，话也像有了残疾，粘连在一起，难以辨认。有十几秒，我们互相看，她没有出声。眼睛不大，像杏仁，有股清澈的狠意。她重新开口时，语气愤怒，左臂上下挥动。我快速离开了。

邻家的老太太听说她爱骂人，饶有兴致地说："还会骂人呢，我得看看去。"然后双臂在身体两侧，手背上扬，掌心与地面平行，摆动着去了。小孩子们每天跟在振兴叔后面，重复大人的问题。事情这样新鲜了一段时间，渐渐淡了。但人们内心深处，隐隐等着有人来找，好看一场热闹，不过直到我离家返校，也没有人来。

这是我唯一一次见她。有半年时间，在教室，在公园，她偶尔闯入我的脑子，但很快就被热闹的好事赶出去，慢慢不太想起了。第二年，父亲来电聊我姐的彩礼事，聊完无话可说，为了打发尴尬，父亲提起那个女人一直没有怀孕，前一阵子不见了，人们问起，三奶奶说带她去赶集，人太多，一直以为傻女人在旁边跟着，后来发现旁边是其他人，再找，就找不到了。

我猜，这么多年过去，傻女人已经死掉了。振兴叔是2020年死的，五十三岁。消息也是父亲电话里说的，不过，距离死亡已经两年。父亲在电话里说家里吃的东西不多了，我抱怨他轻慢的态度，然后想起振兴叔。

"他早死了，两年前就死了，他姐打不通电话，骑车过来看看，人早就死罢了，也不知道啥时候死的。以前你三爷爷那么帮你二爷爷一家，他死的时候，那家人问都不问一下，还是他姐那一家把他拉到地里埋了。你二爷爷那一家子都不是啥好玩意，坏透了。以前你三爷爷对他们多好，浇地帮着浇……"

他断腿的冬天，我已预料他不会活得太久，可没料到会这样短。如今，我在2023年的夜晚，站在父亲出车祸的地方，风打进领口和袖口，原来是这种感觉，空气中原来泛着一丝烧轮胎的气味，那棵树原来是一棵国槐。清冷是冬天的皮肤，人仿佛和它融为一体，走在街上，永远像一个人。街边霓虹发出困倦的光，冷空气清脆，电线上几只麻雀无声，感觉很北方。印象的，感受的，寄藏在皮肤下的一种情思的北方。

一加一超市，门上贴着褪色的纸，坐在收银台后的妇人，挂上了老花镜。果然还是那家肉铺。小神医药店灯火通明，一男一女倚柜台聊天。留念包子铺，有人骑在电车上问还有没有，老板说还有五块钱的，但凉了。凉了没事，那人骑车到门口说，都给我吧，一下午一口东西还没吃。旋转吧小火锅的招牌摘掉了，玻璃门上还贴着褪色的宣传画，大大的39元。宠爱宝贝孕婴店不见了，新店名叫剪爱，蓝白灯柱一直旋转，路边晾毛巾的架子旁，黄头发男人正在抽烟。乐百姓购物广场黑了，门里丢着几张断腿的塑料椅子，红色和蓝色。

街道的变化并不突然，二十年间，路面重新铺过几轮了，新的建筑，新的商店，新的招牌，一切都缓慢、逐步地新了，镇上生活的人和赶集的人，一日日经过，和它保持同样的节奏，新的场景覆盖旧的场景，察觉不到太多不同。只有一个人不是，这一方十几米的街道，只在一个人那里，十八年中没有变过样子。

父亲车祸前我的那次归乡，要离开的前一天，我骑电动三轮车，载父亲、姐姐和外甥，从谷楼村出发，经过田野和村庄，来到镇子东边的小转盘。

坐我旁边的父亲慌忙说："往南边拐，从南边走人少。"

我知道跟人少无关，过去的十八年里，父亲每次经过这里，总是向北或者向南。他无法继续向西了，向南或者向北，并不是一种选择，也没有方向上的区别。

但这次是我掌握方向。我绕过转盘，继续向西。"给你说别走这边，别走这边。"他有些恼怒，但难以阻止了。

"走这边也没啥，都多少年过去了。"姐姐说。

"走这儿怎么了？"外甥不解。

没人顾得上跟他解释。父亲说："其实是没啥，那能有啥，不是这边人多吗，不好走……"

他脊柱贴在靠背上，发胖的腮部瞬间瘦了不少，他的上眼皮几乎粘住眉毛。他盯着，路南边，一直盯着，然后自言自语："这也没啥，多少年过去了，真说起来也没啥。"

"就是那里是吧，能不是那里吗？我记得就是那里，你妈妈出事的地方。"他回头跟我姐确认。

"我记得就是这一片，具体哪里不记得了。"

"就是那儿。"父亲指了一下，我握着车把，行人分散我的注意力，没看清指了哪儿。"不一样了，房子都变了，那时候不是这楼，也没开这么些店。"

"早就变啦，一年一个样。"

"是吗？不一样了，那时候不是这样，有一个卖面包的，还有个照相馆。"父亲扭头回看，我瞥到他眼白里巨大的死亡，如此丑陋。"一点都不一样了，那个包子店也变样了，就那个卖肉的还是那个人，那时候就是支个摊子，哪像现在有门面……"

他一直说，自语般的声音，直到他沉默下来。

这次故地重游，对父亲到底意味着什么呢？所以一个月后的夜里，他骑车十里，停驻于此，等待十八年后的另一场车祸，然后告诉我们，他来买第二天早上吃的馒头。

小神医药店黑了，男子走出来，锁上玻璃门后，拉下卷帘门。车灯远远罩住我，投下长长的影子，然后影子旋转、变短、消失。微尘钻进鼻腔里，眼睑快速刷几下。不算冷，但手背微寒，耳朵里有风，若有若无的泔水味微微发酸。我的头脑很轻，原来是这种感觉。但这仍然不是十八年前的风和气味，不是那时的尘埃与温度，那时的它们始终留在父亲的脑子里，日日夜夜发生，是我在视频里无法看到的真切与真实。

但我无意为父亲是怪物这件事开脱。我仍然得意于我和他的不同：他不觉得捡一个傻女人回家生孩子有什么问题，我觉得那是强奸和非法拘禁；他不觉得任由谷振兴自生自灭是多大的事，我觉得这种情况背后的结构问题全都不对；他不觉得我的姐姐少吃一颗鸡蛋有什么不对，我觉得这是女性一直以来承受不公的缩影……

然后，面对这些事情，我们有着同样的恐惧，做了同样的选择。我没有帮傻女人做一点点微小的事，我任由谷振兴自生自灭，我开开心心地吃下那颗鸡蛋，并在很多年里觉得理所当然，甚至隐隐得意……不对，我和父亲有一项不同——我把它们拿出来，当成我与父亲不同的证明。

我多么享受与父亲的不同，仿佛正确的事仅仅知道，就获得道德上的加冕，摇身一变成为更文明的人，更有道德感的人，更善良的人，在城市里侃侃而谈那些漂亮的道理，有很多怨言，但对自己的生活仍算满意，我还有期望，并且享受自己的精神追求。于是连同车祸现场对他如何重要，连同在饥饿中长大如何扭曲一个人，连同我们的粮食到哪里去了，连同那个他开始煮鸡蛋的早上，我死去的母亲，对他到底意味着什么，都变得毫不重要，理所当然地视而不见了。

不，我不打算用一种复杂掩盖父亲是怪物的事实，无意去披上一层温情的外衣，也没在试图分析，与文化传统、历史、饥饿、大人物们相比，在他成为怪物这件事情上，该给他划分多少责任，我只是想对自己说：

你好好问问自己，"个"和"颗"能有什么不同呢？在你身上，所谓更文明的东西，原来只是漂亮的糖果纸，满足你的道德，标榜你的身份，让你活在一个似乎更先进的群体里，得到一种参与改造世界的幻觉。事实是，活在这片土地上，你和父亲，你们每一个，都是同样的怪物。

BEST OF LUCK

一

你叫谷穗，1581次列车进入安徽，过了亳州，此后，再出现的地名，你家电视天线从未收到过信号。你第一次走出黄水镇，你的兴奋开始让你疲惫，身子越来越软。你闭上眼睛，邻座的鼾声变得明显，你脑子里出现他仰面朝天的脸，觉得难为情，便歪了脑袋，朝向走道那边，心想若是有张报纸就好了。你知道他是亳州上来的，他当时想跟你说话，但你眼睛躲开了。你还没办法马上睡着，但不觉得旁边的鼾声讨厌，相反，你和鼾声玩游戏，数它的节奏，一下急促的短鼾，空白，你数空白里的秒，1、2、3、4、5、6，你数不下去了，怀疑他死了。你有点紧张，但不愿意睁眼。鼾声来了，仍旧短促，一下，你松口气，觉得他不是坏人，但仍旧不敢相信他。你想起你爸的鼾声，那是另一种节奏，长而缓的鼾，不停顿地衔接三秒长的吐气声，连绵不绝。你听着两种鼾声，声音的波纹在你的身体下面堆起一条小船，晃动你脸颊肌肉里的紧绷。后来是什么溅起浪花落在你的脸？你俯身看船下的黑水，有一些担心。死亡的怪兽钻进爸爸鼾声的时刻，十岁的妹妹会不会替他驱赶？妈妈死后最初那些夜晚，你在爸爸鼾声的停顿里捕捉到死亡怪兽的马脚，只是另一种害怕让你忘记了对它的害怕。你听着它在鼾声里占据父亲的呼吸，心惊胆战。你不敢威胁，只是哀求，你走吧，走吧，给我们留下一个。鼾声再起的时候，你感激死亡怪兽的善良。"好了好了，接着睡吧宝宝。"梦呓般的安抚总是会连通所有的夜晚，好像你真被抚慰了，带着一点委屈的泪水，听见婴儿的吭哧声。而婴儿竟然真睡了。有一天你也是要生孩子的，你被这个念头吓一跳，睁开眼睛。斜对面，女人以捆在一起的窗帘作枕，婴儿睡在她的肉上。对面的老头没有动静。你重新闭眼，羡慕这个婴儿这么小就开始坐火车，而两个多月后，腊月二十二，你就整整十七周岁。17、2004，这两个数字来得都比想象中快。事实上，在谷楼村，你已经 18 岁，过了这个年，你 19 岁。你常常抱怨八天占据了你的两岁，但无济于事，整个谷楼村的人眼中，你 19 岁。你的同龄人有的已经嫁人，你抵抗了两年，仍然没有做好准备，可留给你的时间不多了，好多人等着做媒。火车经过田野上的河流，你睡着了。

　　火车离开京九线，而后凌晨五点多，经淮南转向正南，奔往合肥而非南京，车厢中部，你梦见你在低空飞行，追逐一只燕子。玉米叶编织绿海，波光粼粼，看起来很美。施肥时玉米叶一遍遍刺你，皮肤上的道子烫你许多天，但梦里你忘了。燕子划出漂亮的弧度，你脚踩玉米梢的雄花，刻意用力，让花粉掉下去，给雌花授粉。你越来越快活，你的脚准备再次借力，你看到雄花是一只手，正要抓你，你的心沉到脚踝，拧身换落脚处，你看到更多玉米梢是手，而燕子变成一朵乌云。噩梦展露一丝柔情，没惊醒你，你只皱皱眉头。

天在车窗外，田野显出轮廓，火车像消化不良的肠道，你听到脚步声，惊醒，快速坐起，过路人回首看你几眼。你终于意识到自己正在火车车厢，并非睡过头，误了摘蘑菇的时辰。你的心慢慢放松，邻座男子头枕靠背，鼻孔向前，嘴巴微张，下巴上扬，以及打呼噜。你的目光跃过这一切，盯了会儿窗外。你错以为火车正从天黑的地方，开往天亮的地方。对面靠窗，婴童哼唧两声，扬了扬裹着的小手，挤在角落的女人撑开眼皮，单手抚婴儿，提了提身子，又都睡去。天空晦暝，田野幽深，树木在远处更清晰，更久，但慢慢模糊。到合肥，有哭声，你重新醒来，方便面的香味钻进你的肠子，而后你听到吸面条的声音，跟你爸很像，但不是，你知道，你知道是邻座男人，听了一会儿。

以前不敢想，这一年你也能随随便便吃上方便面了。每茬高峰期，双孢菇比春笋还急，一日里能开伞两三茬。今年的行情不错，好的双孢菇能卖到五块一斤，但开伞的卖不上价，两块都没人收。弟弟上初三，妹妹上初一，家里只有你和你爸两人，而八层的蘑菇架有十架，只能提着篮子，没日没夜地爬高爬低。竹竿湿滑，你经常打瞌睡，差点掉下去。篮子都加了铁钩，人挪几步，篮子也换个地方挂上。很快满了，换新篮子，等篮子用完，蘑菇倒在铺了塑料布的地上，堆成小丘。摘完后，人坐在山脚，用小刀切掉蘑菇腿上的泥根，放进白色的塑料筐里。这一项也磨人。

这样的高峰期有三波，夜里十二点进蘑菇棚，六七个小时摘完，坐下，削几个小时的泥根。以手指为砧板手指很疼，你家总结的智慧是，蘑菇大头朝里，蘑菇腿搁在筐沿上，砍头似的切下去，泥根正好掉在筐外。中途你爸开三轮车去卖一轮，你继续切。有一阵子，有个南边村子的寡妇会来帮忙，你听到你的姑妈们告诫你爸，藏好家里的钱。她有水缸粗的腰，用一根灰布条当腰带，她的上眼皮像死掉的蚕。你讨厌她身上散发的灰色味道。四年了，你还没办法接受别人填上妈妈的位置。你对这份帮助感到不适，后来她不来了，你松口气，然后有一丝失落。但你没有重视你的失落，你猜只是因为没人帮你切蘑菇腿了，你说你宁愿多干点活。终于切完蘑菇腿，你爸又拉去卖，你用压水井取水，刚取出来的水在冷天冒热气。手上糊了几层的蘑菇黏丝，要花不少工夫才能洗掉。你觉得那玩意儿像蜗牛的黏液，搞不懂蘑菇那么白，怎么粘在手上这样黑，但洗干净后，手上的皮肤好像变嫩了，你很开心，或许这玩意儿还能护肤。

然后，你就可以撕几包方便面煮来吃，还能奢侈地打进去几个鸡蛋。为了应付这种日子，你爸提前买了几箱思圆方便面，还买来平日里吃不起的鸡蛋。不过，你要小心地预估当日饭量，多了或者少了，你爸都要发点脾气。有几回为了不挨骂，你把方便面塞满嗓子眼。吃完饭，你来不及眯眼，因为双孢菇不睡觉。蘑菇架迫不及待冒钱的日子，每年只有十几天，你没有资格说人是要睡觉的，因为你们都穷怕了。于是你马上走进蘑菇棚，你的胃差点吐到篮子里。

初中毕业后，这样的日子你已过了两年。很香，但不是思圆方便面的香，单薄，你使劲嗅了嗅，闻到蘑菇的土腥味，你的胃找到它的记忆，闹了脾气。你的手冻皱了，好在还没有开裂，车厢里暖和，几个痒苏醒，你往袖子里缩，痒在贴骨的肉里，发硬，你想使劲咬出血印子，把痒咬碎。吸面条的声音停下，你察觉到邻座站了起来，很快，膝盖那儿传来布料声。你决定睁开眼，然后收了收屁股。对面，老头还在睡觉，孩子在吃奶，乳房上有青色血管。你想自己那儿小得多，无法想象会流出奶水。女人看过来，你察觉自己看太久，眼睛跳走。女人的眼皮像在水里泡了一夜，发白，对你笑了一下。你也试图笑，但眼角的眼屎按住你的眼皮，你脸红地弯腰低头，假装双手捂脸，中指偷偷弯曲，去抠它们。对面老头的头顶好尖，薄薄的灰白头发，浑似这个季节的坟头，你忍不住垂首偷笑。

火车又开了，你也饿，包里有煮的鸡蛋，还有坐汽车去商丘前，镇上的冬麦姑妈买的水煎包。好几次，你准备站起，掏出来吃，可当着这么多陌生人的面，想一想就脸红。半小时后，火车短暂停靠桥头集，站台上一个肥大的老太太沿窗卖食物，你看到太阳，家乡的叶子落光了，这里还绿，你不认识那叫什么树。你想尿尿，但你不知道火车上有厕所，但人是要屙屎撒尿的呀，你搞不懂这一火车人怎么解决这个问题，难道全都忍着？你没办法站起来，但你不知道为什么会这样，你也没有去想，你只是坐在那儿，没办法站起来。尿尿，你怎么可能跟人问这样的问题。你无法想象会像斜对面的女人一样，在火车上给小孩喂奶。

你是去一个叫天平服装厂的地方，你的堂哥在那里做烫工。你从夏天开始争取，所求只是等蘑菇高峰期结束，可以出门打工，为此，你头发上挂满几位长辈的唾沫。农历十月过半，你终于成行。"不要跟陌生人说话，千万不要吃别人递给你的东西，别喝人家给的水，别跟人说你的名字，别说家在哪儿，找不到路也不要跟别人走……"出发前，每个见到你的大人，都要说上几遍。从记事起，这样的话就飘浮在空气中，每一次呼吸，都要吸进肺里，顺着血液循环，渗透进每一个器官。两个小孩去邻村姥姥家走亲戚，夜里没回来，父母骑车去问，才知道那边根本没见人。十几岁的姑娘下地干活，再也找不到了。这样的消息每年都有，只要走出村子，路边的玉米地里都像藏着抓人的恶魔。一群孩子出村玩耍，谁故意喊一声抓小孩的来了，所有孩子就使劲跑，恨不能把地球蹬烂。年龄最小的，跑得最慢的，在后面大声喊等等我，得不到回应，更没力气了，崩溃地坐在地上大哭。但村子里也不安全，大人们用来告诫小孩的一则例子是：院门没关，奶奶和孙子躺在院子的树下午觉，奶奶醒来后，发现孙子不见了，慌忙出去打听，有人见一辆摩托车直奔村外走了。

血液里流淌着这种恐惧，你从来不曾怀疑，仿佛小孩就是会被偷，姑娘就是会被拍，天经地义。人必须小心地踮起脚尖，避免发出响声。

火车厢里，每个出现在你眼睛里的人，你都偷偷看过几遍。带着得偿所愿的兴奋，你觉得不像家里人说的那样可怕。但你骨子里的谨慎还在，周围的人聊天时，波及你，你只回答"打工"、"服装厂"之类简单的词。这种事你也听了不少，陌生人报出你叫什么，家在哪里，就成了你的亲人，围观的人只当一家人闹闹矛盾。不过，你喜欢听这些陌生人聊天，说那些在谷楼村从没听过的新鲜事。尤其邻座的男人拿出手机，给不会说话的小孩拍照，放放铃声，说十月刚刚上市，诺基亚 7610，花了 5400 块，还能上网呢。诺基亚，听起来洋气，你第一次知道这个牌子，不知道是哪三个字，你只听说过波导。这么一个小东西，五千多块，最好的年景，蘑菇的收成也买不了十个。白色外壳，面板上一道红色，精致玲珑，你不羡慕。

尿液越来越沉，火车停靠巢湖，你依然想不通人们怎么撒尿，猜想厕所在站台上，有需要的人得快速跑下去。但你不敢起身，你默默抱怨，大人们警告那么多，为什么没人想起来告诉你厕所的事。火车再开，人们继续聊闲话，你的身体依旧诚实地生产尿液，你意识到，人的肚子里装满了屎和尿，你觉得很好笑，人就是个大厕所。

人就是个大厕所，你心里一遍遍喊，越喊越快活。车厢里微微骚动一下，人们都看窗外。

"长江！长江！"

"那就是长江？"

你也看，透过邻座的脖颈与靠背之间的空隙。听了十几年的长江，这一眼让你淡淡失落，一汪长水，也就比谷楼村东边的虹龙沟宽点。邻座脑袋一动，你赶紧移回目光，对面的小孩圆睁眼睛看你，嘴唇微张，口水在嘴角变长。你鼓起勇气，上身前倾，握了握孩子的小手。你喜欢握婴孩的小手和小脚，堂弟一岁时，你抱在怀里，只顾捏肉乎乎的小脚玩，堂弟的额头摔在桌角，去诊所缝了三针。孩子晃一下脑袋，嗓子眼挤出一声啊。每个人都盯着孩子笑，女人低头抹去孩子的口水，说："姐姐给你玩呢，是不是，喊姐姐，姐~姐，怎么不喊呢，哦，你还不会说话呀……"

声音多好听。姐姐，姐姐，你脑袋里重复这个称呼，你想这就是江南女人了。尖顶老人站起来，在走道跺了跺脚，单手摁住椅背，俯身看窗外。他说："前面就要进浙江了吧？"

"没呢，过了宣城才是。"女人说。

浙江？你的心蹦跶了一下，你知道常州在江苏，不在浙江。

"常州怎么还没到啊？"你来不及多想就问出来了。

没错，你买错了票，昨天下午在商丘南站，售票员看起来很凶。你对售票员说去常州，听到售票员跟你确认："去常州是吗？""对，去常州。""94块钱。"

钱比你堂哥说的贵了五块，你不敢多问，递过去一百的票子，然后收到车票和零钱。车票上写着杭州，你看到了，常州和杭州，对你来说都是南方，哪里知道南方也有南北之分，只以为火车的终点是杭州，你很聪明，心想原来火车票是写终点站的站名，中途，人要到哪里，就在哪里下车。

尖顶老人和邻座男人传阅你的车票，争辩去常州的汽车要去城站坐还是北站坐，票价是53还是66，路上要四小时还是五个半小时。你算着兜里的钱，想着全错了，售票员听错了，你也听错了。你脊背紧绷，后悔看到车票上的杭州时，想不起跟售票员确认一句。

邻座男人好心，主动借手机给你。你先掏出电话本，翻到堂兄的手机号，接手机时，你想让他帮你拨号，但说不出口。手机托在掌心，太光滑，你担心会掉下去，使劲捏住，又担心按坏。

"直接按，按上面的数字就行。"

电话本放在腿上，左手抓住手机，右手食指承受好几个人的目光，1、3、5，每按一下，你低头确认一眼电话本上的数字。3的按键最小，第二次按它多按出一个，你耳后发烫，不知该怎么办。

"按右边上边那个键，删掉它。"

你按了，屏幕回到首页，所有数字都不见了。

"哎呀，不是这个，没事没事，你重新拨号吧。"

"这高级玩意儿，一般人还玩不转呢。"尖顶老头说。

你重新拨号，更小心，成功拨出去。和堂兄说完，你马上把手机放进邻座男人手里，道了两遍谢。其实你想到了，但不愿意打姑妈家电话。你知道堂兄肯定正在打。两个小时前，你就该在常州火车站了，这两个小时里，姑妈给堂兄打了三通电话。你能想象你爸收到消息后的愤怒。出发前，你爸又不放心，要送你到商丘上火车。你不耐烦："肯定行，我又不是不认字。"

你已经能猜到，你爸正咬着牙，向右扭头，虚看斜上方，左手按膝盖，说她真是傻死她了。说完不过瘾，马上朝着左边，用同样的动作重复一遍。你听到他在你耳边说："你不是能吗？你不是又不是不认字吗？"膀胱闪过一阵刺痛，消失后，反而舒服了些。出发前的兴奋和憧憬彻底不见了，你担心去哪里坐汽车的问题，也担心票价，不过还是给自己打气，兜里还有 118 块 3 毛，肯定够支付车票。宣城、十字铺、莫干山，这些陌生的地名让你不宁，你意识到，你现在要到的地方是杭州。杭州，偌大一个杭州，语文书里的杭州，上有天堂下有苏杭的杭州，鼎鼎大名的西湖，此时你只觉得，杭州像根鱼刺卡在你的喉咙。

不过，杭州没有为难你。你提着红色帆布包，出了火车站，还没来得及跟人打听，就看到汽车售票处几个字。你经过小笼包摊子和玉米香味，进去售票处。

"常州，去常州，经常、往常那个常，常州。"

售票员抬眼看你。"听到了，常州，我听到了。"

收到票后，你看了半分钟，找公用电话告诉堂兄到达的时间和地点，马上进站，找到去常州的汽车。准备上去时，旁边蹲在台阶上的寸头胖子跳下来，跟你要行李。胖子的眼白很多，看上去不可信，你攥紧帆布包提手，胖子一使劲拿走了。你无措地看胖子把帆布包放进行李舱。

你问："这是去常州的车对吧，江苏常州。"

"对，去常州，上车吧，别乱跑，一会儿就开了。"

坐在车上，你才想起来尿尿的事。一想起来，尿意变得汹涌，你透过车窗打量，看不见厕所。你憋了一会儿，尿意奇异地减轻了。你猜想肯定往回流了，身体吸收了，生出一些好心情。好心情一冒头，你心中一坠，受到惊吓，赶紧拿出票，的确是常州，常，没错，常，没有买错，字慢慢变得不像个字了。这口气松了不大会儿，你又不得不再次拿出车票，确认是常，黑色的常，千真万确。后来你找到了更好的办法，盯住车前玻璃上"常"的背影。你一直盯，好像一眼看不到，那个字就会变脸、飞走。车上还没什么人，你觉得可以偷偷吃几口东西，但是你发现吃的在下面行李舱。你没办法走下去，拿出来，好在你已经不感觉到饿了。前胸贴后背，带给你一种奇怪的实在感，你不愿意打破。有一会儿你鼓起勇气，准备下去问问厕所，然后司机拉开车门，坐在了驾驶位上。于是你不敢下去了。又过了很久，人陆续上满了，车才启动。你看着路边的建筑，想起这是西湖在的城市。西湖多么遥远，汽车晃晃悠悠，但你的尿液挤满膀胱不动。你又困又倦，腹部坚硬，你觉得你像即将临盆的母羊，会流出一包羊水，滴溜在裤裆里。

从天明开到天黑，你怀疑汽车会重新开进河南，但终于到了。你的堂兄早就等着，接过包，给冬麦姑妈去了电话报平安。见到熟悉的人，尿意报复一般猛烈起来，你仍旧憋着。堂兄叫了一辆摩的，没有去天平服装厂，就近去了市内的老三集团，见了你同岁的堂姐。你去了宿舍楼的公共厕所，这一泡产自黄河流域的水，在你的尿道里，流淌千里，忍着疼痛，终于流进长江流域的土地上。

二

生于乌拉尔山东侧的高位涡，抵达江淮流域没几天，就是 2005 年元旦了。临近中午，你怀抱印好的裁片，满鼻子胶味，回到裁房。翟文燕单手拎着红棉衣的领子走进来，一眼望过去，你错把红棉衣看作无头尸体，怀里的裁片差点脱手。拉布的两个湖南小伙子说话的声音陡然增大，裁刀师傅和另一个人送布缩水，传出噪音，于是两个小伙子声音变得更大。

翟文燕没用眼睛搭理他们，边穿衣服边说："天还是没冷透，赶几步路身上有点燥。不过进来有点冷了。"另一张桌子上，秀红正在给摇粒绒外套配件，她个子小小的，时不时踮起脚尖，配好一套，捆好，丢进旁边的推车里。她说："洋人儿的衣裳豆是大，M 号穿起都大垮垮的。"

你很喜欢这个乐呵呵的四川姑娘，但你没有搭话，你对翟文燕说："燕姐，你查得怎么样，没事吧？"

"我没事。"翟文燕揭一张你刚放下的裁片，展开看上面的烫字。她的嘴巴贴近你的耳朵，你的耳朵听到她呼出的热气，透明了。"我是骗厂长的，没病，今天元旦嘛，就是想出去偷偷懒。上午忙得过来吗？"

"忙得过来。"

"这洋文印上去还挺好看的。"翟文燕抚了抚白色的字母，没多停留，和袖子、后片捆在一起，丢进筐里。"你会念吗？"

你耻于开口说英文，但还是小声念了，拜斯特奥夫拉客，你听得出里面的河南味。拉布的小伙子突然发笑，你觉得在笑你，鬓角瞬间烫了。

"你真厉害，还认识洋文，是什么意思？"

你听出那笑和自己无关。你说，意思是最好的运气。

"最好的运气，我喜欢这几个洋文，最好的运气，我进这个厂能遇见你就是最好的运气。"

你不知如何回答，任由脸颊发红。

"怎么念的？怎么念的？你教教我，最好的运气。"

你说不念了，你念得不准。

"教教我嘛，教教我，穗穗，求你了，什么拉客？"

她的鼻头那样白，你闻到她身上的香味，像新被子里的棉花，你还是觉得自己身上只有蘑菇味，像苔藓一年年干进石头，干蘑菇味。你的舌头有点僵硬，你说拜斯特，奥夫，拉客。

"拜斯特厄夫拉客，对不对，拜斯特厄夫拉客，拜斯特……"翟文燕的声音大起来，似乎要把这份好运填满裁房。你看到那几个小伙子的耳朵酗酒一样喝着她的声音。

"小翟，把这些裁片分一分，传样的。"裁床师傅说。

他很得意这次的手艺，整张布料没有几块碎布头。他说这是荷兰人订的衣服。你盯着那些布料，感觉奇妙，你经手的衣服，有一天会穿在荷兰人身上。

传样的十五件衣服，很快就分完了，翟文燕回到你身边说："那布料闻着像酸梅汁。"

"是吗，我没喝过酸梅汁，我闻闻什么味。"

"我就喝过一回。"

你跑过去，拿起一扎，你的额头一疼，闻到了那个味道。你想起小时候提塑料壶去邻村小卖铺买醋，回家的路上忍不住喝好几口，清冽。那时候你有妈妈，她举起醋壶，怀疑店主欺负小孩，缺斤少两。你承认你在路上喝了，你和妈妈一起哈哈大笑。那时候你不知道大人也爱偷喝东西，你妈妈喝甲胺磷比你喝醋还凶。你想原来酸梅汁是这种味道，比黄水镇自酿的醋潮一些黏一些浑一些。

你说："我喝过澳的利，是我大姑妈买的，我们喝的时候，我奶奶眼巴巴望着，都快哭了，说那是我大姑妈给她买的咳嗽水。"

"这个我也喝过。"

下工铃响了，翟文燕拉住你，让别人先走。她带着你刻意远离食堂门口，你问她回宿舍干吗，她只说到了就知道了。你看到食堂外面的走廊下，你平时站着吃饭的地方，站了别人。你想原来别人也是这样看到你的。食堂里确实有几张桌子，但抢不到，你也不喜欢坐在那儿吃饭。不用闻，你知道食堂今天又煮了白菜，你猜蒸的米饭又夹生，因为坐在廊下台阶上的人正往地上吐。白菜和米饭免费，你只花钱买过七次煮的豆腐干，每片豆腐干一块钱，太贵了。你没有多少钱了，第一月的工资照例被压，你还要再等十几天，才能拿到第二个月的450块钱。你还得留出过年回家的车票钱呢，你已经预感到，回家后会被父亲笑话。闹着出来打工，一点钱也没赚到，你希望尽可能带点钱回家。绕过一棵树，你并不知道那是桂花树，你错过了季节，不然你就可以第一次闻到桂花香。你们进了宿舍楼。

降温的这几天，宿舍不是你的好地方。你绿色的被子，里面装着别人的破衣服，你经常想象它们来自谁的身上，它们被打碎，和旧棉花一起，你没想到这么不经盖，不到一个月，整张被子就山河破碎，像开春河面上的浮冰，在身体上撞来撞去。你太冷了，于是所有衣服都搭在被子上，又套了两件毛衣睡觉，你想起历史书上的兵马俑。兵马俑不怕冷，但你怕。你还是冷，夜里的冷比白天漫长，世界退缩了，只剩下你和你的记忆，躺在荒野中。但昨夜你睡了一个好觉。

昨天翟文燕看你流鼻涕，问你是不是冻着了。于是你跟她说了你的被子。翟文燕比你晚一周进厂，住在你斜对面的上铺，那时你的堂哥已经跳到老三集团做工。她说她二十四岁，但没结婚。她穿的衣服也好看，漂亮到让你生不出比较心。你们关系变近是那天她坐在你床边，拉住你的手说："我妈妈也是很早就走了，我听不得这种事，一见到没妈的孩子，就心疼。"

你诧异，那样好看的眼睛也会发红，也会流出泪水。泪水一直在她眼眶里打转，你心想连泪水也不舍得离开这样好看的眼睛。你记得那天她穿黑色紧身毛衣，黑色瘦腿裤，扎马尾，有白点的黑色头箍。你记得毛衣绣着紫色的仙人掌，你记得她问："你爸平时怎么样？打不打人？"后来你知道，她妈死后，她爸开始酗酒、旷工、打孩子，然后被化肥厂开除。你还知道了在郑州西边，有个叫荥阳的地方，你听她讲她的镇子邻着巩义，她妈还活着的时候，荥阳还没有撤县设市，一家三口会越过县界，到浮戏山雪花洞游玩。你属于平原，没有山的记忆，你听她告诉你如何爬山里的小长城。她说冬天的时候所有水都结冰，灰色的冰里飘浮着白色，她在冰上走，抬头看到挂在崖壁上的瀑布。"那时候很快活，"她说，"我会大喊大叫，我妈会让我轻点，别踩碎冰掉下去，她可救不了我，但那冰太厚了，我怀疑整条河连着水库都冻实了，我哪有那么大力气。"你无法想象瀑布全部结冰的样子，你只见过屋檐下的冰琉璃，你弟弟会挑最大的敲下来，掰断，你们一起嚼它。你爸看到了会说吃雪屙沫，吃琉璃屙稠的。你庆幸你爸只打过你三次。你知道她的表姐正在郑州装修饭店，主推黄河大鲤鱼和烩面，她春节后就要去那里做领班了。她总能掏出山楂片和小饼干，你最喜欢那个薄薄的葱香味饼干，你觉得她真神奇，你从来没听说过哆啦A梦。她说她一直想要个妹妹，让你喊她燕姐。所以她问你是不是冻着了，你说是，你对她形容你的被子，当作炫耀一件好玩的事。昨天晚上九点多，你们下班回到宿舍，她说这几夜老做噩梦，一个人睡害怕，能不能跟你挤一挤。于是你们睡在一起，她的被子很厚，但是软和，她说是秋天弹的新棉花。你特别喜欢秋天的阳光，你没想到连她的体温也迷人，你有点害怕，你像你喂过的兔子，使劲往墙壁上缩。你们互相倾倒童年。她说小时候做饭，生煤火烫伤了一块，现在还有印子。她将上去秋衣左袖子，拿住你的手指，去摸手肘的上面。她问你摸到了吗，你说摸到了。你画着圈，摸那块陈年的烫伤，你觉得被烫伤了手指。你说起有一回你炒青椒鸡蛋，把青椒剁得很碎，加了不少盐，你爸敲着碗边说弄这么碎干啥，跟鸡叨食似的。你只是想这样吃不了那么快，不然哪够吃呢，你的弟弟永远那么饿，好像要把碗吞进肚里。她问你上学时有没有喜欢的男生，你说没有。你问她怎么不结婚。她说我才不愿意跟男的在一起呢，臭死了。你突然失落，你又闻到你身上的蘑菇味。你在墙边架得难受，动弹了一下，碰到她的胳膊，马上弹回去。她突然抱住你的胳膊，放在身上。你的胳膊僵在她的胸前，感受到她皮肤的白，你说你真白。她侧身，继续搂住你的胳膊，下巴抵在你的肩膀上。你的骨头疼，爬蘑菇架让你的胳膊受太多苦，但你不动。她鼻子里呼出的热气让你半边汗毛透明，她头发抵住你的耳朵，重重吸气。她说喜欢你身上的味道。你的半边额头渗出茸茸的汗，你说怎么会呢，我不好闻。她说怎么会，好闻，特别好闻。她又重重吸一口。她说像夏天我姥姥在簸箕里晒得焦烙馍香。你努力寻找焦烙馍的记忆，找到了，也来自你的姥姥，你喜欢这个共同点，觉得离她更近。你凑近记忆里的焦烙馍，闻它的香，你不确定有没有闻到，但你很开心，因为阳光照在上面，明亮。你诧异你的勇气，竟然开口说了买错票的蠢事。我好傻啊，你说，我是不是很傻。不傻，她说，一个小孩第一次出门，我只会觉得心疼。不傻吗，你说，连车票都能买错，我还觉得火车票都写终点站，多傻。一点也不傻，妹妹，她说。你说我家里人肯定都说我傻。那是他们有问题，她说，我只会觉得难受。你说不出话来，只是看着黑暗。她说，你都到杭州了，应该在杭州转转，好多有名的风景呢。你说，嗨，我这种人，哪有什么风不风景的，根本就顾不上。她说，不过，你倒是不用到终点站，发现坐错那会儿就能下车，到常州还近一点。对呀，你恍然大悟，我都没想起来。你们咯咯笑，她的手碰到你腋下的痒痒肉，你笑得更狠了，你的身体软下来，开始动弹。被子契合地贴住你的身体。她说，疼疼疼，你压着我头发了。你抬起肩膀，抓起一绺她的头发，又粗又滑。你的发质像干草，你从来不留长发，因为短发省洗头膏。她侧身，握住你握着头发的手，她的脸凑得这样近，你的鼻尖看到她的嘴唇。你上铺的室友喊，你们还睡不睡了！

　　你睡了难得的好觉，所以现在你有点饿，翟文燕开宿舍门时，你闻到饭香味。空床上放着塑料小风扇和你们的行李包，窗边唯一的桌子上，有塑料袋。翟文燕双臂一摆说，看！你才看到你床上铺的新被子，被面上有灰粉色的大花，你不知道那叫什么花，你不明白这是怎么回事。她说今天出门看见卖被子的，就买了一个，送给你。你还没想到要为自己买新被子。从小到大，买新东西，从来都不是简单的事，在父母眼中，你永远不用买新鞋子新衣服，你总是要不到钱。你从来没想到，原来人冷的时候，可以直接买一床新被子。你说："谢谢你，你太好了，你别送我，多少钱，我发了工资给你，我不能让你给我花钱，我都吃你那么多零食了。""穗穗，穗穗，好穗穗，你不要这样想，我心里你就是我的妹妹，亲妹妹，咱们不争这个了，好吗？"

你只是摇头，站不稳，不得不坐在你的床上。但你想马上弹起来，因为你觉得裤子脏。你的手背搭在被面上，它的松软和弹性，你知道是丝棉。你流出眼泪，觉得羞耻，快速抹掉，手背重新落下去，刚接触到被子，你猛然惊觉，意识到那是新被子，担心眼泪把它弄湿，于是把手放在腿上。翟文燕弯腰，捧住你的脸颊。她说："别哭啊，穗穗别哭，穗穗，你别哭。"于是你的眼泪更多了，你紧绷喉咙，避免发出哭声，你的鼻子抽搐一下，咽口水让你的脖子剧烈起伏，你的喉咙很疼。她用大拇指一遍遍抹你的眼泪，一遍遍抹，泪水蜇你眼尾的皮肤，一直到太阳穴。她的手又细又长，你在谷楼村没见过这样白净的手指。你看到粉色的指甲油，光亮里倒映着影子。她的额头抵住你的额头，八根手指卡在你的耳后。她说："妹妹别哭，好妹妹，不哭哈。"你呼吸着她的呼吸，心想天底下怎么会有这么好看的眼睛，她的眼睫毛挠得你瞳孔发痒。Best of luck，你想到裁片上的烫字，你觉得你有了天底下最好的运气，有一点恐慌。你终于抽噎了几下，所以眼泪不流了。她在你身边坐下，左手落在你的左边脑袋，抚你的头发。她说："好啦好啦，这都不重要穗穗，你睡觉睡得暖和最重要了，好饿呀，咱们吃饭。"你反刍这个"咱们"，收获一种安定的喜悦。

她一边往桌上摆，一边念食物的名字。"这是猪头肉，想不到吧，我爱吃猪头肉，尤其肥一点的，吃起来最有嚼头。你爱吃吗？"你说爱吃，但你只是过年在亲戚家吃过几次，但你喜欢和她爱同样的食物。"一点凉菜，这里的凉菜我看拌得还行，就是不知道吃起来怎样。这是米饭，比食堂里蒸得好，没买多，咱们有饺子呢。其实我想吃几口馒头，到这儿后我还没吃过馒头，没找到哪儿有卖的。饺子是芹菜猪肉馅的，我喜欢芹菜味，你爱吃芹菜馅吗？"你说爱吃。"这个，看看这个是什么。"你说哇，青椒炒鸡蛋。"今天你就大口大口吃青椒炒鸡蛋，看，都是大块的，都是你的，你能吃多少吃多少。"

她坐在你对面，拍一下手说："开动吧，咱们也过过阳历年。"

每一样食物，你都先嚼了一遍，等你终于能开口说话，你说："你的指甲真好看。"

"好看吧，我自己涂的，我的指甲油就在包里，吃完饭我给你涂上。"

"我就不涂了，我的手难看，又黑又粗。"

"哪里有，好看。"

"我每年都冻手，去年都冻烂了，谁见了都说肿得像气蛤蟆。还是南方好，现在都不冻了。就是，难看，还有冻疮印，来时候还皴着呢。"

"没事的，我给你涂，好看。这个猪头肉还可以，是吧，盐味也合适，很香。"

"是，好吃。我上小学的时候，都是用小桃红染指甲。"

"是，我也是，我都是让我奶奶给我包，我自己染不上。"

"你们那儿也叫小桃红？"

"对呀，也叫小桃红，咱们离得又没多远，商丘，开封，然后就郑州嘛，我就在郑州边上。饺子是不是咸了？"

"我吃着还行。那很远了，我从小到大，连县城都没去过，我要是中考的话，就会去了，但我又不上高中，就没去考。"

"我念到初一就念不动了。你小时候自己染指甲吗？我都染不上，用那个碱，我不知道放多少，每次自己弄，一拆开，一点颜色都没有。"

"我是跟班里一个女生学的，把小桃红捣碎，加上碱，碱不够颜色就浅，太多了也不行，捣碎了堆在指甲盖上，用楮实子叶包上。"

"对对，我家后面就有一棵楮实子，还专门挑那种没分叉的叶子。天牛特别爱吃这种树叶，那时候老有男孩去树上捉天牛。"

"我还吃过树上的红果子呢。"

"别动。"

你的筷子停在空中。猪头肉停在舌头，望你的喉咙。她的脸凑得这样近，你感觉自己的呼吸打在她的绒毛上，忍不住后撤。"别动，别动。"你花大力气才不动，她的手指抹一下你的嘴角，你看到她指尖的一粒米，她把米粒搓在纸上，你嘴角的触感还没有散去。

你说："我以前没怎么吃过米饭，有时候亲戚结婚，去吃大桌，都会先上一碗米饭，上面撒白糖，吃着也挺好吃的。"

"我们那儿也是，就看小孩抢多快吧，刚上桌就没了。"

"上初中的时候，有个食堂会用小瓷碗蒸米饭，很好吃，不过女生不怎么抢得到，男生把胳膊伸进去拿。我班里的男生还会炫耀没付钱。我也吃过几次，打菜的时候，让大娘舀一勺菜汁，转着圈浇一下，很好吃。"

"你怎么抢到的，是不是喜欢你的男生帮你抢的？"

"没有，没有。"你赶紧说。你喷出一点菜渣，落到一个饺子上，你脸更红了，去夹那个饺子，好几下都夹不稳，后来终于夹住了。"我长得又不好看，哪有男生喜欢我。"你的手指挑掉菜渣，任由它停在指甲上，低头咬饺子。

翟文燕递纸给你，你接过来，更慌张了。她说："怎么会，好看啊，你长得好看，真的。"

"我都不记得那些同学叫什么了，就记得一个叫刘通的。"

"哦？"

"我们那时候玩得挺好的，我记住他是我有件红外套，就那一件衣服，所以我天天穿它，有一回他就说，谷穗，你怎么天天穿这一身皮。"

"哎呀。"

"哈哈哈，那时候真是，天天穿一件衣服。他是镇上的小孩，家里有点钱。那时候我妈刚死，家里穷，哪有钱买衣服，我们就周六晚上和周日早上不上自习，能骑洋车子回家一趟，特别冬天，天黑得早，到家都夜里了，我还得压一池子水，在里面洗衣服，不光我的，还得洗我爸和我弟的，还得换两池子水洗掉洗衣粉沫子。冬天的衣服厚，我拧不动，喊我弟弟过来帮忙，喊不动，得喊好几次才过来。一晚上衣服也干不了，我第二天早上还得穿，那咋弄，就放到被窝里暖，早上还潮着呢，也得穿，那一路上是真凉快。"

"太受罪了，穗穗。"

"我还记得有个牛仔裤，大腿里面都磨得露肉了，哈哈，特别好笑，走路不敢大步，怕别人看见。其实没啥，这都不重要，我们条件不好，能过啥日子就过啥日子呗，这都没什么。"

"我听得好难受，穗穗。"她说。你看到泪光爱着她的眼，她紧紧抿了一会儿嘴唇。"我是十三岁出来了，虽然也很难，但吃穿上还能做自己的主。"

"你那么小就出来，肯定比我难。"

"好难受啊，穗穗，你太不容易了。"

"没啥的，别难受了，我都没觉得有什么，有啥日子过啥日子呗，这不活过来了吗，我觉得没什么，主要是那时候家里也穷，没法子，怎么办呢，没什么的。"

"这个月休息那天，我带你去城里逛逛，咱们可以去老三集团，我以前就在那儿打工，经常有尾货便宜卖。"

"我知道老三集团，我堂哥堂姐现在就在那里上班。"

"是吗，我还挺怕见生人的。"

"没事没事，不见，到时候那边也不休息。"

"那会儿有个烫工，夏天衣服穿脏了，就到车间挑一个同颜色的换上，一个夏天都穿新衣服。好了，吃好了吧，我收拾一下，帮你涂指甲。"

"不涂吧，我的手不好看，该去上工了。"想象指甲油在你指甲上令你不好意思，你看到她的手那样好看，你想也许该多被蘑菇弄脏手，或许能更嫩一点。

"好看。"翟文燕拖长她的嗓音，抬肘看一眼手表，"还有十几分钟呢，够用。"

三

嘀嗒。水声哪里来？嘀嗒，挠不尽的痒在你的颅骨。对命运你不曾有一丝侥幸，而你躺在这里，倾听着朦胧的一切。那飞过去的是什么？蚊子？这不是蚊子的季节呀，难道季节已经变了？而对你来说，时间变成不会流逝的脓包。而人声那么近那么远，一瞬间你错以为仍在一列火车上。但不对，你想起郑州，你的省会，如此遥远，几年前想不到会和

146

你有关的地方。无数条街道无数间房屋无数的人们淹没过来，而你一个。你想动弹，肉体回来了，依旧诚实，给你痒，给你疼，给你僵，给你木，给你发热苔藓般的肤感。

这里是郑州啊，一张无座票送你来到这里，但你还是找到一个座位。你坐在火车上，底气十足，你再不会买错票了，也知道火车上就有厕所。你甚至在没有尿意的时候，专门去尿了一泡。火车很快就过了开封，几个新上来的人有座，周围有人被从座位上赶了出来。你惊觉这个事，一直盯着过道里持票走来的人们。你对面的男人，二十多岁，是个厨师，已经讲完他怎样跟师傅学厨，如今怎样被器重，单独在分店做主厨，开始讲他的女朋友多漂亮，他追求的过程，讲他如何为女朋友准备晚餐。他什么都敢讲，什么都敢说，问到你的时候，你只说去朋友那里打工。开封上来的人都已落座，你庆幸自己的好运气，脑子里出现 Best of luck。他还在讲，又回到他每月五千多，他的老板总会给他一包帝豪烟。你不想再听他的成就了，于是关闭耳朵，想象你和翟文燕走在雪花洞，没办法控制你的嘴角。

翟文燕说穗穗，年后跟我去郑州打工吧，我做领班，肯定不给你什么委屈。你很快就答应了。她说休息的时候，还能带你回她的老家，一起去雪花洞。整个春节，你都在想象新的生活，你想走在结冰的河上，一抬头就看见凝固的瀑布，你想蹲在冰面上，翟文燕面对你，拉着你滑行。你希望冬天长一点，春天不要太快来临。你又想冰化了也没关系。你的右手抬起，碰了碰你的鼻头，你看到指甲上的粉色黯了。

你的粉指甲闯了不小的祸，每个看到的长辈都大惊失色，觉得你跟人学坏，心变野了。关于你要到郑州做服务员的事，你爸发了几次脾气，要拦住你。他说非亲非故别人为什么对你好，居心不良。他说你不懂啊你这个傻子，有些人坏得烫手。你爸拦不住你，他恨你的指甲，咬牙切齿，他说你看看你涂的那东西，谁家的正经女孩会涂这玩意儿。你的冬麦姑妈劝不住你，给翟文燕通了一通电话，同意了这次行程。回想起冬麦姑妈电话里语带威胁的话，你很难堪，你觉得自己伤了翟文燕的心。

　　在出站口，你觉得翟文燕真伤心了。她只是接过你的红色帆布包，走在前面。你替你的家人跟她道歉，她说没事，她能理解，让你不要多想。但你没办法不多想，你没有碰到她的手指，没有闻到她的气味，你没有在她的鼻头上，看到你的喜悦。你坐在摩托车后座，双手向后抓住金属，她没有开口说搂住她的腰。

　　这里是郑州啊，太阳照耀谷楼村的田野，也照耀郑州。世界太大了，大到眩晕，风拿她的头发，一下下挠你的眼皮，你想牢牢抓住前面的背，但你依旧抓着后面的金属。田野是真实的，季节里改变颜色的土路是真实的，黄水镇的集市是真实的，去年常州缩在小小的服装厂是真实的，世界应该是那一方方踩得到的土地，但来到郑州像从陆地走进海里。你体会无法说清的晕船，看到每一个人都散发铁的味道，看到身边的大楼正在倒下，下意识抱住翟文燕的腰。你觉得她腰上的温度也陌生，悄悄松开几厘米。你不知道自己为何这样难过，你的右耳朵，不由自主地虚贴在她的后背上，但你听不到心跳声。

现在你也听不到自己的心跳声，嘀嗒，水声哪里来？你的嘴唇粘住你的牙齿，你的舌苔撕不开上颚。嘀嗒。那些时刻你觉得自己要死了，那些拳头和撕裂，那些喘息和疼痛。原来人的身体可以不是自己的身体。好寂静啊，嘀嗒，人声那么远那么近，疼那么硬那么直，动动手指就像要提起整个身体。一个人怎么才能提起自己呢？嘀嗒。更痛苦的时刻，翟文燕坐在你旁边，用话语清洗你的脑子。

嘀嗒。哐当。那几个男人经过的时候，总会对门板快速挥动拳头，或者踩脚，或者骤然发出一声"吼"，然后在门外哈哈大笑。你的心还是要跳出来，但你此时疼太硬了，高热的皮肤又过于松软，哆嗦不动，只有你脸颊的肌肉抖痛了你的骨头。笑声消失在墙壁中，你依然抖个不停。这是怎样的人间啊，你们总是这样抖，所有动静都让你们抖，永远抖个不停。人声那样近那样远，让你抖个不停。你想从中分辨出一个声音。你恨她。你想她再次走进来，用你恨的声音，你恨的语气，说那些恶心的话。

你滚烫的耳朵里，世界正在变成蒸汽，所有人间的声音，那么远，缕缕叠叠，那么近，你找不到那个声音。下一次走进来的是谁呢？是什么时候呢？嘀嗒。水声从哪里来？你想你见不到你的妹妹了，见不到你的弟弟了。你有讨厌弟弟妹妹的时刻，但你用你的体力爱，用你缺失的睡眠爱，用你的腰疼爱，用你伸不直的颈椎爱，用你僵硬的肩膀爱。你担心她和他怎么往下活呢，在人间，在世上。

或许是电视机在说话，枪炮声中有人在喊。电视机在哪个房间？你记得那个房间里的一切，电视机不在那里。摩托车拐进胡同，拐进敞着门的院子，院子里有水泥地和水，有发黑的墙面，你觉得整个郑州都在生锈，你想回家了。你多聪明啊，那么警觉。在你出生的土地上，众多恐惧弥漫于空气，吸入肺部，进入血液，在身体里完成循环，然后重新呼出。在一次次呼吸中，你和周围的人一样，进化出活在恐惧中的智慧，一点风吹草动，就让你抖个不停。

你问饭店呢。她说先在这里休息，明天再去饭店。你要进去的二层小楼，白瓷砖上有黑色的裂纹。窗户上有一块烂玻璃，花盆里是干植物。她拉开的是一扇生锈的铁门，又拉开镶玻璃的木门，你一直看门玻璃上印的竹子。房子里有长木椅和脏茶几，搪瓷铁盘里有花生壳、阳光和《知音》，你不认识封面上穿红衣服的明星是谁，《"远方叔叔"来了，遇害少女天亮了》，你看到"来了"上面灰色的水渍。翟文燕帮你拧开一瓶绿茶，递到你手里。她说快喝点吧，肯定渴了。是的，你渴了，但你不喝，放在茶几上。她终于有了点热情，笑着跟你说闲话。你越来越失落，浑身无措，你很熟悉那种热情里的敷衍。她又有两次让你喝那瓶绿茶，你更不会喝了。《高晓松痛失"同桌的你"，谁解其中味》，你想这到底是什么意思呢。

进来两个男人，房间里阳光一下子淡了。翟文燕站起来，说这两个人是她的亲戚，也会在饭店做事。他们看你，但不和你说话，你爸卖树时，买树人估木头有几方时就是这种眼睛。翟文燕让你先坐一会儿，领着两人走进一扇小门。你站起来，靠近那扇小门，你听到三人在小声嘀咕，小声争吵，你听到钱。你的腿带着你拿起你的帆布包，往门外走。翟文燕跑出来，拉住你说穗穗你去哪儿。你说我出去上个厕所。两个男人走出小门，站着。翟文燕抓得更紧，她说屋子里有厕所。你拼命挣开她的手，跑进院子。你撞出院门，顺着来时的方向跑，你想不起来把拖累你的包扔掉。三个人跟在后面，似乎没有用力追你。翟文燕说，你怎么了穗穗，担心什么，我是燕姐啊，你担心什么。你说，我就是想回家，不在这儿打工了，郑州让我心里不舒服。你转到大路上，你听到她说你们两个傻了吗，快拉住她。于是两个男人拉住你，往巷子里拉。你坐倒，向地面借力气，两个男人拽着你在地面上打转，翟文燕仍在劝你。路过的人逐渐停下来，但没有人说话。终于有个开摩的的胖老头开口了，他说再这样他就报警了。两个男人松开你，望着翟文燕。翟文燕说，报警我们也不害怕，我们不是坏人，又没有啥坏心思。你顺势跳上摩的车厢，求老头拉你去火车站。

风带起后面的灰色帘子，你看到翟文燕和两个男人站在那里说话，越来越远。你隔着小窗口跟老头说话。你说太谢谢你了，不然我就完蛋了。老头说没啥，我肯定不能眼看着发生这种事。你发现你手里还攥着你的帆布包，松了松手。他开始说你爸你的长辈说的那些话，它们在你耳朵里，已变得完全不同。

在世上，在人间，你到底需要多聪明才行呢？

摩的猛地拐了一下，你被弹起来，双手按在对面的车厢壁，额头还是撞了一下。你想幸好是胶合板的，然后斜斜地歪倒。你意识到摩的停了，你听到老头说你们几个能办成啥事，要不是我这个又跑了。

在世上，在人间，你能往哪里逃呢？

你等待下一滴不知落在何处的水，而水滴没有落下，电视机在说话，墙壁里一声咳嗽，世上的声音啊，你听到你熟悉的那种寂静，像风吹麦浪，像院子上方繁星让人屏息恐慌的夜空，像醒来后无人的夏日午后。你妹妹出生后镇上那些人在你家屋子后墙捣一个大洞的时候，你家的牛和家具被拉走的时候，你妈妈养的蚕一夜之间全部僵硬的时候，你妈妈死的时候，你爸拿不出学费的时候，你们一家人坐在木板凳上，一言不发，倾听同样的寂静。那时你想，好吧好吧，老天爷，如果这就是你想让我们过的日子，我们就过这种日子好了。

你们活着，在世上，在人间，寂静地活着，一点风吹草动都让你们发抖。从小到大，对周围的一切，你从没有过天真的幻想，你接受，在你出生的土地上，一个人要是足够善良，爱他人，就要承受嘲讽、欺负和折磨，就会被吞得骨头渣也不剩。你愿意放弃一部分它们，愿意吃很多苦，你从来只想带着一点卑微的希望活下去。

可是，老天爷，你到底还要夺走多少呢？你怎么样才会满意呢？到底是什么样更重要的目的，需要你这样对待我们？到底我做错过什么，需要接受这样的惩罚？老天爷，你不长眼吗？你瞎了吗？你还想要什么，全都从我这里拿走啊。是不是善注定受伤害，是不是爱注定被利用。一个人是不是必须无情无义，是不是必须心硬得像铁，是不是，才能勉强活下去，是不是啊老天爷，你咋不去死啊，老天爷。

"在世上，在世上，老天爷，"你终于撕开嘴唇，但悲伤耗尽了你的力气，说不出后面的话。在下一次有人进来之前，你倾听着寂静，厌恶人间语，郑州在外面，发生着人们期望的一切。疲惫与高热让你半睡半醒，后来，寒意让你止不住哆嗦，但你并不知道。你看见冰河与瀑布。你看到冰面碎了，黑水席卷你的腿。你挣扎，然后醒了。高热和清寒一起爱你的身子，你嗅到地狱的诱惑，你想通过放弃自己，来诅咒这个世界。是真的吗？你想。有雪花洞吗？有冻实的河吗？有挂在悬崖上凝固的瀑布吗？是真的吗？她妈妈真死了吗？

狂犬病

谷满满进门，后脚跟拎着两条河，玻璃里两个人排着队往前挪。还没坐稳，她就对我说："我刚刚大哭了一场。"

"是正月出事了吗？"我问。我看到两只蚂蚁，一只在灯球里闪烁，另一只在灯球里问问题。不该在这时候领养猫的，我又这么想，一丝怒气啃我的心，一小口一小口，像温牙齿啃未化霜的冰淇淋。她的猫叫正月，我起的名字，但我还没摸过它。大约一个月前，零星病例再次咬这座城市，谷满满突然给我发微信："明天去买菜。我收养了一只小猫！！！"那之后，她尽量不出门了，公司和住处两点一线，减少被感染的可能。当时我就想，不该在这种时候领养猫的，不过我马上不忍，何时才是合适的时候呢，一只小猫活着。

"不是。"她摇头。她的脸上有晒蔫的泡桐花一样的疲倦。泡桐花的气味冲我的额头，我又体会到那种缺氧般的头痛。"你怎么啦？"她问。

我怎么啦？我在活。我的头在疼。我回到一场雨后，遍地泡桐花。我摘下每一朵的花托，花冠堆成坟丘。孩子们称花托为唐僧帽，我捧在手里闻它们，明白这股青翠而浓香的苦味，会笼罩我的一生，让我头痛。我和头痛一起坐在单人沙发上。有人拜访时，我就坐它，它跟周围的座位都有一点距离，可我真想不到，她拉了一张坐垫，坐在我脚底下。她像一只小小的蜜蜂，但我没看见她的翅膀，她的额头湿漉漉的，但不是汗。我知道她不会突然蜇我一下，可还是会担心。只开了落地灯和一盏台灯，光在我们身上，流淌着沙粒。河流在墙壁盘旋，长出纸莎草、水蕨和金鱼藻。

望出去，室内的空间和窗外的空间连在一起。外面是有一栋楼的，在一条河对岸，很奇怪没有灯亮着。它消失了。

外面的两个人并不清晰，我看着一个侧身问："要不要把灯打开？"

"不用，这样很好。"

她点了几下手机，随后抬头，微张嘴巴，凝神看我。她皮肤上有一层正在融化的蜡，左脸颊上几颗痘印，像污染水面上的湿垃圾，额前几根没扎住的头发令人恶心。

一米内有人存在，我很不舒服。斜眼看过去，窗外的黑暗是蓝色的，眼睛适应后，似乎能看到一些远处的轮廓。两盏黄色的灯，像两朵平静火苗，悬浮在夜里。雨看不见。

但我仍然看到一个正方体的东西，它是一个固体，因为我可以推它。它本质上是一个空，一个巨大的空。远超我眼睛看见的它的空。我总觉得推它很久了。来到一个新的地方，然后我发现，噢，原来还在原地。它有着静物的残忍，却又让人以为内部在流动。仿佛是，我在爱它。

这些念头发生得很快，谷满满还没开口说话。她终于也看窗外。地板在那里还原得不足，几乎看不见。外面的两个人是如何悬空坐着的？也是一对兄妹吗？下面有条河，虽然看不见，好像有什么漂过去了。昨天下午，我看着下面的人又捞上去一具尸体。

她说："哥，想跟你聊聊我快二十年的心底的恐惧。"

我更紧张前面到底有什么了，但我不能表现出来，我一向扮演善解人意、有担当、明事理的好兄长，我总得继续扮演下去。眼前的人活着，总是活着，像不会死一样。我的皮肤发痒，长出河里的植物。空气中悬浮孢子，我知道我的血液潮湿，我的肺里一条鱼在张嘴。我让心肠更硬一点。

"你说。"

"昨晚被猫抓了，上网查看了很多。"

她抬起胳膊，指给我看。一个小小的伤口，不红了，一块长条形的皮悬浮在上面，微微发白。真不起眼。这一小截东西，看上去很丑，不过它是一根胳膊。它是胳膊，有赖于它，她吃饭、刷牙、写字，摸自己的皮，和人握手。胳膊。那条悬浮的皮变成一只粉色大象，有一张毁容的脸。大象在笑，哈哈大笑。亲爱的，你不要再笑了，我默默对它说。

"去打针了吗？"我说。我看到大象长出倒着的汗毛。

亲爱的，你很疼吗，我问它。

"网上有医生说，狂，狂犬，病毒潜伏期，大都在，一到，三个月，99%在一年内，科学记录最长六年。"她眼睛一直抓着我，"这是可靠的吗？"

"对。"大象不说话。我晃了晃身体，窗外有什么东西飞过去，更像发生在我脑子里，我看也看不见。在下雨吗？

"看到有不少人，小时候被狗咬了，都没打疫苗，十多年了，没发病，是不是就没事？"

她的眼睛长出两条蛇一样的胳膊，捏着眼球贴在我鼻子两边，向上对着我的眼睛吐口水。我的脸颊湿漉漉的，像蚯蚓，又恶心又吓人。她使劲往喉咙里吸嘴唇，似乎要把人中从鼻子底下揪出来，也可能她想将自己说过的话，重新从世界上吸回去，吸进肚子里。她说的话总是小心翼翼。

"十多年肯定没事。短期内，如果咬人的狗，十天之内没死，也没事。"

"你还记得小时候你跟我说过的话吗？"她把眼球放回眼眶，把嘴唇释放出来，菱形地歪向左下。

灯球里的两只蚂蚁跳舞。小时候我说过太多话了，我总替舌头羞耻。我问："小时候你被狗咬了？"

"很小很小的时候，有一次在咱家，你、我，还有，咱姐，在厨屋，咱们说狗咬的事，然后我说我小时候被咬了没打针，咱姥姥用草木灰处理的，然后你跟我说你完了。"

记忆出现的方式像水底的气泡，逐渐冒上去，里面是一间昏暗的厨房，煤火炉旁边，我们坐在小木凳上说话。我看见了，看到的越来越多，隔着厚厚的水，没有声音。

她扬着头，脖子绷紧，像一小截猪尾巴。她眼睛的胳膊伸出来，向左，向右，变成纯白色，湿漉又光滑。两条胳膊缠在一起，左眼右眼合在一起，盯我。声音继续从那里冒出来："咱姐，被家里那只狗咬到腿也没打针。"

"后来你没查过？"

"你当时说姐被咬到腿没事，我是咬到手了所以我完了。自从那次听你们聊完，我心里就对这个事产生阴影了。"

记忆从一个点，开始膨胀。它不像一颗果核开始生长，不像脱水蔬菜重新吸水，不像正在吹的气球，它是一颗星球，表面的灰尘重新汇集凝结，重新布置浓淡，遵循近大远小的原则，越来越大，越来越清晰。我全都记起来了。我看见柴火、草木灰、刷土的墙面有麦秸，看见小狗断掉的尾巴，看见炊帚上黏黏的粥的残余。谷满满的脸和现在太像，只是，整个人看上去像一个小孩的巴掌。对，她现在看起来像一个成年的巴掌了。是的，我有过一个姐姐，那时她还是一个人，不是一种记忆。

"我很惭愧，很惭愧。"粉色大象变成粉色的老鼠，跳到我的脖子上，钻进我的衣服。亲爱的，吃我的叶子，吃我的皮，快吃，亲爱的快吃。

"只要看到狂犬俩字，我就躲避，心里紧张。直到现在，直到昨晚被正月抓，才敢查看。"

"给你带来这么大伤害……"吃我的叶子，吃我的皮，快吃。

"这么些年，经常想，我会不会哪天突然就没了。就想很多。尤其是上学时，夜里感到不适就会想我是不是要发病了。"

她笑了，有一大群白鳍豚在房间游动。眼睛的胳膊消失了，眼球好好待在眼眶里呢，她有一点紧张，有点过意不去，像一位垂死的菩萨。我有点生气，她为什么不愤怒呢？

"后来如果提起过就好了。"我说。

"甚至都看破了生死，觉得啥事都不是事。我不敢提，内心恐惧，不敢跟你们说。高中时，邻居老奶奶的那个外孙女暑假回来，有一次跟你说有个人被狗咬，26年后发病死了。"

"我有好几年也担心这个，还跟人说过我被狗咬过两次，说不准哪天就突然发病了。后来查数据才知道根本不是这么回事。"

一个不确定的炸弹，我喜欢想象这个，一二十年后，炸弹突然爆炸，我死掉。高中时，我给喜欢的女孩描述过这种死亡，是炫耀心态。后来我知道了，人，狂犬病潜伏期大多不超过半年，一般三个月内就会发病，有明确记载的最长潜伏期是六年。而且我知道了，犬的狂犬病潜伏期只有几天，发病五日左右死亡，如果咬人的狗十天内没事，人就没风险。

人不仅会被不知道的东西欺骗，也会被自己知道的东西欺骗，知道狂犬病的真相以后，我下意识以为所有人都知道了。

"当时我就躲开，但 26 这个数字彻底印下了。"

"都是道听途说。"

"我记得你打针了呀。其实我也被咬过两三次。"

"第二次打了两针。"所有的动物在房间里排队，河流在墙壁上静止。

"没敢跟大人说。"

"猫狗感染狂犬病，十天内就会发作。"

"还有一次，当时小，被咱姥姥家后边那个姥姥的狗咬的，你知道吗，她让我别跟咱姥姥说。这句话我现在都记得。"她的声音里有湿柴火烧不起来沤的烟，所以她的眼睛微微发红。蛇一样的胳膊出来了，含住眼球，吞到喉咙里，留下两圈眼眶，像一副微笑的圆框眼镜。

"只要十天内它们还活着就没事。"窗外的我看上去像一个画里的人，她的半边背影，像树叶上的水滴落在白蘑菇上。所有的动物站立，前肢背在身后，齐声歌唱：心盲，眼盲，嘴巴紧闭……

"不知道多少次了，夜里都会因为这哭，就觉得我好悲凉啊，她说不告诉我还就不告诉。"说话时，她一直在笑，她的眼球重新出来了，眉毛上次第开出红色和黑色的花朵。

"我记得你说过这个。"

"自己偷偷拿筷子烧了一点点，然后往手上蹭，咱姥姥还问怎么了，我说没事。我就老想我哪天没了怎么办，你怎么接受，咱爸怎么接受。就是不敢查，也不敢聊，看到新闻就发慌然后关闭，现在说出来也就释然了，不管会不会发生。"

狂犬病
161

"太对不起了，没有人该在这种恐惧中活着。"所有的动物嘴巴紧闭，双目圆睁。所有的植物合拢叶子。河流流向天花板，浪花低了。

"很悲伤，压了我这么些年。怪我自己，因为恐惧所以无知，不敢克服，现在真的释然了。"

"当时的你没能力克服。"

"后来大了也不敢查，这就是我的问题了。"

她有点着急和慌张，就像不小心把唾沫星子喷到我脸上，马上扬起袖子帮我擦掉，晚一秒，那些唾沫星子就会变成脸上的雀子。她应该对我有埋怨，像对那个陌生的姥姥一样。她应该恨我，我想接受一些惩罚，那会让我更舒服。雨还在下吗？她的影子在地毯上模糊地燃烧，像一小块燃烧殆尽的煤球。

"归根结底是我们没有重视你的心理状态，只当成玩笑来捉弄你。"我们，好像真有一个们来帮我分担罪过。

"不是，当时这也是你的认知，在那种条件下，我的认知来自你们，但你们的认知也是有限的。查了几个小时，猫抓了没事是吧？"

"认知是认知，这样的认知下怎么样对待人，也是重要的。就是不善良，冷漠，麻木。"

"我及时清洗了，肥皂冲水，然后酒精，然后碘伏。不怪你。"

"它是家生的，最近也一直跟着你，不用担心。"

"嗯，但它还没打疫苗呢，我在等它感冒好了去打疫苗。

那我不用打针了。"

"你要不放心可以去打一针，然后观察它后面没事就不用打了。"一切都消失了，留下落地灯和台灯空空的光，留下空空的墙壁和天花板。我的皮肤清凉，摸不到水的痕迹。

"身边很多人被猫抓也没打针，有的只第一次被抓打了，而我已经被抓多少次了，之前也被别的猫抓过。我不担心被猫抓的，我是一次又一次被提醒，我可能随时会消失。网上不少人查询，十几年前被狗咬没打针还会不会有事，那如果现在每年接种疫苗，就算携带病毒，也不会发病是吗？"

"很多人的认知是能潜伏十多年，但那些都是猎奇小故事，如果真感染狂犬病毒，基本上不会超过一年的。记录中还没有超过六年的。"

"嗯。你知道吗？哥，这么些年，我有时候会想，我那么爱狗，自己不吃也得给狗吃，如果我因为狗没了我多难过啊。有时候也会想，可能我幸运，没有感染呢？但一想好几条狗呢，我会那么侥幸吗？就特别煎熬，认知还停留在被狗咬了只要没打针就会得病。"

"其实得病才是极小概率事件，就和中大奖似的。"窗外飞过天鹅和神仙，飞过一条小时候的瀑布。我努力往前看，两盏灯像一副明亮的墨镜。

"现在才知道。我都习惯了，时不时蹦出来，身体不舒服了就会蹦出这种想法，最坏的都想过。"

"恐惧影响和塑造人。"

"嗯，不夸张地说，我一直活在某种恐惧里。最怕的就是最后的体面，听过那个场景，面目狰狞，手像鸡爪子一样，眼睛凸出来，不想自己那样在众人面前。认知加深了恐惧，恐惧又影响了认知，认知一直停留不前。就很奇怪，现在说出来也并没有什么轻不轻松的。"

"它的形体和重量还在。"

"好像在之前那么多年里，慢慢习惯并接受了这件事。"

"不会一下子就消失。"回来吧，蛇与海豚，大象与蚂蚁。回来吧，水蕨和纸莎草和金鱼藻。这里太安静了。回来吧，河流，亲爱的，你从天花板上垂下，淹没这里。这里太寂寞了。

"接受了发生的可能性，也接受了不发生的可能性。下午没工作又查了好久，然后就想跟你聊。就好像你是钥匙，把我身上这个锁打开了。"

"想想就受不了，你被这份恐惧压迫了二十年，而它是我施加给你的，而它轻轻一戳就会破掉。"

"看再多资料，没听你跟我讲，我心里就还是忐忑的，没有支柱。没事啦，可能也因为这，让我觉得很多事都不算事，不定活到哪天就没了。"

"一方面相信你有承接恐惧的力量，一方面又为你切切实实地承受了它感到痛苦。很多时候我们都在害怕一个不存在的东西。"

她看向我的窗台，表情很认真。对待事物，她总是如此认真。事实上，我有点嫉妒她了，她比我诚实，比我勇敢，比我寂寞。

"就剩下这些了？"

然后她站起来，走过去。窗外的人似乎要走进来。我看着她生出白羽毛和含羞草的叶子。她像是一下子得到了幸福。窗台上剩下两盆金边吊兰和一盆仙人掌。

"是的，"我说，"乌毛蕨死了，海芋死了，更早之前，银皇后死了，再早，粉黛万年青死了。剩下吊兰和仙人掌活着。上午下了两小时雨，想起它们我很伤心。死掉的四个我的喜欢多，活着的两个我的喜欢少，我觉得都对不起它们。"

前面还死过一些，我忘了，我警惕我的伤心，因为真是虚伪，真是自我感动。

"改天我再带几盆过来。"她摸着金边吊兰的叶子说。

"不要了，连植物都不可靠，也要一个个死去。"

"你想错了，让人觉得可靠不是植物的责任，它们也是为自己活一场。"

"你说得对。"

她坐回来，又重新看了几眼花盆。夜晚似乎又严重了，外面两盏灯的光，被压得很小，远处传来救护车的声音。

"刚想起来，也不是没跟人说过。四年级时跟一女生聊，她说她有一辈子治不好的绝症，我说我也有，结果人家说她是关节炎，一辈子治不好，我这没她严重。我当时那个心啊。"

"可能，你的要严重得多。"

"对啊，我以为我得了要死的病，还在潜伏，但她只觉得她严重。"

"她那个是看得到摸得到感受得到的痛苦，你这个是一个庞大的窒息的压迫的无形的痛苦，你都不知道它在哪儿。"

但我并不确定，一个清楚存在的痛苦是不是更好一点。

"就像高一同桌，说某某同学的父母离婚了真可怜，说我只是没有妈妈了，但人家父母离婚了。"

"人不该说出这样的话。"

"我现在都记得，那个语气那个表情，后来关系再近，除非自己心里认定的人，我都不再说了。"

"不知道从一个人嘴里会说出什么，不得不接受这一点。"

"现在好多了。本来看了网上的资料，想去打针呢，但不是因为猫抓，是想为以前打。但就想先跟你聊，一开始还是不敢，去了个厕所回来一下子想通了。"

"可以去打一个，心理上的仪式。不过是防后面半年内的狗咬。"

"防后面半年内的猫抓，哈哈，但不想打，疼，还花钱，这边好像几百一针呢。"

"让正月挨这一针吧。"

"好嘞，安排上，我好了，以后不会再胡思乱想了。有或无，都不重要，万般皆是命。"

"能看到咱爸对你的影响。"

"我觉得是姥姥信佛对我的影响。咱爸那是对现实不满的感叹。不对，是对现实无奈的感叹。"

"人可以信点什么，能给自己带来安慰就行。"

"而我说的是那种，广义上的事物走向。"

"你住在咱姥姥家那会儿，连个正式名字都没有。"

"都叫我小安娜。"窗外的她上身左右晃动，或许那里有风。

"是的，小安娜。"安娜是我一个表妹的名字，比谷满满大一岁。"你还记得那种感受吗，活在另一个人的名字里，前面加个小。"

"没有什么吧，就是个称呼。"

"后来，你要上学了，大人们终于商量了一下，给你起名叫满满，我时常想，当你终于有自己名字那一刻，你的心情是怎样的。"

"我不记得了，没什么感觉吧，就是一个名字。"

"肯定不一样，世界上有一个名字通向你了。"

"我不记得了，我没想过这件事。咱们仨的名字好像还挺连贯，谷穗，谷丰，谷满满，多好的寓意。"她咬着舌尖，望了我一会儿，她的下颌骨像一把铲子。"你有时候会想起来咱姐吗？"

"不太想起了。小时候去咱姥姥家，我更喜欢跟安娜她们几个玩，因为大家都在说你性子邪，爱生气。我们不想带你出去玩，就故意说计划生育的来了，你吓得赶紧躲进屋子里，我们就趁机跑了。等我们回来，你倚在姥姥怀里，已经哭过一场。姥姥责备我们，让我们别再拿这个吓你了，你在黑屋子里躲了很久。我现在经常想起这个，想你躲在黑洞洞的屋子里，到底是什么心情。"

"我忘了，但很多人都不喜欢我。咱妈，你总想起她的好，但我其实不怎么想，我和她接触太少了，我对她没什么印象，我唯一记得，有次我要吃一个糖果，她不让我吃，非要给安娜。我知道我出生让计划生育罚得不轻。"

"她……"

"是那种软糖，用那种油纸包着，白纸，有一些蓝色的线条，糖果上还有一些糖粒。那时候觉得特别好吃。咱们的姨也是，有东西都先给她们，我总是附带的。只有咱姥姥真心对我好。"

"我懂。咱妈，她当时也只能用她能理解的方式处理问题。"

"但我不怪她，我知道，因为我，罚得不轻。"

"家里的牲口都牵走了，他们还不过瘾，在屋子后墙上捅了个洞，那时候我有四岁？我现在还记得，我坐在床上，陆续过去几个村里人，头伸进洞里打招呼。"

"我知道那个洞，咱爸让我看过，他补上的印迹还在。"

"幸好咱家的家具，早早就搬去军建姑父他家的老宅子里了，不然也留不住。咱们这儿还算轻的，我听说别的乡有罚四邻和罚一望的。"

"罚一望是什么意思？"

"就是计生人员站在超生那一户门前的路上，随意选一个方向，路边他能望见的所有人家，都罚。"

"这也太夸张了吧？"

我摇摇头，不说话了。她拿起了手机，屏幕的光投在略平的鼻子上，眼睛上，圆鼓鼓的腮上，洋溢着轻松。我真羡慕她，我很想尝尝那种轻松是什么味道。她站起来，凑到我身边，像一只热乎乎的熊，让我看她的手机屏幕。监控里，那只灰色的小猫，眼睛发光，盯着我的心。她身上的热气让我活在沼泽里。

"它长胖了。"我说。

尽管是我帮它起了名字，可从那时到今晚，我仍然只在照片和视频里见过正月。

"养猫慢慢有经验了。最近看了各种科普，吃的和用的，想想以前养的猫，差别太大了。"

"生命是不是被认真对待，千差万别。"

"没有条件，只是解决生存。我养过的三只猫，我都记得。还有我最爱的那条狗，现在做梦还会梦到它。你还记得吗？从操场颤颤巍巍往家跑，走到邻居家门口倒下了，嘴里一直流血。最后让咱爸卖了，回来还买了狗肉，你和安娜都在。它聪明，眼神有情，陪我最久，可惜啊，最后护不了它，死了还被人剥皮吃肉，越想越难过。"

卖狗买狗肉的事我有点印象，不确定是哪条狗了。事实上，买回来的狗肉我肯定吃了不少，只是后来再不吃了。

我的记忆里也有一条狗，黄狗，几个月大，一个秋天的清晨，被人下了药。毒狗的人没来得及捞走它，就被我们发现了。经常有这种事，天不亮两个年轻男人骑着摩托车，到陌生村子，把下了老鼠药的肉丢给狗。转一圈回来，不停车，后座的男人一下腰，捞起死狗，摩托车马上飞走。

院子外面，狗躺在地上。夏天已逝，大风卷走地上的浮尘，周围在落叶，狗的眼睛里倒映着树冠与天空。它盯着我看，一开始似乎还有悲哀，后来转向看天，肚子起伏一阵，很快平静了。

跟谷满满确认是不是这条黄狗，她说是另一次。和猫狗有关的记忆，她比我清楚。

她坐回去，我身上一层厚厚的泥干涸，恍如盔甲。她以前养过三次猫吗？

她说："带正月去医院了，测了个 PCR，挺贵。"

"PCR 是什么？"

"类似核酸检测，花了五百，但没事就放心了。别让咱爸知道。过几天就可以打疫苗了，现在疫苗也贵，量少，进不来。"

她的顾虑并非没有原因。因为猫的事，她受过不少呵斥。她上小学时，一只猫跑到了家里。猫是白的，背部有几片面积可观的黄色。她叫它大黄，它好像默认了。她对它好，它总是来。

父亲嫌它白吃东西，觉得是谁家让它跑出来，专门占占邻居们的便宜，一直赶它。周五下午我从镇上的中学回家，父亲跟我告状："你妹妹竟然拿鸡蛋喂猫，真败坏。"

谷满满尝试从我这里得到认同，但失败了，那个时候，我一年也吃不上几颗鸡蛋。

游击战式地养了一段时间，谷满满倒是还愿意继续为它挨骂，但有一次我回家，她告诉我："咱爸拿铁锨撵了几百米，大黄好久没来了，我在村里找了它好多回，都没看见它。它肯定是失望了，再也不会来了。"

对待动物，父亲也不是只有残酷的形象。谷满满毕竟上重点中学了，有两回，家里养的小狗生病，父亲心底里还是认为不值得去看，毕竟人生病了也不怎么看。但在谷满满的强烈要求下，他也带去看兽医了。后来仍旧死了，他埋怨花冤枉钱。

我想大黄算其中一次。还有两次呢？

另一只猫，也是白猫，头上有个浅灰色的斑，形状隐约像花瓣，她喊它小花。那时候妈妈还没死，计划生育一直围猎这个孩子，谷满满躲在外婆家活着。她给我讲的时候，描述了姥姥是怎样对待那只猫的，也是从那里，她学会了给猫喂鸡蛋。我记不清这只猫的结局了，妈妈喝了一整瓶甲胺磷，搞得我一直很馋它的味道，父亲将谷满满接回家，然后姥爷得癌症死了，姥姥开始在几位活着的女儿家流浪。

这应该算一次。还有一次我怎么都找不到。有没有可能是那一只呢？她在附近的植物研究所读研究生，每周走上几百米路来我这里。有一天，她在立交桥下的冬青丛里发现一只流浪猫。她说它太瘦小了，抢不过其他猫。从我这里离开时，她会找一个塑料袋，打包一些吃的带走。她考虑过收养它，可宿舍里另一个人猫毛过敏。她好几次尝试跟我讨论，我能不能养它。我说承担不了那份责任，然后照例讲了讲黄狗的眼睛。

好些人问过我会不会养猫或者狗，大多是女人。我会先说被狗咬两次的事。

一次我在走路，一米多长的大狗从门里蹿出来，咬住我右边的大腿，来了两个人打它才松开。狗主人要我裤子脱下来，我不太情愿，因为我没穿内裤。我情愿带着伤口走掉，但狗主人扒下来了，我庆幸上衣够长，稍稍盖住了我的阴茎。那时候我的腿多么新鲜，还看不到腿毛，狗牙在皮肤上留下娇艳的伤口。狗主人带我去沟边的诊所涂了碘伏，一定要我去他家。他拿出一个键盘，连上电视机，往键盘上插一张绿色的卡，让我做题。他帮我点鼠标，题目种类很多，语文、数学、历史、自然常识等等，我忘了最后的分数，不过比他三个儿子的分数加起来还多。他一个劲夸我，送我回家后，继续跟我父亲夸我，表示以后肯定有大出息。很明显，我辜负了他的判断。但那时候还不知道这一点，父亲很高兴，然后带我去打狂犬疫苗。一周打一针，一共打了五针，一针二十，狗主人提前给医生一百块钱。打最后一针时，医生很不情愿，跟我抱怨涨价了。

一两年后，晚上，我踩到家里小狗的尾巴，它转身咬了我。父亲说要把狗打死，我们阻止了他。不确定之前打的疫苗还有没有用，最终父亲决定带我再打一次。邻村诊所的疫苗没了，我们又去了几公里外的另一家。这次打了两针。

讲完这两次狗咬，我下一个结论："看着好好的，我总觉得它们随时会咬我一口。"

女人们表示理解。然后我更进一步。

"其实，这种怕并不真影响我，我更怕另一种。"

然后我开始讲黄狗的眼睛。

"它躺在白地上，秋天在周围，很空旷。看着这样一双眼睛，里面是沉默的悲哀，它已经叫不出声了。那个时刻我明白，我永远无法在精神上靠近它了，你看着它，只能想象它，却无法体会它。我知道无法再承受一次这样的眼睛了，所以我一开始就不要建立这种情感连接。"

听完后，女人们觉得很诚恳，有点感动。次数多了，我自己也快当真。

是不是立交桥下的那一只呢，我可以问一问她，但我不问。她又在看我，微张嘴巴，舌尖舔下牙床。我逃向窗外。夜晚在外面仍旧没有变化，躲在里面有种安全感。在河对面，在那栋大楼旁边，有一片房子在拆迁，现在看不到。平日里，挖掘机在建筑废料堆砌的高原上工作，我喜欢看一看。我真害怕这种看，我越来越习惯将另一种生活当景观。

我非要站起来，往那看不到的地方看。谷满满躺在了地毯上，表情仍旧很认真，我嫉妒这种认真。突破外面的两盏灯才能看得更远，河流、大楼、工地、树木，我仿佛看到了，但怀疑是想象出来的。我看到有一些怪物，哪里有动静，它们就扑上去，它们眼睛是红的，抬起头来嘴唇也红了。嘴唇上的血会上瘾。我几乎觉得麻木是一种美德了。

"你知道吧，咱村的谷旺和谷仓也在广州，你们年龄差不多吧？"

"我知道，我们都差一届，我不想见到他们。"

"我也不想。"

"他们肯定也是。那个谷开山也在，比咱们长一辈，他都多少年没回家了。有一回我差点就被他看见。"

"咱家上上辈的老人都死得早，一个不剩下了。"

"是啊。"

"你应该记得咱爷爷，那时候你挺大了。我一点印象也没有。"

"我记得。"我记得我在游水，他在岸上死了。

所有的一切周围，游动着沉默。好像我们要为那些死去的人哀悼。

"我经常想，当时，大人要是好好去找找，说不准还能找到她。"声音静静的，玻璃里，谷满满仰着下巴望我，好像只有这样，才能把话送进我耳朵。"也许我们应该在网上试试，弄点热度出来，如果她还，活着，有可能会看到。"

向后退了几步，退回到玻璃提供的安全感内。我身体后倾，既不诚实，也没有勇气。我迫切需要做点什么。

"中国太大了。我给你做点东西吃吧。有什么想吃的吗？想吃什么都行，你告诉我。"我说。

"没什么想吃的。"

"你再想想。"

"想吃你做的那种鱼粉。你有鱼吗？"

"有鱼。现在冰箱里一直是满的，什么都有。"

鱼是切好的，从冰箱里拿出来，泡在水里化冻。

"要帮忙吗？"谷满满坐起来问。

"不用，你等着吧，很快就好了。"

她重新躺下。我切姜、葱和蒜，脑袋里闪过一些死亡，突然勇敢了一下。很快又不见了。灯在黑色的窗户里，我看到我，看到谷满满盯着手机，她左手一直在揪发尾，甚至放在嘴里咬了一口。

我洗西红柿，切得很碎。鱼过了几遍水，终于软了。鱼眼睛盯着我，没有情绪，只剩下一个表面。我闻到那双眼睛里甲胺磷的味道。

倒了油，油烟机在响。这里也有玻璃，外面只站着一个我，让人安心。

葱姜蒜撒进去，手腕有种丢保龄球的舒适。呲啦响，还有青花椒。很快它们变了，仿佛有一个内部使它们收缩。捞出来。鱼进去，鱼皮粘在锅底上，我不担心。翻过几面后，西红柿进去了。一切都变了。

"好香啊。"谷满满在远处说。

水。水开了。米粉是泡好的，放进去，只加一些盐。我从来没有规定过盐的数量，只是拿起来，倒进去。

火和时间让饭熟了。

谷满满坐在窗边的小桌子上吃粉，中间起来过一次，趴在玻璃上，她想知道还下不下雨。雨还在下吗？

像是会融化出去，我站在餐桌前，端着碗，真替她担心。好在她很快退回来，重新开始吃。她盯着手机看了个视频，她说很怕正月被砸死。她把鱼刺吐在餐巾纸上。窗外的她也是这样，我时不时疑惑，到底谁跟着谁做动作。

窗外那两个人，在蓝色的黑暗中坐着，吃粉，仿佛一起嚼过期药丸。我担心她待在这里太久，思考过一会儿该怎样巧妙地开口赶她离开。突然，对面大楼好多灯亮了，仿佛一种污染，房间里跑出去的两盏灯被稀释，找不到了。玻璃外的世界，看上去漫进了屋子。客厅正中央，一座巨大的泡桐花的坟丘。青翠而浓香的苦味，燃烧着我的鼻毛。

"从小到大，你有一直害怕的东西吗？"她把一根鱼刺从嘴里拿出来，问我。

脑子里闪过很多东西，每一样都说不出来。我想起她给我说过的夜晚，父亲没能按时回来，她躲在房间里，怕黑，但她不敢开灯，因为她想，如果开灯，那些正在令她恐惧的无形物体，不是更容易发现她吗？院门外传来一点动静，她就大声喊爸爸。她喊了多少次呢？她得鼓起多大勇气，才能在黑暗中穿过十几米的院子，去门口张望父亲的影子？

谷满满跟我说这都没什么，她早就不当回事了。

"我现在好轻松啊。"她说。她的舌头送出一根鱼刺。"我再也不担心突发狂犬病的丑态了。"

鱼刺活了，在卫生纸上跳舞，而我只是沉默地吃粉。谷满满咀嚼时发出咯呲咯呲的动静，像一窝进食的猪仔，令我心烦。我只是吃粉。温情的好时刻，冷冰冰一幕，我们嚼啊嚼，嚼出骨头和荒漠。

扒火车

十一月的第一个星期天到了，这次和以前不一样。

耐住性子，北风拍打后墙高窗的玻璃，偶尔有咔嚓声，谷仓猜想断掉的干枝得有拇指粗。天在窗外微微亮了，他再次从被窝出来，秋衣下的皮肤皱起疙瘩，足心踩过被子，来到床尾，身体斜架在床与墙的半米空隙上，送眼睛去见模糊的表盘。分针离 12 大概两厘米，何必再等呢，他双手一推，临时的桥立在床上。

地面给他熟悉的寒，仍让他吸口冷气。他踮脚，准确地掀开裤子，叠好的白色 T 恤依旧整齐，光线不让他看见上面的米老鼠图案。刚收到他嫌幼稚，然后穿过整个夏天。然后是红毛衣，毛线全不起毛了，经纬间拉开缝隙，他有点担心这个冬天身体长太快。然后是蓝秋裤。然后，夏天冒挨打风险缠来的灰色西装裤，在这个月份太薄，但有什么关系呢，今天他只想穿上最喜欢的衣服。深紫红色的灯芯绒外套，冬天的丘陵间，时不时出现一片片浅颜色的盆地，他又检查一遍外套内兜，钱在，四十三块八毛钱。

卧室门打开挤过身的空隙，呼噜声更响亮了，给他安全感。门不再关上，到堂屋门后，指尖捏住门栓，认真听了会儿，开始轻拔门栓。很小心了，细小的摩擦声依旧响得咬人，他停了两次，确认呼噜还在。

风灌满裤腿，柿子树落叶。狗从狗窝钻出来，有良心，没叫。他抱膀走路，担心撞碎空气中的什么。狗盯住他走到院门，他一直回头看窗户。窗户很吓人，像睁开的眼睛，好在呼噜声仍在。他用钥匙开锁，力气谨慎到仿佛担心钥匙会断。门鼻子好像要开口说话，他一直乞求它闭嘴。等自行车终于出去，门合上，他松了口气，跳上自行车。

以前没这么早过，这次要做没做过的事。像远远望着一点微黄之光，风吹乱他的头发，吹凉他的肚皮，吹不动他的心。村外田野泛白，他知道是霜，没有想象中冷。霜结了厚厚一层，空气发出清脆的咔嚓声，柏油路以密度更大的灰色延伸。路基里有他妈妈的汗水，每家都要提供两个劳动力为路基挖土，现在路边的杨树已经小腿粗。灰冥冥，路面上有脚尖打脚跟的声音，像他害怕地抓紧一只胳膊，亦步亦趋。脚步声总是响起，但是只有沉默不语的麦苗深不见底，或许是坟包里飘上来的夜哭的鬼声。

他想更快，几乎飞起来了，身体劈开冷冰冰的空气，溅起一束束浪花，还不等落在地上，就也冷冰冰。他盯着那一点光而去，他知道那里有人，有人在就好，有人在他就满意了，有人在，这是世界上最奢侈的要求。所有树数着最后几片叶子，留下张牙舞爪的黑影，似乎面目狰狞的神仙，持戟和叉，随时都可能朝他刺来。和鬼魂相比，他总是更害怕神仙。他未感到被阻止，反而兴奋，整个世界都是敌人，但阻止不了他，他要去见，用整个童年的光阴去见，用他对家乡的憎恶去见。这是他的命，这命让牙齿疼。这就是我的命呀，他兴奋地想。他想象自己是一支离弦之箭，要刺破这片平原，进入月亮和云朵，或者无力地躺于黄土和腐叶，锈蚀，疼痛。

像一支风要见春天的第一片叶子，像一棵草要见春天第一朵云，他从这初冬的拂晓出发，开始这件无与伦比的事，带着恐惧、渴盼与希望，望住远远的那一点灯火。路上，天愈净而星愈亮，亮得摇摇欲坠。

他开始唱歌，一开始声音小，广阔的视野带来安全感，声音越来越大。没有完整地唱某一首歌，断断续续的三首，《好大一棵树》和《一路平安》，还有《祝你一路顺风》。前两首是电视机强迫他学会的，最后一首是从同桌的磁带里听的。唱了一会儿就不唱了。天色发白了，又一片田野，又一片树林，叶子都是集中在几天内落光的。霜能看清了，谁家地里的红薯还没收，几座坟头，两片树林，废品厂……穿过平原，穿过世代耕种的土地，穿过所有看不到人影的脚步，过解木厂，镇子到了，能看出是个晴天，他从镇子最北边那条路一直骑到火车站。候车厅在高高的台阶上，颇大的建筑，不少玻璃碎了。这里很忙过，有一天一列火车都不在这里停了，它就明目张胆地荒废起来。台阶底下的空地上，经营小卖铺和台球摊子的跛脚老太太已经坐在竹椅上。只需要两毛钱，老太太就能帮他看一天车。到处空，他想使用第一位客人的特权，随便停一个地方，但老太太指挥他停在另一个地方。老太太抬起身体，往前挪步，右手一大把细长的蓝色铁牌。蓝色铁牌中的一对，解开，一张到了他手中，另一张拴在车把上。

铁牌上数字白色，37，他喜欢这个数字。东边的水煎包铺子，守住炉子的中年女人掀开盖子，往包子上洒水。白雾蒸腾去青天，香味更伤他了。他赶快往西走，不到一里就是货场，货车还会在这里停靠，不过不像以前那么多。路上他又检查一遍钱，然后取下套在手腕上的蓝色铁牌，里里外外找遍，拴在了毛衣腋下的毛线上。

货场的门还没开，他拐到旁边的树林，踩上叶子像踩进海里。窃窃私语与脚步声，冷风扫过臭水坑，没有臭气，树林周围的砖房像土。有人在里面睡觉，他想到这个，或许是梦溢出来的声音。他在叶子上起伏，靠近没有尽头的围墙，直到一处摞了砖头的地方。翻进去，宽阔的水泥高台，一条条，许多包了厚帆布的大丘。上个月还没有，或许是玉米，他猜。像一片叶子飘过水泥高台，飘过铁轨边的长仓库，尽头一个大煤丘，三个男人正用铁锹啃这座小山。卡车躺在那儿像火柴盒，一个男人倚车门抽烟，对他吆喝一声，他早不会为此心虚。

熟练地爬上道石，横穿两条轨道，停在大坑旁。在这里，他暂时听不见许多声音，这里看不到房子，远处的田野中是陌生的坟丘，死人在里面睡觉，或许不睡，他每一次经过坟墓时，觉得死人永远醒着。杨树围住大坑，以叶为弹，朝坑底扫射，所以水已死透，干涸，一层厚厚的弹壳。阳光还去那里，在升起之后。荒草，荒草，与麦子。他喜欢这份荒凉。

他对荒凉撒尿，火车汽笛声突然掩盖尿声。无视他的祈祷，出来一列客车。拖着剩下的半截尿，往坑中走几步，他始终做不到像那些男孩，专门对着车窗里的人撒尿，他们乐意看女人别过脸去。尿还剩几滴，火车头撞过来，他顾不上甩，揪起裤子。男人对玻璃发呆，短暂对视两秒。另一扇车窗里，幼儿对窗玻璃哈气。多了不起啊，他想，这么小就坐进了火车。他想象坐在车厢里向外望是何种感觉。

火车尾巴神气地小下去，他抻了抻秋衣下摆，掖进秋裤里，然后坐下，然后等。等待时会张望和回忆，他想起夏天景色。草的花开在人的腰上，白的黄的，蓝的少。有蝴蝶，不怕人，白蝴蝶和黑纹蝴蝶，偶尔花蝴蝶。

夏天不安静，夏天水里有影子，林中有虫鸣。夏天像走进另一个国度，丰美的秘境，生命仅仅活着就欢欣有声音。他所坐之处会长满金针菜，黄一大片。夏天耳边会有人讲梦或记忆深处的絮语，冬天只怀疑林中的鬼声。一眼就认出，铁轨带来火车讯息，他站起身，顺着铁轨看天消失的地方，汽笛响过几十秒后，出现的是货车。车厢太高，圆弧顶。他不再坐下，一直等火车走完，两个方向的风让他感觉自己跳一下就能低空飞行。火车远去让他丢失那份自由，身体缓慢地接受重量，突然察觉一双眼睛。眼睛可以涉猎的土地上，只有植物的干影子。他细心体会目光来自何处，一个灰色塑料袋飞过树林。

在冬天，人更无处可藏。风也不一样，夏天风一团一团，现在风一条一条。几米外的道砟上有烟盒，他走过去，用来消灭心中的惊慌，差点踩到一坨干大便。是黄鹤楼，既不常见也不少见，经过雨又被晒透，他捡起来，撕里面的锡纸。火车带来遥远的烟盒，他收集烟盒的同桌，每次捡到555或520，总会骄傲地告诉他价格。

铁轨又有动静，他贴一只耳朵上去听，方向不对，在另一条道上。火车喇叭响了，方向果然不对。耳朵贴在铁轨上的感觉很好，他的堂叔有一截十几厘米长的铁轨，叮嘱他不要说出去，因为会坐牢。他不会把耳朵贴在那截十几厘米长的铁轨上，那不一样。火车爬上来，从东边，露天车厢，看不到里面装的什么，但不会是煤。

下一个就对了，运气不错，帆布平平地遮住车顶。他丢下已经压平的烟盒，一直等到最后一节，一把拉住梯子横杆，脚也踩上去了。

爬上车顶，他顺势趴一会儿，等到火车穿过货场和火车站，他站起来往前走，寻找一个更好待的缝隙。没什么害怕的，不过村子里那个叫臭屁虫的男孩不敢这样站着走，所以那回独自在一个车顶待了三个多小时。风有点大，钻进衣服里，冷，但是舒服。在车厢连接处，他轻轻一跳，就前进了一个车厢。第一次跳的时候，不像现在这样轻松，那时候他担心火车往前开，人跳起来正好落进空当里。

车顶看出去的风景，景色改变得不明显，但回过神来仍然觉得很快。人被大地丢出来了，正在悬浮，他这么认为。田野中出现人的影子和羊，这像是别人生活的地方，和自己无关。前面四五节车厢处，坐着铅灰色的两人，看起来比掠过的杨树更实。树木总是轻盈，好似不受重力，直到砍成木头。他们盯他，像木头盯住木头。更前面还有，都在盯他。他又跳了两节车厢，遇到凹下去的帆布，于是停下。有风啊，风里闻不见潮湿的气息。他享受了一会儿干冷的风，躺进洼里，凝视天空，一云坠于大蓝，他分不清是云在动，还是自己在动。手下意识放在肋部，马上坐起来，那件 T 恤湿湿贴住后背。掏干净内兜，钱不在。他不死心地翻过来看，没有。等他在左边裤兜找到卷成一条棍的钞票，彻底躺下，在绿帆布上，像荷叶聚拢起一颗水珠。力气还没回来，但他不再等，小心叠好钞票，存进内兜。

好几周了，他踩住凳子，探身入水泥大缸，用漏掉的搪瓷碗偷麦子，驮去镇上卖掉。他确实担心父亲发现粮食少了，但管它呢。冬天让汗湿过的 T 恤冷得比肉体更快，像皮肤粘在铁上。冷的布料让他心思微寒。这件 T 恤差点闯过大祸，还没上课父亲就来了，翻了他的书桌，也翻了他的床，好在他提前把东西藏在了车棚东南角，一个檩和墙的缝隙。父亲审他一阵子，没得到想要的答案，不甘心地走了。

铁路边出现涵洞和楼房，这是另一个省份了，他知道这是砀山，然后再往前，又是另一个省份。他躺更深，把皮肤融进绿帆布更辽阔的寒里，避免经过火车站时被看到。

总之是异乡了，他相信连故乡的鬼也找不到他的影子。平原上的鬼总是无法走得太远，平原上的鬼总是在一个地方打转，平原上的鬼呀，没有牙齿，平原上的鬼离不开村子周围的黄昏，多走几步就变薄，虚弱。他躺着，听见声音，他细心从铁轨缝隙里分离出脚步声。他翻转身体观察，那两个人，哦，现在是三个了。但除了这个变化，没什么特别。他们聊天，他们抱住膝盖，互不相望，他们在绿帆布上，双膝如木，看上去如此无辜，如此遥远，像北冰洋漂来的三根浮木。再远处，一根。更远处，三根，或者四。偌大的平原，平原这一汪浑浊的大水，随时有可能漂上来新的木头。

他更警惕反向来车。昨天村子里那几个男孩又去了，他有信心避开。事实上并非那么保险，两个月前那一回，就差点被他们看到。他们在相反方向的火车上，发现时已经很近，他尽可能抱头趴下。他搞不懂为何他们会在那个点回来，以前没有过。他担心了好几天，后来没有人提过这件事，他才放心。

扒火车到徐州这件事，那几个男孩开始得早，而他去年才参与。在徐州，他们到处走，云龙湖、黄河故道都去，彭城广场和百货大楼也去，在街道上随意游荡。哪儿都能睡，有些楼道里就能待一夜。有一回快饿死了，他们找到其中一位初中毕业的哥哥，那人从打工的饭店里装了一锅卤好的牛肉出来，不再回去上班了。一锅牛肉，老板要被气死了，想到这点，他们咬得更来劲。

暮春时节妈妈第一次找他那回，他再也没有别的话要说。妈妈离开后的家，始终就是那样，没有新事。他不想让沉默占据在那儿，于是告诉了妈妈扒火车的事。凑在一起就干不了好事，妈妈说。然后叮嘱他不能偷东西，不要瞎混，好好学习。

植物和远处的村落随着火车两边广袤的土壤向后流淌，像大水漫过平原时的样子。胃朝他的食道灌一口酸水，里面还能分辨出火腿肠的味道。他不想吃那根火腿肠。妈妈带来鸡蛋糕、火腿肠、鸡蛋卷，都是些平时走亲戚会带的礼物。他终于接过去一根，拿在手中，不知如何对待它。那是多么美好的食物，他一年就吃三回肉。握在手中，一根火腿肠，像试卷上无人为他高兴的100分，成为一小块尴尬。妈妈说，吃嘛，撕开吃，能撕开吗？用牙咬。

于是他用牙咬，那一小块金属咸涩，整个咬掉了，仿佛带去了一块牙齿。后来妈妈看起来快哭了，但头发梳得整齐，以前没有这样整齐过。脖子上的勒痕没有了，脸白了，甚至能看到眼睑下面飞着的一小群淡雀斑。记忆中没这样白过。他仰着脸跟妈妈告别时，真不适应，只需要仰那样小的角度。

太阳出来，火车要开进太阳里，他从风声中听见远处树林里阳光的声音。无数的鬼声像匆忙的脚步，他舔着那颗牙齿上缺失牙齿的感觉，开始为另一件事忧心，前些日子听那几个男孩讨论，火车好像又要提速。提多少呢？他问。没人说得清楚。有个镇上男孩信誓旦旦说，会很快很快。那会多快呢？他担心到时候自己没办法爬上火车。上次提速不多，自己爬起来还算轻松，他想这次加个5公里的话，应该还是能爬上来吧。更何况靠近货场和车站时，还要减速呢。

后来他睡着了，再醒过来有点冷。太阳已高，周围的景色虽然类似，却陌生，但阳光仍旧熟悉。手伸进衣服里，钱还在。前头车厢上的人数看不出增减。错车而过一辆货车，上面坐着几个人，他微微伏身子。下一辆是客车，一扇窗户后面，年轻女人抱着的婴儿正在吸奶瓶。真幸运，他想。

有些村庄他已经面熟，还有几栋田野间的孤房，在倾斜的土地上像晒干的甲虫。他的尿意来了，站起身，尿向田野。尿的时候心生几分豪气，故意往上滋，看液体被风扯弯，在空气中变薄变碎，摔打在土地上。尿完后他盯着稀疏的阴毛，面对平原，生出性冲动。年初他开始手淫了，他见到有些同学比他阴毛浓密。在徐州过夜的时候，有几个男孩，专门闯女厕所。他努力克制那种冲动，用伤心和勇气。

两边的景色越来越熟悉，车速稍稍慢下，然后是逐渐增多的轨道。有些房子离得那么近，他想住在里面的人，夜里做的梦都会被火车拐走。马上要经过一座桥时，他顺着梯子下来，手一松，人就站在了碎石头上。

影子在碎石头上起起伏伏，拉着他的脚前行。他看到前面有人已经走到涵洞旁边的缺口，更前方还有一个人慢慢走。他被吓住了，因为那个人走路的姿态特别熟悉，可他也想不起来像谁。确定从没听到过那人的脚步声，他才从缺口下去。

脑子里倾听着脚步声，同一片平原上异乡的鬼声，脚把他送到公交站。站在那里的是一对老年人和一个年轻女人，他放心地停下等车。过来的第一辆不是。老年人走了，来了一个男的，像高中生。远处又来人了，没来，停在不远处的公共电话亭。一些男孩的吵闹声突然出现在身后，他往站牌后面挪了几步，然后扭头，右后方胡同口出来几个男孩，不认识，他把心咽下去。感觉仍然不好，很奇怪，仿佛专门跟今天的好心情作对。

好在车来了，他第一个上去，然后是女人，然后是高中生。他心里一直催售票员关门。门关上了，没有另一个人上来，他松了口气。

到霍丘小学需要四十多分钟，中间需要转一次车，但这次不一样，他会提前三站下车。公交车里很暖和，尤其太阳还晒着他的头，他感觉在化冻，那件贴身的T恤从皮肤上剥落下来。妈妈第二次来，拉着他躲在一个小树林里试衣服时一直很惊慌，因为她在路上看到一个村里的女人。

公交车像摇篮，摇得他昏昏欲睡，他忍住不睡，每一次车到站停靠时，都检查一遍人脸。某次打盹后，一抬头，有个男人的背影吓醒了他，后背几乎又湿了。好熟悉的背影，他回想刚才看到的所有脸，都跟这个背影对不上。几分钟后那男人转了头，他才确认不认识。

转车时意外顺利，没花时间等待。第一次来的时候，跟售票员咨询了怎么坐车，但售票员报站时他没听清，也没敢第一时间问。等车子再次启动，才意识到不对。他又没勇气喊司机停车，一直等到下一站。路上他担心会错过时间，出了一身汗。现在回想起来，那些着急和汗都已模糊，变成一件小趣事。

从车窗看出去，城市灰扑扑的，大人们看上去比村子里的大人更不开心。有几回看到一群男孩，远远就知道不是村里那些男孩。这是这些男孩的城市，不是他的，这个念头让他脑子一个趔趄。过去这几个月，一个他不愿承认的心思是，他拥有了这座城市。这么一个瞬间，车驶过百货大楼，他觉得自己被这座城市扔了出去。

村子里的那些男孩，此时肯定也在这座城市的某处。他知道他们不会有这种想法，因为他们回村子比自己容易。这一回他们没有带臭屁虫。他已经预见到长大后，臭屁虫肯定会变成村子里的另一个谷振兴，那个娶不上媳妇的傻子。他也讨厌臭屁虫没梳过的头发，尤其鼻子下面两行鼻涕，像两条活虫，总试图钻进嘴里。如果能深入想一想，也不是因为这些，是从一开始，有记忆以来，他就接收到要不喜欢这个人的讯息，他承受不住不这样做的压力。所以他也会戏弄他，并且使唤他。不过这么做后，他会觉得过意不去。但他没办法说出来，那样在一群男孩中间会变得软弱。而且，他也做不到不讨厌他，忍不住不戏弄他。哪怕会后悔。但他不想永远这样。

不知道他们现在在什么地方，想到他们不知道他将要做的事情，他又生出一层优越。提前三站，他又默背了一遍站名，提前站起来，车门一开就下去了。

Sweet 蛋糕店，暑假里那一次来，妈妈领他到附近的启明商场时，他就开始注意它。在启明商场里，妈妈带他在服装店看衣服，真正买的次数却很少。衣服毕竟太明显，不好藏。很多东西都是这样，但买文具和书不用这么谨慎。

他说起自己买过盗版的《巴黎圣母院》和《战争与和平》，花了三块多钱。他没提自己饿了几顿肚子的事。好看吗？妈妈问。他说很好看。他已经记不得书中都说了些什么。幸好妈妈没打算问，只是带他去书店买书。他从很多想买的书里挑了两本，《罪与罚》和《在路上》。前一本早就听说过，后一本是被封面吸引。白色封面，ON THE ROAD竖在最左边，底下有个人坐在车里。

收银员要收四十，贵得他脸颊发烫。这是他想象不到的价格，他坚决拉住妈妈往外走。妈妈和他角力，沉默地看他一会儿，付了钱。拿着两本书，他更沉默了，经过街上蛋糕店的橱窗，看到了漂亮的蛋糕。

蛋糕店和夏天长得一样，他在门外数出三十五块钱，握在手心，其他的放回原处。上个月见过两个店员，现在正拿着夹子整理货架的是长头发那个。长发店员看他一眼，继续手中的活儿。他担心自己被认出来了。他指着知道价格的一个蛋糕问多少钱？

那个蛋糕上面有一层巧克力，顶上有一个灰色的圆球，环绕着几片叶子样的东西，像另一颗星球。

这个比较贵，店员指着桌子的另一边说，那边的便宜。

多少钱？他没往那边看，感到厌倦。

你要多大的？

就这个。

这是六寸的，三十五块钱。

行，就要这个。

他摊开手里的钱。长发店员走回柜台后面，接过钱，拿起笔在纸上写东西。

什么时候取？

现在就取。

她停笔，摇头说，现在取不了，马上就做也得等两个多小时。

柜台后面墙上的时钟显示，差七分钟十二点。那可不行，他说，我现在就得要。

那没办法呀，这个就得这么长时间，那边的做得快，等一小会儿就行。

他看向店员下巴指的地方，犹豫了起来。那边的会让他失望，妈妈的高兴似乎也会打折。这时小门里走出来另一位店员，短头发，她问同事怎么了。

长发店员跟她解释了一下。她说，可以把那个先给他。

那个是人家预订的呀？

放心吧，我知道订的人，他来不了这么早。短发店员笃定地说，然后仰头看一下时钟。等个半小时左右，可以吧？

等待的时候，她招呼他坐在一把橘色的高脚凳上，他在凳子前站了一下，站到门外去了。这条街上，树的皮光秃秃的，他没在村子里见过。马上就有一个蛋糕了，他心里高兴，但轻松不起来。他问自己，这两个店员记住自己了吗？确定不了答案。感觉还是很不好，到处都有眼睛，到处都有脚步声。鬼在城市里如何生存呢？街上的人也变多，很多还没看清脸就走过去了。街对面的更是如此。到处都有人站着不动，仿佛都有不得不等待的人。

饿了。他十根手指在肚子上画了几个圈，突然惊觉，解开扣子，在毛衣上一通找，最终也没找到蓝色铁牌。日他娘，日他娘，日他娘，他咬着牙在喉咙里骂。他低着脑袋来回走了几圈，浑身燥热，然后觉得一层层掉皮，直到只剩下最后薄冰般的一层。他相信看自行车的老太太能认出他，总归能把车子骑走，让他崩溃的是，明明如此小心谨慎，它还是丢了。

有个男人经过他身边，始终在看他。然后是老婆子，然后是死小孩，然后是坏娘们。还有对面的几个人，流氓无赖，所有这些目光，西北风一样刮透了他。

他又站回了店里，短发店员又不见了，长发店员自顾自巡查面包的队伍，时不时跑过去掀开操作间门帘，交代点什么。他努力克服铁牌丢失的情绪，目光扫射门外。

实际上，还要两天才是妈妈的生日。谷仓自己没过过生日，每年生日那天，从天一亮就开始等，等到有人突然提起今天是几月几号，父亲或妈妈醒悟似的加上一句，今天还是小仓的生日呢。没有更多了，只这一句，他就满意。

在谷楼村，除了一个家里开诊所的同学外，没有小孩过生日。大人们更不提自己的生日这一茬，直到六十岁。在这一年里，会选一天庆祝六十大寿。下一次就要到六十六了，有个说法是六十六吃块肉，所以后辈们都割一块猪肉赴宴。再下一次，讲究的人家会过七十大寿。七十三鬼门关，照例不过寿，担心引起阎王爷注意。过了七十三，老人们松一口气，觉得又有几年可以活，直到七十七，吃只鸡。

八十呢，吃什么，他问过奶奶。

哪能活到八十呀，能吃到鸡就烧高香了，他奶奶说。

妈妈跑了之后，他才知道了妈妈的生日。日期就在寻人启事上写着呢，在镇上、县城和市里发寻人启事的时候，谷仓偷偷往垃圾桶里扔了不少。那时候妈妈三十三岁，活到八十岁的话，还有四十七年。如今妈妈三十五岁，到六十岁还有二十五年。太久了，谷仓等不了。

蛋糕装在漂亮的盒子里，他抱着往前走，心里仿佛在孕育一个小孩。这段路妈妈带他走过两次，他在梦中走过更多次，这一个月的想象中，次数更多到数不清。前面的路口左转，那儿有个修鞋的老头，是条斜路，几百米后右转，那儿有个报亭，里面的老太太总是很生气，再走一段路就是霍丘小学。蓝色铁栅门，一大片水泥空地，白色雷锋像，左边的墙壁一角，有人写某某喜欢某某，有人写王八蛋。

每次他都先到，站在门口，看一会儿缺少活人的校园。总是几分钟后，妈妈出现。只有一回妈妈到得太晚，匆匆说了一会儿话就分开。

抱着蛋糕，他发现不如想象中高兴。每次坐在公交车上，或者还要往前，坐在火车顶上，他都带着巨大的不确定。一旦有什么阻拦住妈妈，实在错不开身，他可不知道去哪里找她。

到底是什么呢？他停下来，四下查探。每个人都像好人，都像很清楚自己要去哪里。光天化日，在这水泥地的异乡，他听不清地下的鬼声，看不见鬼的影子。他紧走几步，在路口拐弯，平日里修鞋的老头不在那里。这种和想象中不符的改动，带来不好的预感。他躲进两栋房子中间的小路，默默等着，好大一会儿，没有认识的人出现。但他更怀疑了，那感觉分外确定，就像细细的秤杆上，秤砣压住十八斤大的西瓜一样确定。

被盯住的感觉，在他脑子里，像几十条蛆拱来拱去。勉强又走了几十米，一步也走不动了。每一次提起妈妈时，父亲说的那些狠话，他不觉得父亲真有那个胆子，可是，他也不能说不会发生，毕竟很多过分的事早就发生过了，更过分一点也不是什么稀罕事。

之前有段时间，父亲不再提起妈妈，他以为事情就这样过去了。可事情不会过去的，也不会变好，始终都将是这样，妈妈第二次找他后，父亲跑到学校审他时，他就清醒了这点。他转身往回走，脑子里一直发愁蛋糕能不能退的事。他准备试一试，短头发店员看起来好说话一点。经过蛋糕店门口时，短发店员就站在柜台外边，看到了他，还对他笑。他径直往前走。Sweet，他轻声念了一遍，又念了一遍，一直走，直到一个有树和椅子的地方，太阳高高地把树影砸在他头顶。

解开蝴蝶结，他不知该如何下手，最后终于将盖子提了起来。这一天还没吃东西，但一点也不想吃，但还是决定吃它。一个年轻女人路过，笑着对他说生日快乐。他吓住了，等女人走远才意识到很没有礼貌。

蛋糕很漂亮，切不下去，浅浅挖了一口。蛋糕，舌头第一次接触，像洗了个热水澡。和奶奶六十大寿那次的完全不一样，是没有吃过的味道，另一种甜，有云的气息。吃巧克力，这就是巧克力的味道吗？他知道巧克力，吃还是第一次。

不管怎么样，吃蛋糕还是挺开心的。于是他吃啊吃，塞满肚子和胃，直到没东西可吃。

之后，他重新走一遍妈妈带他走过的地方。商场，路边的铺子，小公园，河边，不用花太久就能走完。那些店铺里，只有几个店员是新面孔。那些他还能认出来的人，看上去都没认出他，这让他安心。太阳变薄后，他来到了空空的霍丘小学门口，盯着一个方向看。不远处，派出所门口没什么人。一栋栋建筑，向远处蔓延很久，妈妈大概在其中一栋，但他不再好奇具体是哪一栋。

他知道自己再也不会来了。没有针对这种情况做过约定，但他意识到妈妈也会明白这一点。这会让她更轻松吗？他能察觉到，每月这两小时的相处，怎样成为她的负担。和人一起生活吗？有新的孩子吗？如果有的话，那是个男孩还是女孩呢？一个人的话，做什么工作养活自己呢？有没有人欺负她？

这些问题，妈妈第二次找他时，在那个小树林里，商量如何在徐州见面时，他就没问。后面就更不会问了。他觉得一点点动静就能吓跑她，再也不出来。

他相信，要自己扒火车到徐州这件事，让妈妈很愧疚，所以在小树林里商量好之后，她才会突然反悔说，还是别了，你别再扒火车了，太危险。

不会的，就是不去见你，我也会扒火车的。当时他提高了音量，似乎这样可以让妈妈的愧疚少一点。

妈妈说时间很紧，没办法在铁路边等他。约定了霍丘小学门口，她又不放心地问他认不认识"霍"字。约定了时间，每月的第一个星期天，尽可能在下午一点左右到，她能挤出来两个小时。

挤出这两个小时，不会是一件特别简单的事，谷仓明白这一点。她可能要撒谎，可能遭受白眼，可能得求人，还有霍丘小学门口永远挥之不去的危险……这么多可能，要在一个月里折磨她。有好几回，一起逛街时，谷仓能感觉到妈妈几乎掩藏不住一股烦躁。愧疚感让她压下去了，整个人更温和。谷仓也明白自己没有任性的余地。他不会去想妈妈爱自己有多少，在他的生活里，还从不曾谈过爱这回事。

现在，结束了。很长时间两个人不会再见面，望着妈妈以前走来的那个方向，他没办法设想这个时间到底要长到哪种程度。要等长大吗？要长到多大才行呢？每月的第一个星期天，妈妈突然察觉的话，会生出愧疚，他相信这一点。

但，和很多东西相比，愧疚是种更怡人的情绪。

我们往哪儿走？

　　我们吻作一团时，她刻意避开起疱的那侧。我嘴唇无意间碰到那里，她嗓子沉闷地吭一声，仿佛我吻到了一小块疼。我们吻了很久，好像没什么能把我们分开。欢迎光临安静好一会儿了。我俩交换口气和唾液，活进了一个密封玻璃柜的生态里，将要演绎一小段进化。但我们缓慢分开了，因为想更进一步。

　　四目相对，我担心她会嫌弃我肚脐下那些没来得及刮的腹毛，大腿有些僵硬。重新吻在一起时我们开始拉扯衣服，我嘴里是她的舌头，顾不上腹毛的事了。我的手顺着她的腰，滑进了裙子里，她突然后撤，痛苦地说："什么声音？"

　　除了牙齿和舌头，我没有听到别的声音。

　　她坐进沙发，被胸罩捆着，用指关节揉太阳穴。"就是一种声音，操，太吵了，一直在重复。"她双手按住脑袋，陷进沙发里，像个怪物。

我仔细听了听，没听到欢迎光临。我问她听到的是什么，她说："不知道不知道不知道，你别问我。"

我就不问了，看着她坐在沙发上演一个演员。

过了一会儿她放松下来，困惑地盯着我的脑袋。然而她说的是："我还爱着我男朋友。"

我知道这一点，我见过那个男人，还知道他的新加坡教育背景，如今在邻近的城市，每月有四五天，两个人可以待在一起。我说："你爱着你的男朋友，这不是理所当然的吗？"

"可你现在站在我的卧室里，"她扯过地上的短衬衫，在大腿上折来折去，"我们亲了嘴，甚至还要做爱，然后我还爱着我的男朋友，难道你觉得这一切真没有问题吗？"

这时它又回来了，欢迎光临，训练过的声调。天花板上的消防喷头破裂，喷出来白色泡沫，但我知道没有东西真落下来。我努力不受影响。我说："挺好的，你还爱着你男朋友这件事挺好的，我希望你们好。"

她发狠地点着脑袋说："好，你就这么对待我，是吗？"

这句话是什么意思，我不明白。白色泡沫在地面流淌，我知道是假的。

"天呐，我要死了。"她几乎是喊出来的。

有股火在我心头烧起来。她窝在沙发上摇脑袋，要把什么东西甩出去。我开始整理自己的衣服。欢迎光临，欢迎光临，电子音。

"你就这样对待我吗？"她把话说得很轻很缓，眼睛像潮湿的洞。

我也看她，但不回答。我还要说什么呢，难道吵一架，然后打开一道壁垒，互相心软并且道歉，接着更加亲密，情不自禁地睡一觉？

"看看你这个样子！"她声音大起来，"可怜巴巴的给谁看呢？"

我开始往外走，一句话都不准备说。

"你就是懦夫，还不太愿意接受即使努力争取来的生活，实际上仍然会陷入一团糟的事实。你只想靠并不存在的优越感和熟视无睹维持自己的日子。滚蛋吧。"

经过客厅时，另一个房间的门开了，走出来一位穿紫睡衣的女人，警惕地看着我，大声问她："潇潇，怎么回事？你还好吗？潇潇？"

我和潇潇都没有理她。我在换鞋，潇潇追到了房间门口，扒着一边的门框说："你的温情里都是悲哀！你一点都不懂，一点都不懂。你根本不知道自己要什么。你那副毫无所求的样子，都只是因为你软弱。"

她室友走到她房间门口，抓住她的手，和她一起盯着我。"软弱！"她冲我喊。我开门出去了。"虚荣！"关门时听到这个词。

电梯间听不到动静了，有一股植物根茎的腐烂味。软弱又虚荣，我承认这一点。"和你有什么关系呢？"我小声回了一嘴。

但电梯一直等不来，我有点后悔了。现在该去哪里呢？欢迎光临，电子音和经过训练的声调夹杂在一起，在我脑袋周围像电子云。

我带着"欢迎光临"活好些天了。它的出现或许跟尚音音无关。尚音音在一家书店打工，是我会爱上的女孩，不过认识她还不到一个月，她说话时有些词带着陕西口音，我还来不及爱上她。

尚音音告诉我，她找到了一个词。

"不过，确实没办法告诉你，因为它是世界上不存在的词。"说完，她发出几个音节，我努力回想，可只记得她开过口，读音一点印象都没有。我请求她再说一遍。她又说了一遍。我又徒劳地回忆。她说："不要勉强啦，在你捉住它之前，你不会知道它是什么的。"

"捉住它？"

"对，你要捉住它，捕捉。"

"可我怎么捉住它呢？"

"我可没有办法告诉你。"她又哈哈笑，上排牙齿像一群喝醉的雪山。

从书店出来，我走进街角便利店，头顶响起一字一顿的电子音，欢迎光临，欢迎光临。我捕捉到了那个词，然后它就跟着我了。

一部电梯从我眼前上去了。另一部的数字在慢慢变小。我的手机响了。是潇潇。

"你去哪儿了？"她的声音里有赌气和委屈。

"等电梯呢。"我说。

"等我一下，我也出去。"

她没有挂断电话，我也没有。声音走两条路过来，挪动声和碰撞声，开门声和关门声，脚步声，有人问她去哪里，她说出去一趟，她应该是在换鞋，可能是没站稳，一只脚重重落在地上，然后是开门声，关门声，脚步声。

我把电话放下，她换成了印着英文的白色短袖，半身裙没变，挎着书本大的包。她走到我跟前，不看我，也不说话。我挂断电话，电梯门开了，里面站着一个女人和一个小孩。我们走进去，小孩向妈妈贴了贴。我看到潇潇嘴角贴了痘痘贴，头发挽在头顶，像个小拳头。

电梯里有股淡淡的臭味，没有人开口说话，我又想吻她了。

小孩喊了一声妈妈，像两只鸭子叫。世界上怎么会有这么难听的声音。但我又嫉妒他，嫉妒他的妈妈。

潇潇走出电梯，我跟过去，没有回头看一眼。

站在潮湿的空气中，高山榕树冠上的水，小型地落在我们身上。一群灌木围着一团光亮，仿佛在开篝火晚会。几排冬青丛里面，几棵高大的假槟榔树只剩下上面的部分，下面是小孩子的吵闹声。孩子们在游泳。

"我们往哪儿走？"潇潇问。

是啊，我们往哪儿走。地上还有一些干的地方，另一些地方泛光，不知道如何做到的。

"往这边走吧。"我指着月亮的方向。月亮被多宝路上的薄云遮得惨淡，但我知道那边有个好玩的地方。

"是去哪里？"她已经跟上我的脚。

"你想要一个目的吗？还是这样走。"

"就这样走吧。"

然后是很长一段路，我们没有说话。天空奇异地清澈，一点不像晚上，也不像下过雨。有些建筑翻新过，有些没有。路边都很热，男人们光着上身，待在一间间门店里，像挂在橱窗里的烧鹅。坐在饭桌边的人看起来都热憷了。

潇潇走得很快，我稍稍落后。她微微往前弓的脖子和肩膀，布贴在肉上，看上去很落寞。我下意识仰头挺胸，肩膀小幅调整，把布从肉上揭下来。

我想起上次离开书店时，尚音音停在门外，笑着对我说："我们是握个手还是拥抱？"

于是我抱了她。那个笑很精致，不是假的意思，就是精致。

潇潇只是走路，仿佛忘了有我这个人。我受到一种伤害。我的自尊？我的占有欲？我的失败？我思考了一圈，无法确定这种伤害源于哪个。我想报复潇潇，于是更多地想尚音音，并且准备约她。

没有确认，但我们同时从多宝路转上恩宁路。路边新出现了红色水马，中空的，立了很笨的一排。水马，很浪漫的名字。我们走在它和骑廊的昏暗中。有鼻涕在鼻根酝酿几百米了，隐隐作痛，我很想吸一下吐出来，可没有下嘴的地方。

水马到达拱桥时停下了。潇潇的速度慢下来，在最高处，我们驻足看了看底下的水，嫌弃了它的土腥味。两边的广式骑楼翻新过，窗户亮着几扇。

"潇潇，你觉得我蠢吗？"我问。

"不觉得。"

"我觉得我很蠢。"

"是吗，哪里蠢？"

"说不出哪里蠢，我要是知道，可能就不蠢了。"

她哈哈大笑。神态和上次我在她沙发上抽烟时一样。那次我们喝了点酒，我突然问她要了根烟。

"你怎么想起来抽烟了？"

"我可以躺在这儿抽吗？"

"别把烟灰弄在我沙发上！"

于是我就躺在那儿抽，身边有小熊、海豚和小象。这些玩偶的做工不算好，但不影响什么。我把烟吸入嘴里，又从嘴里吐出来，以前有段时间，我就是这样糊弄烟的。后来不糊弄了，因为我的鼻子一闻到烟味，就犯鼻炎。我的左臂贴在沙发靠背上，手心朝上，烟灰弹在里面。鼻子没有不适，还闻到一股甜味。

那时她就这样哈哈大笑，然后脸离我很近，说："你拿烟漱口呢。"

她有两道唇纹交叉在一起了，上唇，中间偏右的地方。人中稍稍偏左有个凹坑，仔细看，还有一些透明的胡子。我照旧用烟漱口，我们两张脸，在烟里泡了一阵子。

这会儿，哈哈大笑消散后，她脸上的细节看不清，只有一些不高兴时才拿出来的微笑。

走下缓坡，远处一栋大屋的侧墙上贴着巨型宣传画，是关于本省艺术品的，广绣，佛山木雕，牙雕，长沙窑的出口瓷，珐琅，等等。我们迎着这幅海报慢慢往前走，由远及近，起起伏伏，肩膀时不时撞在一起。

她问："那两个字是念 fà láng 吗？"

"是的。"

"珐琅是什么东西？"

也许她只是随便问问，但我还是认真回答了。"是金属瓷，用金属做胎，外面涂上釉料烧制……"

"那挺好的。"她说。

"以前常有的搪瓷缸子，和那有点类似。"

"噢，我知道了。"她扭头对我笑。

也许我话太多了，我想。我们知道的东西总是很少，少得可怜，所以忍不住想要卖弄。其实知道更少的东西对我们来说也够用了，但我们总以为自己需要知道更多东西。她突然停下来。

"怎么了？"我问。

"看，影子！"她说。

路灯把她的影子投到旁边小学的围墙上，美丽的轮廓，一小块漏网的夜色。她右手腕搭在左手腕上，两根拇指扣在一起，扇动手掌，于是墙面上多出一只飞翔的老鹰。

欢迎光临。它小小地响了一下，声调很陌生。

前方一对男女蹲在恩宁雪糕店门前，分食圆形纸盒里的冰淇淋。经过两人时，汗继续湿我的背，衣服更辽阔地贴在那儿，像浓重的膏药味。我从兜里取出皱了的口罩，抚了抚，戴上。我没有提醒潇潇口罩的事，只是停在巷子口说："咱们进去吧。"

我在另一对男女后面扫了码。穿白色保安服的年轻人提醒潇潇戴上口罩，潇潇不太情愿地从包里取出来，撕开塑料包装，戴上。

这一片是永庆坊最早改造的地方，多数店铺已经打烊，几波年轻人隐隐排着队，陆续在几个地方拍照。时不时，保洁员们推着带轮子的绿色大垃圾箱走过去。

我去卫生间吐了痰，出来后潇潇还在看手机。她跟着我拐进巷子，没有灯，光从楼的缝隙里溜进来。所有建筑都被重新抹了墙面，白色或灰色，我像任何一个游客一样，挺喜欢这份整洁。也有其他巷子通往主路，没有人守着，我想以后可以换个地方进来。

零星的住家渗透到窗户外面，让人隐约嗅到过去。雨篷底下晾着松松垮垮的衣服，五颜六色，看起来很乱，像田里拔出的草根丢在路边一场雨后又长出来的东西。

有一户人家敞着银色防盗门，入眼就是客厅。六联黑色木屏风，玻璃上雕着梅兰竹菊，但它们不是在挡眼睛，只是站在后面，当一个背景。能听到电视里念药品广告的声音，但看不到电视，只有一台塑料风扇转来转去。屏风前的中式长椅上，半卧着一尊中老年女性，光暖黄色地照在她宽阔的膀子上，像一小截夕阳下的河面。她如同埋在了那儿，表情像佛，入了障，蓬松中透着痛苦，始终没向外看一眼。

潇潇睁大眼睛，斜着脑袋也在看。我很想知道她在想什么。她的脸上已经没有了口罩，我发现自己还戴着，于是摘下来，塞进兜里。

在她一开始问我时，我就有目的地了，只是始终没有告诉她。现在目的地到了，这个地方和上次不同，多了家明亮的奶茶店。一个老头贴在椅子上打电话，黄淮地区的口音，听起来像吵架。路的上空挂满半米长的纸灯笼，上面有醒狮图。

在光的边缘，我们开始爬楼梯，台阶保持混凝土色，三楼通往四楼处，有一些砖块堆在台阶上。我担心潇潇对此有所疑虑，然而她笑着踩过去了。最后，到达一小片没有人迹的天台，两台巨大的空调外机在工作。

"晚上的楼顶不如黄昏好看。"

刚一上来我就这么说，用来掩饰尴尬。因为镶进地面向上照的白灯只顾着给外星人发信号了，看起来又刺眼又黑乎乎的，入眼的房子像沉陷下去的睡着的兽，实在不太值得看。但空间还算开阔，坡屋顶向远处蔓延，线条和轮廓已经模糊，如同流动的沙丘，直到远处的大楼拦住。

"你总是能找到这样的地方。"她忙着看看四周，笑容像被一束光照着，我常常搞不清她这种表情背后，是轻微的调侃还是不好意思引起的些许兴奋。

"是的，"我说，脑子里闪过几个类似的地方，"奇奇怪怪的地方。"

潇潇做了个展开双臂的动作，仿佛是在轮船甲板上吹风。她说："这里挺好的。"

"黄昏的时候，夕阳会从那两栋楼之间落下去。"我试图证明自己的诚意，指指远处的两座高楼。"半边天浮着晚霞，晚霞的色彩时刻在变化，拥抱半座城市，放眼望去，老房子各种饱和度的颜色，连续的坡屋顶，让人想在上面奔跑。"

她眼球微微晃动，很有神，哇了一声。

"这里挺好的，像是个有生活的地方。我们在高楼大厦里上班，在高楼大厦租来的小空间里睡觉，不觉得是在生活。"

"在高楼大厦里生活是种天赋。"我说。

"在哪里生活都需要一点天赋。要是一个人在高楼大厦里出生，长大，生活就在高楼大厦里理所当然。这是我们的问题，我们不得不去适应它，另一种生活方式。"

"没有方式，只有生活。"我没搞懂自己说的这句话是什么意思，潇潇也没有在意这个。

她往前走了几米，停在一片黑色屋顶前，目光跃过屋脊望向远处。我到她旁边站着，突然想起父亲曾用一株桃树苗嫁接出李子树。我等了三年，等来三颗李子，每天放学都会看上一会儿。掉了两颗，不等第三颗果子完全变红，我就摘下来吃，很酸涩。那棵嫁接的李子树是父亲唯一做过的好事。

潇潇手扶栏杆，向上提了提身子。我向后抻了抻肩膀，品尝斜方肌里的酸李子。她转过头来对着我笑的时候，显得分外慈悲。我再次被她打动了，心中充满怜惜。

"你有没有觉得，咱们正在旷野里站着。"她说。

在口字形天井旁边，我们不约而同地趴在栏杆上向下望，那些灯笼仍旧明亮，但不像之前的样子。

潇潇终于让我帮她拍照，她选了几个地方，栏杆边，屋顶边缘，颇为兴奋。拍出来后，我不好意思让她看，一个劲说："这个光线实在要命。"

她把脑袋凑过来，看我的手机屏幕。她露出半颗虎牙，我的手指向右滑动，她一直说："天呐，太吓人了太吓人了，真是阴间光线，太吓人了。"

我为自己的摄影技术向她道歉，她威胁全部删掉，一张都不剩。她本人确实比照片上好看太多，可能是这个原因，她很少发照片。我尤其喜欢她的鼻子，上面有几颗雀斑，看上去像鸟飞过一座山。

她为照片惊魂甫定，脸上挂着羞耻的微笑，很明亮，像夜晚的水面上，一只啄水草的白鹭。我想吻她，所以向后退了一步，去看远处一扇突然亮起来的窗户。窗帘蒙蔽了里面的一切，只留下光。

起风了，空气不再那么蒸，我们丢掉照片的事。音乐缓缓升起来，《致爱丽丝》，她的手机铃声。她走到另一头接电话，声音传过来后失了真，听得到一个个句子，但辨别不出意思。

肯定是她的男朋友，我想，我好奇她会怎样撒谎。

她挂断电话，又盯着手机看了一会儿。走过来时，我指着远处一个大楼上方说："你看西边那朵云，像不像中指？"

"你怎么知道那是西边的，在这里我完全辨别不出方向。"

"因为我看到太阳从那里落下去过。"

她哈哈笑了一阵，手指还在手机上。然后她说："你来猜猜这里的纬度吧。"

我担心自己会猜不到。她说："猜猜，给你三次机会。"

我知道这里在北回归线以南，可搞不清南多少，也不记得北回归线的准确数值。我说："你每次要提醒我高了还是低了。"

她说："提示一下，在 10 到 30 之间。"

"这个范围我知道。"我说。说完感到自己可笑，像嘴硬似的。

她说："嘿，那我多余说了。"

第三次我猜 23.2，最后答案是 23.1。

然后猜经度，我模糊认为在 100 出头，因为一区 15，东八区。

"提示一下，在 100 到 120 之间。"她说。

"这个范围我也知道。"说完，我觉得悚然，原来维护自己多了不起的意识如此顽固。

"噢，我又多余提示了。"她说。

第三次我猜 114.4。答案是 113.2。

尽管都没有猜对，我们还是挺开心的。我收到一条通知，是台风提醒。台风正在来的路上。

我说："又到台风季了。"

"是的，"她说，"我记得去年台风都没登陆广州。我那个小区有个露天游泳池，你也见过，平时枯着，每年夏天都有人承包，教小朋友们游泳。昨天，池子里重新蓄了水，今天里面就装满了小孩。还有附近的十字路口，换季时会有一群工作人员开车过来，更换四个角的植物。前几天换上了长春花，开满紫花，不过过几天花败了，就该只长叶子了。现在台风也要来，对我来说，夏天正式开始了。"

"你在广州几年了？"

"五年了。"

"我常常忽略了季节。"

"这些东西，算是我跟这片土地建立了一个连接。"她说，"不过，太浅了，一层浮根，可能是水生的。"

潇潇举起手机，对着远处拍照。那里有栋楼，只亮着那一扇窗户，像虚空里的门。

下楼，我走在前面，潇潇两只胳膊压在我肩膀上。肌肉里的李子碎了，我的骨头疼，不过可以忍受。我在转角平台上停下，转身，她像巨大的鸽子扑到我身上。我准确找到她的嘴，开始吻她。她的嘴唇很烫，有一点酒精的味道。她的身体也很烫，我猜我也是，是因为夏天的缘故。

楼梯下面两个人的对话声，结束了这个吻。两个女声，听上去年纪不轻，说的是粤语，我不知道什么意思。昏暗中，我们看了一会儿对方的眼睛。腰贴得很紧，温度像着火。我的脖子很疼。我的胳膊还在她的背上，汗津津的，她的胳膊也在我背上，火辣辣的。

"太热了。"她说。

然后我们就分开了。我知道自己的什么地方死去了一点。下到二楼时，我看到卫生间门口站着两位保洁，一个手中拿着扫把和垃圾桶，一个拿着抹布。我怀疑刚刚的吻就在那个垃圾桶里。我们在天台上的痕迹已经变淡了，可能很快就会被抹布抹去，我决心要牢牢记住。

"你走吧，我来锁门。"落地后，我听到墙角另一方有人这么说。很想看看说话的人，可惜我们要去另一个方向。北方口音的老头不见了，椅子还在那里。我一边想他和这里的关系，一边在灯笼注视下，走进黑暗中，然后重见光明。

一年多前，河的这边还围在高高的白色围挡里，现在预期般变成了精品酒店、高档餐厅、酒吧和夜店。游客、散步居民和等着喝醉的年轻男女，仿佛被夜色包裹的三根电线。

我们走着，聊了几句喜欢的电影。她问我最近读到什么有意思的书，我说读了两本特德·姜的，还有一本塞利纳的《茫茫黑夜漫游》。

"我都没听说过。"她说。

能听出她不在意自己没听说过。但她的眼神还是在说给我讲讲书里说了什么。我不愿意讲，就无视了。

走路时我们像两个钟摆，时不时肩膀碰肩膀，随即弹开，很快又碰上。旁边的吧里有个台球桌子，一个梳背头的男人正在戳，另一个男人挂着球杆喝酒。往前几步，独身女人坐在临窗吧台前的高脚凳上，仿佛红色吊带裙里忧伤的雕塑。仿佛有个幽灵，隐隐中要预谋点什么。可我一点也不想牵潇潇的手。

一整排木头小摊子，都在夜色中漂浮着。我们在一个把人画成漫画的摊子前站了一会儿。客人是卷发男孩，像大学生。摊主是个短发姑娘，牛仔短裤，黑色短袖，灰色条纹渔夫帽，她的手臂很瘦，手在画纸上很快，背微佝着，像累了一天的渔夫。

卖首饰的摊子最多，我想是不是从义乌进的货。潇潇唯一拿起过商品的，是一家卖气味和珍珠的。摊主说话的声音很符合她清秀的气质，一边是瓶子和液体，一边是晶莹饱满的珍珠。潇潇在摊主建议下，闻了不少气味，她也让我闻了。我闻到不少小时候闻到的草茎味道。

这出乎我的意料，我没想过对气味有这样深的记忆。我不知道身体里还会沉淀着什么，很吓人。

潇潇雀跃地表达对几款气味的喜欢，我生出一种义务。我说："你选几样，我送给你。"

"不，"她斩在我的话尾上，"不要。"

摊主仍然保持她之前的神色，任由顺滑的吊带长裙垂落，整理刚刚弄乱的瓶子。

"我只是喜欢而已。"潇潇说。

然后我们走了，开始落雨，过了一会儿我们发现这一点。

"下过几场雨了？"我突然想到这个问题。

潇潇摊开手掌，细细感受一会儿，仰着脑袋问："下雨了，怎么办？"

很自然地，我们戴上口罩，走到咖啡店。

心惊肉跳地推开嵌着彩色鱼鳞纹玻璃的大木门，担心突然响起那个词。好在没响，黑衣服的男店员只是让我们扫描二维码。

但我还是高兴得太早了，柜台后面，穿着黑色工作服的女店员喊："欢迎光临。"

是一种经过训练的毫不掩饰敷衍的声调，前三个字紧紧抱在一起，几乎缩成一个字，微微拉长并极小的停顿后，第四个字加重音后陡转向下，随即戛然而止。欢迎光…临。远处一个男店员托着收来的杯子和垃圾走来，跟着喊了一声。

整个一层只站着这三个人，尽头是另一个入口，外面黑漆漆的，里外的灯泡映在上面，仿佛白色污渍。世界上的人仿佛都逃难去了。三个店员像三个点连成的线段，点轻微移动，导致线段变换长度和形状。

我有点忽略潇潇了，所以刻意对她说："看看你喜欢什么。"

她望着上面的商品图案，小声说："我不知道喜欢什么。"

这句话让我心烦，我又不是在讨论什么严肃的人生话题，只是选一杯咖啡而已。

一位店员礼貌地引导我们拿起一张单子，告诉我们也可以直接选一张桌子坐下扫码下单。

男店员拧开水龙头，水流很大，从杯子里冲出来，溅到胸口上。他赶紧拧上水龙头，一句脏话刚从他嘴里飞出第一个音节，注意到我在看他，咽下去了，只用手揪住湿掉的位置呼扇几下。没有别的人看他，检视健康码的店员在看手机，女店员面带笑意等待。

我们决定上楼找桌子，然后扫码下单。楼梯上铺的花砖好看，潇潇赞美了一下。原来人躲在这里，有两个年轻女人在拍照，我俩侧着身，感觉在冒险。

二楼靠窗的位置都有人了，通往长阳台的门锁着，外面一长排椅子有水。因为下雨，窗户都关着。很快我推翻这个原因，认为是开空调的缘故。

"坐这里吗？"潇潇指着一个有空咖啡杯的长桌子问。

我不死心，跑去三楼看了看，那里很蒸，而且没好位子。于是又下来，桌子上的空杯已经堆到一边去了。周围的座位上坐着成对的男女，看起来像本地的，不知道这些人都怎么相爱。人们也会将我俩当成情侣，我想。我有点得意，但更多是别扭。

"晚上喝咖啡，不知道会不会睡不着。"潇潇把手机放在桌子上。

"我睡不着，一般和咖啡没什么关系。"

"你睡眠质量不好？"

"老醒。"

我们下了单。楼底下有小孩在吵。一对男女走了，留下没有回归原位的椅子。那些作为隔墙的锤纹玻璃，声音被潮湿的空气感染，闷闷的。几米外的玻璃，雾蒙蒙，被光变成了镜子。不对，有几个地方，水成珠了，砸出了洞，勉强能看到路对面新涂了白漆的房墙，那里有灯。到处都很新，每一次来，这里的新就传染一大片。

　　说一会儿话，潇潇提醒我咖啡好了。下楼的时候，两个年轻姑娘还在楼梯口摆姿势，我不确定要不要从两人前面经过。犹豫了几秒，我意识到她们在用前置摄像头，于是快速走过去了。那些照片将出现在各种平台上，惹人羡慕，但在此时还不一样，我看到她们的努力，心中有一点恻隐。

　　取咖啡时，女店员说了一个什么理由，递给我两张塑料贴纸，上面有小人、汽车和包之类的小画，拿上去后，潇潇很喜欢。

　　我们聊了几句贴纸。我开始吸咖啡。是之前没喝过的口味，海盐芝士美式。以前我只随口点以前点过的，仿佛选一选会费力。今天，我本来还是那样，潇潇提了一嘴另一种很好喝，我没听清，但手指向下挪挪，选了个字多的。

　　挑上面的奶沫子吸，吸了一半后舌头才有咸味。奶落下去不少，从侧面看，好些污染。

　　气氛有些无聊。我走到窗玻璃前，透过室内的干扰，盯着一小片明亮的雨丝。一棵树的树冠里面有果子，不少，但这里看不清，我和尚音音聊过那种果子，觉得是芒果。周围的树叶巴掌一样攒着它们，很紧，但不太确定。但有一天它们会松手，我想。雨反正在下。

我一直感谢雨，因为被它淋湿过。欢迎光临，欢迎光临，是刚刚店员们的声调。

我想起那个问题，下过几场雨了？这是乔乔问我的问题。当时永庆坊还没有扩建到这种程度，这家店还不存在，我们窝在附近民宿的房间里，还在回想在那片小天台看到的黄昏。那是一场突然的大雨，雨声让人以为城市消失了，只剩下一个房间。窗帘留了一条缝隙，从沙发位置只能看到对面房子模糊的屋脊，让人想起沉默的小时候。乔乔趴在我怀里，耳朵枕着我的胸口，迷迷糊糊地问了这一句，问完后仿佛睡着了。我没有回答。当时我们很幸福，但不算快乐。我们逐渐习惯问不需要回答的问题。她既不是在问我，发问的时间也不是当下。虽然雨声铺天盖地，我还是能识别出雨水管里的声音。雨水管里的声音是明目张胆的暗流，没办法忽视它。我们从北方来，两年后我们不得不分开，因为活着越来越费力。

我坐回去，盯着潇潇的侧脸，她鼻尖翘起的弧度很突兀，似乎让空气受了点伤，移动后，要过一会儿空气才敢填满那个轮廓。

我的目光跃过潇潇的头顶，挪到身后玻璃里的背影，背影看上去很无害。她突然抬起头，玻璃里的人吓了一跳。她被搞糊涂了，笑着问我："你这么看着我干吗？"

"我是不是看上去心事重重的。"我说。

"不会啊。"她嘴唇咬在吸管上，所以眼睛睁得很大。

"那就好，我担心这个会影响你心情。"

"你有心事？"

"没有。"我摇头，而且摇得很大，我的鼻根有点疼，摇头的时候，我觉得疼被摇淡了，飘了一些到脑子里去。"你会这样吧，吃甜点时，就享受甜点的好滋味，觉得开心。"

"对，我会。"

"我不行，甜点的味道只占很小一部分，周围环境里的所有事物都在向我发送信息，我得花很多精力处理它们。"

"这我倒不是很明白。"她笑着说。

"有一段时间，我不喜欢喝牛奶，于是一口都不愿意喝，别人越让我喝，我就越抗拒，仿佛喝一口会死。喝一口会怎么样吗？不过就是我立了不爱喝牛奶的牌子，所以死心塌地地维护它。"

"现在愿意喝了吗？"

"愿意喝了，而且每天都要喝。"

"为什么？"

"再也没人劝我喝了，所以我愿意喝了。"欢迎光临，电子音。我一边讲，一边为自己真正要表达的东西感到羞愧。我讨厌我说出的每一句话，但我就是没办法停下来，同时我意识到，我正在为自己说的话得意。"不过我不是想说这个。我总愿意放大自己的某一项缺点。比如眼睛太小，不然就不失败了。能这样安慰自己挺好，所以我总小心地收集那些无关紧要的缺点，给它们委以重任。这样，我就没那么恨自己了。"

"很抱歉，我在房间里对你讲了那些话。"她的手伸过桌子的中线，她桃红色的指尖泛着光。"我都是瞎说的，希望你忘记它们。"

"不是，不是，不是的。"我说，她的手指让我分心，我想被这样的手指触碰。"那些东西，我知道是怎么回事，知道它们怎么样摆布我，可我还是愿意，是因为我需要它们，它们让我感到安全。"

"可能吧。"她说，"有时候我发誓不在同一个伤口里受伤了，可回头看看，还是同一个伤口。伤口渴望流血，伤口会塑造一个人的思维方式。伤口底下有一个巨大的空洞，主动寻求匕首、恶意与痛苦，仿佛这样就可以填满……"

她像在念话剧台词，声音不知不觉变大，引来一些目光。注意到这一点，她闭了嘴，下巴靠近桌面，挤着眼睛对我笑。

欢迎光临。

随后她揭下嘴角的痘痘贴，用手机镜头边看边说丑死了。然后凑近让我看，鼻子耸起，有点憨，笑着说："丑不丑？丑不丑？"疱破开的皮显现粉白色，像个不大不小的玩笑。

"不怎么显眼。"我说。

"是吗？"她又对着手机镜头看了看，跟我道歉，"对不起啊，拿这个恶心你，你该喝不下东西了。"

"没有的事。"我真没觉得恶心，"没影响的，就是普通

218

的包，不怎么显眼。"

"哈哈，当然是普通的包，不然还要怎样，爱马仕吗？"

我们又聊了别的，阳台上的植物和家乡的美食一类。虽然她在策划跳槽的事，但我们都不聊工作了。该聊的早就聊过，只剩下承受。我曾问她："你考虑过回去吗？"

她哈哈大笑，她喜欢表演哈哈大笑。"没有一个地方等着我回去。"她说，"不过我有可能去深圳。"

好像所有在广州的外地人都要去深圳。"因为你男朋友？"

"那倒不是。"她说，"在广州还是在深圳，对我来说没什么区别。"

她吸了一大口咖啡，然后重重靠向椅背，左右甩了甩长发。"去给我点第一个赞，"她拿去手机，"我要发照片。"

朋友圈里最新动态是一个集赞送儿童网球班课程的，我有点模糊发的人是什么时候的同学了。

"你的照片呢，我没看到。"

"稍等，马上就发。"

"快点吧，"我说，"我已经枕戈待赞迫不及赞了，还专门拿一个集赞的练了练手。"

"发了发了。"她又哈哈大笑，哈哈大笑是一种动作，不是声音。

笑声中，我们重新在恩宁路着陆。我拿不准自己为什么会站在潇潇身边，就像我拿不准为什么迫切地想要见一见尚音音。但这些东西，能让我从某种似乎可以抵达的未来借一些自信，以面对当下。欢迎光临，电子音。这声音不激烈，我有时候很恼它，有时候又觉得已经离不开它。

我打开手机。一张照片里只有她的咖啡和贴纸，另一张照片是她站在窗户前的侧脸，我没有留意她是何时拍的。它们既证明了什么，又含糊不清，很难相信明天仍然起作用。我换到另一个应用程序，看到地震消息。

和往常的某个时刻一样，我察觉到一种消散。消散不是物质的转换方式，不是水的蒸发，不是雪的融化，不是人的死亡，它是空间的某个部分破碎成彻底的粒子，然后这些粒子凭空消失了。我没办法解释这种消失，我甚至没办法理解这些消失。

现在，只需要往珠江走七八分钟，就有地铁，可以送我回到租的房间。我也可以牵着潇潇的手，走一段原路，回到她的房间。我知道现在我们能做到了，我会吻她，从鼻尖到下巴，经过不存在的喉结。我会称赞她的乳房，然后手指在她肚脐周围画圈。也许她会喜欢我的腹毛呢。

她把手机塞进兜里，放松似的，两只手从胯部滑到大腿，轻轻拍两下，不看我，只看夜色，然后问："我们往哪儿走？"

房间里的城市

乔乔，进去之前，在一栋白色建筑里，几位穿红色制服的龙人巨细无遗地登记了我们的身份信息。他们问我平时都有什么喜好时，我心生几丝宽慰，假如需要知道我们的喜好，或许里面的生活不会那么糟。我一直盯着他们的脸，过分严肃的表情已经改变脸上的肌肉，给人竖着的感觉。除此之外，看不出跟我们哪里不同。但他们是龙人，会飞，但我始终搞不明白，除了这一点，我们到底哪里不一样。

两个穿白大褂的龙人让我们把私人物品丢进一个银色筐里。我没有丢，我早没有私人物品了，不过，书男从兜里掏出一枚类似蜗牛壳的海螺，放在耳边听了几秒，才在呵斥声中，轻轻放进了筐里。魔术师掏了很久，只掏出一张洗过后又干掉的纸片，捏在指尖，看龙人的脸，不知该不该丢进去。

快滚，龙人说。

随后我们脱光衣服，转圈，互相偷瞄阴茎。出口处站着两个人，左边那位手持银色罐子，猜不出是做什么的。抽血的时候我不敢看，盯住天花板的灯。不是晕血，我不想看到白衣人护目镜后的眼睛。灯光太白，让人犯晕，我猜想一墙之隔的你肯定也在经历这些。书男先走到出口处，左边那人命令他弯腰，他弯了。那人说屁股转过来，于是书男转九十度，正对他。那人扬起银色罐子对着他的肛门喷了一下，右边的人在他后颈上盖了个章。走，右边的人说。于是书男穿过伤口般的白色门帘。赤裸裸地撅起屁股，可我也顾不上羞耻，肛门微微清凉的那一下，甚至有几分轻松。

塑料布搭的走廊，阳光在里面像水中生物，它们爬到人身上，穿行其中，似乎某个平行宇宙正在溶解我们。一个白衣人，能看出是女性，背影如同旗帜，我们惴惴且不真实地跟在后面，走到一个写着"安全居住区3"的地方，和你重逢，都没有说话。

简单地消灭肉体再不能带给龙人们那么多乐趣后，他们有一系列新的发明，这样的居住区就是其中之一。人们都称它为"大房子"，据说一共有九座。人们并不知它的最终目的，但人们都在传，进了大房子就安全了，就不再死了。没有谁通知这件事，但大家都相信了，长舒一口气。我们也是这样。

去春芽家路上见过的那个男人见到我们，一副理所当然的表情说，我就知道，我就知道。

我微微羞愧和恼怒。一个微胖的中年女人过来，自我介绍是大家选出来的本月食卫小组组长。她介绍完里面的规矩后，有个个子挺高的女人过来找我们。一看到她，你就会有点可怜她，一张圆脸，下巴光滑，眼睛不大还有点凹。她问，外面局势有好转吗？

期待从她眼睛里射出来，刺伤我们，我们既不忍心说实话，也不忍心骗她，短暂僵持在那儿。书男解了围，告诉她有好转。

太好了，她说，那太好了，我老公变成了龙人，本来把我藏在家里，后来不知怎么，我就被抓啦。说到这里她洋溢期待。希望好起来，他肯定等着我呢。

旁边一个躺着的男人突然跳起来，愤怒地说，清醒一点吧，他们在骗你，不可能好的，也没有人在外面等你，我们都出不去了。他指指外面的警卫继续喊，他们随时都会杀死我们。

声音太大，警卫敲了敲门上的柱子，咆哮着让他安静。他发了疯大喊，来啊，杀了我啊，反正你们早晚要杀的。

一对警卫冲进来，警棍重重敲在他脑袋上。警卫呵斥我们退后，拖着他出去了。

尽管一直回避谈起这个，仍然没办法当做没看过。但终归没人说什么。生活在这里持续了一段时间，临时的安稳，几乎使人忘记外面正在发生的一切，似乎这就是很好的活法了。没有人再奢求变好，唯一的愿望是不再变糟。人们不能向前看，也不能向后看，卡在这间大房子里，尴尬地活着。大家吃饭，发呆，聊一些不太沉重的话题，都避免聊到过去，又避免太过期待未来，但过去和未来又支撑着每个人度过夜晚和白天。孩子们不知道这种境遇意味着什么，仍聚在一起玩追逐游戏。大人们偶尔聚在一起分析局势，小心翼翼论证某种可能性。没有人在白天哭泣。

有几扇很高的窗户，阳光照进来时，女人们洗完头，追随阳光的位移，站在一起晒头发。她们会聊点眼前的简单的事，明天谁值日，怎么样洗头可以省洗发水，偶尔也回味一下蛋糕的味道……

她们眯着眼睛，望高窗外的明亮，仿佛生活已经在这宽敞的空间里生一层浅根，只需要一点阳光，就会长出嫩芽。

蓝蓝的妈妈仍旧每天早上帮她扎辫子，小女孩比我们刚进来时长高了一些，现在她会问一些我们给不出答案的问题，也不唱歌了。我时常想起我们刚进来那天下午，她穿蓝色短外套，印着黄色小星星的白色蓬蓬裙，白色裤袜，黑色小皮鞋，在人群中溜达，在门口探头探脑，然后被守卫吓回来。经过你身边时，你喊住她，跟她讲话。你教她唱一首儿歌，一股特殊的魔力从你们喉咙里散发出来，周围的人停下手中的动作，安静听着。

盘子里的红苹果，圆圆的红苹果，馋嘴的孩子不要吃它，因为它是漂亮的房子，一个家，胖胖的虫子正在睡觉，梦到一颗红苹果……

唱到副歌时，有一个男人突然大怒，不要唱了，谁让你唱的，吵死了。小女孩躲在你身后，人们怒视发火的人，但那人红着眼圈，流出眼泪。

回想这些时，我诧异地发现有几分怀念的意味，真可悲。

前几天夜里去上厕所，顶上两排灯只亮着两盏，不少人还没睡，眼睛半睁开瞄准我，我们都成了幽灵。空间安静，地面上偶尔生出苔藓似的抽泣声。行走在狭窄过道，水中踩石头般小心，避免惊动越出垫子界限的四肢们。乔乔，站在这片肉体铺就的地面上，会感觉时间无休无止，这样的生活也会无休无止，看不到改变的希望。活在其中，连死都想不起。

回来后继续躺下，几乎要睡着时，远处传来争吵声，整个空间都醒了，不少人坐起来伸长脖子观望。几个女人正在殴打一个男人。由远及近传来确切信息，男人试图猥亵一个女人，受害者醒过来，男人仍不知收敛，于是女人们揍他一顿。

事情像一朵枯萎的花结束在那儿，人们又重新躺下，用入睡来欺骗自己。

我再也没能睡着，一直想事情是怎么变成现在这样的。完全想不明白。乔乔，即使重新来一遍，也改变不了什么，龙一出现就难以阻挡。

早上洗漱时，我听到一个男人给一个女人讲他做的梦。他梦到这里装扮得很漂亮，有一些植物和花，像在举行一场婚礼。

我咕噜嘴里的水，吐出来，觉得可笑，连梦里的好也建立在大房子上。

然后我听到女人说，有一天咱们出去了，就结婚吧。

男人说，好，好。

乔乔，不知道这份乐观从哪里来，但不管到了怎样的境遇，总有人在认真生活。

一开始还不断有人进来，渐渐不再有人来了。人们认为这是变好的迹象。一觉醒来，仍然会发现，某个认识的人不见了，毫无声息，仿佛被大地吞掉。一开始大家都只是疑惑，很快就意识到不见的人确实不见了。食卫小组每天早上多一项工作，让大家检查身边认识的人还在不在。奇怪的是，消失的人很快就变得模糊，认识消失者的人开始怀疑记忆，不确定这些人是不是真存在过。

但蓝蓝的妈妈除外。人们对她妈妈说，没有过这个女孩。但那个女人仍旧坚定地告诉每个人，有，她叫蓝蓝，她不见了。人们睁大眼睛，微微张嘴，点头敷衍过去，私下里议论那个女人是不是疯了。

我相信她，因为我记得蓝蓝，还记得很多消失的人。乔乔，我还能隐约记起我们是怎么在另一个外面生活过，但不再能将其当成这辈子的记忆。太不真实了，看上去比童年远得多。而眼下的生活也在变得遥远且不真实，你、书男、魔术师，对了，还有气球人，但气球人没能坚持到大房子里。

在被抓之前，逃亡路上的那个短暂间歇，我们躲在冰山的洞里，安静的密度增加，空气中多了奇怪的东西。一些有眼睛的几何线条，圆、矩形、梯形、多边形，它们扭曲，变幻金色，恍若冷冰冰的火苗，旁若无人，丝毫不好奇，仿佛燃烧了几个世纪。我疲惫，有点困。

我可能会突然不见了，我说。

是吗？你问。你眼睛里是别的。

但不会是今天。

气球人说，我总以为最先不见的人会是我。

他瘦得像边境上的小国。魔术师和书男都没有说话，身体散发着悲伤的气质，像在努力捡起落在泥水里的奶油。

你说，没想到我们会坚持这么久，就像想不到我们会被抓，被吊死，被烧成灰。

魔术师说，可是我们为什么会被这样对待呢，好没有道理。

大家都说不出话了。大家坐着站着，预感时日不多。躲过今天，躲不过明天，毫无还手之力。有些时刻我们渴望天降一位公正的神明来主持正义，然后明白一切皆是枉然，不存在一位天然的神明。正义在哪里呀，正义在龙人们那里，现在属于他们。这让人无力。

我们也尝试想想办法，改变这一切，但是做不到。整件事情太大，大到超出事情的实质，有太多我们无法理解的东西，根本看不清全貌。小小争辩一会儿，完全不知道该从哪里下手。每个人都很绝望，感受到比死亡还要可怕的东西。

气球人钟摆般晃来晃去，很认真地丧气。他说，都是徒劳，徒劳，一切都不可改变了。

乔乔，是你将大家从这种气氛里解救出来。你说首先要做一个最简单的计划，越简单越好，不然我们就永远也不会去做了。

是的，应该先讨论这个。这让我们有勇气。

然后差点被两位龙人发现，然后我们继续逃。然后我们陪魔术师去找春芽，因为我们决定不被恐惧决定我们做什么。然后我们被包围，气球人中枪。然后我们被抓了。

那时大房子里人还不像现在这样多，我们在中间位置找到几片连着的空闲垫子，坐下来怔了一会儿，重新理解自己的处境。

魔术师像只瘟鸡，恹恹地说，不知道气球人怎样了。

书男说，躺下歇歇吧，什么都不要想了。

没有人躺下。不知道怎么办才好，我们都有不好的预感，气球人不会出现了。这个念头无声地在我们大脑之间传递，每经过一个人，又沉重几分。他肯定是死了。乔乔，他肯定是死了。他会被龙人扔进卡车车厢，拉到火焰终日不停的地方烧掉。肉体燃烧的气味，他的尘埃，会和无数灵魂一起，飘荡在城市上空。

乔乔，我努力同遗忘相争，但记忆中，气球人仍然像一朵密度越来越低的云了……

·

你有足够的耐心等待，你打了个盹。睁开眼，笔记本摊在桌面上，椅子里没人。到处都没有，但你并不着急。你知道他在那里。

到处都白，像污染。白泛起白沫子，白潮涌出一坨肉体，像尸体。可盯久了，你怀疑白色从肉体流出，传染这地面，然后四壁，然后天花板，然后房间里的一切事物，除了房间正中的黑色箱子。

这样纯白的内部，唯一的黑色仿佛洞穴，你的目光停在上面，微微紧张，可黑色一动不动，不戒备亦不宽容。他伏在黑色上，像你见过的黑色枯木上的白色真菌。你早就不太注意黑箱子上方的红色按钮了，也忽略了那只左手，只当他一动不动。旁边的衣服让你意识到他赤裸。

你看他，直到你的耐心用光了你不多的好奇。你闭着眼睛也能还原房间里的一切，但你依旧愿意什么都看一看。厨房，你能一下子认出来，占据一角，有着厨房需要的一切，可是你的脑子不愿意浮出这个词，所有东西都像是道具，表演一种生活。

白色衣柜侧躺于地面，像被砍去头脚的身子。你换另一个角度，看到把手，像眼睛。你知道里面有几张隔板被他拆了，就堆在洗手池下方的柜子里。他已经很久不回卧室睡觉了。一副棺材，你想。多好笑，在大盒子里躲进小盒子。

风吹动了那扇关不严的窗户，你凝神听一下动静，没有扭头看一眼。你的目光又回到桌子，这是另一本了，更早的文字，写下来时你就看到了，但后来，每一页你依旧陪他看过不少次。你仍然愿意再看一遍，保留一点这种乐趣，你并不排斥。

·

……外面下雨了，乔乔，空气发生微小的变化，很不明显，或许仅仅是分子层面的活动，但我感受到了。乔乔，下雨，这样一件简单的事，我已很久不能确认。在外面时，天气的变化总会在我心里留下痕迹，现在我已太久没见过风霜雨雪。我知道暴雨即将来临的下午，广州突然刮起的风很美，我站在广场或街头，觉得自己也是一桩美丽的事物。你也知道，我不是一个很棒的人类，只能借诸多不问缘由的美，偷偷美上一会儿。

乔乔，我想问你的是，外面的世界还好吗？人类还好吗？不对，是人类还那么糟吗？我想念风了，这个房间里没有风，在那座城市游走时，我也无法想象风。风又空又具体，它是即时的，短暂的，我的皮肤会忘记很多东西，但记得住风，但除非被同样的风吹过，无法还原风。请一定帮我跟风问好。还要帮我跟太阳问好。还要帮我跟月亮问好……

要命，黑魔鬼又在响，让世界毁灭吧，且不去管它。我愿意听见任何声音，除了黑魔鬼正在发出的这个。过去我会贴耳朵上去，试图听到点什么。食物上来时仿佛水声，声波在固体里传输都像水声，仿佛世界在一个深不见底的洞里。我总在怀疑过去的世界是否依旧存在，感谢这些动静，它们是真实世界发给我的电报。我还希望听到别的，一声咳嗽也行，却从来没有。

真想再听听你的声音，我已经回想不起那是什么样子。回想声音比回想画面艰难，尽管时不时还能听到你在喊我，认真去想，怎么也想不准确。风声，雨声，汽车鸣笛声，傍晚越秀公园里的广场舞声，真想再听听那是什么样子。有时我宁愿自己是个聋子，听不到声音或许比没有声音可听更好一点。

今天吃了烤土豆，在微波炉里旋转时闻到浓重的孜然味，吃在口中却没有。咸了。最近的饭菜总是味道不对，也许厨师换了……

.

你移开，甚至到卫生间里转了一圈，放大镜子上一个灰色斑点。最后你还是要看他，他依旧在按，闭着眼睛。

他不瘦小，甚至隐隐有肌肉的轮廓，但你下意识屏住呼吸，担心微小的气流使他破碎。你马上觉得好笑，一个人怎么能这样面无表情呢？你还是怀疑他死了，随时会消融于白色。

你看着他一直按。一开始你还会尝试数一数，但很快就乱了。他一直按，你感到无聊。你时不时盯自己的指甲，肉粉与白，三根倒刺。现在，你喜欢在你的身体上，发现这种小小的瑕疵。他突然睁眼。是真突然，好像省略了睁的动作，眼睛就开了。眼眸里也空空。你的眼睛酸过两回，才看到他的眼睛眨了一下，马上又眨了一下。墙上什么都没有，你跟着他的视线看一会儿了。他看着洁白的墙你觉得他在飞。他闭上眼睛，轻轻吸一口气，他的肩膀微微耸起，两朵乌云升上来，你分不清是想象还是幻觉。你闭上眼，仿佛有一个过去的恋人，让你不舍得睁眼。你不肯听凭摆布，所以你睁开，他正抬起暂时空闲的右手，手粗大，显得莽撞，在胸肌下方寻找。一块不太明显的疤痕。他的指腹在疤痕上抚来抚去，你才看到他活了。

他站起来，踢一脚衣服，盯了一会儿，开始走动。他走路的样子，会让你认为正在梦游。转了一圈，他回到原处，开始穿衣服。黑箱子里的一侧弹出抽屉，里面是切好的火龙果和牛奶。他一开始不喜欢火龙果，但后来慢慢接受了，你知道这一点。

火龙，果子。火龙果他没有动，但放进冰箱前，他拧开瓶盖喝了几口牛奶。然后去卫生间。马桶里水是蓝色，一小汪海湾。他坐下，勉强能从前面看到尿液微黄，软塌塌落下去。白色泡沫打旋，蓝色逃走。他站起来，风平浪静，一小汪澄净的绿，看上去很热带。他手指停在按键上，仿佛舍不得按下去。

水打着旋下去的时候，他逃出来。没错，逃，给你的感觉会让你用这个字。然后他重新缩进椅子里，随手翻开一页。

·

……奇我的住处，这是套宽敞的房子，比我之前住得都要好。乔乔，你要是见到一定会喜欢，是你跟我描述过的那种简洁，一座漂亮的坟墓，到处都白，这种白肯定会侵略人的脑子，要把我变成白痴。

客厅的一角，不知道那是什么方向（方向感完全失效了），有宽阔的厨房台面，上面站着一些烧水壶、电饭煲、电磁炉……

最重要的，也是我最憎恨的，就是黑魔鬼了。它立在那儿不容置疑，刚从房间里醒来时，我第一眼就看到它。一米见方，黑得密不透风，上面正中位置有个巴掌大小的红色按钮。我不知道这是什么东西，试着搬它，但纹丝不动。戳几下按钮，毫无反应。

刚进来那会儿，发疯后，折腾后，无望后，饥饿感重新占领身体。我找不到任何食物，做好了饿死的打算，然后黑色立方体响了。咚咚，咚咚，咚咚……

并不响，也不刺耳，但它有种特殊的魔力，能捕捉到我的心跳。一开始我置之不理，可太累了，好像我的心脏正在带动整个房间一起跳动，那种力量让我破碎，仿佛心脏正在膨胀变大，我的胸口越来越薄，我使劲摁住，但没用，它马上就要，嘭，爆炸，炸得粉碎。

唯一能做的就是按那个红色按钮，我虚弱地快速按了很多下，声音真停了。站着等了一会儿，没有再响。我重新躺下等死，一些时间后它又响了，只得再次起身。重复很多遍，中间我一度崩溃，不知道什么时候是个头。让心脏爆炸吧，我想。但最后还是起身，趴在上面，捂住胸口一直按。后来几乎要睡着了，终于啪一声，侧面弹出一个抽屉，里面是一块面包。我先是惊喜，然后疑惑，试图弄明白它是怎么出来的，但是看不出来。我拿起面包，还没来得及拉住，抽屉就回去了，表面依旧光滑，没有一丝缝隙。

盯着面包，我感到一阵屈辱，但我太饿了，开始咬面包。食物进入口腔，滑进胃里，幸福感淹没脑袋。我又快速吃了几口，屈辱如此强烈，随着大脑对面包愈加渴望，屈辱也愈加强烈。但还是一口口吃下去了，因为我太饿了。

我以为按钮和获取面包有关，但没有，最起码我没有发现它们之间有什么可以相信的关联。面包总是会来，在我难以衡量的时间间隔后。不是只有面包，还会出现水果，手臂大的龙虾，白巧克力和奶油做成的西兰花，很多烹调好的肉，还有一些看不出食材的东西，它们的共同点就是好吃。我满心欢喜，吃得躺在地上直哼哼，然后悲哀地意识到，人是如此容易被收买。

我试着在那个抽屉弹出的时候拽住它，它也不恼，静静对峙。它有种毫不在乎的态度，无视我。我试过往里放纸条，从没有得到过回复。

有时我会假想自己正在一个飞船上，独自在太空深处前行。很像，对吧，可是不行，我总会被从这份想象中赶出来。我仍会时不时做些抵抗，不少日子我变成一块内部潮湿的石头，不开灯，窝在床上，忍受心脏带给我的恐惧。但我最终还是会起来，因为我感觉自己正在变成一块霉菌。

这个黑魔鬼，牢牢占据正中位置，变成不可抗拒的权威，一种规则，它在吃我。可是，乔乔，我必须按它，因为我发现了它的秘密，它的响声是种警告，如果我不按下去，一直按下去，世界就会毁灭。发现这个秘密的时候，心生巨大的恐慌。我倒并不在乎这个，让世界毁灭吧，我愿意这样想。可是，毕竟我曾置身其中，而你仍在那里……

.

他开始发呆。

你有足够的耐心等待，尽管早已超出你的预估。偶尔，你安抚内心深处的一股岩浆，用一种判断对错的力量。错的，错的，错的，所以你平静下来，因为你总会做正确的事。偶尔你脑子里飘过一缕怪念头，那些错误的岩浆哪里去了？

偶尔你觉得你是因为他才存在，好像你存在这件事，都依附在他身上。这并不令你痛苦，因为你自认你不可摧毁，你愿意在这样的发现里，去寻找一种游戏的乐趣。

响声。椅子腿划过地面，声音就是这样来的。一个物体，另一个物体，摩擦，震动，这样简单，随机，却蕴含永恒美妙的规律。你发出声音，你拍手，跺脚，打翻杯子，多么美妙，你相信这样的时刻，你和所有永恒美妙的规律融为一体。你打翻杯子，再次打翻杯子，滚动，听透明的玻璃，在到达桌沿之前拾起。

你正在做对的事情。风吹开一点窗户，你望见外面，而心思空无。

他背靠墙壁，像卡进一个无形的凹槽，张开双臂。一位秃头的耶稣，闭着眼睛。你猜这个时刻他同样会想起耶稣。钉子进入肉体，耶稣在想什么？

疼痛冲刷而过，你听见一声轻叹。肉体，该拿你怎么办呢？

肉体你见过一些。年幼的年轻的和年老的，濒死的和已死的，男人和女人，肉体的美好依赖于一种虚幻的麻醉。人类的自我是一种把握不住的假象。你听见声音，不来自你看到的事物，你盯着镶嵌在白色墙壁上的肉体，唤起一种久违的性冲动。又一种瑕疵，那和眼前的肉体无关，你想。性冲动是真的，如此真切，仿佛一层生命的茧子。但你没办法相信它如同相信杯子在桌面滚动发出的声音。你打翻杯子，在抵达边缘前拾起，再次打翻杯子。你在透明玻璃的声音中听见自我，如同光影落入一尺厚的水，无法打捞，无法捕捉，无法固定。声音，打翻杯子，拾起。杯子不在乎是否有水，没有性欲，没有爱，更接近真理。

直到他从白色墙壁上揭下来自己，你听到墙壁疼痛，白色地抖了一下。

在墙壁愈合之前，他坐进椅子，拿起另一本，随手翻开。

.

……球人。乔乔，气球人身上有一种绝望的天真。这座城市出现不久，我就遇见他了。是在弧形的海滩边缘，当时他赤身裸体，单手抓住小叶榕的一根枝条，斜向上飘动。

他是跳海自杀后变成这样的。他说，其实不想死，但就是活不下去了。

死并非预谋，一天夜里下班后，坐车经过海湾，听到水的远处传来歌声，细听是一种有节奏的啵啵声，有晴朗午后的气质，让他想起爷爷死去的场景。

回忆起来，那个夏天的日子像酒精棉，挥发得很快，只留下一团干燥的棉花。树木打瞌睡的午后，他在河里游泳，阳光肆无忌惮地拍打水面，如同银色沙漠。老人在岸边坐着，眼球捕捉他半个小时，对他喊，我要睡一会儿，你别到水深处去，那里危险。然后就躺下。他不是个听话的孩子，偷偷游到水深处去了。在那里，他将自己完全交给水，如同用鳃呼吸的动物。水封闭人的感官，使灵魂浮现，他认真享受了一会儿。他没有遇到危险，等他从水里出来，爷爷已经死掉了。

他的爷爷，常常念叨一句，苦难是实实在在的。一个从战争中死里逃生的人，一个挨过无尽岁月的人，一个坚硬、错误且贫穷的男人，在晴朗的夏日午后悄无声息地死了。

气球人说，肉体躺在那儿，大人们一遍遍说人死了。死肯定持续了一会儿，死是一件持续了挺久的小事。

别到水深处去，那里危险。下了车，往海里走，啵啵声似有似无，他决定死在水深处。到了那里，肉体下意识游了起来，越游越快，很多无形的东西，从肚脐里流出，他越来越轻松，然后飘了起来。海风将他推向远处，直到他拉住跨海大桥的灯柱。

但他还是松手了，风来来回回，他飘来飘去。

第一次相逢的结尾，他问我能不能把他拴起来。我去买了尼龙绳，一头绑着树，一头绑着他。我问他需不需要弄件衣服。他换了个姿势趴在风中，双臂在胸前交叠，身体一涌一涌，黑色里小小的阴茎。他告诉我不用。

我经常去看他，如果他在，就仰着脑袋跟他聊天。他告诉我有人会剪断绳子，然后在海上漂一段时间，直到风送他回来，遇见另一个愿意帮他的人。自从他被拴在石头上后，他就爱上石头的拉力。他从不去城区。

他告诉我他的梦想是做一台奶酪切割机，在车间里切割奶酪。

一台机器？我问。

对，一台机器。能看出他想给出一个微笑，可惜一阵大风吹散了腮上的肌肉。

一台有意识的机器吗？

不，纯机器。灵魂是个没用的玩意，只会给我带来困扰。

为什么是奶酪切割机？

不知道，非要找一个理由的话，那就是奶酪切割机和奶酪一样，不需要思考。

这算是什么答案呢。为什么还要被拴起来呢？我问过他这个问题，他回答不……

·

像是听到了什么，他停下来，扭头看着某处。你努力听，但此时什么都听不到，杯子在桌面不动，透明的玻璃。窗户不动，窗户外的一切无法扰动你的耳与心。你还是会感到饥饿，另一种瑕疵，你意识到时间流逝了很多。你想，人类用年龄这种方式给生命做加法，而不是倒计时，多么厚道。他站起来，左右扭扭身子，动作很僵，像机器人。他趴下去，开始做俯卧撑，坚持得比你想象的久。你数到10就不再数了，在房间里走神。没有窗户，你从一扇半开的门看进去，一张白色的床，白色的床品，像为了拍照刻意摆的。然后他手臂撑直，静止在空中。然后他趴在地上不动。

你听到一声长长的叹息，似乎并非从他口中出来，像是树林里突然起风的下午。他站起来，走，开冰箱，盯着里面。你觉得他在犹豫。他取出一盒水果，取出喝过的牛奶。他打开下面的柜子，拿白色的碗，把盒子撕开，水果倒进碗里，看上去是苹果，也有可能是哈密瓜。之后拧开牛奶，也倒进碗里。他按了一下面前的墙，白色的墙体上弹出一个不大的抽屉，他将盒子和瓶子装进去，抽屉缓缓回去了。

他站在原地，用勺子捞水果，一些牛奶总是跳回碗里，他的背仍旧挺直，只脖子向下，你想象长颈鹿低头喝水的样子，又觉得像一个人在干呕。站在原地，他吃啊吃，闭着眼睛，嘴唇微微起伏，你能察觉到一种节奏。吃东西的时候，肉体看上去多么诚实。你认为他的脑子里正响着音乐。

吃完他又扮演一位光头的耶稣，仿佛一个雕塑回到自己的位置。这里没有白天和夜晚，没有时间的刻度，你没有替他去想时间过去多久了。他从墙壁的白色上走下来，像一个人回到肉体，回到房间正中的箱子旁，趴上去，像牛奶洒在黑色上。你看着他，回想你不多的往事，睡着了，做一个醒来后不知道存在过的梦，醒来后红色按钮依旧牢牢吸住他的手，上下起伏。

他闭着眼，看上去认真、沉浸，仿佛一个婴儿，似乎那样的重复的动作里，隐藏着某种伟大的真理，或者，肮脏、难明而又不至于罪恶的欲望。

衣服。总是看到地上的衣服，你才重新意识到他肉体光光，尽管你看着他脱下它们。像过去的有些时候一样，你看着他，像看着一个敌人，心生厌恶。你知道你并不真讨厌他。肉体，有时会让人生出敌意，这是真的，那不等于恨。你躲避这份敌意，桌子上，笔记本仍摊开在那一页。魔术师，你当然记得这个人。

你闭上眼，回想另一个片段。

.

龙人入侵事件后，气球人突然有了自主飞行的能力。我怀疑他之前也可以，只是他不愿意那么做。那时候一部分龙人自我放逐，坚持在海湾上空生活。但他并不和龙人们亲近，开始时不时上岸，和我们一起闲逛。

大清洗开始前，龙人们先围剿了这一批飘在海湾上空的龙人。当时气球人正跟我们在一起，逃过一劫。之后他完全可以伪装成一个龙人，但他不愿意。

魔术师你也认识。不对，那座城市里的你认识，但外面的你肯定不认识他。对不起，乔乔，我经常把两个你搞混……

刚到大房子那段时间，魔术师发着呆会突然流泪。你会拍拍他的肩膀，他一个劲摇头，用失败过无数次的手抹去眼泪。等他停止哭泣，躺在地上，用胳膊盖住眼睛，像一条马路边的死鱼。

乔乔，看过他那么多次表演，他从未像那时一样悲伤。我在那时又会想起我和你在他魔术台下的重逢。我不想再次赘述这场重逢，事实上，我有些难过，它只是我一个人的重逢。你的微笑面对的是个陌生人。

那座城市里的你没有多少变化，可还是不同了。时间在你脸上消失，看上去是团白色。在外面，你现在是什么模样？努力想象，仍然想象不出。即便在最爱你的时刻，我对你也缺乏想象，你是我必须亲眼看见的人，你的头发，你的脸，你的眼神，你的手，你的躯干，必须经过我的眼睛才能真实存在。你是我想象不出的人，我仅仅是记住了一些你。

书男问我是不是喜欢你。我告诉他我在过去爱你。他怎样理解过去呢。我没办法告诉他，我爱着另一个地方的你。可我也常常不敢如此确定，既然这个乔乔有着你的样子，你的表情，你的声音，那么真能说不爱她吗？

你们的差别在过去。在这座城市里，和这里的每个人一样，她有一个供自己回想的过去。那些回忆从哪里来的？尽管我创造了那座城市，但和她相比，和那里的每一个人相比，我才是一个只有起点，没有来处的人。

你吃过午餐，总坐在会展中心附近广场的椅子上抽烟。前面不远处就是魔术师的舞台。他站在舞台上，穿一身灯管和灯泡，都亮着，五颜六色。脸上的皱纹已固定成讨好的姿势，大部分时间一个观众也没有，他却依旧虔诚，每个步骤都如同处理玻片里的小玩意。他拿着话筒，激情地讲一番开场白，然后宣布正式开始。此时，身上的灯泡突然熄灭。从来如此。你要是看到那个瞬间他脸上的变化，你会发笑，接着你会想哭。我一直期待他理直气壮地宣布，灯泡灭了，这就是魔术的全部。可他从不如此，他会道歉，手忙脚乱地检查开关，排查线路，灯泡重新亮起来。再次开场，再次，所有灯熄灭。一遍遍重复。

你会把烟含在嘴里，好空出手鼓掌。鼓掌是件好事。这也是你的一个变化，烟。烟让你的侧脸瘦了，你吐出的时候总是低头，让烟雾看起来是胸前的一段武功。

魔术没成功过，你离开后，我仍会站在下面看很久，好奇这个魔术到底要表演什么，可我没有尝试问他。他那样热情、局促、认真、手足无措。这是个永远不可能成功的魔术了，我还是站在下面看很久。

在大房子里，一天我跟魔术师一起值日，负责将送到门外的盒饭搬进来。我终于问他，那个魔术到底是要变什么。他憨笑，那是个逃脱术，要在所有人眼前消失。

第二天醒来，他消失了。

·

消失的人到哪里去了？你不着急睁眼，回想一个女人。你轻轻地想，一直想到美好的记忆是一种惩罚。你知道人类不是这样，人类可以从美好的记忆中榨取新的汁液，酣畅地饮下。可你不确定，那到底是一种天赋，还是甘为囚徒后的奖赏。相比坏的，人类可不大会警惕美好的记忆啊。你不多的记忆，不多的，不多是你的选择。

可以睁眼了，可以睁，看一眼。你对抗着这个念头，明白能看到的东西并不真会有变化，除了一小段流逝的时间。可以睁眼了，快睁开，快看。你要花更多力气来对抗这个念头，是啊，快看吧，仿佛真会错过什么。时间的流逝必然伴随记忆的湮灭，然后人产生生产新记忆的欲望。人时刻需要新的创造物填满肉体，变成记忆，一种食物，供时间流逝来享用，随即湮灭。你意识到，这是时间的慈悲。

否则，人类要拿肉体怎么办呢？

要拿肉体怎么办呢，人类只是这样的寄生虫：所有感官每时每刻捕捉信息，转化为速朽的记忆，献祭给正在流逝的时间，湮灭，获得肉体饱满的幻觉。所以你睁开眼。他已经坐进椅子，衣服在身上。你不着急和他看同样的东西，只是看他。在这个房间里，肉体再也无法回避，那些能从肉体里逃脱掉的自大全部失效了，肉体变得无限大。人仿佛每天都看见肉体，自己的或他人的，可是，有几人真正遇见了肉体，有几人真正在跟肉体对峙，有几人真正在跟肉体相伴。

暂时从肉体上移开吧，他拿出新的一本，翻开了新的一页。

·

……一问你，现在是什么年月了。按我的感觉，一个世纪早就过去了。我常疑惑那个世界还在不在，甚至，我会怀疑有没有过那个世界。人类，月亮，太阳，我的身世，还有你，也许这一切都不存在，都是梦和想象的产物。

一这样想，我的手便会自动去寻找左边第五根肋骨。你肯定也记得那把匕首。后来你给我形容过，伤口摁不住，像鱼嘴般呕着血。大家都以为我要死了，然而侥幸活了过来。有人会伤害别人，我们唯有勇气而已。

·

他的手从下面伸进衣服，停在那儿，仿佛轻轻叩了几下。

·

其实，我不太有勇气，只是有些事不得不做。伤痕早就不明显了，我的手指还能认出它，似乎有些记忆靠着这份证据才存在。我也怀疑过，这处伤痕是否也是大脑的一次伪造？然后一遍遍告诉自己，不是，它是真的。它怎么可能是假的呢，乔乔，只能相信记忆，必须相信记忆。活在这个房间里，不能有丝毫怀疑。

谢天谢地，我抓住了一点记忆，在这个房间醒来之前，好些地方又在打仗。人类失败了吗，乔乔？哈哈，我为什么要问这个问题，它一点都不重要。如果真要问，我可能会问，现在是哪一年了？

你老了吗？或者死了？我真担心这件事。我不太能想起我的父亲，因为上了年龄的他看上去太过可怜，像一小块土坷垃。他怎么能变得如此可怜呢？我该如何恨一个这么可怜的人呢？我要靠想起我的妈妈来维护这份恨意。我的妈妈如今多少岁了？她活着吗？我跟你讲过，火车再次提速前，我最后一次扒火车去徐州见逃走的她，想要给她过生日，但最终我没有见她。我给你讲过，乔乔，我不愿再让恐惧笼罩着妈妈，所以我决定，在我有能力解决恐惧之前，我和她最好不再相见。当时对你说这些的心是真的吗？是的。可我仍然有别的心思，我知道这会让你眼圈泛红，让你的心软得一塌糊涂，让你抱我，让爱借着曾经伤痛产生的裂缝走到更深处。可我的确抱有真实的希望，曾经我以为，只要我长大，就会理所当然和妈妈重逢。不是这样的，不是，我去过几次徐州，不是这样的呀。后来，我也能随随便便吃蛋糕了，我多想给她过一次生日，如果你都老了，她肯定已经……

．

他停住，抬手拉了拉下颌的皮，又拍拍大腿内侧的肉。你知道他将要做什么，但你还是略有期待。你怀疑，你是不是对他产生了过多的感情。他站起来，脱掉所有衣服，走进卫生间，打开灯。你仔细看，镜子里那张没有表情的脸，仿佛有了困惑。他抬起胳膊，双手在正前方展开，脑袋使劲后仰，看看左手，又看看右手。随后双臂抱在一起，脸上的肌肉年久失修，嘎吱作响，拿出微笑。他盯着那个微笑辨认许久。他上上下下地看，光头，眼睛，鼻子，嘴巴，脖子，躯干，缩在阴毛中的阴茎和睾丸。他抬抬左腿，脚踝和脚趾一起转动，放下。右腿同样来了一遍。你能看到他胸口下的疤痕，因为他也在看。他的手指动了动，似乎在刻意控制，没有去碰，而是拉了拉腮部的皮。好像他已经忘了，所以拽得几乎贴住镜面，眼球上下挑动，观察皱纹。然后弯腰拉开抽屉，从许多小物件中翻出刮胡刀，刮起胡子。

嗡嗡的工作声中，胡须落在白色的瓷面，仿佛水面上的虫子。等你重新看上去，发现他正闭着眼。直到剃须刀停下，他重新睁开眼，并不对着镜子检查胡须。

他在卫生间门口低头，盯着自己的阴茎，用手指拨弄了一下，然后抬起头，眼睛张望。接着，他快速走到衣服的位置，捡起来穿上，重新坐下。

．

我确定你没老，因为我还不够老。我刚刚去照了镜子，时间在肉体上还算诚实。

刚刚醒来那会儿，没有想过时间的问题，只是盲目地等。答案总会出现吧，我想。

我猜这里是深圳。乔乔，你到深圳来了，后来我认识的一个女孩，我不知道是不是足够喜欢她，也到深圳来了。还有别人，好像我在广州认识的每个人，都要到深圳来。那天阳光白得令人羞愧，我突然想到深圳看看，这是我对房间外最后的记忆。

房间没有窗户，没有我能发现的门。在这里，时间和空间都会是一种折磨，我发了一段时间疯，肯定是漫长的一段时间，我差点死掉。回想起来，只觉得那些时间是消失的，只有一个硬邦邦的空。大脑在膨胀，肉体却在紧缩，人必须爆炸。或者反过来，大脑在紧缩，肉体在膨胀，细胞与细胞的间隙变大，怎么也拢不住。我渴望赶快发生点什么，将我从这种状态解救出去，哪怕是厄运也行，我想要有人进来要杀我，让我痛快地死。

我想投降，我渴望投降。乔乔，那时候要是有个人出现，站在我面前问我，你投不投降。我一定跪下投降。可是没有这个人出现。

什么事都没有发生。

不知过了多久，勉强从发疯中出来，每一个脑细胞都在关心时间的问题，迫切想要知道时间。

不，不是想要，是需要，时间的刻度已经是种必需品。我被折磨得有点狠。在计时工具发明之前，人们是如何度过一天的呢。但那时也有太阳和影子，能看到日夜交替，我什么都没有，时间一团混沌。总以为对时间足够熟悉了，实际上仍然一无所知。我决定什么事情都不做，专心数数。当数出"1"这个数字时，大脑产生一种前所未有的快感，仿佛跟上帝的脑门碰了一下，一片清明。上帝，这异国他乡的神明，我可从来没有信过。

我意识到从前的时间都不算数了，从口中吐出来的这个"1"，是新起点，新的大爆炸。

从1到60，数完一轮就在纸上画下一竖，郑重无比，像建造一座纪念碑。但肯定没数过1000，我狂乱地撕掉纸，大喊大叫，拳头捶地。我希望起一点变化，坏的变化也行，不然就会在时间中溺死。

直到我累了，拿起一张纸，让一座座新的纪念碑站起来，时间重新有序。我安静下来，知道又能再支撑一段时间。挺长时间，我都在这种重复里，花光黑箱子之外的时间。我称那些画满竖线的纸片是时间墓地，我就躺在时间墓地里，暂时获得解脱。

后来我突然意识到，何必要在纸上记录下来呢？数过了，时间已在空气中存在过，画在纸上有更多意义吗？似乎是一种凭证，可是凭证又向什么去证明呢？我开始不记录，只数。这样姿势上更自由一些，随性趴着，躺着，跪着，单脚站着，一直数，有些时候甚至忘记数到哪里，但没关系，随便从某个数字重新开始。

有时数累了，就去洗洗脸，对着镜子里的人说话。有一次挤爆了一颗熟到爆浆的痘子，脓液射到镜子里的脸上。我哈哈大笑，然后哭了。

哭完之后情绪稳定，甚至有点高兴，就随便坐在地上开始数数。"1"再次说出口，时间重新变得有序，我突然想到，为什么一分钟一定要六十秒，为什么一天要二十四小时。人真是一种容易被规训的动物，在这个房间里，太阳带来的时间规律已然消失，为了生存的作息已经毫无必要，开灯就是白天，关灯就是黑夜，明明可以更自由，可还是下意识要给时间一些规矩。

我产生一种雄心，要将时间从时间的独裁中解救出来，随机定义一分钟的长短，2、7、47、1129……速度也可以更随意，这一秒长一些，另一秒短一些。一种奇妙的节奏，只属于我的时间节奏，有一些时刻，沉浸在这种节奏里，我获得了幸福，甚至获得快感。

后来我就不再做这件事了。让时间溺死我吧，我想。但时间没有溺死我，我的肉体从时间的汪洋中浮起，恍如诺亚方舟。

一开始是痒。到处都痒，我无法准确捉住它们。仿佛我触摸到的地方，永远离痒一厘米。痒膨胀，发热，漫溢无形的白色菌丝，在肉里，血里，骨头里。痒舐舐清醒，分泌毒液，脑子松散，难以凝聚，散发坏葡萄味。痒喝我的梦，一直喝，飘过的记忆如同一朵蚊子云，我在睡梦中开裂，发芽，生长到一半就干枯，炸裂出无数毛刺。现在，它带给我的痛苦已经淡忘，我记得一桩无与伦比的好处，借着皮肤的痒，我在这个房间里，切切实实地感受到了风。我太痒了，一直洗澡，一个永远洗不干净的毛桃，所有的汗毛都活过来，变成一个个触角，我光秃秃走动，旋转，痒，漫过每一寸皮肤，好像春天的风拂过残雪的大地，好像无边际的草原如波如浪。痒让我的皮肤变成生态完备的土地，菌、蕨与苔藓，虫、蛇和蚯蚓，麦芒与毛毛虫，青玉米叶和蝎子。

太痒了，乔乔，时间和宇宙被痒一口一口吃掉，只剩下一具不断发芽和冒泡的肉体。

乔乔，我们还能怎样去理解肉体呢？

仿佛宇宙中的一切，都是为了填满痒。乔乔，那个时刻，我想抚摸一只臭虫。

.

他闭上眼。痒再次从过去流出来，爬到你的右胳膊，你隔着衣服挠了几下。痒仿佛破了，污染你更多皮肤。又一种瑕疵。你像过去一样，一动不动，等待它死去。你突然头脑发痒，好像灵魂的毒疮流出了汁液，你想砸烂些什么。你耐心等待这小小的毁灭欲死亡。

.

将我从痒中解救出来的是疼。

我错过了疼从痒中夺走肉体的过程，醒来后，痒不在那里，身体的新感受令我有片刻困惑，然后就凝固在了疼痛中。疼一开始是个整体，一块完整的石头，每一下呼吸都是一场战争。不知过了多久，我才察觉到它内部那个丰富的世界。疼形形色色：晒干的丝瓜，铁，刚刚煮熟的鸡蛋，扯不断的口香糖，冰，湿抹布，剪开的易拉罐，坏柠檬，即将撑爆的气球，砖墙根的硝……

它们不固定，不游走，出现在身体的任何一处，如同概率。

疼痛太霸道了，乔乔，疼痛剥夺人的喜欢，令人厌倦平日确信的意义。疼仿佛延绵两百万年的雨季，在肉里，在血里，牙形石、菊石、苔藓虫、海百合的尸体群如同崩碎的行星。

乔乔，疼让我想爱。

我怎样跟你解释这股爱的冲动呢？它不指向某个人，甚至让我厌恶任何人。更非那种可笑的经历病痛后重新发现平凡之美的渴望，人类总是如此虚弱，永远爱抓住一点什么，抚慰无法掌控肉体的恐慌。它带着毁灭欲、冷漠与寂灭，不知想要抵达何处。乔乔，不是死亡。

漫长的疼痛期如同冬天的冻带鱼，直到一次醒来，我感到巨大的不适。挺长时间后，我才发现不适的来源：没有哪里发痒，没有哪里疼，呼吸毫不费力，肌肉松快。我爬起来，活动四肢，察觉到肉体深处一股隐隐的性欲。乔乔，人真是徒劳的动物。

　　　　·

他站起来，张开胳膊，轻缓起伏，似乎要从肉体中打捞什么。他闭上眼睛，那种沉浸让你尴尬，只希望他停下。太久了，你怀疑他将自己当成了植物，你有点疲惫，人用二十年获得更有力的身体，再用二十年获得无数细小的掌控感，而同时也在失去它们，天真的人类以为那个速度差里的自我就是真的自我，然后有一个瞬间，双方的速度相同，从此之后，人开始见证怎样失去这一切。

所有的欲望，都源自从肉体中逃脱出去的欲望。

你听到声音，惊讶自己说了出来。

而在这一欲望的操纵下，人类其实在做完全相反的事。一定分量的占有欲、虚荣心、名利心、优越感、性欲推动人类相信有益的事情发生，收获情感、物质、成就感与存在感。人类依赖于短暂的速朽的创造物，在满足时间流逝的湮灭中，收获一份被相信为还算有益的乐趣，被填满，被捕获。

人也依赖于那些相反的创造物，来获取高尚和意义。悲痛、愤怒、无力，它们的存在让人肾上腺素加速分泌，人依附于此，找到一个更广泛的情绪共同体，更加兴奋。

但这不够，因为肉体贪婪。人是寄生虫，啃食时间用剩下的残渣。恐吓、掠夺、强迫、屠杀，那些更惨烈的事是更好的食物，无论你是实施者还是反对者，它们发生时你会填得更满，被享用得更久，那个情绪共同体更令人兴奋。但也不会久到哪种程度，人还记得多少呢？它们只是越来越淡的水渍。当然，偶尔人类重新提起它们，因为同样的事情正在发生，人类拼命向过去抓住点什么，愤怒、悲痛、无力，以此抚慰自我。所有发生过的惨事，人类在远处，当做安非他命、抗生素和止疼药食用，然后继续淹没在所有速朽的创造物中。

人类在肉体里寄居一生，少有真正跟它相处的时刻。

人类鄙视肉体，寻求一种超脱于肉体的欲望。然后就上当了，在逃脱肉体的欲望操纵下，拼命抓住一切用来填满肉体的创造物，无论是人类判定为好的，还是坏的。

自然，一部分人类愿意摒弃那些坏的，可这部分人类害怕发现一个真相，就是，人也没有那么需要好的。人类都是胆小鬼，不敢去想，所有这一切并不特殊。人时刻生产供时间流逝消耗的记忆，继续拼命填满自己，在这个层面上，美好与肮脏，作恶与行善来自同一个子宫。

为何所有人都这样虚弱？

需要吸食高尚、热爱、温情、抚慰、美好情感、正义、快乐、幸福，才能度过一生。而又依赖这些创造物的反面，脱离了它们的反面就空虚，无聊，找不到意义。更何况，人类根本没有足够分辨和掌控它们的能力，任由它们混杂一体，像绞肉机，像漩涡，像洪流，人类撕扯、挣扎、沉浮。

人类太过虚弱，无力承受生之死寂与生之欢欣，没有勇气在绝对的无意义中，找到直面肉体的途径。

你再次体会一股强大的力量，再次意识到，这一刻所有人类用来填满肉体的创造物，全都对你失效。你既爱又绝对冷漠，你全然善，也全然恶。

你看见他停了，而要过十几秒才睁开眼睛。

·

……的那座城市，你肯定疑惑是什么地方。乔乔，在这里活着，很难很难。很长时间里，我靠回忆作战。我打算过死，空间坚固且无法否认，时间无边无际，爱情、成就、荣誉、草木天光全都离我而去，活着太受折磨。但我渴望活着，失去了外部理由，我仍然渴望活着。

回忆是我的避难所。原来人的记忆如此恢宏庞杂。一开始我以年为单位，能想起来的只是一小部分。能力逐渐进化，到最后，每一天我都想起来了，从早到晚，丰沛如杂草丛的细节，甚至十五年前路过的陌生人。奇怪的是，在这种清晰中，尝试看清一个人时，发现每个人都模糊了，但同时，清晰的感觉仍然存在。

我将这当成一种神迹，一种无形的意志依然在光顾我，拯救我。我不是没有怀疑，可能所有的记忆都是我创造出来的。这种想法刚一露头，我就烧死它。

和你有关的记忆，回想的次数最多，也最清晰。它们对我的作用很大。那些点点滴滴，在这个房间里，我们失去联系那么久后，仿佛重新和你相爱了。

乔乔，在回忆之时，我免不了问自己一个问题，如果重新来一遍，我们俩会有别的结局吗？或者说，我是否能有所改变，让结局不同。

不能，乔乔，人似乎并不能对某部分的自己负责。一些可以称为灵魂地基的东西，顽固的影响力超出想象。而外界对我们的影响，又没有以为得那样大，它们不总能撼动前者。我们更多缩回灵魂地基里去，那里有个能容身的洞。洞里不准确，洞里有荆棘，可它让你能欺骗自己。我们受伤害，只是受伤害而已。那个根深蒂固的东西不改变，我们就愿意一直流血，围绕着流出来的血，还能生出温情，唱出赞歌。

我并不是总能躲在避难所里，乔乔。回忆渐渐不够用了，或者像一本书被翻出毛边。有一段时间，我性欲特别强烈，每天对着墙壁，什么都不真实，只有通过性快感来确认自己依旧存在。但有次在卫生间，看到镜子里肥胖、苍白的人，是个我完全不认识的人。肉体的欲望变得很生疏。性在骗我，在这里，性也变成了一件虚假的东西，它不能通向任何地方。

我开始运动，开始想象。一遍遍按那个红色按钮，拯救世界时，一个我从我中走出，一座城市诞生了。在那里……哈哈，乔乔，其实那里算什么那里。那里是个这里。可我在这个房间时，总会称那座城市为那里。我需要一些言语上的自欺。正是那里救了我。

那是一座完全满足我期望的城市，云在天上也在地上，你家楼下住着一座冰川，面包树真长面包，死者的墓碑会在夜晚活过来，含羞草的叶子会收藏人们的梦……许多地方我会留下隐秘入口，在都市景象内部，隐藏一个四通八达的迷宫。

那座城市里的每一个人，都是我认可的好……

.

他没有翻页，而是拿起另一本，快速翻动，停在其中一页。

.

……福的日子，最汪洋恣肆的日子，整座城市全是充满想象力的创造物，每一个人都是我期望的好人，然而，一些时刻，望着我亲自建造的城市，我看见巨大的欲望。可那时，我对这一切缺乏认知，沉浸于这种自由，对美好的幸福充满幻想，意识不到那是一种多么虚弱的自由。暴君式的自由，桃花源想象式的自由，消费者式的自由，逃避式的自由，自我欺骗式的自由，全都夹杂其中。巨大的欲望必然导向无边的空虚，即使后来那座城市不再由我操控，固定下来，自行生长，我仍然想不到，需要多少美德与罪恶才能填满。

而后来，那些构建这座城市奇观的创造物，剩下的唯一用处，就是提供短暂的栖身之所。正是靠着它们，我们数次逃过追杀。现在这样的地方越来越少，龙人每发现一处，就捣毁一处。

逃亡路上，烧灼的味道是粉末状的，每次呼吸，死者的尘埃经由鼻腔，进入肺部，然后跟随血液循环全身，生者与死者融为一体。最开始杀害混乱地发生，路边树上晃动面包也晃动尸体。地面上更多，人被杀得太快，尸体总是来不及收走，负责清洁的龙人们一般先处理大路，小路上旧的还没处理干净，又有了新的。这种情况直到龙人们形成组织才稍微好了一些，他们开始制定一些标准，让原来无序的屠杀，变得有序有凭据。

路上，偶尔遇到尚未完全死去的人，轻微地抽搐一下，像苍蝇一样哼哼。一开始我们会停下，尝试做点什么，然后意识到我们什么也做不了，只能羞愧地快步走开。我曾见到一条狗守着一具尸体，狗离开了一会儿，很快另一些狗出现，开始啃食那具尸体。那条狗回来了，发生一场混战。落单的狗受了点伤，它舔着自己的伤口，也舔尸体的伤口。一个龙人路过，射杀了它。

乔乔，你看上去始终冷静。唯一一次见你情绪失控，是有次路过一个女人，她躺在地上，在流血。她还活着，只是说不出话了。然后她死了。

她死了是吗？你小声问我，掌心的血冷冰冰的，不是真要答案。

她死了，是的，她死了。我的嘴唇紧紧贴在一起，像两片发酸的面包。

还能做点什么呢，乔乔，我们什么都做不了，一切看上去牢不可破，只能一遍遍逃跑，绝望地逃跑。你从包里取出一条裙子，灰色的连衣裙。

扶她起来，你对我说。我照做了，她的身体发出爆破声。你一边帮她穿衣服，一边说，她应该穿得整齐一点，她肯定希望如此。你站起来，弓腰帮她穿袖子，又说，她妈妈肯定也希望她穿得整齐一点，每个认识她的人，不认识她的人，都会，希望她，穿得整齐一点。

你几乎要哭了，但没有。哭变成一件奢……

·

他翻页，纸张如同风车，你享受那几秒钟的声音，指甲轻弹杯子。

·

……亡，整个路途都很沉默，每个人心中都有几分自暴自弃。走过一个有着尖塔形状的高层建筑时，魔术师突然停下来说，往左边走几条街，是春芽的家。

我要去看看。他声音很轻，但不可阻挡。

气球人说，她可能逃走了。

也许吧，但我得去看看。他眼神真诚又落寞。他说，你们先走吧，之后我再去找你们会合。

人们分开了，就永远不见了，我们清楚地知道这一点，所以我们不愿意分开。

去往春芽家要经过一段几十米宽的大路，路灯亮得人胆战，我们贴着建筑走，影子仍在墙面上拉长缩短，真想把它们折起来塞到脚底下。路上看不到尸体，一些黑色的痕迹在反光。一条黑狗站在马路正中，凝视我们。我很担心它会突然叫起来。直到走完这段路，它也只是冷冰冰凝视，像一位宇宙的主人。

拐进巷子，黑暗。黑暗是一副黑色的表情，我突然心安，真实发生的残忍似乎虚幻，不完全像梦境，是梦生生剥开，有柔软的倒刺，没有血。它流淌，用一种非液体的方式，完完全全地穿过我，一部分分出来，围着脑子打转。它并不凝视物理的东西，轻易看到大脑里面的世界，那个世界线条奇怪，让它心生怜悯。它进去，瞬间就填满了，无形地没有情绪地爱我，像打散的光线，像呢喃声，人陷进去，无法抗拒。还有些什么？大脑在思索但完全不知道那是什么，它在席卷，用宇宙无法理解的方式。

太短暂了，我来不及理解这个瞬间。这是现实失效的时刻，然而太短暂了，危险正在前面等着。

垃圾桶里突然跳出一个人，我们下意识就要跑。对方也受到惊吓。是一样的人，一个男人。他问，有吃的吗？

你还是翻出一块巧克力给他。

他接过去，一把撕开，突然慢下来，舌尖小小接触一下，才咬了一小口。

我们询问他的情况。他品味着巧克力的味道，有股半醉的癔态。

都死了，他说。他再咬了一口巧克力，呜呜地问，你们这是要到哪里去？

去找人。

他有点诧异，然后摇摇头说，不要找人。

为什么？魔术师问。

不要再找人了，不管什么情况，反正不要找人。说完他转身就走，看上去很慢，但消失得很快。

路边的建筑仍有窗户亮着，有些阳台还晾着衣服。乔乔，这让我难受，龙人们也在生活，世界似乎不在乎发生的一切，兀自延续。

过去的那段好时光里，龙肯定已经在了。它分娩时我没见到，听其他人讲，一种连绵的如同唠叨的歌谣声笼罩世界，声调既像口号，又像咒语。一条条小龙从它肚子里走出来，脸上有着天真的贪婪，连绵不绝。它们嘴里吟唱着听不懂的歌谣，迈着整齐的步子，既可爱又热情。它们走到人的身旁，消失在人的身体里。

魔术师敲了敲门，倾听了一会儿才发现门锁坏了。走进去，一股臭味咬住我的鼻子，顶得脑壳疼。手电筒的光发现有个人坐在沙发上，戴着帽子，头发垂下来，像是睡着了。魔术师压着嗓门喊几声春芽，没有回应。他走过去，俯下身子，"啊"了一声，马上又把声音压下去。

那是一具尸体，面部已轻微腐烂，像儿童涂鸦。

别碰我妈。

我们才注意到卧室的门开了，有个人影站在门口。

布丁？魔术师很惊喜。光从尸体上快速逃开，去寻找下一个目标。布丁用手挡住眼睛。魔术师让光落在布丁脚下，准备走过去。

别过来。布丁往旁边躲了躲，按了一下墙面，更大的光冷漠地包围我们，让人失去安全感。

布丁脸色倔强，目光一个个扫过我们，最后停留在魔术师那儿。

你们来做什么？

魔术师嘴唇半张，僵在那里。

都怪你。布丁对着魔术师喊，要不是跟你在一起，她也会变成龙人，她就不会死了。

对不起，都怪我，都怪我……魔术师手足无措，一遍遍说。

我想替他解释几句，告诉男孩错在哪里，可是我又能解释什么呢，乔乔，对错标准完全变了，你是什么，或者你不是什么，成为对错的标准，我又能向谁解释呢。

事情的糟糕程度更进一步，早在我们进门之时，男孩已经发出信号。龙人包围整栋楼，我们尝试向外闯，无济于事。气球人通过窗户向外冲，什么东西射中了他，他尖叫一声，歪歪斜斜地向前方落去……

·

你在一分钟里做了梦，然后醒来，梦里的一些快乐令你不适。杯子在桌面，透明玻璃，你不介意打翻它，就像你不介意遥远大陆上的一次屠杀。但你抗拒着那个抓住杯子的小小念头，于是小小的念头大了一些。你开始看他的后脖子，陌生、冷漠，然后你看到你不愿意承认的微微恨意。绒毛之中，分量不多的小小恨意。又一种瑕疵。你有足够的耐心等待。你接纳这份恨意，直到它消失，并没有为此感到胜利，因为在这件事情上，于你而言，胜利感等同于失败。你看他坐在那儿，有不愿放弃的爱，有记忆。假如仍旧借由爱与意义来填满肉体，抵抗空无，既不会获得真正的自由，也在远离真理。有一些聪明人隐隐察觉到这一点，然后吓坏了，马上在后面加上"但是"，拼命抓住点什么，填补到自身的胆怯之中。这些人类完全不知道错过了什么：一种广阔的自由——无爱中的爱，无意义中的飞驰。

人类太虚弱了，既恐惧广阔的自由，也恐惧无爱之爱。于是人类拼命填满肉体获得安全感，拼命抓住爱的摧残、自恋与恶。

太虚弱了，所有人类抗拒、憎恶、排斥的，人类不敢承认，在精神的最深处，人类多么需要那一切，否则，人类不知道该拿肉体怎么办。

你有足够的耐心等待，看他翻看另一本。

·

……书男不是他的名字，我不知道他的名字，就像我不知道气球人和魔术师的名字，我们不通过名字相认。叫他书男是因为第一次见他时，他正在卖一本自己写的书。

那是在一座灯塔附近。灯塔很认命，皮肤做了大手术，精致苍白。它曾孤独地望着大海，肯定想不到有天命运翻转，成为供人拍照打卡的玩具。它仍旧望着大海，似乎更孤独一些。它会更渴望被拆掉吗？我不知道。决绝地死去是否比顺应更体面？也许它更喜欢那种涂抹的虚假的生活呢。这真像无数的时代，人们沉溺于花团锦簇的假象，顺应它，一直顺应它，直到不可挽回。

我实在想太多，乔乔，其实它不在乎，不在乎被拆，也不在乎被涂上新油漆。

不远处，书男站在黑色旅行箱后面，像一棵植物。箱子上摆着一些白色封皮的书，白色封皮上没有字，只有一个符号，一个向下凹陷的圆。

所有书都是同一本。我拿起一本翻开，一整页是大大小小相切的圆，往后翻仍是如此。

我指着其中一页，问他是什么意思。

他看了一眼，开始读。

我收集每个人的轨迹。每个人一生的足迹，留存于大地，显露在我的仪器上。我相信存在一个智慧体，通过观察这些图形有所收获。我试图破译，一直没有成功。不过可以确信，一个人死了，他的脚印留下来，大雪无法掩盖，尘埃无法掩盖，城市无法掩盖，脚印无法掩盖。

听到这里，我觉得没有听下去的必要，不过是些故作高深的言辞。不过他认真的眼神让我不好意思扔下书本。我这时候才看清他的样子，脸窄，像刀子，有点苍老，但年龄应该比看起来小一些。穿一身黑，像从黑夜撕下来一片披在身上。他的神情中有种乡下奶奶跟你讲故事时那种揣着明白装糊涂的微笑，一种猫的表情。

他问，怎么样？

你写的？

是翻译，我看到什么，就翻译什么。你不觉得万物需要翻译吗？把它们从人类的眼睛里翻译出来。而我使用的，是我创造的一种新语言，新文字。在这里，我们应该使用新的语言和文字。过去的语言和文字已经没救了，人们在它们上面所做的所有努力，都徒劳并且可笑。

我觉得还有救。

哈哈，你觉得还有救。你们都是些恋尸癖，所以你们那么喜欢它们，你们喜欢在尸体上咂摸出新滋味。

你只是被无力感淹没了。

……

．

他合上了，就像避开蝎子的尾巴。你以为他要站起来而他没站，只是转过头去，看一面墙壁，墙面白色流动。他没有表情的表情看上去有些可怜和无助。你不会可怜他。

人类的虚弱让人只配拥有那样一种生活，没有智慧和能力真的摆脱肉体，所以最大的恐惧便是无法填满肉体，爱里全都带着无法满足的自怜，自以为能掌控无法掌控的事物，正义里生出邪恶，邪恶中诞生正义，然后继续淹没在所有速朽的创造物中，寄生在时间的流逝之中。

你厌恶他的虚弱，悲悯他的虚弱，有时候你又为他的虚弱暗自高兴。你不愿意意识到，其实你渴望他更加虚弱。

他的痛苦也会令你不适，令你心生不忍，更多的是失望。你也想看到他的痛苦，因为你想让他为他的虚弱接受惩罚。曾经你发现，原来给人类痛苦其实是一种仁慈，因为人不可能脱离了痛苦而意识到自己是人，尽管你不在乎这一点。

你更愿意打翻杯子，听玻璃在桌面滚动，你可以任由它越过桌沿，倾听破碎的声音，而你依旧在它抵达桌沿之前拾起，因为你无须破碎来证明什么。所有需要证明的事物，都暴露出一种虚弱。所有需要寻求的胜利，其本源皆是一种失败。

他拿出另一本，你认出那是最后一本，而那也已经过去挺久了。

·

……下我和你了，乔乔，空荡荡的大房子里，我们站着，几分绝望，也贪恋片刻安宁。

然后，你也消失了。

阳光依旧落在地面上，伪装外面真有太阳，我站在那儿等待消失。厄运一直缠绕在每个人身上，消失似乎是种解脱。那是不是死亡呢？也许我们可以死得更像回事一点，死在家中，死在街头，而不是像现在这样。但我始终没有等到。

早就没有守卫了，所有门敞开着，等待我走出去。可是能去哪儿呢，乔乔？这座城市里曾经有过的奇迹，倾注过的饱含希望的欢欣、创造性与相信，只剩下巨大的欺骗与讽刺，证明这一切多么可笑。

书男消失前最后一次吃饭时，我听到他自语，真是难以想象，人吃点饭就能活下去。

这就是我一直在做的事，对吗？乔乔？我从不曾拥有更多，我生命中相信、创造并为之欣喜的一切，全都是虚幻的影子。对吗？乔乔？

我甚至真从大房子里走了出去。

乔乔，令我无比痛苦的是，城市依旧展示着美好的奇迹，发生着我曾经相信过的一切。龙人们洗衣服，采摘水果。孩子们从一朵云跳上另一朵云，从冰川顶部滑下。阳光照在冰面上依旧会有幽蓝色的反光。含住金合欢的叶子依旧能听到勃拉姆斯的曲子。橱窗里依然摆着可颂与披萨。

原来也有残疾的龙人，飞起来的时候，左半边身子不受控制地下沉、偏移，他不得不每隔几米重新调整方向。

原来龙人死者的墓碑上，也会摆上鲜花和水果。

原来草地上也有欢笑声和食物。

一间房子里，年轻的老师给孩子读领袖故事，那位英雄怎样为龙人们夺回了这座城市。

老人坐在路边的羽毛上唱摇篮曲：小宝宝，快睡吧，老猫来了我打它。老猫，龙人们这样称呼过去那些两条腿走路的动物。只是熟练地唱出来了，对吧？并非刻意将恐惧与仇恨灌输到那无知无觉的婴儿耳朵里。

一直走，我一直走，而我的脚印不在地上。每一位龙人都对我微笑，好像我随时可以在这个新的世界里找到位置。

乔乔，你能理解吗？抵抗这依旧熟悉的一切令我羞愧，仿佛只有我不合时宜，仿佛消失的人只是些被抹除的错误，仿佛那诱惑我的才是对的，仿佛我应该义无反顾地跳入重新美好的世界，成为友善的邻居、亲密的朋友、深情的爱人。

羞愧中我努力抗拒这份诱惑，走过熟悉而陌生的道路，走过恍如昨日的人们。

可是为什么呢？假如龙人们期待的是同样的东西，那杀害我们的到底是什么？

我一直走，看着龙人们在埋藏骨头和浸满血液的大地上创造，而所有创造物，爱与美，信念与荣誉，尊严与道德，仍旧等待一场新的摧毁。乔乔，那么我们创造这一切到底为了什么？我一直走，忘记时间和方向，人是多么徒劳的动物啊，乔乔，但我终究还是会走到那里，穿过一道道高高的门，走上凤凰木和假槟榔树干长成的桥，望不到尽头的前方，我早就知道的那里。

我以为那里会有高九千尺的巨门，大理石墙面在阳光下熠熠生辉，石缝间流淌黄金，象牙的窗框镶嵌宝石的玻璃。而那只是一个不大的屋子，灰色屋顶落满腐叶，透过半开的窗户能看到一整墙书脊。风雨洗去了门板上的油漆，我知道一双眼睛正透过门板与我相望。半朽的门轻易就能推开，我抗拒着另一种诱惑，久久不动，我知道那张脸的样子。

·

他两手空空，带着所有他以为证明了他是谁的创造物，赤裸而空无一物地站了一会儿。你用足够的耐心坐在那里，坚固、冰冷、不可摧毁。他依旧站在那里，像一双蛇的眼睛。你有足够的耐心等待。

你猜他会走出椅子，脱掉衣服，像牛奶泼在黑箱子上，长久地按下红色。出乎你的意料，他坐下，捡起那支白色钢笔。你有点失望，他本来早已不写新东西了。你没有发现你隐隐的担心，你的等待仍是一种徒劳。他略过半页空白，在新的一页落笔，字没有流淌出来。这不会让你更轻松，你明白，小小的堵塞不足以阻拦什么，他可以拿出墨水，拧开笔身，吸墨水。

·

乔乔，关于我的未来，我曾有某种信心，在我吃掉一整个蛋糕的时候，我没有委屈和泪水（蛋糕确实好吃，那时候我多小啊），但我抱有期待，关于逃离，关于创造，关于爱。

·

你看到他左手的指关节时不时重重压在身体的某个部位，你产生一种预感，你永远等不到了。你不失落，因为你对自己说，这是一种解脱，你无须靠他来证明什么。是这样，你对杯子说。因为你愿意相信自己能够承受那种孤独——生之死寂与生之欢欣，绝对的无意义——而无须忍受速朽的创造物的摆布。

.

我无法向你解释，此时的我处于何种境地，以及我如何融入了这种境地。只有我见过它，只有我知道，那座城市怎样表达了我的想象、爱与期望。只有我知道另一个你大笑时微微仰头，不长的头发落到耳后，有平原上秋天的舒朗。只有我知道那里发生过什么，但我也怀疑是真的吗？那座城市真的存在过吗？毕竟我没办法找到另一个人问，你记得吗？魔术师的魔术总是失败，可他坚持继续下去欸。你记得吗？谁要是攻击别人的长相，就会有蒲公英追着吐口水。你记得吗？蓝蓝颞下颌关节紊乱的时候，不喊疼，食指摁着那块骨头一直念咒语——我铁骨铮铮，竟然真的好了。你记得吗？龙人刚刚出现的时候，有一些会和孩子们玩掷飞机的游戏，孩子们用手捏住龙人们的衣角向前一投，他们就滑翔很远……

是真的吗？

是真的，乔乔，我不能怀疑记忆。只剩我一个。我一个。所以，乔乔，我必须记得这一切。这是义务？或是一种责任？乔乔，我不想攀附上这两个词，因为我也不知道记得这一切有什么用，也许我很快就会死，什么都不剩下。

左边大腿在疼，现在是肋骨，好了，是右膝外侧。疼痛，这个房间送给我的礼物。

度过最初那段煎熬的日子后，有段时间，我曾以为这一切代表了某种隐喻，这个房间，那个黑箱子，一场梦，一种玩笑，我交出我的精力和时间，我的情感跟情绪，我的爱与正直，换取一份食物。其实我早就明白，我是主动去按那个红色按钮，我一直没有告诉你的是，我早就听不到它的响声了。我猜它从来没有响过。我愿意让自己相信，如果不按它，世界就将毁灭，这就是我出现在这里的使命。事实上，没有这个理由，我也会按下去。面对一个按钮，人很难不按下去。人并不喜欢直面自我，不愿意独自承担为自己做决定的负重，人喜欢把自己交出去，依附于那些让人有轻松感和安全感的事物与理念，完全不在乎它们通往哪里。

乔乔，活在世上，我可从没有奢求某种更高的意义，所求只是认认真真活下去，追求那些带来安全感的事物。我来自一个长久以来人们只希望活下去的地方，没有要求更多。所以那座城市里灾祸发生时，我依旧认为自己无辜，好像我从来身不由己，被动地、难以抗拒地抵达了那种境地。

然而，其中我的主动，我的渴望，就像我曾看到的，人们无法舍弃那些伤害人的部分，因为那里面有对人们重要的东西。对我，那重要的到底是什么呢？在爱的反面，在创造的反面，那里面也有我想要的东西，我一直不敢承认这一点，我用所有认为正确的方式构建我的灵魂，可我从来没有真正远离它们。也许书男是对的，我们都是些恋尸癖，所以我们那么喜欢它们，我们喜欢在尸体上咂摸出新滋味。

乔乔，在那座城市里，最终我选择留下记忆，而放弃仇恨。这是错的吗？这对你们公平吗？乔乔，我无意告诉你背叛感如何时时刻刻折磨着我，无意寻求你的理解与宽恕。乔乔，我没有更大的智慧，去寻找一种足够美好的公正了。有时候我仍然会后悔，或许遗忘记忆而留下仇恨能让我更轻松一些。

可能人这种动物，天生只有一种虚弱的自由。乔乔，肉体从来不曾承诺要给我们一个坚固、准确、美好的灵魂，宇宙没有承诺要赠送给人一个全然符合期待的星球，人存在于世，既没有一劳永逸地通往个体幸福的途径，也没有适用于所有群体的理想社会模型。

人是多么徒劳的动物啊，乔乔。然而，所有湮灭的记忆里，或许我们再也无法战胜什么，但我们的意志曾存在其中，通过每一次与自身的细微战争，战战兢兢地确立了我们是谁。人并不因为肉体天然成为一个人，乔乔，人是老鼠，是蟑螂，是昆虫，是水蛭，是虱子，是一团真菌，人是选择成为人的。我依旧虚弱、妥协、怀疑一切，困惑当我们做出了选择的那一刻，是否意味着我们天生有罪。可是，乔乔，在那座城市里，和你一样，我始终选择以人的形象存在，我记得你的耳垂是粉色的，我记得你如何忍住泪水，所以，乔乔，我能不那么羞愧地告诉你，我依然爱你。

东边、七下、猪八戒

十六年前，女儿知晓真实身世，跟她赌气的那些日子，她没哭。六年前，女儿从杭州回来，去县城看望亲生父母，一周后直接返回杭州，她没哭。两年前，丈夫中风，女儿在电话里说回不来，她没哭。

今日小雪，没下雪，神明路过窗户，看到一个滚滚的背影。挂断电话后，她一边抹眼睛，一边指责是女儿先哭的，自己只是被偷袭。

咳痰和吐痰的声音一下一下打窗纱，她想听出是谁，耳朵没能从声波中识别到熟悉的特征。过去，街道上出现什么动静，谷冬麦总要屏息站在窗户后面，拉开一条窄缝窥探。那时候刘军建已经开始每天吃降压药，不过行动还自如，每逢谷冬麦这样做时，刘军建会手持苍蝇拍停下来，摇摇头，讽刺她像个特务，然后转过身去，继续寻找苍蝇和蚊子。

三四年前，服装店逐渐蔓延到这条街道，谷冬麦就不那么做了，不然她得在窗后花光所有日子。但声音的洪流中突然掀起浪涛时，她还是心里一个激灵，身体紧绷，耳朵竖起，凝神收集声音中的信息。你就像条狗，刘军建说。她觉得也是，她挺为这份机警自豪，她给侄子侄女们讲过她出嫁前的那件事。

　　夜里，她的堂兄领着一群小舅子们闯进来，把她最小的弟弟从被窝里揪出去，拖行几百米，丢进地头的机井里，就是她第一个听到声音，跑到井边，把弟弟拉了上来。仇恨从上一辈传下来，这种矛盾到处都是，兄弟们为了争一把破凳子，甚至一根茅草，总想对方死。如今让她欣慰的是，这种现象正逐代减弱。她的两个弟弟也不和，好在不想要对方死，也不打架，甚至偶尔会互相帮助。到了下一代，侄子侄女们更是和和气气，平日里也亲密地走动来往。

　　她闭上耳朵，放任那些咳痰声侵略房间，全身的重量交给床。木头的，那天她铺了全新的被褥，床单是夫家姑姑送的手织厚棉布，白底蓝条纹，摸起来像新锯的干杨木。她一遍遍问刘军建会不会太粗了。不会的，不会，刘军建告诉她。可是小女孩的皮肤多嫩呢，她说。刘军建被她逗笑了，好像婴儿的皮肤也有性别似的。女儿一来到这个家就躺在这张床上，没有哭。后来她和丈夫换了更大的床，这张床一直给女儿。

　　三十多年过去，曾经的铁床们锈了断了，反倒木头更老实憨厚，从一个家跟到另一个家，女儿早就不在这里住了，它还在，身体常接触的边缘颜色更深，但是反光，显得更结实了，只是床垫换过几个。光秃秃的红色薄床垫，已失去弹性，杂物覆盖不到的地方灰尘到了，谷冬麦手指拂过，灰尘不动，她才明白那不是灰尘，是床垫生长出来的东西。手指顺着一个个半圆的缝线爬了很远，泪水落在黑色的裤子上，膝盖处多出一片更黑的黑色。

楼下有人在吼，她听出是"衣衣不舍"的店主。店名是聊天时听来的，后来小孙子指着上面的字说依写错了，她才知道是衣服的衣。不过，她不知道衣和依有什么不同，她不识字。她说人家是卖衣服的，就该是衣服的衣。小孙子花了很大力气反驳，说什么成语之类的道理，还要翻词典给她看。她嘴上说是是是，写错了，但心里还是认为"衣"对。

那个店主比她女儿还小几岁，不到三十，每天收拾得像狐狸精，谷冬麦一直看不顺眼，觉得那两瓣鲜红的嘴唇随时都要偷男人。每次刘军建在门口久站，她就忍不住翻白眼。

"我想吐就吐，这大马路是你家的啊？""要不要脸，你咋不在大街上屙屎呢。"声音真难听，她脑子里出现狐狸精说话时的脖子，鸵鸟一样长，几条青色的纹路延伸到隐隐露出的乳沟。不过，这次她心里站在狐狸精这边，并且有一些自责。

争吵仍在继续，纱窗蓬起一层尘雾。黑了，她想。阳光惨淡，她看不清外面的天色和对面的房子，一个劲回想二楼卧室的纱窗现在是什么颜色。想不起来。可能无人的房间里，纱窗才黑得更快。那个狐狸精有个儿子，两岁，正是忍不住在妈妈目光范围内到处走走的年纪。狐狸精说为了怀上孩子，吃了一车斗中药，受了婆婆三斤白眼和冷语，有阵子差点离婚。生的时候也难，侧切的口子一直长不好，受了大罪。谷冬麦照例用一种稍显夸张的惊奇来表示同情，然后得意地说起生二儿子的事。她说九个月的时候她还在翻红薯秧，自个儿，大太阳底下，突然有东西从裤裆里掉出来，捡起来一看，是个小孩。一点都没感觉，她说，裤裆里湿的我以为是汗。事实上，当时并不如她说的这般轻松，她觉得心肝肺胃肠全都要掉出来，只留下一个空空的肚子，她强撑着走十几里，怀里的孩子始终不哭，像块紫薯，她以为肯定要死了。再没有比翻红薯秧更磨人的活了，她说，腰都断了。

去年谷冬麦和刘军建不得不住在一楼，每天中午，她让药瓶排好队，这个倒出三粒，那个倒出五粒，庆幸自己手大。掬着一把药，转身走向丈夫时，她总能看到那个小男孩。小男孩站在那块立着的长方形光亮里，又明亮又新鲜。她喊男孩的小名，鹏鹏，鹏鹏。男孩马上转身跑走。刘军建一口口吞药时，谷冬麦还会留意那块明亮的长方形。那种时候，她会想起每次见到女儿不得不开口说的那句话——"你再不结婚生小孩，我就做不动衣服了，这几年都穿不上针了。"

每一个孙辈的出生，谷冬麦都会提前买好棉布，让新弹的棉絮饱餐几天烈日，亲手做几套棉袄棉裤棉抱被，连两个弟弟家的也是。开始的时候，她还会做虎头鞋，活灵活现的小老虎，脑袋上绣着笨拙的"王"字，谁见了都要拿在手中翻来覆去夸上几句。后面几个小孩出生时，她已经做不动虎头鞋了。女儿说不用做，都有卖的。她说卖的哪有自己做的好。事实上，她也检查过那些买来的，质量不差，花样也好。只是，对她来说，不亲手做上几套，总觉得亏欠孩子。

现在她很想走到窗边，拉开发黑的纱窗，看看这场小型的争吵中，小男孩是不是和往常一样，站在服装店门前的水泥地上盯大街。她真走过去了，把纱窗整个推到另一侧，声音没有变得更亮，但阳光清晰了，大好的晴日，玻璃的蓝色已经褪色，许多尘与渍。没看到女人和小孩，一个戴灰色棉布帽的男人，正抱臂离开，身体前倾，两腿有些罗圈，所以左右摆动得厉害，好似一个脑袋拽着身体踉跄前行。

走回床边，她重新坐下，又不知道坐下来干什么。大好晴日，人们却争吵。今天早上，绕黄水镇一圈回到家，十几米外也有人吵架。谷冬麦拎着丈夫远远望了一会儿，邻居女人靠过来，告诉她是两家商户，其中一个总将拖把挂在中线的位置控水，水会流到另一户的门前。当时她觉得这一天被争吵声污染了，湿漉漉的。现在回想起来，更觉得是不幸的预兆。她有点怀念房子刚建好那几年，这条街还没有出现店铺的安静时光。

刘军建中风前，这栋房子的一楼也出租给一个女人卖衣服。刘军建快出院时，谷冬麦赔钱解约，把人撵走了。那也是一家服装店，卖年轻男孩女孩穿的衣服，店主是个三十多岁的女人。现在谷冬麦还是会想起那个女人，觉得她有远超年龄的见识。那时候谷冬麦的一个乐趣就是坐在店门口聊天，两人建立一个同盟，数落婆婆和儿媳们的问题。有人进店逛逛时，谷冬麦也留意客人的动向，时不时帮衬几句上身效果好之类的话。她始终没有记住那个店铺的名字，因为是个洋文。

日子在一层空荡荡的大空间里持续一年，刘军建的身体渐渐受控，于是两人搬回二楼。很多时候谷冬麦羡慕植物，高了几寸，发了芽，新长出几片叶子，枝条返绿了，清清楚楚，能亲眼看到那种变化。人的恢复藏在看不到的地方，迟钝、笨拙、缓慢、疼痛，眼睛很难提供一个清晰的希望。每天早上，绕黄水镇锻炼一圈后，跟在刘军建后面上楼。刘军建身体压在栏杆上，一条腿挪一个台阶，缓一缓，另一条腿直直地搬上去，偶尔还会回头，脸上露出求表扬的笑。眼前的肉体肯定比刚开始好了很多，可这种好很难让谷冬麦开心起来，她还是会陷入看到丈夫倒下时的心情。人躺在地上，那张终年饮酒而一直潮红的脸变成猪肝色，她想到过最坏的可能，但她一直不相信那种可能。她跑出去拍邻居的门，邻居是个高高的男人，但很瘦，谷冬麦怀疑他力气不够大，又拍了另一边邻居的门。去镇卫生院的路上，她给二儿子打电话，又给认识几十年的医生打电话。卫生院的医生睡眼惺忪，梦残留在背上，看上去并不着急，生死的事情很淡。二儿子和二儿媳带着大孙女来了，她才开始给其他能想起来的人打电话。

医生在刘军建身上忙活一阵子，刘军建被抬进二儿子

276

的路虎车，去往三十公里外的县城。二儿媳和孙女轮流举着吊瓶，谷冬麦这才想起来给女儿打电话。

电话里，刘香用一种焦急、担忧的声调说回不来。后面的路上，谷冬麦一直想，到底不是亲生女儿。这种想法是个黑洞，好些天亲戚们走进病房，寒暄中说起香香回不回来，她一边帮女儿开脱，一边掉进这个黑洞。

"大贵。"刘军建在二楼喊她。声音不是从嗓子里冲出来，像推一辆太重的手推车那样推出来。

"在上面。"她吼。

她上身后撤，微微仰头，上眼皮掩住上半边眼球，像远望时搭在眼睛上方的手。手机在手臂能抵达的尽头显示 14：07。2：07，比往常早醒二十分钟，她猜想罪魁祸首是刚刚窗外的争吵。她还是不习惯看这种时间，要在脑子里换算一遍才知道几点。夏天她让小孙子调成一眼就能看懂的时间，可上周不知道怎么回事，又变成了这样。她一直在等小孙子这个月从县城回来，再给她调回去。现在，每月小孙子放假前，她的期待里开始出现心惊肉跳的成分。说不清从哪次开始，小孙子会先回父母家，然后再过来这里，甚至偶尔不在这里过夜了。这个孙子她从小带到大，她跟小孙子的母亲，她的三儿媳，又已经五年不说一句话了。

街上的吵闹声不见了，留下一小块寂静。膝盖里有块终年冰凉的液体，让那里很空，仿佛一直有风裹着霜往里吹。她握拳，指关节使劲按了按，她怀疑刚刚的泪水全都渗进了骨头。她摁着膝盖站起来，站稳后，拍了拍屁股，然后看到床上的行李包和纸箱子。每一个都敞着口，仿佛等人随时从中取物。一条蓝色的裤子逃跑未遂，窄窄的裤腿搭在箱子外面，箱子上写着红塔山。尼龙布，她猜测是女儿的裤子，但想不起来女儿何时穿过。这条裤子，连同这一包包一箱箱衣服，再也不会有人穿了，她意识到这一点，无比清晰，尽管女儿以前让她丢掉时，她说留着呗，说不准就有人穿了。

床头的木头靠板上印着几个美少女战士，有的缺了胳膊或腿，有的掉光头发。那些年，女儿也往手腕内侧皮肤上贴这种粘画。谷冬麦会在旁边抱怨，因为她听人说那东西有毒。但女儿不为所动，长指甲来回刮那层薄薄的塑料纸，直到上面的粘画转移到皮肤上。女儿皮肤太白，手臂太细，谷冬麦的心脏变得很薄，总觉得那东西正坠入女儿的血液里毒害她。

这毕竟是女儿的房间，虽然女儿没住过几次。好些年前，她的大孙子住过几个月。刘军建还没中风的时候，过年时侄子侄女们从上海、温州、珠海赶火车到市里，然后坐两小时汽车抵达黄水镇，如果天已经黑透，就会在这里过夜。小孙子住在二楼的另一间卧室，去年到县里念初中后，整栋楼只剩下夫妻两人。当年刘军建坚持建三层楼，四个卧室，还觉得不够用，无论如何没想过这种情况。

一个断腿的奥特曼，一些画笔，几本课本，蓝色小汽车。写字柜上的这些东西不属于她的女儿，这些乱七八糟的物品都有足够的耐心，不动声色，暗暗排兵布阵，一点点侵略、渗透。遗迹和灰尘般的静物占据着整个空间，全都和女儿无关，她的心里打碎一些清脆而又透明的东西，兀自花费半分钟磨它们新鲜的断口。她打定主意，过几天要把不属于这里的东西全都清理出去，然后买新四件套，铺曝晒过的被褥（有个侄女告诉她那是螨虫的尸体香），就像随时会有人住进来一样。

咔嚓，又来了，她已经可以毫无反应。那是一种树枝折断的声音，不是被手折断的，不是被风折断的，是静止不动的情况下，突然断了。肯定是干树枝，但她不确定是哪种树。东西总是会掉在地上，之前不过是朝着那个时间点走。她坐月子的时候，被亲戚们围着，第一次听到这个声音，以为是错觉。夜里给儿子喂奶时她又听到了。早上刘军建逗儿子笑，她又听到了。她问你听到了吗，咔嚓一声。刘军建半张着嘴屏息几秒，说哪有什么动静。她等了一会儿，咔嚓声又来，她赶紧说响了响了，听见没有。刘军建说哪有啥响，没有，别神神道道的了。后来她又小心地找人确定过几次，仍旧无人听到，于是她再不讲这件事。但三四十年来声音一直都在，时不时地，没规律，一声，两声，或者三声。她曾经试图找到这咔嚓声的意义，攀附一些好事或者坏事，每次听到都会紧张好几天。确实联系到过几件坏事，比如钥匙丢了，比如儿子和人打架，比如爹猝死，比如弟弟家的牛被计生人员拉走，比如弟媳妇喝农药。可是中的次数太少，她意识到，如果真把它当成某种噩耗的预兆，就没有安宁的日子可以过了，于是不再去寻找这种巧合。但每次听到，心脏仍会漏跳一拍。

等了一会儿，咔嚓声没有再响。她走一步，听见鞋底下有什么喊她的足心。挪开脚，一块黑乎乎的凸起。她用脚尖抠了抠，没动。她摁着膝盖，努力弯腰，腰上的肥肉抵抗她，像被挤压变形的气球。终于，她危楼般弯下去，食指指甲抵。一枚水果硬糖，已经彻底融进水泥。她试着抠几下，头越来越重，脑子里一下子变得很热。她准备起身找点金属，鼻子闻到一股干木耳发霉的味道。她冒着脑袋爆炸的危险跪下，膝盖打碎两个冬天。强忍着两个破碎的季节，她左手摁地面，右手搭在床上，脑袋低下去，眼眶出现肿胀感。那是什么？一片卫生巾。她左手伸进床下，面朝天花板，右手牢牢扒住床垫。灰尘在指尖结网，她总觉得床垫不怀好意，要推倒她。手指在灰尘中行军，她一直盯着吊灯灯泡旁边的蛛网。那张网像三室一厅，她搞不懂蜘蛛在这里以何为生。摸到了。

张开的，没用过的，吸血的地方没有血，布满密密的黑点。她猜测是女儿掉在床下的。气味确实来自它，离得近了，反而不浓。

"大贵。"

刘军建又在二楼喊她。她没有回应，周围看不到一个处理这片卫生巾的地方。她卷起来，捏在手中，猜测它在床下躺了多久。

"大贵。"

搭配呜呜不清的声调，她觉得这个名字更难听了。老一辈人死光后，除了丈夫，没有人再喊她这个名字。好几年，她一直让丈夫喊她的新名字，但没用。她不回答，往外走，瞥到墙上的时钟。黄色的正方形塑料钟，靠近南边的三分之一颜色更浅更脆弱。她想了想，意识到那是阳光能抵达的最远处。在朝南的房间里，总是冬天的阳光更远，此时的阳光尚未抵达那个边界，但不远了。几天前的天气预报里，预报了一次冷空气，刘军建很高兴，希望天气恶劣一些，可以休息几天。今天是小雪，谷冬麦算了算阳历，想起那个时髦的说法，世界末日。她好几次听年轻人讨论世界末日就要到了，不懂什么意思，插不上嘴，只是听着，记住了2012年12月21日，因为那天冬至。

时针指3后面第二格和第三格之间，分针指2和3之间第三格，秒针正指着7。所有指针就这么指着，看不出衰弱与力不从心。

在人们看不到的时间，这钟表一直转，一直转，直到某个时刻，秒针最后弹一下，缩回去，又作势弹一下，像被锁住脚脖子的跳远者，没有一跳，只有一动。动了几动，再不动了。钟停了，可惜时间还在。她听过一个说法，天堂里有对应每个人的钟，钟停了，人就死了。三时十四分三十五秒，她好奇那个时间点是下午还是晚上，自己正在做什么。

刘军建还在二楼喊她，如今一眼看不见谷冬麦，他就惊慌。过去不这样，在供销社做主任，在磷肥厂做会计那些年，夜夜都有酒局，下半夜才能回来。

谷冬麦走出女儿的卧室，进入客厅。客厅没有茶几和椅子，铺着地板砖的地面上有几张报纸，靠墙一排橱柜，财神笑，观音闭眼，香炉里只有灰，弥漫荒庙气氛。谷冬麦爬楼梯越来越困难后，菩萨和财神再没有闻过香的味道。她横穿客厅，盯住瓷像，觉得两位神佛饿瘦了。正好在这个时刻，观音和财神降临在塑像里盯着她，这种想法泥鳅一样往脑子里钻，谷冬麦赶紧往楼梯处逃。财神，菩萨。她意识到所有恭敬，小心伺候，不敢说半句坏话，并不是真求取什么，只是怕得罪。好像漫天神佛都是神通广大的小心眼，时刻监控着每个人，稍有冒犯就会不开心，就能让人失去一切。

她摁着膝盖下楼，又听见骨头连接处的水声，而且，她发现腿更罗圈了。可能是太胖了，她想，压弯了。她让挺直的腰杆比过去更直。转过弯，她看到刘军建站在楼梯口，定定望住自己。

从医院醒来后，很长一段时间，刘军建的话让人听不懂。谷冬麦知道丈夫的脑子还清晰，可肉体的迟钝表现，仍然让她怀疑眼前的人失了智。对着一个会流口水的丈夫，四下无人时，谷冬麦忍不住回想一生的小事，觉得委屈。连吵架都要在夜里偷偷吵，不被人知道。在人面前伪装什么都没有发生过，只剩下两个人时，再次回到冷战状态。不过想到最后，又庆幸人活着，一种喜悦不受控制地冒出来，淹没所有委屈。

后来，她能听清刘军建说的是什么了。这成了她的特权，每次家里来客人，她主动充当一个翻译的角色，把丈夫口中混杂着风声和口水的话翻译给客人听。客人很快就避免跟刘军建对话，但是，时不时地，刘军建还会插上一句。谷冬麦总是犹豫要不要翻译，因为丈夫说的话是已经过去的话题。但她还是要翻译，因为客人怕显得冒犯，一直等着。于是谷冬麦会先说不用管他，然后翻译丈夫说了什么，然后客人就过分正经地回答，回答完盯住刘军建，确保他听到。刘军建眯着眼睛，持续微笑。客人一头雾水，困惑地看上谷冬麦几眼，不知道等笑结束，还是回到新的话题。这时候，谷冬麦就要挺身而出，回到新的话题上。客人松了口气，注意力从刘军建那里移开，直到刘军建又突然插上一句，再次重复这个过程。这种时候，谷冬麦会心烦，希望丈夫能学会闭嘴。但有一个时刻，她是另一种情绪。

那是今年正月初四，弟弟妹妹和侄子侄女外甥外甥女们来走亲戚。几十口子人，第三代越来越多，喊姑奶奶的，喊姨姥姥的，有几个时刻她觉得噩梦成真了，认不出来哪个是哪个。吃饭时，男人们围坐巨大的圆桌，照例开始敬酒。但第一杯敬给了谷冬麦妹妹的丈夫，没有人提起刘军建。刘军建不能喝酒了，一滴都不能，但看着丈夫那张黑红的傻笑的脸，谷冬麦忍不住想哭。好在忍住了，不然多丢人。过去，作为家族里最有出息的人，刘军建从来是酒桌上的主角，现在只会坐在那儿，看看这个，看看那个，傻笑。终于，其中一个侄子提出要敬一敬大姑父，以茶代酒。谷冬麦在另一张属于女人的桌子上说还敬他呢，他都这样了，你们自己喝，不用管他。但她确实为此难过好些天，直到刘军建又犯懒，不愿意走路锻炼，这点情绪才烟消云散了。

艰难地度过两个小时，谷冬麦一点也不想动，但还是不等天黑，就走进厨房，开始做饭。她先开火馏上馒头，然后从红色无纺布袋子里拿出上午买的豆腐皮。买豆腐皮的时候，她很期待做它，现在只是懒懒地拿起刀，生硬地切丝。今年过节不收礼，收礼只收脑白金。电视机里总是广告声最大，隔着两扇门也来惹人。她想骂人，有一年女儿春节回来，带了几盒，她记不清那是什么味道，只是从那之后，夫妻俩的身体越来越差。她后撤上身，探头看一眼卧室，刘军建坐在床尾，安静得像个青色的石碾。过去刘军建一副领导派头，语速和动作缓慢，凸显稳重。谷冬麦在电视新闻里看到过几回那些要被扶着走路的大人物，这一眼让她觉得丈夫像那种更大的领导了。她鼻子长舒一口气，振奋精神，继续专心切丝。切了几下，反而不如刚刚无心时切得好，不均匀，有些还从中间断开。她松松菜刀，甩甩手腕，再切，好很多。

她要做的是油炸豆腐丝。油香均匀地飘上来，她眯眼，鱼尾纹露出苦相，右手筷子，左手豆腐丝，身体后撤，脑袋歪向右边，左眼眼尾睨着锅里的花生油。液体表面没有一丝波纹，卧室传来她正在追的那部电视剧的片头曲。如临大敌，豆腐丝丢进液体里，声音淹没她的脸，她顺势看一眼丈夫，仍旧没动，像一件充气的衣服挂在那儿。过了十几秒钟，歌声隐隐又出现，她转过来，每一根豆腐丝都在吐细密的泡泡，很漂亮，像一串串珍珠项链。她用筷子划拉一下，声音短暂升了几秒。这道菜她前年才开始做，女儿还一次都没吃过。

"活该。"她说。

豆腐丝表皮微微变色，但还没有变硬，她没有尝，直接关火。她失败过两次才掌握这种火候。她手持笊篱捞出豆腐丝，放在不锈钢盆上控油。她闻到浓浓的香与苦的气味，以为失手了，尝了之后，豆腐丝正常。她关上另一个火，趴在锅上使劲闻了闻，也不是。她清了清鼻子，突然分辨出是玉米粥的煳味。肯定是哪家邻居煮煳了锅，她放下心，有些得意，走到卧室门口，倚门看电视。刘军建花时间转头看她一眼，傻笑，又花时间转回屏幕。他什么都不知道，谷冬麦想。香与苦的气味还在，她不知道是不是不知道才比较幸福。电话里，刘香说别告诉我爸，他那个身体，怕受不了，也别告诉我哥。谷冬麦想还用你来交代。谷冬麦说你准备瞒他们到什么时候，你觉得你爸还能活几年，瞒到死吗？

广告时间，她重新回到厨房。油温降下来许多，她倒进陶瓷油罐里，顺便用油汪汪的锅底炒白菜。死亡是一种液体，像水渗透土壤般渗透时间，不知不觉间，她已经活在那段潮湿的过渡地带。豆腐丝盛在白瓷盘，她的手绕过白砂糖，挖一小勺盐，均匀往上洒。过去她撒糖，一个老熟人犯了糖尿病后，她就开始撒盐。上个月和旁边的狐狸精聊天，狐狸精献宝一样让她看一个视频，一个穿白大褂戴金丝眼镜的男人，白头发梳得整整齐齐，中气十足地讲盐也对身体不好。盐还剩小半勺，谷冬麦停下来，反正丈夫再也不能舞着筷子指责没有盐味。视频里的人看着很有学问，很值得相信。犹豫几秒，她还是撒光了盐。这也不能吃，那也不能吃，还给人活路吗，她想死了拉倒。

"剑南春，为您报时。"这些年，七点被灌了太多白酒，一到这个时间，谷冬麦就闻到一股酒味。她走进卫生间，拿起底部印着囍字的搪瓷盆，拧开水龙头。尽管水还不算冷，但她还是后悔夏天没有听邻居的建议，安装一台太阳能热水器。现在，周围家家户户的楼顶都立着一片瓦楞状的金属，把太阳的能量引入生活。她端着盆往外走，听出是王宁和李瑞英的声音，感到亲切。现在有几个年轻的播音员，她还没适应，觉得不如老的好。她最喜欢罗京，因为罗京眼睛最亮，三年前罗京死的时候，她唏嘘好一阵子。她还知道丈夫喜欢李修平，他们男的坐在一起，点评几位女播音员的长相，刘军建说李修平最好看。

盆里的水不算沉，只是水中又飘出黏腻的苔藓味。阁楼里有水泥砌的蓄水池，水位降到一定程度，一楼的水泵自动启动，把水从地下送进池子。过去，每个季度，刘军建都要清理一次，中风后，叫小儿子来清理过一次。两周前，谷冬麦又给小儿子打电话，小儿子说有空就来。一直还没有来。本来她准备再打电话，现在不想再催。她不想看到手机，也不想再听到手机响。她觉得自己可以试着清理一下。

过去之所以没做，只是出于某种没有说出的约定，那种默契分工的秩序感。有什么难的，她想，就是清理清理。

偏黄的光落在刘军建的脸上，皮肤蓬松，但脸色很重，仿佛有什么心事。那股香与苦的烟味还在，谷冬麦怀疑鼻子出了问题，使劲吸几下，拿起旁边的热水壶，往盆里倒热水。如今，凭倒水时的手感，就能调到合适温度，但停下来时，她还是伸手捞一下，然后说温度正合适。电视机在卧室，刘军建挪过角度了，客厅里也能看到。屏幕里王宁戴着眼镜，腮部鼓动得特别明显。肯定是老花镜，初次听说他和金龟子是夫妻时，谷冬麦挺惊讶的。当年多清秀，她想，现在脸大了整整一倍。画面中的配音，是前几个月刚刚出现在新闻联播的小伙子，她听出来了，只知道姓郎，想不起来名字。好几个新上台的领导人，她还认不清脸。不知不觉间，出现在新闻里的大人物们，年龄开始小于她。如果是过去，刘军建可能会将一捋履历和背景，现在却只是望着屏幕，看不出在想什么。

本来谷冬麦该再调一盆水给自己，但给刘军建脱袜子时，她注意到脚指甲又该剪了。她会剪的，但不是今天，也不是明天，她还不太有心思做这件事。她感觉鞋子里面，自己的脚指甲要把袜子捅破了。这两年，她的脚指甲只剪过一次，是上个春节之前鼓足勇气喊小孙子帮忙剪的。小孙子看上去没有不乐意，只是一直调笑颜色泛黄的趾甲很恶心。从那之后，她就没有喊人剪脚指甲的勇气了。有两次，她冒着膝盖以下骨头全部碎裂的风险，勉强够到脚趾，一团模糊变形的云雾欺骗眼睛，手传递给大脑一个位置，眼睛却传递另一个位置，脑袋要爆炸。不过，现在她有信心，在鞋子被捅破之前，丈夫能恢复到帮她剪脚指甲的程度。

她弯腰等了一会儿，确保丈夫的脚全部浸入水中，发现丈夫右脚大脚趾的外侧起了皮。那块皮在吸水，膨胀发白，随时要从丈夫身体上游走。她突然想要呕吐。

脑袋里盘旋午后的蝉鸣，她站起来，闭眼扶腰，适应肌肉的麻木与疼痛。她相信女儿很快也要做这种事，端一盆水，为一个老男人洗脚，撕恶心的脚皮，剪泛黄的脚指甲。她盯着电视屏幕，努力压制胃里上涌的气流，消化鼻子里浓重的煳味，在丈夫旁边的椅子上坐下。

"你今天不泡泡？"刘军建说。每个字都喝醉了酒，东倒西歪。

"泡你的吧。"谷冬麦说。

刘军建两只脚互相搓动，哗哗响，水声搭配播新闻的声音，房间里的平静更加难以忍受。那时候你们就在一块了吗？谷冬麦在电话里问。女儿语焉不详，只说是在外地一起做生意时才在一起了。谷冬麦不相信，她认定当时肯定就不正常。难怪当年怎么也不愿意相亲，只说要自己找。难怪十年来说在谈恋爱，却死活不往家里领。她一度怀疑，那个存在于女儿口中的男人是不是假的，或者那男人根本靠不住，否则为何始终不提结婚的事。如今才明白是女儿根本不敢让她知道。

"你也泡泡，泡泡，泡泡身体敞匀。"刘军建说。

谷冬麦不泡，只是坐，任由电视屏幕里的人表演。几十年了，每次"泡泡"和"小菜"两个词从刘军建口中出来，谷冬麦就烦躁、生闷气。有什么道理呢，也明白是好意，可是，那种语调、语气，像感冒病人的鼻涕，又黏又腻地糊在耳朵眼里，轻易地激怒她。她没有说出来过，每次都像此时一样沉默。巴以签停火协议，她不明白巴以什么意思，一群年轻人在街头庆祝，一个小孩骑在一个男人脖子上，看不见一个女人，画面一转，一片苇草丛，过几秒她看出来哪里是草，是铁丝网。一堵石头墙，有一个士兵架着机枪，悠闲地坐在墙上。随后是发布会，那些男人看上去又有钱又正义。那个新任的日本驻华大使，头发凌乱，衬衫没有扣好，像当年醉酒和衣而睡醒来后的丈夫。土耳其跟北约要导弹，四只鸟飞过武器和铁丝网，她猜想那些鸟是不是鸽子。巴基斯坦北边死伤百人，敦煌的佛像在土耳其展览。挺大一会儿，她脑子里还残存一个画面，一尊卧佛，右手扁平笔直，枕在耳朵下面，一道亮光淹没佛脸，只剩下丰厚嘴唇上的唇纹。她脑子里飘过龙门石窟的那些大佛。

战争、政治、死亡、艺术都没能扰动她的心绪，都不如女儿的事重要，甚至不如她等待的天气预报重要。她去卫生间倒洗脚水，听见熟悉的音乐声，赶紧出来，屏幕里正飘过卡通的景。出来的不是宋英杰，是一个年轻女人，她有点失望，她喜欢听宋英杰的声音。气象图上，一个向下的蓝色箭头正覆盖她的镇子，显示降温8℃。预报员说有4到6级的偏北风。地图一转，黄河以南几乎都在下雨。她不需要在茫茫的白色中找到杭州，就看到那里的雨水。杭州也让她的脑子里飘过侄女，她想起侄女曾经坐火车来过一次杭州。她让自己不再想，认真听预报员说话。陕西的中部一带，降水偏少，不利于冬小麦的生长。她希望雨在黄水镇下起来，免得亲戚们大冷天给小麦浇水。48 小时预报里雨水范围变小，杭州露出来，被她找到。预报员说新疆北部大风和降水再次发展起来，预示着一股新的冷空气正在酝酿当中。

城市预报里，省会郑州多云转晴，4℃～9℃。过去看不懂卫星云图，谷冬麦就听城市预报，所以很多年里，她以为的雨和晴发生在西边，和黄水镇的真实天气隔着两百多公里。杭州大雨转小雨，7℃～12℃，画面里是一个平头男人，站在"肯帝亚地板木门"旁边。到处是广告，放一张西湖的照片不好吗，她想。西湖她去过一次，那时候女儿还不在杭州，女儿去了杭州后，她还一次没有去过。她和丈夫曾有过看看雪中西湖的打算，随即丈夫中风了。

更多事谷冬麦不太愿意想起，因为随便想一想，人就太疼，日子就没法过。过去她一直觉得弟妹就是想得太多，所以喝农药了。想着杭州她有点恼怒，突然羡慕那位弟妹，死得早也有死得早的好处，死人什么都不知道。

可眼前的事跳上眉头，不得不想。等到夜晚泡进丈夫的鼾声，她还一遍遍回放和女儿的对话。他媳妇知道吗？知道。她也不管不问，就这么忍着？她不管，只要把钱寄回去就行。所以你做生意，你养着他，还给他养老婆，他小孩呢，小孩也不管你们吗？不管。以后呢，他儿子结婚、盖房你能全包了吗？那又能咋样，只要不来干涉我俩，花点钱算什么。你到底图他啥我问你？就图他这个人，他对我好，真对我好，啥都顺着我。

谷冬麦无法理解这件事。她不相信什么爱不爱情，她确信那个男人肯定也扯不上什么爱不爱情。女儿皮肤白，像在牛奶里泡大的，个子有一米七，谷冬麦听一个侄女说过，女儿像韩国一个姓金的大明星。能找到这样一个年轻女人，还能赚钱，那个男人肯定很得意，为了牢牢抓在手上，怎么可能不对她好。

此前所有隐约的怀疑中，她从来没想到过那个男人。她努力回想那个男人的脸，不清晰，只知道长得不丑，高个子，不胖，头发打摩丝，往后梳，夏天的时候，头发能滑倒苍蝇。她想象不出那个男人现在什么样，毕竟最后一次见面也十年有余了。

那时刘香跟人合作重启了巷子尽头的糖果厂，每天坐在一辆红色昌河的副驾驶座，给各个商店和代销点送货。面包车后排座椅已卸除，摞着一箱箱糖果，主要是山楂糖和玉米糖。司机就是那个男人，叫张振。当时谷冬麦就看不惯，一个二十岁的黄花大闺女，不应该跟男人到处跑。她也恨女儿裙子穿得太短，脖子漏得太多。那个男人比自己小几岁呢？电话里气昏头，没想起来问一问。五岁？七岁？肯定不超过十岁，那也得五十五岁了，而女儿才三十二岁。

谷冬麦住进那条巷子的时间还要更早，1979年，刘军建从邻乡调回黄水镇，做供销社主任，租了三间屋。那是一个狭长的院子，有两排屋，她回忆不出共有十几间还是二十几间了，属于她的三间靠近大门。尽管一家人住得局促，还要在走廊下做饭，谷冬麦仍然很满意：终于不用流落外乡，并且靠着关系，得到进棉花厂工作的机会，吃上商品粮。

那时候黄水镇还叫公社，1983 年年末改为乡，1986 年撤乡设镇。进入九十年代，夫妻俩买下租的屋子，在供销社赋闲许久的刘军建调到磷肥厂上班，三年后刘香到巷子口对面的中学念初中。大儿子和二儿子结婚前，谷冬麦和刘军建为他们买地建房。大儿子没住多久，回老家半截垧去了。小儿子刚刚初中毕业，每天跟着一群人瞎混。又几年，磷肥厂开始准备改制。刘香初中毕业，不再念书，跟着一个朋友做事情，到处跑。邓小平死了，居住十多年的院子也要拆了，夫妻俩搬到磷肥厂办公大楼三楼的两个房间里住。那时候磷肥厂不开工了，开始处理改制的问题，棉花厂没活干，谷冬麦天天待在家里，听闹事的工人在磷肥厂大院高喊要干活、要工资。好在刘军建不缺钱花。新世纪到来，谷冬麦五十二岁。刘香去了外地，谷冬麦不知道她到底做什么。棉花厂终于彻底解散，谷冬麦选择提前退休。夫妻俩花了几个月时间，看着拆掉的地面上新房子长起来。刘香回来了，开始和人一起经营巷子尽头的糖果厂。

那栋新建的房子有八间屋，围着一个小小的天井式的院子，谷冬麦大松一口气，准备在这里待到生命最后一天。她和刘军建住在临街的三间，一间卧室，一间客厅加餐厅，一间厨房。其余五间属于小儿子，其中一间暂时给刘香做卧室，但不会太久，毕竟刘香会嫁出去。大儿子在十里外的半截埫经营代销点并且养鸡。二儿子做面粉生意，开了工厂，规模越来越大。小儿子最不成器，没有自己的事业，所以谷冬麦打算等他结婚后，给年轻夫妻更多照顾。可是，小儿子结婚两年后，谷冬麦不得不和丈夫临时搬到给大儿子建的小院，同时在镇中心位置买地，盖了现在这栋三层楼。

天微微亮，谷冬麦起床，先去窗户那儿，没听到风声。她猜测冷空气和北风还没走到这里，但还是拉开一条缝，伸右手出去捞了一把，挺冷的，但没到不能出门锻炼的程度。刘军建已经睁眼，巴巴望住她。"不耽误锻炼。"她说。刘军建脑袋陷进枕头里。

谷冬麦先去厨房坐上一壶水，灶火舔壶底，熟悉的热气顶她的脖子和脸，很舒服。她脑子木木，心思迟钝，觉得昨天的一切都不真实。她回到卧室帮丈夫穿衣服，注意到丈夫的手背皴了。她去卫生间接水，真是冷下来了，端着水盆出来时，能感觉到手指里的骨头。脸盆放在方凳上，她拿起暖水瓶，往里倒过夜的热水。水不如想象中热，于是她全部倒进去，然后打湿毛巾，帮丈夫擦脸。刘军建紧闭眼睛，抿着嘴唇，脸尽量往前伸。"好啦。"她说。刘军建睁开眼傻笑。对于丈夫变得如此爱笑，谷冬麦想不出别的解释，只认为人死过一次，就会活在那种死里逃生的庆幸中。她从抽屉里拿出护手霜，往丈夫两边手背上都挤了一点。"好了，自己搓搓吧。"她拧好护手霜，放在桌子上，去了卫生间刷牙。

灶上的水壶发出连续的嘀音。这两年，她喜欢听水蒸气吹响水壶的声音。她不慌不忙地刷牙、漱口，然后用冷水洗脸，嘴唇一直吹气。洗脸的时候水壶不响了。刘军建蹚过去了，她知道。她擦好脸，拿着丈夫的漱口杯出来，看到丈夫站在客厅中央。她走进厨房，接了半杯冷水，提起烧水壶续满杯子。她招呼丈夫到卫生间，给丈夫挤好牙膏，让他刷牙。刘军建抬起肩膀，直直地一下下戳牙龈，泡沫顺着牙刷流到手上。谷冬麦心想护手霜涂早了。她拿起空暖水瓶，走进厨房，往里灌开水。灌满后，烧水壶里还剩不少，她放回灶上。两个小时后回来，壶里的水温会正适合刘军建吃药。

她给自己涂护手霜，多挤了一些，快速搓几下，握住丈夫的手上下搓了几回。她给丈夫戴上帽子，检查丈夫手套有没有戴好。下楼时，她犹豫一下，还是把手机揣进兜里。

一楼放着一些杂物，给人的感觉却像什么都没有。最显眼的是枣红色的摩托三轮。车是为老年人设计的，有宽敞的踏板，车座是小椅子，后面的车斗沙发形状，人造革，海绵垫，弧形靠背，一个成年人坐上去正好，不过脚边放两个小孩也放得下。刘军建退休后，谷冬麦做主买了这辆摩托，载着丈夫去老家半截堌，回娘家谷楼村。两个村子属于同一个大队，在镇子的最东边，再往东过了一条虬龙沟，就是刘军建最初上班的另一个乡了。

两扇四折大铁门，只需要打开最东边半米宽的一折。拔门栓时，谷冬麦想着可以重新把一层租出去。门一开，冬天打她一巴掌，那点想法没了，她一下子无比清醒。原来只在脑子里挤压她的东西，瞬间变得具体且无处不在。她一只手拉住门，盯着丈夫慢慢跨过去，想到以后每天都要经受人们的目光，心思沉沉，费力地喘气，那股香与苦的烟味又来了，占满鼻子，更浓。

难道有人熬了一夜的烟粥吗？这条街上没人，两边的房子只有一扇窗亮着，她知道是那个上初中的女孩起床了。她想着那户人家每个成员的脸，无声催促丈夫快走。灰冥冥的天色仿佛在流动并且发出声响。

转过街，地面一摊薄水，仿佛若有冰。她叮嘱丈夫小心。刘军建停下来，仔细瞅了瞅，走一个大弯绕过湿地面。左边就是磷肥厂的大门，谷冬麦照例望了一眼三楼最边缘的那两扇窗户。她看到丈夫也在望。记忆不太保留那两年的痕迹，只有一些她坐在屋子里听工人们在院子里闹事的杂音。人比植物聪明一点，但有限，知道那不是自己要扎根的地方，就只长几片叶子，不长根。出嫁后的三十年里一直如此，搬到现在的房子里时，她再次松口气，终于有一个地方，容她慢慢等待死亡。但是，她仍旧小心地等着，观望着，两三年后才敢扎根。她受过教训，不想再像上次一样，根刚刚扎下去，就被连根拔起。太疼了。

过不了太久，谷冬麦将永远见不到这栋楼，有几个本地人拉来几个外地人，买了磷肥厂这片地，要盖商品房。她告诉刘军建时，刘军建身体还不好动弹，仿佛听不懂，没有回应。她不确定丈夫停下来，看水泥砂浆的大门柱，看大楼外墙的白瓷砖，是不是为此感伤。这也是黄水镇的新现象，到处盖商品房，附近村子里的年轻人相亲时，女方开始要求男方在镇上买一套这种房子。她不理解，觉得那些房子太高了，还是自己建的踏实。她等着丈夫开口说话，没有，刘军建只是缓缓往前走。大楼底下，那家全镇闻名的羊肉烩面店半年前搬去几百米外，留下临街搭建的顶棚和两个揭掉大铁锅的黑色灶底。谷冬麦还能看到那两口铁锅终年生产水雾，以及锅里液体表面云群般的羊油，可是闻不到她讨厌的羊膻味。

转到另一条街，天色一下子亮好几层。不远处，斜街路口的小空地上，几股青白色上升，仿佛就是它们染白天色。三张折叠桌，她先注意到坐着的秃顶男人，然后才是摊主。摊主照旧围着红白格子的围裙，站在三轮车旁，手持长柄勺，搅一个坐在煤火上的不锈钢桶。谷冬麦压抑不适，照常和丈夫走到桌子旁坐下。

"来啦。"摊主说。

"来啦。"她说。

"马上给你俩拿。"摊主说。摊主的两腮挂着经霜的红果子。

两个杂粮窝窝，一碗蒸酱，一碗八宝粥，一碗不辣的胡辣汤，一个空碗，摊主依次端上来。这里也卖茶叶蛋，一块钱一个，谷冬麦觉得不划算。八宝粥归她，胡辣汤归刘军建。她从一个不锈钢盆里取两个微微变形的薄铁勺，甩掉上面的水，其中一个放进丈夫碗里，随后拿起一个窝窝，掰成小块，往空碗里堆。她这么做的时候，刘军建右手捏住醋壶把手，缓缓抬起来。谷冬麦看到丈夫的左手在大腿上使力，好像那力气也能横跨半个身体作用在小小的醋壶上。鸡叨米似的，醋壶在胡辣汤上转圈。

"好啦，再倒该酸了。"谷冬麦说。

"不酸，不酸，醋好，软化血管。"刘军建说。他又沥拉几下，把醋壶放回原处，来回拨几下把手，好像有个什么严丝合缝的卡槽要对准。他满意地拿起勺子，在汤里画圈。靠着下意识的手感，他停下，舀起一勺，俯下脑袋，吹气，送入口中。汤液滑过喉咙时，勺子继续在汤里画圈，另一只手捧着碗取暖。

"行了。"谷冬麦说。她把掰好的窝窝推到丈夫跟前，双手互相拍打。

是一种面糊加碎红薯粉条和虾米蒸出来的酱，现在刘军建可以独自拿起一瓣窝窝，避开虾米，在酱里拧一下，送入口中。有一年多，需要谷冬麦蘸酱后放进刘军建嘴里，往往谷冬麦的手还在蘸酱，刘军建就提前张开嘴等着，眼睛盯住一个人或者一个东西看。偶尔忘记张嘴，谷冬麦会没好气地说张嘴。等刘军建一下一下嚼的时候，谷冬麦也掰一块，往酱里舀一下，最好是带两片虾米，一根碎粉条，快速填入口中，一边嚼一边注意丈夫的嘴，避免食物从嘴角跑出来。如今，谷冬麦又可以选择自己最喜欢的吃法：满满舀上一勺酱，倒进杂粮窝窝中心的凹槽里，再舀一勺，直到酱液鼓起来，几乎往四周漫溢，举起窝头，抬高下巴，咬的时候吸一口酱液，闲着的左手在大腿上打拍子，一下一下嚼。

此时吃到嘴里，却没有那种享受。那种煳味还在，谷冬麦怀疑是不是生了不得了的大病。以前她总要跟摊主聊几句，听听街上的闲话。今天摊主眼睛过来时，谷冬麦微微错开，假装看不远处的电影院或者假装纠正丈夫的动作，避免引起摊主的话头。她认定这个女人早就听说了，而自己一直像个小丑似的蒙在鼓里。她怀疑张振的媳妇也早就到楼下观察过，甚至还吐吐沫，骂她养了一个不知廉耻的女儿。她真担心被人闹到家里，那种时候，除了默默忍受，她能做什么呢。

在这个几万人的镇子，除了为数不多需要小心对待的大人物，对上任何人，她和刘军建编织的关系网都能将一家保护在内。她一直秉承，她不欺负别人，但也不能被人欺负。可是，女儿这件事，关系网密到哪种程度，才能挡住别人的目光和心思呢？

和秃顶男人目光相交时，男人笑了一下。连他也知道了，谷冬麦想。她想到过去的邻居魏永梅几年前就给自己聊过张振的事，说他整年不回家，他媳妇一个人种地、带小孩。她又想到许多过去忽略的对话，更多人提起过张振，而她只当跟自己毫无关系，傻乎乎附和。

和三儿媳的矛盾闹到人尽皆知时，这种屈辱有过，但主要是委屈。整个家族里，她还没被谁那样忤逆过。她搞不明白这种情况，她所做的一切，都在偏袒那对小夫妻。她花钱买菜，动手做饭，生活用品也准备双份，搞得另外两个儿媳讲她偏心，可是为何偏偏得到三儿媳那么大的恨意。她想不出来错在哪儿，用受害者的心态挺过来了。

她定心神，腰杆直直挺住，目光停留在北边拆了一半的电影院。新世纪之后电影院再没放过电影，去年她听说有重新营业的打算，结果等来拆迁。几乎是一夜之间，黄水镇所有闲置的地方都要建起商品房，今年夏天她听说有人鼓动她的二儿子也做这种生意，还专门打电话去反对。电影院右半边露天了，像被啃完的猪骨头，只剩下三根方形水泥柱托举天空。大门上方的三角形上一颗巨大的五角星，红色的木门依旧上着锁。左半边保持完整，宣传栏里没有字，只有浑浊的颜色。半年前就是这幅景象，听说出资人闹翻了，如今水泥碎块上有一些站着的干草。她只在里面看过一场电影，可记不清是哪一年了。她对时间的流逝失去敏感，每次和人提起过去某件事，认真算算年份，都会感到惊诧。

电影院像个瘫痪的同龄人，她望着，想不起电影里的人物，只有一个发光的裸体。一艘大船撞上冰山沉底了，这部电影当年在黄水镇引起轰动，乡下的亲戚们也来打听，得知电影票整整五块钱，都说疯了吗，花这么多钱就看场电影。电影散场后，周围的人都兴奋地说那艘船多大，人落水时多无助。那么大一艘船，上面的人还做着美梦，说沉就沉了。她知道人们心里最兴奋的点不是沉船，而是那个光腚女人。但人们只在谈话末尾鄙视外国女人真不要脸。她在电影院外遇见弟媳妇的妹妹，两个人也是这么说的。她相信全镇的男人都是为了那个女人的光腚才走进电影院。

吃完两个窝窝，她催刘军建起身。刘军建双手搭桌面，缓缓站起来，桌子轻微斜了一下。

摊主说："还是你尽心，一天天见好。"

谷冬麦说："有啥办法，也不能不管他。"

往南的直路，右边的大院里长满干草，散落着几辆桑塔纳和昌河的残骸。她还能记起过去它们是汽车站、水厂和良种场。走一两百米，左边，树林对面，就是她临时居住一年多的大儿子的小院。每年夏天经过这里，夫妻俩偶尔会过去打开门，看一看缀满枝头的葡萄。现在院子里是一架空枝，不过，夏天再来的时候，她也不会去了，因为这个秋天，大儿媳把房子借给了表姐一家。

接下来的十几天，下小雨的那天反而最暖和，剩下的是清冷的晴日，时不时有云。有两次，早上陪刘军建绕镇锻炼时，谷冬麦看到路面上的浅水结了一层薄冰。风不大，可吹在脸上像固体颗粒。天气预报提到杭州天气时，她的心都被什么咬上一口。走在外面，香与苦的烟味越来越浓，事情的重量没有变轻，在加重。不是一块石头摞上一块石头那种加重，是变成气体，密度变小，体积膨胀的同时，不符合物理规律地加重。幸好她不懂什么密度质量体积的关系，否则她会觉得整个物理学崩坍了。她仅仅从孩子们那里听说有门课叫物理，所以默默承受这种变化时，她并不困惑。

她不认字，没有上过学，一直到婚后好几年都只有一个小名——大贵——寄托了一位生产队厨师的美好期望。她母亲死的时候，灵位上写着谷张氏。她想母亲肯定有一个小名，不然母亲的母亲如何喊女儿呢。她后悔没在母亲活着的时候问一问这件事。母亲死了，舅舅也死了，她想不起来还能问谁。

运作进棉花厂前，她决定起一个真正的名字。她一个一个数认识的女人们的名字，秋梅秋燕秋菊，彩霞凤霞玉霞，她真羡慕她们。接下来，又羡慕那些花，梅花菊花杏花。又羡慕那些树，杨树柳树槐树。又羡慕那些菜，白菜芹菜菠菜。最后甚至羡慕手里的菜刀，灶头上的锅，外面的大马路。它们都有一个名字，可自己呢，只有一个大贵，这能算名字吗？她决定从季节入手，春，春什么，春天，春天燕子飞回来，春燕？春天小草发芽，春草？春芽？春天河水化冻了，春冻？这不行，春冰？太蠢了。

想一个，否定一个，五天后的深夜，半梦半醒中，她猛地一蹬腿，刘军建被她从梦里踹出来。她兴奋地说想起来了。想起啥来了，刘军建厉声说。冬麦，我就叫冬麦，她说。啥动脉静脉的，刘军建说完继续睡了。谷冬麦，谷冬麦，她雀跃地默默念了一夜。天不亮她爬起来，做完早饭，在写字柜上捡起用剩的铅笔头，翻出用完的算术本，拉着刘军建给她写谷冬麦三个字。刘军建看着铅笔头，不愿意接过去。他说啥呀这是。拿着啊，她说，把这三个字写下来就行。她使力往刘军建手里塞。刘军建抗拒一会儿，接过去了。写啥呀，他说。写谷冬麦，谷冬麦，我说多少遍了，她说。刘军建又挑剔纸，不愿意写在作业本的反面。她生气了，刘军建才不情不愿地准备写。哪个冬，哪个麦，他问。

冬天的冬，小麦的麦，她说。起个这名，刘军建说，别人还以为是血管呢。

刘军建坐着吃饭的时候，谷冬麦趴在写字柜上仿写谷冬麦。刘军建时不时冷言几句，她只当听不见。铅笔头淹没在她的粗手指间，很不听话，那些笔画也长了腿，到处乱跑。刘军建咬着馒头凑过来。写的啥呀，鬼画符，刘军建说，两个横跟打架似的，哎哎，这个冬出车祸啦？都撞散架啦，你就不该找个笔画这么稠的。

八笔、六笔、八笔，谷冬麦练了三天，终于变成七笔、五笔、七笔。后来去派出所，托人将户口本上的刘谷氏改成了谷冬麦。从此她就叫谷冬麦了，她不知道她的某个侄子第一次知道这个名字时心中偷笑，因为他想到股动脉。这是为数不多她会写的字，新鲜了好几个月，一直写它，后来慢慢不再写了。

用这个名字活了几十年，她总是以很多人认识她为荣。娘家和夫家整个家族的人，遇到过不去的事，都要找她和刘军建来托人解决。这种事情会让她感到麻烦，不过，请托的人情来往中，她也感到一种激情，一种被需要被重视的优越感和满足感在事情结束后持续很久。可现在，走在街上，浸泡在玉米粥熘锅的气味里，她见到人就心虚，有人跟她打招呼，她就心惊肉跳。

与此同时，一股强烈的欲望冲刷着她，她想要诉说。丈夫不能指望，儿子儿媳们也不能。弟弟？侄女？脑子里浮现一个个人，又一个个否定。等到那天她去斜街买布，遇见以前的邻居魏永梅，差点忍不住说出来。

当时谷冬麦站在斜街路口，几十米外有几个摩托三轮改造的摊子。她仔细盯其中一个，看不清摊主的脸，不过猜测仍旧画了眉。摊主围着灰色的围裙，圆挺挺站着，两只手快速移动。谷冬麦闻到韭菜和鸡蛋的香气，但马上变成湿砖头和汽油味。她看着那个女人揭开一张薄面饼，往铁板上一抹，又揭一张，又一抹，拿起玻璃大碗，跟顾客确认的同时，把韭菜或者菠菜抓进碗里，捏住调料罐一扬，然后打入鸡蛋快速搅拌，筷子离开碗之前，搅拌好的食材已经倒在面饼上。摊主又揭两张薄面饼，盖在上面，稍稍等待片刻，小铲子伸进下面，两根手指轻轻一点，鸡蛋饼整个翻了面。

手肯定被北风吹红了，谷冬麦想。咔嚓声响了一下。新客人递过去自带的鸡蛋，谷冬麦笑那人抠门。三儿子和小孙子都会带来那个女人的动向，一年多前，三儿媳刚准备开摊她就知道了。听到这个消息时，谷冬麦问儿子是她自己提出来的吗。三儿子说是的，睡前聊天突然说起这个打算。这个回答让谷冬麦的心思复杂。有欣慰，觉得那个女人的心态终于从姑娘转变成妻子和母亲，开始致力于建设一个家庭。同时，在底下，还有几分谷冬麦不愿察觉不愿深思的酸楚。从那之后，谷冬麦就没再路过那个路口，但并非刻意回避。偶尔经过附近，三儿媳也都被客人挡住，或者没有出摊。现在三儿媳看上去是彻彻底底的中年女人了，眼泪一拳揎在谷冬麦的眼眶，马上逃之夭夭，不见踪迹。

上次见到三儿媳，还是在病房里，那时候人看起来明亮，化了妆，一副年轻姑娘的姿态。回想过去，她意识到丈夫住院那段日子，是跟三儿媳和好的最佳契机，其次是现在。谷冬麦明白，只需要打一个招呼就能和好，并且开始反思之前的争执与冷战毫无必要。对方有很多毛病，可并不像彼此怨恨时判定得那般坏。那段日子里，她也能感受到三儿媳想要主动开口说话。很多次，谷冬麦准备先开口了，却又咽了回去。而现在，她觉得没有专门去和好的必要了。

"冬麦姐。"

谷冬麦看到魏永梅像过去一样，右手抓住左小臂，好像一松手那截胳膊就会飞走。几句交谈后，她知道魏永梅去老邻居张秋兰家看新出生的小孩了。

"一个小男孩，可胖了，生下来就八斤，生到一半生不动，赶紧剖了。"

谷冬麦确信眼前的女人早就知道女儿的事，所以过去几次提到张振，提到张振的媳妇，都是对方隐含捉弄的隐秘的提醒。她很想告诉魏永梅，现在她知道了，并且责问为什么当时不明说。她攒紧手里红底白花的棉布，想跟魏永梅好好聊聊女儿的事，聊聊张振和他的媳妇，问问这件事在镇子上流传了多久多广。

"就数你家媳妇的生意好，她做得确实好吃，我吃好几回了，给她钱她也不要。嗨，我还跟你说好吃，你是她婆婆，肯定比我知道。"

谷冬麦觉得她故意这么说，不知道该怎么回答。她注意到魏永梅的牙齿变白了，那颗金牙也不见了。她困惑了几秒，明白是装了假牙。冬麦姐，冬麦姐，从过分干净的假牙间出来，谷冬麦感觉自己的名字都泛着虚假的白光。永梅，魏永梅，她想这名字真俗套，可是这名字人家一出生就有。

挨到十二月，谷冬麦还是找到了一个安全的诉说对象。一个女人，一个影子，没有五官，看不出高矮胖瘦。她附加给这个女人一种音色，发现声音出自中午买肉盒时旁边的农村妇女。那个妇女看起来有六十岁，旁边的胖男人大概是她儿子。刚炸出来的肉盒立在笊篱上控油，胖男人对面无表情的师傅说来五个。妇女抱怨说买它干啥，回家我做点饭也不费工夫。一种缓慢的语调，最后一个字拉长，尾音略略带出一点常香玉的戏腔。

随后谷冬麦又发现，是她在假想会有这种音色，实际上这个女人根本没有开口说一句话，好像生来就没有声音。不止如此，连周围的声音也朦胧，好像耳朵里塞了一坨驴毛。谷冬麦搞不懂她为什么不说话，甚至假装自己不存在，只是偶尔看自己一眼，目光像穿过自己看植物。过去见到这些村子里来的人，谷冬麦总能保持一份优越感，现在她觉得自己被打败了。

早上一睁眼，谷冬麦就看到这个女人也在起床。印着红色大丽花的床单垂下，贴身的被子套了米黄色的被罩，再上面那层被子的水绿色缎面绣着凤凰。光线透过冷玻璃，一层薄霜，女人坐起来，打了个冷战，双手揉脸，头发像寒风吹落的斑鸠窝。红秋衣的布料失去弹性，看不出乳房垂到哪里。很瘦，不过脸仍旧不清晰。事实上，谷冬麦已经看到女人的五官，眉毛太长，像雨篷般凸出来，护住下面的厚眼睑，眼白偏多，内眼角是个圆弧，鼻子塌，鼻翼瘫向两侧，上嘴唇鼓，好像一直噘着嘴生气，唇上贴满干鱼鳞，嘴角该结束不结束，仿佛被刀子刺了一下，窄窄地向外延伸，鬓角打了灰白色的卷，耳垂小而圆，耳廓贴着脑袋。无福的耳朵，但眉毛里又藏了痣，谷冬麦认为抵消了。她将这些器官放在一起，整张脸又变得不清晰。

　　女人双手伸进水绿色的被子下面，摸索了一会儿，谷冬麦顺着她的目光看到缎面上有块巴掌大的地方跑丝。手掏出来一件灰色毛衣，毛线光秃秃的，不起毛了。女人双手伸进毛衣里，左右交替穿好袖子，胳膊一扬，脑袋出来。女人整理好毛衣，手又伸进两层被子之间，探身向前，脸贴在缎面上。谷冬麦手指抚了抚缎面，很凉。女人起来的时候，拉出黑色的紧身毛裤，塞进被窝里，于是被面起伏，上面的凤凰流动。女人双腿一蹬，两层被子都被推向床尾。女人扭身在贴墙的地方摸索一下，拿出一只黑袜子，又一摸索，一只浅灰色袜子，不对，丢回去，再次摸索，这次对了，拿到眼前检查，把一只袜子翻了面，穿上，秋裤和毛裤的裤脚都塞进袜筒里，鼓囊囊的。女人探身到床尾，在被子里拽出一条黑色棉布裤，裤腿上浮着几根棉线头，她撑住裤腰，两只脚分别进去，背落回床单，向上抬臀，提上了。女人又扯了一下灰棉衣，转了个圈披在身上，双腿落向地面，脚找到厚底条纹棉鞋，踩进去，站起来，踢开腿边的掉漆红方凳，每走一步，都踩在昨晚看电视时扔的花生壳上，发出枯嚓枯嚓声。方桌在窗户底下，玻璃水杯外壁印着绿色苹果，半杯水，黑色塑料袋里是散装卫生纸。女人扯出几张卫生纸，随手团起来，塞进棉衣兜里。门后的地面上，一个砖红色塑料桶。尿桶，谷冬麦这才闻到满屋子的尿骚味。桶里的尿液过半，澄澈的黄色，中间悬浮卫生纸，仿佛活着。女人手指寻到铁丝提手的干净处，食指的第一个指弯挑起尿桶，拉开卧室门，走进昏暗的堂屋。三面墙壁朦胧，中墙上挂着一式三件的成套劣质山水楼阁图，上面写着富贵人家。女人拿掉铁锁，因为变形的缘故，拉开门栓时有些费力，同时伴随令人牙酸的金属摩擦声。

只有雪后，才有这般质地轻柔清冽的冷气扑到脸上。院子里全白，一个倒扣的枣红色缸像渔夫。东边小房子的屋顶也白，屋顶蔓着邻家的屋顶，像一只皮毛松软的巨大动物的呼吸声。下雪了，谷冬麦说。女人没有回答，也没有看她，提着尿桶凝视墙脚的柿子树。几条枝干上鼓起伤愈后的瘤子，细看是麻雀，天空灰色，有稍微明亮的丝。女人胳膊伸进袖子里，扣好扣子，一脚落在雪上，几只麻雀落向天空，墙外的杨树伸出枯枝捞住它们。

踩着女人的脚印，谷冬麦一起向前。谷冬麦说："一下雪香香就往外跑，回来鞋湿透，手通红，冒着热气，我一边骂她，一边夹在怀里给她暖。"

经过压水井和柿子树，女人走进东南角的厕所。没有门，顶上搭了一片石棉瓦，雪上露出一片红色的柿子叶和两片黑色的杨树叶。蹲坑很浅，两边各放一块砖头，坑里有一坨冻实的屎，有一个小洞通向外面。女人往坑里倒尿，尿液绕过那坨屎，向墙外流去。倒完了，屎没有化。尿桶扔在门旁，轻微沉入雪中，女人拿起旁边的长柄铲子，往外推屎，谷冬麦担心会糊在上面。

"我不知道香香怎么能跟我说那句话。"谷冬麦说。屎确实干透了，没闻到臭味，也没有留下滑痕。"这些年我没跟人说过，想起来也不觉得难受了。"

女人左脚踩上砖头，转身右脚踩上砖头。谷冬麦盯着两块砖头在女人脚底下晃动。女人裤子往后一扒，蹲下来。谷冬麦感到风吹在女人的腚上。其实没有风。

"你也理我一下，"谷冬麦说，"一声也不吭。"

尿冲出粪坑，一直冲出石棉瓦保护的范围，侵蚀雪的边缘。开始，雪瞬间消失，再往后，逐渐变成混浊透明的固体，一点点塌下去。和女人一样，谷冬麦盯着雪变化的过程。

"其实我能看出来，"谷冬麦说，"这些年，那句话伤害香香更深。虽然是她说的，她现在肯定比我在意。"

女人鼻子长长哼了一声，双手压在膝盖上，上下晃了晃屁股。

"真臭，"谷冬麦笑着说，"太臭了，你昨天吃啥啦，这么臭。"

女人目光向前。尿液已经无力，贴着墙根的地方，有几株干草，谷冬麦认出是黑天天。小时候每逢秋天，走在田间会到处找它，赶在同伴抵达前跑过去，占住最丰盛的几枝，捋到手上，吹几口气，碎叶飞走，只留下圆滚滚的黑色浆果。一把捂进嘴里，不是特别甜，但是饱满，没有怪味。砖缝溢出来的干泥上挂着雪，像墙开出的白花。有块砖缺了角，里面塞着报纸。

"我知道你生气，我也生气。"谷冬麦说，"我也想不通香香是咋啦，想不通。生气。也怪我，没有教好她。也不知道咋回事，好像怎么都不行。"沉默一小会，她指着干草继续说，"这东西有个名特别洋气，叫龙葵，洋气吧，别看我没上过学，我还是知道点洋气字的。哈哈，好臭啊，其实是我大孙子搜了告诉我的，我一下子记住了，因为我之前就听过这两个字，龙葵素，有一回我用刀尖剜土豆芽，香香看见了，她让我扔了，说有毒。我说土豆能有啥毒。她说有龙葵素，毒性特别大。我说啥龙葵素凤葵素的，我不懂，我吃多少回了也没死。她还让我扔，我不听她的，她说反正她不吃。炒好了，她不吃，还让她爸也不吃，然后两个人真不吃，我气得不行，我说看看能把我毒死不，然后把一锅土豆丝吃完了。"

女人抬肩掏出卫生纸，一点点展平，撕成两半。

"那些喝墨水的人也怪，"谷冬麦说，"土豆上的毒叫个龙葵素，叫咱说那就该叫土豆素，龙葵素，喝墨水的人脑子想的东西就是比咱高级。"

谷冬麦等着女人擦腚，女人却两手握纸，抬头停在那里。天空落麻雀，灰色远，明亮的边线，清冷与臭气。谷冬麦不说话了。

出去，在棚下，女人犹豫了一下，还是拿起蓝色摩托三轮旁边的大扫帚。扫帚上还有竹叶，残忍地谋杀雪地。下面是砖铺地。谷冬麦知道雪不得不扫，不然雪化成水留在砖缝，夜里上冻，砖头会裂开。雪死的时候，扫帚一下一下发出干的竹叶声。

儿子上高中，女儿出嫁了，谷冬麦从记忆中翻出这些信息。她还想起村庄的名字，也是魏永梅告诉她的。过去，她经过这个村庄去邻村妹妹家时，曾试图找出张振的院子，但那时只是好奇。她很想走出院门，确认一下，但铁门挂着锁，门后横着的三角铁生满锈。

谷冬麦说："好些时候，从香香脸上，我能看出来，她就在想着那句话。但她不会道歉的，我知道，她不会道歉，我也不需要她道歉，一直到死，那句话都会伤害她。"干竹声混着雪很响，谷冬麦也不确定女人听到没有。她知道那句话会让女儿越来越疼，但她不准备解决，她也不知道怎么解决。身上有个口子要止血，要缝合，可是，心里的那些口子，要是想主动去缝合，好像就输了，好像一部分的自己会死在那里。人怎么能输呢？

雪蹲在猪圈的旁边，像一场战争后堆积的脏绷带。女人太认真了，一下，一下，有些砖头看上去还是干的。

"就让她疼吧。"谷冬麦说。

女人把扫帚放回原处，解开扣子，脖子里冒出热气。女人穿过院子，推开东边小房子的木门，门上有糨糊和纸的遗迹。女人按了一下，屋子里亮了。门的左边是一张桌子，上面有案板，案板上放着菜刀和不锈钢盆，盆里有一截葱白。桌子边缘，两块干掉的老姜，其中一块已经切过。桌子上方有一扇不大的窗，木窗格，不是玻璃，是半透明的塑料布，有个破洞，没有风吹进来。塑料布用小钉子钉在木头上，每根钉子上都垫着薄片，谷冬麦认出薄片是从浇地的水管上剪下来的。墙角有一个水泥缸站在高木凳上，有盖子，盖子的材料是高粱穗下面那根杆子。盖子上有几粒老鼠屎，也有发灰的面粉，缸沿上的面粉还白着。砖砌的大锅，鼓起的金属盖子，上面放着碗盆和塑料筐子，生火的灶口没有烟火气，底下有些潮湿的草木灰。放柴火的地方没有柴火，丢着没有底的铁桶、一筐红薯、一袋白菜和一个放倒的窄凳子。靠墙有个团扇，谷冬麦认出是卖保健品的沿街送的塑料扇，她知道是扇火用的。

连着锅台是一块水泥台面，三面小砖墙作腿。台面上是双眼煤气灶，左边的上面放着炒锅，右边的是钢筋锅。台面下，煤气罐站在左边，右边中间有木板隔层，放着油盐酱醋和十三香，底下堆满瓷盘和瓷碗。谷冬麦看到一个绿色有白斑的瓷酒壶，壶嘴缺了一块，旁边围着几个同样颜色的酒盅，积厚厚的灰。

墙角的几块湿砖头上一个铁桶，露出红色的塑料瓢把手。上冻了，女人提提把手，没动，于是转身寻到黑色菜刀，握紧，用刀背那边的尖砸冰，碎冰也溅在谷冬麦脸上。水声冷冷响，瓢动了，握住晃几下，冰块发出铁声。转过角，一人多高的橱柜还原出老木色，上边柜门的绿纱网上有熊猫，正在吃竹子，但左边熊猫屁股位置有拳头大的洞，塞着红色塑料袋。

女人往钢筋锅里倒冰水，打火，火刚出来看起来是冷的。淘了一把米，馏上馒头，削了一块红薯。女人端下蒸屉，水还没开，拿起菜刀，直接在手上斩红薯，刀斜着砍下去，一拨，一块红薯落进水里。水在锅边冒出气泡，浮现一层淡淡的水汽，女人手指很长，但指节粗大，看上去像葫芦。

锅在火上，女人捡起桌下的铁家伙，歪着身子出门，走到压水井旁，将活塞插进井仓里，固定好压手柄。旁边的一个塑料罐里是雪，出水口下面的水泥池里也是，雪在这些容器里摆脱整体的印象，独立出来，仿佛纯白色的刺猬。女人搓手，踢一脚罐子，刺猬不动。女人走回厨房。从谷冬麦那里看过去，压水井像垂首的枯鹤。女人出来了，左手提着铁桶，右手缩进袖子里。

谷冬麦嫌弃女人引水的动作笨，很想夺过压水柄代劳。"这就跟水性和骑洋车子一样，会了一辈子都忘不了。"谷冬麦说。尽管用了二十多年水龙头，可偶尔去弟弟或妹妹家做客，谷冬麦还会大显身手，用最少的水快速把水从十几米深的地下引上来，赢得几声赞叹。一瓢水用完，谷冬麦忧心女人还得再取一瓢，好在一股水流冲出一米多高，水珠溅到两人身上，温的，水流从出水口汩汩涌出来，池子里的雪逐渐恢复水的特性。

水桶满了，水池也满了，女人走到猪圈旁边，捡起一个盆。已经瘪了，大概是铝的，一层干饲料附着在上面。谷冬麦这才在猪圈里看到猪，然后听到猪的哼唧声。两头半大的猪，过年的时候肯定不到出栏的重量。一头仍然窝在棚深处的秸秆上，一只眼睛看人。另一头走出棚子，踩着雪朝人过来。猪脊梁光滑，缓缓的坡度很直，毛透着浅粉色。一坨屎落在雪上，冒着热气，猪眯眼看谷冬麦，睫毛上挂着眼屎。猪眼里有深不见底的东西，有神住在里面，谷冬麦被吸引，想起猪是夜游神的事。等她回过神，女人已经端着饲料站她身边，正用短树枝搅拌。谷冬麦闻到一股暖乎乎的香气，是奶茶香，孩子们强迫她喝过一杯，说是什么芋头的口味。女人甩甩树枝，丢在地上，上身伏过猪圈的矮门，拨开猪脑袋，将猪食倒进灰色的猪食槽里。另一头猪这才过来。两头猪的脑袋埋进槽里，哼哼哧哧，尾巴打着小卷，臀部互相挤撞。

　　旁边是堆起来的脏雪，谷冬麦站在女人身边，看猪进食。漫长的几十秒后，女人仿佛听到什么或者想起什么，猛地回头，丢下铝盆，朝厨房去了。谷冬麦仍在那儿看猪。猪的耳根看上去是粉色，很薄，有一些细小的血管，有一些微黄的浮皮和黑色的小斑。一个小斑在动，是虱子。一头猪仰起头，眯眼，嘴巴错落地嚼。睫毛好长，她想。那头猪跳起来，鼻子呼呼吹气，潮热的气体糊到谷冬麦脸上，她看到沾满麸子的粉色舌头和红色的喉咙，向后退了两步，坐在地上。

　　盆被踩了一下，泼出来一半，剩下的在盆里翻涌。凳子晃了好一阵，差不多和水同时稳下来。

"你咋了，被鬼捏了？"刘军建说。

屏幕里是那个短发女人去年才出现在《新闻联播》，谷冬麦还没记全她的名字。"……中国梦就会一步步变为现实，让人民触摸幸福，实现理想，让……"屏幕里嘴唇鼓起又落下，谷冬麦盯着嘴角上方的阴影，总觉得像两片小胡子。刘军建喜欢这个播音员，谷冬麦第一次告诉他这个发现时，两个人小小地拌了两句嘴。谷冬麦擦了脚，取拖把拖地。

女人正站在厨房门口，手持筷子，谷冬麦看过去时，女人别过脸，咬一口馒头，又隐去了。谷冬麦闻到十三香和白菜的味道，站起来，揪裤子看，屁股上沾了泥，湿了一块。

无底的铁桶完美扮演底座，炒锅坐在上面，仿佛本来一体。女人弓腰缩脖，夹起锅里的白菜。咀嚼声中，谷冬麦的耳朵疼，隐约听到柴火声。还少点什么，谷冬麦站在门口想。女人掰一块馒头，随手往旁边一丢，一条狗准确地接住，咽下去。一条狗，场面完整了。一条黄色的土狗，有些毛结成团，左后腿半截小腿黑色。谷冬麦倚门，询问女人家里有几亩地。

"你咋啦，魂丢啦？"刘军建说。

拖把正顶着洗脚盆，地上已经没水了，谷冬麦不想吵架，端起盆去卫生间倒掉。出来后，刘军建又说了句什么，谷冬麦没有听清，问他说啥。刘军建微微抬头，左边嘴角向上一提，谷冬麦知道这是他发火的征兆。不过，火没有起来。刘军建说："新闻里说国务院批准建中原经济区啦。"

"就是建凌霄宝殿也和你没关系。"谷冬麦说，"你还泡吗？不泡我去倒掉。"

"再泡会儿，水还温乎着呢。"刘军建说。

狗在炒锅旁边原地打转，抬头看谷冬麦，然后凑上去嗅谷冬麦的脚底。谷冬麦想弯腰摸它，它跑回女人身边。

"我在电话里也骂她了，"谷冬麦说，"我说你怎么那么贱，你要不要一点脸。不怕你笑话，我挺怕你上我家闹的。前两年，我妹夫跟她庄上那个女的，你肯定也知道，你们两个庄离这么近，我妹妹闹得那么大，她还准备把那女的，扒光，丢在街上。"

女人站起来，端起灶台上的瓷碗，重新坐下，嘴唇围着碗边吸几口，红色液体里沉着白色大米和黄色红薯。

"你真挺大度的。"说完，谷冬麦突然意识到，或许在女儿之前，同样的事女人多次经历过，所以绝望了，不争了，只抓住能抓住的东西。"我做好几回梦了，有个女的被扒光，丢在大街上，我还站旁边看热闹呢，跟着人说风凉话，结果，看着看着，那女的成了我闺女，我急呀，往人堆里挤，挤一下，被人挤出来，挤一下，又被人挤出来，我急得又哭又喊，把我外头人喊醒了，我也不能告诉他，他那个身体气出个好歹来。我就醒着，心里边更沉，想死的心都有。"

女人继续吃她的白菜，吃她的红薯。狗卧在地上，一副想哭的表情。

"操心命。"谷冬麦说，"都这样了，我这几天还老是后悔，觉得把话说重了。香香也不容易，一个女孩，一直自己跑，我俩都帮不上她，也不知道她在想啥。你也是，更不容易，咱们女的哪个都别想容易。不过，她性子倒挺随我，我十几岁也是，不听话。相亲的时候她爸啥都没有，学校停了，人文文弱弱的，也不是干活的料，房子也没盖，谁都看不起他。我娘死活不同意，嫌他穷，我也是拧，死认他了。几个大队就这一个高中生，我就觉得念过书的人肯定不一样。我们结婚啦，生老大那会儿学校复课啦，他还犹豫，觉得书念了没啥用，要种地。我说你得上，不会一直这样的，不管到啥时候，喝过墨水的人还是吃香。就这样，毕业之后，等了一阵子，安排了工作，到河东边那个乡上班。那几年真不容易，我带着老大，又怀上老二，他也帮不上忙，咬着牙挺过来了。"

十几分钟后，站在院门外，谷冬麦看到半边绿色的铁门上褪色的秦琼，另一边的年画只剩下一条窄边，消失的是尉迟敬德，去年春节她贴了一样的年画。女人在上锁，狗在雪上一蹿两百米，马上折回，贴着大杨树撒尿，尿完后低下头闻。女人顺着狗印子往远处走，狗很快跟上去，前前后后撒欢。谷冬麦吃力地跟到村口，绕过百米长宽的大坑，树林里的养鸡棚不再有鸡粪味。走到茫茫雪野边缘，谷冬麦的膝盖冻结实了，无法打弯。不疼，只是拖着两根木头。

女人和狗越来越远，像麻雀一样小，像两个飘浮的斑点。谷冬麦不跟了。"你叫什么名字呀。"谷冬麦对着雪野小声嘀咕。

从小雪到大雪，谷冬麦在丈夫的注视下，每天和女人待在一起。如今，她不再担心那个女人来闹。我不在乎，女儿在电话里说。但谷冬麦在乎。一辈子，帮亲戚朋友们解决麻烦，可女儿的这桩麻烦，她彻底无计可施。她反复回放电话里的每句话，时不时后悔某个词说重了。女儿说随便别人怎么看。我呢，谷冬麦说，要是人堵到咱家门，你让我怎么活。

现在她也不在乎了，看着那个女人，那个影子，谷冬麦心中生出一股急迫的悲哀——女儿这辈子，跟在那个男人身边，终将无名无分。名分被那个女人牢牢攥住，只有这样，才能留在那个村子，留在那个结婚后一直生活的院子。不然，她就无处可去，一个女人出嫁后，就被她出生的地方永久拒绝了。不，也许更早，也许女人就是带着这份拒绝出生的。在那个院子里，站在那个女人身边，谷冬麦知道，女人用命把根牢牢扎了进去，谁要是想把她拔出来，她就死。

大雪过去了，连续好多晴天，不过有些早上起很大的雾，谷冬麦和刘军建很晚才出门。每次遇见鹏鹏，谷冬麦都比画他的个头，感慨小孩长这么快。狐狸精刚刚开店时，鹏鹏还要人抱着，后来能站了，能走了，能说话了，能在妈妈方圆几十米内探索了。中间小孙子回来了一次，匆匆忙忙，离开后，谷冬麦才一拍大腿，忘记让孙子调时间了。

晴天气温更低，干冷，刘军建每天等着新一波的大范围雨雪天气，期待冬天的第一场雪。趁着晴天，谷冬麦在门外晒上新弹的棉花，又去楼顶清洗了蓄水池。虽然直不起腰，她仍觉得清洗工作比想象中容易，完工时她有打破某种特权的兴奋。她注意到还得检查修补水管外面的保温层，不然冬天更深的时候，水管里会结冰。但不是现在，她没有力气继续上下走动。

她戴着老花镜，湿着袖子走进女儿的卧室。一叠密封袋在床上展开，这是她的大孙子在网上买的。大儿子的儿子，初中毕业后，在她二儿子的面粉厂上班。大孙子在电话里说可以装好放那儿，等他有空了来抽气。谷冬麦觉得这也不难，无非跟打气筒反过来，于是拧开抽气口的旋钮，抽气泵扭上去，一下一下拉。十几下后，她发现密封袋没有任何变化。她又重新扭动抽气泵，确保接严实了，还是不行。她怀疑袋子哪里破了，捏着边检查一圈，才发现密封条没有封好。密封条封好后，抽气时，袋子紧紧贴在一起。这不难，她自语。

箱子里跑出来的那条裤腿太显眼，她一把拿起来，撑开裤腰抖落。涤纶，厚实，裤腿窄，装下她的胳膊都费劲，左边大腿的位置有块巴掌大的黄色污渍，有一处跑线了。她隐约想起围绕着这块污渍有过一场争吵，却怎么也想不起来具体发生了什么。不会有人穿了，她知道。当年的她就知道。她犹豫要不要真扔掉，最终决定留下来。和有没有人穿无关，她下意识要为记忆顾及不到的无边辽阔之地，保存一份证明。

裤子装进密封袋前，她的手自动掏兜，左边，一条脏东西，右边，是什么？一张纸，叠好的纸。怀抱着掏出纸币的期待，拿出来，结果不是，是一张叠起来的白纸，纸张不再挺括，磨了毛，对着她的这面写着两个大字，她认出是女儿有一阵子特别爱玩的"东南西北"。

在那个还没有拆除的走廊下，她坐在椅子上织毛线。女儿从邻居的一个房间里出来，跑到她身前，双肘压住她的膝盖，身体斜斜吊在那儿，两根食指和两根拇指套在折纸里。你要哪边，女儿问。东边，她说。你要几下，女儿问。我要一万下，她说。她承受女儿全部重量，看到女儿的小臂在阳光中透明。哎呀，你别捣乱，女儿说，说个少的。女儿使劲摇晃几下她的膝盖，那时候她的膝盖还不疼。七下吧，她说。她用毛线针的尾部划了划额角的碎发。

七下，好，七下。一、二、三……

折纸像一个嘴巴，横张，竖张。她能窥见那些字，但不知道意思。唐僧、沙僧、孙悟空、日本鬼子、狗、哪吒。

是猪八戒，女儿说，哈哈，妈妈是猪八戒。她看到了，有个八，猪八戒。女儿欢呼着跑回了邻居的房间，对着同龄的伙伴一遍遍说，妈妈是猪八戒，妈妈是猪八戒。

东边，七下，猪八戒。孩子们会为一个好角色欣喜，为一个坏角色丧气，她怎么可能为此认真呢。

那些名字依旧在纸里，没办法将字和纸分开，现在让她选，她也不知道选哪个。她坐在床尾，辨认出东的形状，手指往折纸里钻，太粗，东偏南的一角撕裂，但进去了。

一，狗、唐僧、孙悟空、哪吒；二，日本鬼子、猪八戒、沙僧、如来佛；三，狗、唐僧、孙悟空、哪吒；四，日本鬼子、猪八戒、沙僧、如来佛……

变化这样小，能做的选择如此少。第七下，东边是两个字，她微微困惑，重新来。

一，日本鬼子、猪八戒、沙僧、如来佛；二，狗、唐僧、孙悟空、哪吒……

七下，东边，三个字，她认识中间的八。对了，她大松一口气。很快，她弄明白游戏里的套路，选定方向后，只需要根据单双数，确定第一下横着张口或者竖着张口，就能确保那个方向上出现哪种角色。她不确定女儿当时知不知道这一点，她猜测女儿当时选择了哪边，选择了几下，出现的是哪个角色。孙悟空吗？或者哪吒？有时候她觉得女儿像孙猴子一样。可惜，孙悟空也有紧箍咒，也会遇到五指山。

咔嚓。墙面上，钟表依旧三时十四分三十五秒，谷冬麦怀疑时间早就停在那一刻，没有变过。但阳光移进来，即将抵达表盘颜色浅淡的交界处。阳光在那里无视冬天，有夏日的质感，她站进去，却不像夏天一样酷烈。最近一次和女儿见面，是三年前的夏天。女儿领着她和刘军建去洛阳，待了两天。逛龙门石窟时，她才知道女儿第二天不能陪她，要去谈生意。相册里还有一张在龙门石窟的照片，太阳照得人睁不开眼，三个人看上去都不开心。女儿在旁边不停接电话时，她赌气地数佛的脚指头。脚指头真大，手掌更大，难怪孙猴子翻不出五指山。那时候女儿看上去变胖了些，不过脸颊仍显瘦。

阳光在谷冬麦黑色的衣服上生出一层透明的茸毛，肚子把扣子顶起来，她想起猪八戒的大肚子，于是学着猪八戒的腔调念俺老猪俺老猪，忍不住笑出声。可，女儿什么时候长大了呢？

肯定不是第一次月经的时候。女儿腰上系着蓝色上衣，两个羊角辫随着抽噎声跳动。她告诉女儿不会死，然后翻出干净内裤，从一个黑色大塑料袋里，拿出一沓散装卫生纸，一折一折叠好，教女儿怎么垫不会漏。她洗带血的内裤时，女儿坐在小凳子上，双手抱住肚子，盯住盆里的洗衣粉泡沫。泡沫在阳光下流动着油彩的光。炸裂，炸裂，水越来越红。女的都会这样吗，女儿问。对呀，她说。你也这样吗，女儿问。对呀，她说。你现在也流血，女儿问。对呀，她说。那什么时候不流啊，女儿问。等我老了，她说。你还不够老吗，女儿说。你觉得我老吗，她说。不老，那还要多久呀，女儿问。再过十年吧，她说。我要先长到你这么大，然后再过十年，太久了吧，女儿说。女儿几乎要哭了。九年后，她五十四岁，停经。

她还记得女儿胸部发育那段时间，总是又硬又疼，所以每天苦着脸，不愿意和人好好说话。从那时起，她就越来越不理解女儿了。女儿变得无法沟通，永远愤怒，好像身体发育的同时，内心也有一座火山不断长大。初中最后一年，女儿退学前，突然从外人那里知道真实身世后，更是彻底无法理解了。好些年，她不知道女儿在什么地方，做什么事，和谁在一起。在女儿的生命中逐渐无关紧要，这种恐惧一直让谷冬麦慌乱，却想不出阻止的方法。她觉得她要失去女儿了，为了对抗这种恐惧，她只能更加责备女儿。

第一次听到女儿把那里也称为家的时候，谷冬麦的喉咙里鼓出一块硬东西，说不出话。每一次听说女儿去县城，谷冬麦都无法不想，在那个家里，女儿和那位如何相处。女儿责怪那位吗？她想象她们互相和解，拥抱在一起，温情地唠家常，分享十几年间错过的小事情。她不承认自己在嫉妒，只是觉得太不公平。那个女人不用给你擦屎，不用半夜起来喂奶，不用操心你每天吃什么，不用担心你有没有受欺负，当然有力气在你长大后，扮演一个善解人意的好母亲角色。她会一遍遍小声质问那位："我能认出香香左边食指那几根倒刺怎么长的，知道她吃完肥肉再吃甜的左眼上眼皮会长针眼，你知道什么呢？"

她一直忍耐，直到有一回失了控，对女儿喊，你要觉得我不好，她好，那你把她当你妈吧，我这二十年就当喂了狗。女儿一遍遍说我哪里觉得你不好了，她一直打电话说要我去，该有的礼节我要有吧，不管怎么说是她把我生出来的。谷冬麦能认出女儿脸上那股绝望的无奈，那种想要剖腹自证的痛苦，它们好像止疼药，可以让谷冬麦稍稍不那么痛，所以她不愿意收回说出的话。

刘香的身世并不稀奇，刘军建调回黄水镇的第二年，人人知道计划生育即将变成基本国策，一位同事的妻子生二胎时，正要调去县里工作，老领导告诉那位同事可能会影响升职。于是那位同事到处找人收养小孩，已经生育三个儿子的谷冬麦，早就盼望有个女儿，把女婴抱回家中。

谷冬麦不懂这个事实为何让女儿愤怒到那种程度。她不是从那位手中接过的女儿，但那位也在，久久抱着藏蓝色的抱被，小声说话，并且流眼泪。后来，男人说好了好了，一直哭什么，该让人走了。于是，那位把藏蓝色抱被塞到嫂子的怀里，双腿分开，缓缓步入一个无人的房间。谷冬麦从那位的嫂子手中接过抱被，婴儿眯着眼，脸上的黄疸尚未祛尽，头发又稀又黄，嘴唇痉挛一般用力，发出吭吭声，看上去丑极了。

从那时起，谷冬麦没有一刻不拿这个婴儿当亲生女儿，她甚至长时间忘记了这件事，某个时刻才突然醒觉，在几十公里外，女儿还有另一位母亲。谷冬麦没想过能瞒这么久，但在女儿发现之前，又想当然觉得能瞒一辈子。事实上，谷冬麦的妹妹问过她，香香一天天大了，你们准不准备告诉她，什么时候告诉她。谷冬麦说不敢告诉她，能瞒一天是一天吧。这可不是个小事，妹妹说，你们得有思想准备。

她无数次想过女儿发现这个事实后的场景，她做过梦，那位突然出现，在她面前告诉女儿，我才是你的妈妈，然后女儿牵着那位的手远去，甚至还回过头笑了一下。她不知道该怎么做，在轻微的自我麻醉中，故作遗忘地等待宣判。她一直以为，会和梦中一样，由那位来宣读判词，结果怎么也想不到，是一位邻居的亲戚遇见刘香，忘记刘香并不知道这件事，随口说了出来。

所有人都知道这个事，她的弟弟妹妹，她的侄子侄女，她的街坊邻居。她突然想到，在女儿不知道这个消息的十几年里，所有人看向女儿的目光中，都藏着一把把刀子，而女儿承受这所有的刀子，却不知道为什么。

她想，如今女儿把那些刀子还给她了。

她把抽干空气的密封袋摞在衣柜里，又去整理写字柜。断腿奥特曼，作业本，生锈铁盒。她后悔没在电话里问女儿，县城的那个妈妈是不是早就知道。她能想到的两个答案都让她不得安宁，每一个答案都指向两个方向：如果知道，该理解成她都知道了却不告诉我，还是理解成到底更在乎我一些，敢让她知道不敢让我知道；如果不知道，该为没被区别对待松一口气，还是为一视同仁感到悲哀。

天气预报报了两次雨夹雪，没下，不过天一直阴着，最低气温保持在零度左右。冬至前几天，最低气温降了三四度，卫星云图里，雪从西方围拢过来。一天夜里报了中雪，结果阴了一整天，但所有人都明白不是狼来了，因为天空又平又低，走在路上人们不敢抬头，怕撞到眉毛。冬至前夜再次报了中雪。刘军建起夜时，谷冬麦也醒了。"好像下雪了。"刘军建说。谷冬麦凝神听，听出下雪的夜晚特有的干桐木音色。雪也下在那个女人的屋顶上，她想，不知道杭州有没有下雪。刘军建挪到窗户边，额头顶着玻璃。"真下了，好大。"刘军建躺回被窝，神色放松。"这下不能锻炼了。"

谷冬麦还是到点起床，站在窗户边，在丈夫的呼噜声中陪那个女人待了一会儿。雪下起来没有年份，电线白了，路白了，连一个黑色的垃圾桶也白了，神明走过去，没有留下脚印。雪花普遍中等个头，偶尔也有几朵鹅毛般大，飘得更远。窗户拉开一道缝，凉气像瀑布，她觉得那股弥漫至今的香与苦的烟味为之一清。很慢，连远处的一声咳嗽也慢，她注意到丈夫的呼噜声停了。

然后她做饭，做饭的时候电视响了。粥在火上，她回到卧室，刘军建已经穿好上衣，背靠床头板躺着。电视里正在说冬至大如年，但她小时候家里太穷，不知道这回事，直到她在棉花厂上班后，才知道有些人家这天会包饺子。同事诧异的目光让她生出逆反心理，一直到现在都不愿意凑这种热闹。

"你自己把衣服穿上了？"谷冬麦说。

"昂，"刘军建说，"我慢慢地一点点穿上了。"

谷冬麦心中闪过一丝淡淡的失落。她说："行，快点好吧，脚指甲顶得我脚趾头疼。"

"我就说让你给小孩打电话，谁敢不给你剪，也不知道你心里头犟啥。"刘军建说。

谷冬麦怀疑粥要煳了，快步走回厨房。粥好好的，热气冒出来，她心想这可没有世界末日的样子。做好饭，她喊刘军建吃饭，刘军建让她帮忙穿棉裤。"你不是能自己穿了吗？"她说。

"裤子还不行，上身弯不下去。"刘军建说。

"我还以为你都能了呢。"谷冬麦说。说完，假装不情愿地坐在床边，从两层被子之间拿出棉裤，熟练地指挥刘军建抬脚、伸腿。

吃完饭，雪停了，谷冬麦下楼铲了会儿门前的雪，堆在下水道口。邻居们都还没有起床，街道上的店铺都没有开门，不过后来陆续响起拉卷帘门的动静，回到楼上后，她听到狐狸精喊别往路上跑，脑子里有个小孩在门口雪地上跑来跑去。电视机一直开着，刘军建总是不耐心地换台，打仗的，古代的，谈恋爱的，一家人吵来吵去。十一点左右二儿媳打电话，要接她和刘军建去吃饺子，她拒绝了。

中午做鸡蛋面，她用猪油炒鸡蛋，加水，放进去奶白菜。这个奶白菜很贵，叶子深绿，菜帮子肥美晶莹。昨天熟识的菜摊老板告诉她是江浙那边拉来的稀罕玩意，怕没人买，没敢多进货，就剩一把了。煮好后，她觉得买值了，汤水微微奶白色，喝下去从鼻腔到额头都麻了一下。她期待丈夫给出评价，不过没有等到。但大孙女来了，送来两碗饺子，羊肉馅的。"这是我爸专门托人买的盐池滩羊，宁夏的，最好吃的羊肉。"大孙女说。她让大孙女喝碗汤，大孙女不喝，放下饺子就走了。刘军建吃了三个饺子，一直劝谷冬麦尝尝，谷冬麦假装拗不过，吃了一个，还可以，馅里加了蒜黄。刘军建让她再吃，她说不吃了，受不了羊膻味。

吃完饭，刘军建吃第二茬药，咽下去后，喝第二口水前，他突然说杭州下雨了。

"你怎么知道？"谷冬麦问。

"你做饭那会儿，有个台报天气了。"刘军建说，"你给香香打个电话，跟她说今年过年要回来，哪有年年不回家过年的。"

"她要能回来肯定就回来了呗。"谷冬麦说,"一会儿你睡觉,我出去一趟,以前老邻居秋兰你还记得吧,有了个孙子,我得买点东西去坐坐。"

刘军建变了脸色,端着水杯静止了好一阵子。"非得今天去?哪有下午去看人的,再说刚下了雪,路上多滑。"

"现在谁还讲究上午下午的,再说这也不是看病人,家里添丁是喜事,啥时候不能去。"

刘军建抱怨人们越来越不讲究老理,谷冬麦不搭理,拿出今年新买的黑色大衣穿上,低头打量,揪揪领子和下摆。大理石色的羊角扣很漂亮,她觉得太过花哨,不合适,于是脱掉,拿一件旧的灰棉袄。

"那大衣多精神,怎么不穿?"刘军建说。

"那个不带帽子,"谷冬麦说,"穿个带帽子的,我路上能裹着点头。"

谷冬麦下楼的时候,刘军建站在楼梯口叮嘱早点回来。谷冬麦一直盯着台阶,没顾上看他。摩托三轮后座上放着一件军绿色大衣,还是小麦播种时,两人去乡下大儿子家用的。她拧钥匙启动,打不着,于是去踩脚蹬,踏杆比以前沉,她猛地使一下力,腿里马上就空。她试了几下,才想起打开风门,又试了几下,打着了。摩托保持运转,铁门打开三折,她推车出去,小心地滑下缓坡,又返回关上门。

一堆堆雪,有小孩往里插鞭炮,用烟头点引线,快速躲开,一声炮响,雪里发出硝烟味。鹏鹏戴一顶有耳朵的帽子,站在服装店门口看谷冬麦。风打在脸上像鸽子的翅膀,谷冬麦拉上棉袄的帽子，围巾缠几圈裹住腮。"鹏鹏，跟我去玩吧。"她说。鹏鹏摇头。"走吧，跟我去玩，给你买好吃的。"鹏鹏似乎心动了，往店铺里看。狐狸精走出来，站在鹏鹏后面。她问："大娘这是去哪儿？"

"去买点东西，"谷冬麦说，"走吧，鹏鹏，跟我走吧。"她倒穿军绿色大衣。

"你去吗？你去吧，给你买好吃的。"狐狸精低头看着小孩。鹏鹏信以为真了，往摩托车旁边跑。狐狸精和谷冬麦哈哈大笑。狐狸精两步捉住鹏鹏，蹲下来，从后面掏住孩子的双肩。"咱就不去啦，让奶奶自己去吧。"鹏鹏被搞懵了，两边的脚腕扭来扭去。

向东，药店门口的雪堆被人铲成简单的雪人，药瓶当眼睛，深棕色咳嗽糖浆的瓶子做鼻子。在那里继续向东，呼吸编织一个声音的罩子，恍如正在绕地运行的卫星，把地球上的声音挡在谷冬麦耳朵外面。服装店一年比一年多，最早的那几家店铺，在全镇人的见证下越来越大，当年买下的地皮从五万到十万到五十万，全镇的人都在猜测他们增长的财富。不过，那几家新开的大超市的主人多有钱，人们反而不去猜测。

向东，向南一百米，向东，镇子和村庄的界限已经消失，出了镇子一里左右，农田中间仍有几栋高层建筑，都没有窗户，像一落地就死掉的天兵。一直到露天的胶合板原材厂，镇子才暂时歇了胃口。杨木尸体还没剥成一块块蜷曲的薄板，堆在那里像几座雪山。往前经过一片树林，就是一个很大的村子。

这个村子没有谷冬麦的亲戚，但过去的几十年中，她几千次经过这里。最初的十几年间，穿街而过一条土路，下雨之后积水泥泞，两边的砖房和土坯墙同样灰扑扑，甲虫似的铺在地上。九十年代后，砖房越来越多，颜色越来越红。新世纪前后，路变成柏油路，年轻人跑到温州苏州上海，跑到东莞广州珠海，做衣服，做电子。她的一个侄子在电子厂被光打了一下，眼角留下永远的疤痕。她实在想不通什么光能那么厉害。接着是中年人，扛着被子出发，散落进全国各地的工地，扎钢筋装木板砌砖头，几年之后，扛回变色的被子和这条路两边的两层楼。那些楼房外墙刷满青灰色的水泥，像密不通风的方块。一开始很少，很慢，等她反应过来，已经全是这种房子。年轻人在里面结婚，一茬，又一茬，她不得不老了。前两年黄水镇所有的柏油路被铲掉，换成水泥路。路面太光滑，车子行驶在上面都有失控般的速度，她总是很怕。果然，雪被轧成冰的路面上，她好几次失去对车把的控制，甚至有两回差点撞上摔倒的电动车。

出了村子，无边的白色中，记忆也被刷新覆盖，她不太能回想起广阔的苹果林了，只记得一件偷苹果的往事。苹果枝上挂着的农药瓶吓不住她，她快速摘几个，在一个少年的吆喝声中快速骑车离开，到娘家谷楼村后，让侄子洗干净。不是她愿意偷东西，可一座座苹果园朝人扑过来，带着满树的苹果，个头饱满，颜色金黄，她实在经不住那种热情。第二年，为了阻止她再次这么做，所有的苹果园主人约定好，一夜之间砍断了所有苹果树。

丁字路口到了，继续往东几里，就是谷楼村和半截埋。但她向北转弯。一条直路，只有几道车辙，眼睛里没有建筑，天空倾斜，像雪野在水中的倒影。白色下面是麦子，她知道。土地带给她的记忆是饥饿、曝晒、酸痛，可望着无尽的白色，年月化成的巨大影子笼罩过来，令她又惆怅又亲切。

谷冬麦早已干不来农活，可只要被土壤弄脏过裤脚，被泥土沤过脚心，谁又能对土地无动于衷。把地分成儿子们之前，每到播种季和收割季，刘军建强制家中每一位成员回到土地之中劳作。后面几年谷冬麦不需要亲自动手，会准备好吃的喝的，有几分郊游的心情，可每当在土地中久久立足，心中有无法说出的落寞。孙辈们的兴致很短，最初的新鲜过后，就喊着要回家，对这些孩子们来说，土地是一种遥远的印象，一份不真实的负担。刘军建早早就告诉三个儿子，会把地平均分给他们。二儿子说他不要。刘军建发了很大的火，表示谁敢不要就打断谁的腿。"你能到天上去了，土地是我们的本，啥时候也不能不种地。"他说。真分地的时候，二儿子仍然没要，刘军建沉默地接受了。

建筑从尽头冒出淡淡的影子，像一道土灰色的长城。往前，建筑逐渐具体、真实，给人一种悠远的假象。路边出现沟壑与巨大的土坑，它们是水的记忆，土地的记忆。年轻的人们一出生就看到它们，只觉得理所当然，并且在里面洗澡，残酷的事情缩小为每隔几年就有小孩溺死其中。黄河水几十年没再抵达这里，但老人们的口中它们并没有离去。偶尔暴雨的夏天，浊水包围村落，蛙声几天几夜不停，水面覆盖一层细密的绿藻，厚实平静，让人误以为可以在水面行走。岸边平坦处，偶尔有老人或者小孩手持网兜捞绿藻，带回家喂鸭子。

现在坑里没有水，只有雪。一些草站在那里，没有影子，它们一夜扫雪，细枝上存留雪沫。谷冬麦猜测是麦蓝子和苦苦菜。这两种草的味道都不好，不过，谷冬麦小的时候，它们也来不及长到这种高度，没有机会见雪。

进入村庄，围巾底下，她的脖子逐渐发烫，出汗。轮胎轧过的地方，雪成为半化的冰，两边木门铁门栅栏门，经过好几座院子后，她才看到第一个人。那个人裹着红衣服绕过墙角，失去身影，留下一片雪中的树林。一只有角的羊拴在一棵大腿粗的槐树上，正在啃旁边的草垛，散落的黑色羊屎在雪上冒热气。一扇锈铁门半敞，两只鸭子扑腾着翅膀嘎嘎叫唤。

这是那个女人生活的村庄，这里的房子也新，人们看上去过着一种很有希望的生活。但一扇扇门过去，谷冬麦找不到那扇秦琼守卫的绿铁门。这不稀奇，她想。她看过《隋唐演义》，秦琼护的是李世民，不是这个村子里的哪个人。摩托三轮带来的风，找到衣服的缝隙，汗没出来就被冻住，糊在皮肤上，谷冬麦觉得自己是一块从猪肉炖白菜里挑出来的八角，挂着冷猪油。那股促使她来到这里的激情快速消退，她意识到，这个真实生活在此处的女人，蕴含危险性，并不像陪伴自己的那个女人一样无害。

路在一座巨坑的边缘停了。这里她并不陌生，向左和向右绕过去，都能抵达她妹妹家。但那不是今天的目的。一个年轻女人领着小男孩走过，正在讨论世界末日。男孩看她，三岁，或者五岁，红色的毛线帽上有一颗黄色的绒球。东边几十米外，一些人站在代销点门口，有小孩专门往行人脚下扔摔炮。还有一个小孩把鞭炮塞进小油漆桶里，一遍遍炸。爆炸声在谷冬麦心中空空回荡，她意识到这里没有一个让人心安的回答。

鼻子里香与苦的烟味稍一用力就在空气中碎掉，落进每个人的眼睛。谷冬麦感觉很狼狈，成了一块发霉长毛的硬馒头。她心生一丝后悔，为什么非要多问那一句呢？电话里传来小孩的哭声和喊妈声。女儿解释说邻家小孩在家里玩。谷冬麦再也忍不住，厉声呵斥：你拿我当傻子吗？你还要瞒我到什么时候？等我死？

然后女儿就哭了，像电话里的小孩一样喊妈，说憋得好难受，早就想说出来了。

谷冬麦真后悔，要是自己不多问，就能继续假装不知道，就能嫌那个她不知道是谁的男人不靠谱，就能继续埋怨妹妹和侄女们编排女儿，竟然在女儿发胖时怀疑是怀孕。她算算日子，大佛们在龙门石窟盯着她那会儿，女儿在怀孕，丈夫中风住院的日子，女儿在生孩子。她猜测佛肯定看到了，所以有那样大的肚子，所以不愿意睁开眼睛。

"是顺产，都说无痛对小孩不好，就没有用。他说生了五个小时，我太累了。"刘香哭了。刘香说："妈妈，我终于理解你的难处了，我以前太不懂事了。"

于是谷冬麦哭了。"所以你就这样回报我是吗？"她说，"我真后悔把你养这么大。"

谷冬麦知道这句话会陪着自己直到咽气，就像那句话会陪着女儿度过一生。眼睛不想流泪，想流冰，说这句话时，谷冬麦想到时常还会梦到的那一幕。女儿声嘶力竭累了，终于平静下来，眼泪尚未疲倦，在鼻子两边留下脏黄色的结晶。谷冬麦说了许多话，说到妈也是为你好，刘香扭过脸去，说别跟我说了，你不是我妈。

她掉头，经过没有秦琼的大门，经过迷宫一样的路口，经过抽烟的男人，和抱孩子的女人，经过落叶堆、树和石头。村外的大坑里一只红色大公鸡探脖子，一下一下，很有节奏。上面，树林里的养鸡棚像整个死掉的游牧民族。

驶过养鸡棚的林子，谷冬麦猛地刹车，车子在雪上滑行，堪堪停在沟边。路不够宽，她不敢挂倒挡，只用手推。车横在路上时，有个老男人跳下自行车，问她要不要帮忙。她说不用，猛地一使力，右边的肩胛骨被针刺了几下。肩膀断掉之前，车子掉头成功。她坐回驾驶位，十几米后，东转，树林和大坑之间，一条窄路，雪不像水面一样平，摩托三轮一边的轮胎落在隐藏的车辙里，倾斜着往前。

在树林尽头，追上那条黄狗。狗在看她，然后低头，像寂寞的僧人。脸和她见到的一样。这不稀奇，大多数土狗都长着一样的脸。她掀开帽子，想看到左后腿半截小腿是不是黑色。不大的风吹空头发，她觉得顶着一个冰凉的光头。

看不清，狗直往雪野深处去。

　　大雪覆盖后的土地，田野和道路没有分别，但一行脚印告诉她下面是路。她担心轮胎会打滑，事实上确实如此，车子变得很轻，失控，成为一艘船。她并不特别担心，两边是田野，一样的平，雪下是麦苗。远处，雪面泛出一层薄薄的青蓝色，一排排树躺在雪野上。近了才看到凸起的坟包，人死了，回到土地，留下一道浅浅的弧线。她看到了自己的未来，刘家的祖坟里有个位置等她。随着距离变化，树木们缓缓站起来。

　　狗偶尔停下，然后一蹿百米。最近的时候，离狗只有五米，后腿没有黑色。狗不受道路的限制，走在田野，走在浅沟，走在杨树旁边。四下苍茫，村庄的轮廓越来越淡，长城不见了，变成烟，好似一个朝代正在消亡。雪野让她想起电影院里看到的那片深夜的大海。不大的风从四面八方涌来，不是穿透，是渗透，寒意成缕地，成片地，爬满皮肤。她觉得自己一下子瘦了一半，连终日迟缓昏暗的大肚子，也变得机警轻快。但很快，身体不见了，只剩下一个漂浮的脑袋。雪希望我也变成一朵雪花，谷冬麦想。

　　好在脚印一直都在，给她提供方向。远远几个雪顶土灰色小丘，她以为是新修的大墓，近了发现是麦秸垛。麦秸偶有黑斑，看上去毫无韧性，雪在上面完美无瑕，好似神的屋脊。

　　从喉咙到肚脐，堵着一根蜂窝状的木头，她想要大喊大叫，但几十年前卡过的那根鱼刺再次冒出头，喉咙紧绷、发胀。那时她用尽所有办法，喝醋、吞馒头、使劲咳嗽，以为咽进了胃里。可每逢虚弱时刻，喉咙进入枯水期，那根鱼刺就冒出来，成为一个制造隐痛的器官。

远处的河堤缓缓升起来，托住天空，左右望不到尽头。她出神时，摩托三轮左边的轮胎猛地一高，她右手拇指底下两根筋跳了几下，又酸又疼，车子滑到田野里，陡然一降，随后雪兜住车子和她，帮她慢慢回到路上。

过去堤上两排一抱粗的杨树，恍如天空的围墙，夏天叶子翻涌明亮的绿浪，蝉鸣声打碎时间的秩序，人们回到同一个夏天。现在，大杨树不见了，只有三指宽的小树。堤不高，四五米，狗在半坡，凝视一个地方，猛地扑过去摁住，挪开前爪后，又四下寻找。她在农村的亲戚们都为这道堤出过力，三十多年前，有几个月时间，每家每户被摊派人力，在这里清理淤泥，拓宽河道。水又流了三十多年，树长了三十多年，三十多年，脚印在堤下断了，她停车，左右走了走，找不到。那凭空消失的到底是什么？她觉得自己被丢弃在了这里。

向南十几米，贴堤一条很陡的路，上面的雪没有动静。谷冬麦鼓足勇气，踏上去，上半身和路面平行，左右开弓地往上爬。没几步，打趔了，跪在那儿，膝盖不疼，有碎裂感。她手脚并用，脑子里有一个小孩，仔细看，发现是女儿小时候的脸，个头和身量是鹏鹏的。电话里，女儿让孩子喊姥姥，孩子只是哭。双方都忘记了提那孩子叫什么名字，但女儿喊孩子时她听到了，只是名字经过变形的嗓子，她拿不准是昌昌还是成成，又或者都不是。

河道里是雪，芦苇丛似岛，苇花尚未落尽，和雪混在一起，风吹不动，微微垂首。堤和河道之间的缓冲地带几十米宽，她知道雪下面依旧被人种上了麦子。这条虬龙沟，河道上游三五里，她也种过七分地的麦子，现在那块地属于她的三儿子，夏天会种玉米，不过，不是每年都有收成。

有人从河上来，绕过一处芦苇丛，连帽的红色棉服，帽子盖住头发，脖子没有围巾，但拉链拉到了下巴。狗左右跳着迎上去，扑腾那人的裤子。那人伸出一只手抚摸狗头，没戴手套。那人进入眼睛时，谷冬麦知道自己也被拉入那双眼睛。

是个女人，斜斜地爬上河堤，谷冬麦看清她的脸，觉得特别熟悉，但和陪了她很久的那个女人的脸完全不同。不年轻了，但看上去很利索，眉毛稀疏，上眼皮坠下来，盖住半边眼球，鼻子也塌，但不大，嘴巴小，耳朵看不到，左眼尾下面有片指甲大的凹下去的印记。女人盯着她看，直到不足三米远，才转头望河道。狗跳起来，女人右手托了托狗下巴。

"多好看呐，这里。"女人说。

"是啊，多好看。"谷冬麦说。

又有雪花飘下来，很慢。狗绕着女人的腿，一遍遍跳到胸口处。女人低头，抓抓狗脑袋。女人说："走了，走了。"

女人看了谷冬麦一眼，没再讲话，逗着狗走过去了。女人下堤，在半坡打滑，身体后仰，几乎与地面平行，不过及时扭动身子，借着向下冲的方式保持平衡，快速落回地面。狗以为女人要跟它比赛，兴奋地冲来冲去。等到势能用尽，女人站稳，回过头来哈哈大笑。

"你行吗？"女人问，"你能下来吗？摔一下可不得了。"

"我没事，还行，上都上来了。"

"真的吗？要不要我扶你下来？"

"不用不用，我能行。"

"行，那我先走了。"

"你走吧，走吧。雪又下起来了。"

"是啊，雪又下起来了。"

狗又爬上半坡，寻找那些细小的神秘的动静。女人搓了搓手。"大黄，走啦。"

女人远去时，狗变得很老实，垂着耳朵前行。经过摩托三轮，女人搭了一下车筐，像打招呼。谷冬麦以为女人会顺着那排脚印前行，结果，在一个毫无征兆的地方，女人向北转弯，走上了没有讯息的雪地。

雪下起来了，大朵，稀疏，左右飘荡，天地间缓慢。女人也慢，狗也慢，眼睛盯着，某个瞬间发现一下子变小。遥远的村庄稀薄，那些灰色的房子好似晒干的草丛。什么声音都没了，没有鸟，也没有虫，尽管戴着皮手套，手指根部仍被一些冰冷的火苗炙烤。谷冬麦右手抓住手腕粗的小树，死亡飘入她的脑海。她想人死后大概就是这副场景，人的景象消失，留下空旷的地面。她还不想死，但也没有怕。她觉得死亡是过年时亲戚们聚拢在一起的那顿饭，到时候不得不做，可此时仍旧可以忽略。

两个黑点变淡，然后消失，就像从没有存在过。谷冬麦望望五米高的缓坡，觉得一会儿可以滑下去，那会稍显狼狈，但管它呢，难道虬龙沟会笑话自己？树会笑话自己？藏在雪下的麦子会笑话自己？那些死人们留下的小小曲线会笑话自己？

她还没办法接受一个年龄差不多的人喊妈，也没办法接受抱着女儿的儿子，和女儿站在一起，接受熟人的目光。可过去的这些天里，她一直忍不住想，女儿生孩子的时候，还有谁待在她身边照顾她呢。她倒希望女儿告诉了那位，带着嫉妒地希望那位陪女儿走过月子。她想象到杭州去，女儿抱着孩子出来，偷偷见上一面。如何告诉丈夫呢，如何告诉儿子儿媳，如何告诉每一个亲戚，她暂且毫无头绪。

过去处理问题的智慧，暂时无法处理这个问题。雪落下的地方，麦子在忍冬，她想象它们如何走到春天，从惊蛰到小满，麦子生长，麦子灌浆。她决定回去，给那个孩子做棉袄。自然，她还不知道那个孩子现在多高，多大。但她现在忽略了这个问题，只想赶快回去，迫不及待地去做那件小袄。她现在还能做动，只是没办法将棉线穿进针眼里，不过这难不住她，她可以找狐狸精帮忙。她脑子里的那个小孩，有女儿的眼睛，和狐狸精儿子的个头，这肯定不准，但等她见到后，她会一下接受那个真实的孩子。

她知道自己肯定会见到那个孩子，但她还不确定那是什么时候。事情绝不由人，会在某个时刻一下子进展到人来不及反应，就接受了之前无法接受的难堪与痛苦，并且体会到 180 度大转弯后的轻松与豁达。在那个时刻到来之前，她也只能等着。

带着想要赶快做衣服的激情，她的身体疼痛，却又说不上具体疼在哪里。雪一下就这样大，人还原为一团微弱的火苗，疼痛藏在正在收缩的脂肪深处，像一枚枚苹果核。舌头放出一股铁的甜味儿，她犯恶心，好在鼻子里那股煳味不见了。她选择一个看上去还算平坦的坡，准备滑下去。她试探着伸出左脚，手机响了。在金蛇狂舞的乐声中，她摸索了十几秒，才在裤子兜里掏出手机。

1 打来的，她心里咯噔一下。小孙子帮她存电话号码时，她说你爷爷的号码存成 1，这样我一看就知道是谁。电话接通后，没有噩耗，背景里响着电视广告，刘军建只是问她在哪儿呢。"马上就回了，"她说，"你再看会儿电视吧。"

15：13，挂断电话，屏幕上显示这个时间。12 月 21 号。现在是 2012 年，她用十年适应 20，两年来还没习惯 10。她盯着手机屏幕，等待下一分钟。几秒钟后，数字毫无征兆地跳成 15：14。她没有数，只是盯着，一直盯，原谅了漫天的神佛。漫长的时间过去，一朵小指大的雪花在屏幕上化成水，这个数字依旧保持不动。谷冬麦怀疑世界永久卡在了那儿，直到再次听见咔嚓声。但这次是真的，旁边的小杨树上，一根树枝断了，和雪花一起，落在雪地上，失去声音。

直到她说："狗日的。"

遥远的终结

　　水坝广场号的水手们聚在舱室玩乐，安德鲁独自走上甲板吹风。

　　月亮紧贴水面，硕大无比，能看到表面清晰的阴影，昏暗的江面上有小船驶来。安德鲁掏出莎拉送的怀表，翻开表盖，长时间凝视指针转动。过分漫长的一秒，一只飞鸟刺过月盘，宇宙微不可察地晃动一下，产生位移。安德鲁不慎将怀表掉入水中。他俯身观察，只有明月满江。知道毫无用处，安德鲁还是向远处小船上的人喊话。可那小船快速划走了。

　　第二天，水坝广场号从黄埔港返回阿姆斯特丹，中途突然踪迹全无，搜寻一年多后，荷兰政府宣布终止搜救工作。

一

现在，你是李干净，不是莎拉。

利正义说，干净，我帮你铺铺床吧。

你重新发现他在。五个黑袋子在房间里站成丘陵，你和他立于山谷，像下凡的巨人。袋子里的被褥和墙灰吸饱了血，你不知道尸体丢到哪儿去了，只看见他拖着捆好的尸体下楼。楼梯不够宽，他下楼时像个老人，尸体裹在蓝色的床单里，如蓝色雪人。

他打开柜门，拿起褥子，你才想有必要吗。但你无意阻止。几滴漏网的血在窗玻璃上，八月的太阳使它们游动，你的记忆跳进某个有灰尘色泽的午后房间，你旋转显微镜，寻找一片叶子的细胞。但你已看不清同学们的脸。柜子的假百合上也有血，像是塑料受伤了。墙上没有血，只有坑坑洼洼。刚才他用菜刀刮血，那些白灰早就沤了，轻轻一碰，落下来像霰。他说他家里还有用剩的内墙涂料，晚上可以拿来刷一刷。他又说其实没必要粉刷了。

仿佛你需要五月的早晨，这个人逃亡到吉沙岛，和你泡在吉沙岛的夏日里做爱，一直到八月，杀死你的丈夫，然后收拾、擦洗、拖地、装垃圾和铺床。杀死你的丈夫，仿佛只是他做惯的一项家务。你不好意思为此大惊小怪，而且你明白，死亡是像泥土掉进河里那样掉进生活，哪怕是杀人。

窗外一声噗通，利正义靠近窗户。你知道，是最后那颗菠萝蜜掉在了地上。你不想告诉他。他回到岛上的五月，菠萝蜜有拳头大，如今，那最后一颗也落了，比婴儿还大。你来的第一年，你的丈夫告诉你，从某一年开始，结出的菠萝蜜有坏鸡蛋和沙土味。于是果子没人摘了，一年年落，砸在地上。

是一颗好大的菠萝蜜，他说。然后他转过身问你，会有人替他报仇吗？

报仇，你还在理解这个词。他说，作为一个黑社会老大，有那种愿意为他报仇的人吗？

是的，黑社会老大，你一直这么告诉他。你说，我不知道，或许，应该没有，管他个狗屁的呢。

你一点也不难过，只觉得有点麻烦。尸体还在流血那会儿，你甚至感到轻松。你不懂这是怎么回事，你只是不爱他，并不烦他。在这里，这座江心岛上，和北边的那片陆地相比，日子不差，算得上难得的好时候，尽管你会一遍遍回想荷兰的生活。但看着他死，你还是觉得一阵轻松。你只是常常忘记这个人，哪怕他在你身边，你也常常忘记他。然后你突然发现他，心想，哦，有这么一个人，对你很好的人，这一切并不糟糕。你唯一庆幸的是，你没有孩子，你一直没有孩子。

刚才血往外喷时，你捂了一下，可是太烫了，所以你松开，血继续喷，后来一股股涌。手掌摊在大腿上，血迹坦白地面对空气，这样的尸体并不是件新鲜事。血流了一米远，你望着死人的脚腕，黑乎乎的，心想可怜的家伙。你在空气中，找到那把丢失的枪，现在，两把枪放在那里，你一点也不想碰，反而捡起地上的钢尺。就是这把钢尺，一头磨成刀刃，插进了你丈夫的脖子。你并不害怕，反而兴奋，你又想起荷兰，心想或许在那儿，真有另一个莎拉正在生活，正等着你过去，合二为一。

这一套可以吗？他问。

天蓝色的床单，蓝白细条纹的被罩和枕套，你早已不用，但还是点点头。偶尔你仍到陆地上转转，这是你在无印良品买的，很适合夏天，但空调温度必须调低，因为你喜欢午睡的时候，阳光落在被子上。你不爱用窗帘，不怕光，小的时候，你会在树林里铺张席午睡。你不再用这套床品，是因为被套上有血，指甲大小，不是经血，你猜是后背上某个痘破了。血在你心里一直不吉利，可你还是好好叠起来，没扔。

他说，我特别爱铺床，拉床单、套被罩，简单明确，别提多开心了。

这些织物温顺，给你一种舒适、明亮、蓬松的痒。

他说，我像爱西瓜一样爱它们，但现在我不吃西瓜了，所以更加喜欢铺床。

你的膝盖紧贴床边，这套床品摸起来仍旧手感舒适，不过，指腹察觉到受潮后增加的硬度。你怀疑那些分子层面的水分，在他回到吉沙岛之前，已经待在里面，因为你嗅出回南天的味道。后窗外，阳光一照，羊蹄甲叶子莹莹若有光，你只能指望漏进来的阳光，能把舒朗注入这些细密的经纬。你手上已经没血了，但你盯盯手背，盯盯手心，仍有东西流动。你双手沾满血站在镜子前时，一直望向镜中长发。你曾经握过一绺长发，你让头发变长十年，用过一些让发质变好的法子，始终比不上那绺头发。小指拨开水龙头，红色的水流下去，手掌露出白色，你继续用力搓，想把皮肤上的白洗掉，直到望见蓝色牙刷，长出灰色皮肤的白色漱口杯，杯壁上几道发白的河床。几个月前你就想丢掉了，但它还在那里。那是你丈夫用过的，你替牙刷感到难过，可怜的牙刷，再也不会有人用它了。

你夸他技术挺好的。

是，我喜欢铺床。

我是说你杀人的技术。

对，那个是，我的手艺。不过，小可爱的手艺更好，他都是捡塑料袋杀人。要是他找到我，我肯定活不了。

他专注在手上的动作，揪住被子的两角，一塞，隔着被罩捏住，撒网般抖一下，被子已经好好在里面了。顺着被罩上的蓝色细横纹，两手左右滑几下，然后他发现硬币大小的血渍，血锈进织线，已经发灰。

他抚摸那一方织物，说，你看，它受过伤，肯定很疼。

你的心温柔地疼了。床单平得没有一丝褶皱，被子两边叠好铺在中间，这份整齐讽刺了你。你看到屋角的蛛网，正中间破了洞，蜘蛛不知哪里去了。蜘蛛离开自己的家，或许是死了。你注视了一会儿，想象在蛛丝上行走。利正义坐在床边，向后倒下，陷进被子里。你也坐下，顺手拉开床头柜，看见钥匙、药和灰橘皮。你拿出更里面的怀表。

圆形珐琅怀表，表盖上丰腴的白人女子依旧面目清晰，持续笑着。翻开盖子，指针在白表盘上的锈迹，像时间的胎记。你打开又合上，打开又合上，声音在房间里，应和黄埔港的汽笛。你闭上眼睛，看到发白的安德鲁，他悬浮于船舱深处，背后是幽暗，他那么真实，只是看起来沉重。人在海水深处会腐烂吗？沉积物覆盖水坝广场号的每一处，看上去活了，货轮变成巨大的海洋生物。

他肚子环住你的屁股，下巴枕在你右大腿的右侧。他说找人修修，说不准还能走。

除了声音，他说的话，也通过下巴，摩斯密码般点在你的大腿上。你的大腿骨有点疼。你握住怀表，像握着一个玩笑。你说，修不好了。

我可能杀错人了，尾巴应该不是白三杀的，他说。

白三，你口中你丈夫的手下，此时你相信他真死了。你的大腿骨还在接收他下巴传进来的疼。

昨天夜里我去了趟何阿婆家，她挂在荔枝树上，月亮好大，不愧是十五的月亮十六圆。我没动她，现在还挂着呢。也不知道今天谁最先发现她。

她终于死了，我总觉得她活不长。

有可能是意外，也有可能是何阿婆杀了尾巴。她在吃药，你知道吧，有个叫卡巴拉汀的药，治老年痴呆的，可能她担心自己比孙子先死。

何阿婆杀死了尾巴，你觉得这个设想很合理。你说，我怀疑人是一种机器，有个无所不能的那种人，不是人，像神那样的东西，把人造出来，只是生产屎。

这个东西要屎干什么？

不知道，反正它能用上。

那它不算无所不能，不然何必费工夫让人把食物变成屎呢？

对，它也没办法，只有人才能生产出这么彻底的屎。人太脏了。

我还挺喜欢荷兰的，我们可以看看你说的那些街道，嘿，阿姆斯特丹，我喜欢这个名字。我也看看梵高，看看你说的那幅窗户的画。

你闭着眼，重新走在阿姆斯特丹的街道，你发现房子都在变成石头，而你在消失。所以你睁开眼。仿佛在骨头里，好几天了，你的大拇指说不上是痒还是疼，你攥紧怀表，用它的硬寻找你皮肤下的感觉，直到你抬起它，举到眼前，过分详细地端详。拇指前后左右做出各种动作，仿佛是从你身体上分裂出去的另一个生物。你说话了，但你不懂为什么说。

如果我不见了，你会找我吗？

你想让我找你吗？

我不知道。你把手丢在大腿上，摊开，一抹蓝色。似乎是他的鼻息，穿透薄薄的棉布料。

会的，我会找的。

你的脚趾跷起来。你说，吃屎吧，那天晚上你都说了，你从没那样爱过一个人。

对，没那样爱，只是刚好爱到你消失了会找你的程度。

狗屎，你找不到我的，世界太大了。

找找看吧，我觉得我还能活好几十年呢。

有什么关系呢，屎死了。

你还记得那个夜晚吗，我们在榕树路散步，我说了假话，不是为了骗你，是想骗我自己。刚到岛上那阵子，我一次次走进小岛士多，借着买东西跟你说几句话，待上几分钟。出去站在江边，长时间望着城市和水中的落羽杉林。那是最好的位置，一回头，就能看到店里的你。你总是低头坐着，脊椎弓出弧度。其实，在那个角度，你的侧脸显得特别刻薄，可我特别喜欢看，看一看我就安宁。

我是刻薄，你说。你记得你会走出店门，门边树影半墙，你靠在白墙上抽烟，偶尔扫过对面的男人，那时候你的心中有股淡淡的嘲意，现在你明白，原来是在嘲自己。

过去的许多年里，面对情感和灵魂，我始终采用一种拙劣的态度，自欺或自弃。我一遍遍提醒自己，爱情是件犯忌讳的事，不应该和任何人产生关系。但回到岛上，不知道为什么，好像必须有人倾倒于我的魅力，才能获得片刻解脱。所以我想方设法让自己缺少点什么，这样就可以走到店里。食物买最小的量，烟还剩半盒就去买，告诉你打火机又丢了，或者一天喝八瓶饮料。

妈的，搞得我那阵子天天打电话补货。

我抽屉里堆了好几斤打火机。

狗屎吧，其实和我没太大关系，对吧，你只是需要找个女人来爱一爱。

　　我也这么怀疑过，也许只是找个人填补空洞，管她是谁呢。他撤下半圆形的包围，仰躺。你大腿上，他下巴枕过的地方，留下一个硬硬的生了根的洞。你把怀表丢在被子上。他继续说，但有一回，我煮了面，吃完坐在椅子上看书，睡着了一会儿，没有做梦，醒来全身都是麻的，脑子里只有白噪音。仿佛是宇宙的噪音，那个瞬间，我感受不到时间和空间，忘记自己是谁，也没有记忆和知觉，只是一团意识，正在注视一个既巨大又无限微小的点。经过漫长地演化，点逐渐化为肉体。一具空白的身子，悬浮在白噪音中，没有灵魂。意识从外界看着这一切，只是视觉上的发生，不明白它们的含义。过了很久，时间才重新在意识中复苏，白噪音在变弱，视野变得更大，随后意识进入肉体，人的属性缓慢清晰。很慢，但又快到来不及反应，一切崩塌，空间诞生。我脑子里出现了你的脸，然后才想起来我是谁，挣扎了一会儿，才重新意识到正在何时何地。心脏剧烈跳动，慌得厉害，我就知道，不是别人，只能是你。当时我心里有点委屈。

　　你的手融化在他的头上，等你意识到这一点，手快速凝固成手的形状，你拿起来，握了握，体会手的知觉。大腿上的洞越来越细，融化进肉里。你不知道要说什么，因为你觉得一切都太蠢了，世界蠢得像一张无奈的笑脸。

　　也许不对，干净，可能是你之后，才是你呢。我听过一个什么猫又死又活的玩意儿，挺无聊的，不过，可能有点像，是你之后才是你。我不知道，我不知道。

我不知道，都是什么屎东西。

这东西不能多想，让人头疼，没必要搞太清楚，因为爱本来就不怎么重要，对吧，爱没什么重要的，我不愿意骗你。

我不知道，爱总是搞得我很疼，狗屎一样的玩意儿。

汽笛，阳光，和抽痛。岛在摇晃，你感觉到了。你耐心倾听这份摇晃，直到你感觉，正泡在一大坨新拉出来的温热的屎里。你猜肯定是那个无所不能的家伙，才能拉出这么巨大的屎。

要去哪里呢，你有想法吗？

我不知道，你说。你向后仰脖子，尽力浮在表面。你觉得有必要表达一点自己的态度。反正不到江北去，那片土地就是一大坨狗屎。

可以，我在长洲岛的一个废弃炮台那儿，埋了点金子，明天我去挖出来。咱们可以爬上一艘船，躲进集装箱里。找一艘去荷兰的船怎么样？

不去荷兰，我不想去那儿，哪儿都行，不要去荷兰。

我还以为你想回去呢，我昨天做梦，还梦到了你长大的那个农场，梦里和你说的一样，你的房间，大橡树，远处的风车。我找了个遍，也没找到你，一个人都没有。你父母还活着吗？

你没有说话。人怎样承受狗屎呢。你闭上眼睛，回到阿姆斯特丹的房间，站在窄窗前，看到对面一扇窗里，一对男女在接吻，两人分外投入，在那里，苦难暂时从人间退避了。楼下一位戴礼帽的老人，呼喊着追赶跑远的小狗。太阳从建筑物后面探出脑袋。太阳，你怎么不停下来歇一天呢。挺久之后你说，真宁静，像什么都没有发生过。

不会的，他说，鲁米诺试剂轻轻一喷，就会发出蓝色的光。

二

从六月到七月，游客们经过店铺门口，散发轻飘飘的快乐，仍让你受到伤害。你在回忆中回到荷兰的童年，你想念阿姆斯特丹，想念郊区你长大的农场。

岛上出现新来客，尤其是过去的旧人，人们揣度，观察，私下议论，想知道利正义藏着掖着什么把戏。岛上的人们交往运行着一条约定俗成的规律，一起喝茶，调笑旁人的闲事，胡乱讨论外界正发生的大事，但人们不聊自己的心。但凡谁要是忍不住说点真心话，第二天就会成为所有人的笑柄。人们展现一种欣欣向荣的生活状态，内心紧锁。

夜晚，吉沙岛是一枚深沉不言的桃核，偶尔响起尾巴的尖啸，每个拂晓他都在江心划船，你猜他从不睡觉。白天，背靠江岸，老人们像发霉的虾米，摆在路边，面前一块蓝黑布，布上载着枇杷、芒果和小芭蕉。何阿婆穿一双红色运动鞋，面前一块蓝黑色棉布，从不招揽游客，坐在那里像头抱膝的母熊。有一次你路过，几位老人正在抱怨总有游客顺手摘路边的香蕉，何阿婆没参与，认真听一台黑色小收音机，里面一个男主播正在播报，讲一位父亲在家猝死后，患有自闭症的儿子饿死家中。

很多早上，江波粼粼日光远，稻浪翻青天，你依旧不着急营业。田中道路交错，你最爱的那条，被榕树们包裹，阳光辗转腾挪落下，人行于内，肉体镂空，能应和岛的呼吸。田野中央有巨大的电线塔，零星分布几间废弃的小房子。好天气的日子，上年纪的男男女女卧在路边的草丛里拍鸟。世界像一片仍未被完全发现的新大陆。不过，都市锦田计划之后，到处在修水泥路，你会路过工人和沙子，想起你的丈夫，作为一个躲风头的黑社会老大，而不是远洋渔船上的机工长。

当然，你和利正义仍旧偷情。站一起时，利正义喜欢弯腰，把额头放在你右肩膀上，重重吸一口气，再呼出来。仿佛经由此次呼吸，补充灵魂必需的矿物质。这种时候，你往右半身多放力气，来保持平衡。力道的差异，让你的身体分裂成两半，裂纹在器官上留下整齐的切面，随即也切入你的精神。这是从未有过的体验，残忍与奇妙，别扭与舒适，疼痛与眩晕。你将此理解为爱情。你怀疑北边那连绵的陆地送这么一个人过来，又包藏什么祸心。

偶尔你觉得更轻灵了，那里面似乎有种自由，也有令你害怕的东西，你的心一遍遍开口说狗屎。今晚你甚至突然哭了，当利正义问你怎么了时，你能怎样告诉他呢，你自己都搞不清楚原因。于是你责怪他，晚上他做的干炒牛河太咸，你早就吃不了那么重的口味。

等到你平静下来，除了呓语，整个村子无人说话。你们出门，穿过稻田，走在最喜欢的榕树路上。天空如盖，黄埔港几盏高高的灯一照，如灰亮的屏幕。于是，榕树路更暗了，像隧道。路两边白天拍鸟的人不见了，留下灌木、草和虫鸣。树木间隙，仍旧看得到稻田里的干字形电线塔。肉体不见了，只余下轮廓，两个鬼魂在说话。

你为什么会留在吉沙岛呢？你从荷兰来到这里，决定留下，因为什么？爱情吗？

你不相信吗？

不，我相信，就是好奇是什么让你决定留下来。

是什么让你决定做一个杀手？

我只是，很佩服你，跑到异国他乡的一座岛上生活。

虫子在说话，风在说话。你们沉默，脚步在说话，空气中水声朦胧。你想它不是真的，这是岛心。或许是土里传来的，或许整个岛漂浮在江水中，你想象一座岛在水里生出根须。你想象水面底下发生的事，幽暗、涌动、怪生物和尸体。透过缝隙，灰蒙蒙的夜空有几分空冥，悬垂大地。

我喜欢走路，你说。

我不太喜欢，可我走了很多路，他说。

肩膀时不时撞在一起，微疼，你无意离远一点，你的左脚大脚趾，踢到你右脚的鞋跟，你怀疑趾甲劈了，但你没喊疼。你品味着大脚趾上鲜艳的疼，像一棵苹果树品味它结的苹果。

榕树在这里留下一个缺口，他停下来，于是你也停下，脚底下有东西硌你的足心，你猜测是一种果核，暗自使使力气，让那种感觉从脚底上升到脑子里。你看到他的轮廓在倾听夜色。

多像一首曲子，这夜色，他说。

原来有半只月亮，纯白色，流云飘丝。你在夜空中发现更多云，你闻到芒果味，你知道这条路上没有芒果，一个亮点在空中划过，看方向，你猜测是去佛山机场，随即你意识到更多可能，也许它从深圳或者香港起飞，去往更远的地方。你希望它去往荷兰。

他说，人知道自己要死的时候，总是很蠢，只有一个我挺佩服，他坐在书桌后面，看到我脸色没变，只说了一句来啦，等我几秒，就继续写字。很快他合上钢笔，请我坐下，说是希望临死前再听首曲子。一般来说，我不会节外生枝，但因为那天路上的风很舒服，我特别善良，就同意了。他就那么按了一下，音乐就响了，大提琴声，我还挺期待他耍什么把戏，但他只是坐在那儿，靠着椅背，双手放在肚子上，说能听着这支曲子死去就没什么遗憾了。我以为是正常一首歌的长度，可一直不结束，我有点烦了，觉得他在故意拖时间。可是我已经答应他了，所以就等着。大提琴声一直不停，我怀疑，这首曲子会像人的一生那么长。坦白说，音乐让我变得很不专业，我被大提琴声俘虏了，似乎我和他都忘了即将到来的死亡。好在没出意外，曲子结束时，我们清醒过来，都有点嗟叹。我问这曲子叫什么。他先说了外文名字，我没听清，他又用中文说了一遍。我太喜欢那首曲子了，心想这就是我灵魂的伴奏啊。

所以你大发慈悲，没有杀他？

开什么玩笑，肯定要杀，不过，我杀得很温柔，我都想给这场死亡打个蝴蝶结呢。

狗屎啊，太屎了。

大提琴曲，巴赫的。衰老、绵长、稀释的疼。我老听斯塔克那一版，琴声一起，我就知道那是黄昏。人身处平原，无法抗拒，迟缓、清醒、辽远、悲伤。夜色下降，仿佛融化的山涌来，肉体迎面站立，灵魂向前，不再有一丝退避。我还听过别的版本，富尼埃有同样的灰度，但那似乎是拂晓的光，你从一场凉梦醒来，想起悲伤的事情，心绪迟钝，但天快亮了，你的心有不易察觉的雀跃。快的地方天光悬浮，不是一张面无表情的脸。慢下来的部分像骑一匹特别慢的马，缓缓出现在地平线上，背后是朦朦胧胧的拂晓。那匹马多慢啊，但你知道那是黎明，那是一匹年轻的马，它有着好看的鬃毛。它的牙口新鲜，蹄甲完整，落足果断，它只是暂时缓缓，随时可以跑起来。

你真好奇那是怎样的曲子。利正义停顿的时候，你想他大概正在听。

我是再也没有办法跑起来啦，我也不是在走近，而是在走远。你听过巴赫吗？巴赫总是如此安稳，安稳里有种无，我觉得自己是个站不稳的叹号。

我没听过，荷兰人从不听巴赫。

这样一首曲子，你从不知道，你有点自卑和嫉妒，你必须做点什么，才能站在这儿，和他一起。你说你看过梵高的画。

你看过梵高的画？

是的，我在梵高美术馆看的。我们坐下吧。

榕树留下的缺口像决堤，但黑暗没有流向田野。你们在虫鸣和汽笛声中坐下，屁股底下是硬的土，脚下有草，脚腕有蚊子。田野里，几栋不住人的平房像夜空的窟窿。你数了数逐渐变小的电线塔，有风来。

这些电线塔就是电的脚，他说。

你闻到了吗？

江水的气息。

不是，踩死的蟑螂味，没了。现在是暖暖的芒果味，这里的夜晚就是这种味道，可能我愿意留在这儿，就是因为喜欢这些芒果味的夜晚。

我的鼻子太笨了，对气味很不敏感。

你享受了一会儿气味。你说，荷兰政府宣布停止搜救水坝广场号后，我从农场搬到阿姆斯特丹后，有一阵子，每天都从水坝广场，走到梵高美术馆。我随时都能清晰地回想起那段路。经过广场旁边的图骚兹夫人蜡像馆，我从来没去过蜡像馆，我对那些名字没兴趣。不远处有家叫阿布的咖啡馆，我经常在那儿坐一会儿，什么都不做，我不想和任何认识的人遇见，你能懂吗，我甚至希望每个陌生人都能用厌烦的眼光看我，这样我会更轻松。

我不太懂，我只擅长让人看不到我。

尽管黑暗，你仍然闭眼了几秒。你说，卡尔弗尔街、亥尔维格街、绅士运河西南岸、新史皮格街、辛格运河路、博物馆街，到达博物馆广场，走进那座灰色房子，我就像走进了栖身的洞穴，可以好好地喘几口气了。好多有名的画，《吃土豆的人》啊，《在阿尔勒的房间》啊，但我特别喜欢一扇窗户的画，那是圣雷米医院的一个房间，医院允许他作为工作室。窗户俯瞰着围墙花园，窗台上摆放着锅和瓶子，几幅简略的画挂在窗户的两侧，铁栅分割了蓝色天空，外面有一些树叶。它并不特别，可我对它情有独钟，每次去，都要在那扇窗前站上一万年。它是我和那座美术馆，和梵高的一个秘密，我和它的沟通，藏在所有人的目光里，不显山露水，每次去，我一定找它，长久站着，只要它还在，我就不那么难受。

很美。

画里的墙和瓶子，都像正在融化。我经常想象画里没有的部分，那个房间，我一次次走进去，列出很多种布置。

我没有这样的房间，只是会一遍遍梦到一碗水，醒来满头大汗。是小学，我没记住日期，有一天中午，我一个人在家做作业，肚子饿了，找到一块面包，面包很干，糊住嗓子，我拿暖瓶往碗里倒水，暖瓶放下时突然一声脆响，我还没明白发生了什么，水就湿透鞋子。确实很烫，但我顾不上，稍微晃一晃暖瓶，听到碎片响，我还期望是假的，所以拔掉瓶塞，眼睛贴着瓶口看，看到晃动的万花筒。我很害怕，连倒在碗里的水也不敢喝了，泼在那一小片湿漉漉的地面上，然后跑出去，找尾巴在树林待到天黑。碗里的水倒掉，这个举动到底有何意义呢，仿佛这一生都在做这样一件事，暖瓶破了，连碗里的水都要泼掉。我喉咙里还噎着干面包没下去，我一直在打嗝。

很糟糕？你父母？

没有，没有比其他父母更糟糕，但我会有那种害怕。好在两个人很快都死了，我就离开了这里。

我知道一对夫妻，从来不打架，偶尔会吵，然后有一天，女的突然就喝农药死了。我搞不懂人都是怎么回事。

我也搞不懂，好在我不用搞懂，我只需要搞懂人的血管、骨头、心脏，搞懂从哪里刺进去最好杀。

草丛里一只虫子突然叫了。望着那片椭圆形的阴影，你问那是什么虫子在叫。

应该是蝼蛄。

摩擦的、震动的、嘶哑的声音，短，中长，短，中长，而后漫长一声，好似不会有尽头。

你说，刚到岛上那些年，我租了房子，总觉得安德鲁会突然出现，那种等待让人很不好受。

我不懂那种等待是什么感受，我没有这样爱过一个人。

是吗，你没有那样爱过一个人？

对，我没有，我觉得不值得。南岸那边每天都有人钓鱼，我有时候会在那边待着，看人抬起鱼竿，鱼在空中扑腾，然后被丢进网兜里。一条鱼怎么会知道，为了一点鱼饵，要付出什么代价。不值得为爱冒这么大的险。

太对了，爱情只会给人带来灾难。

月亮真浅。

你们默契地各回各家，做梦。连续好几天，台风纳沙与海棠给吉沙岛送来酷热天气，它们陆续在福建上岸，吉沙岛在落雨，风巴掌大。八月了，早上，你的身体没有任何不适，但你觉得应该生点病，所以你没有开门营业，躺在床上，水汪汪的皮肤，没开空调，让铁的摇头扇旋转。窗外，雨与云与晴，三分上午。临近中午，他爬进你的屋子，带着湿漉漉的头发和深色的肩膀，要给你听那首曲子。

要用耳机听，他说。

他掏出耳机，红色的，入耳式。你坐起来，头发仿佛有知觉，你感觉到它们爆炸，你不想理一理。他给你戴上耳机。你听，脑子里左重右轻，你摘下左耳机，没有问题，右耳机正常。

能听到吗？他问。

你点点头，重新戴上，还是这样，音乐声全都从你的左耳朵灌入。你问你不听吗。我能听到，他说，在心里。

你歪头，往右，你歪身子，往右。他蹲在你面前，和你一起歪头。你更使劲往右歪头，和床面平行，音乐声从上流到下，流进右耳朵，终于舒服了，声音在你脑子里实现平衡。你眼前是一双充满期待的眼睛，是有缺口的耳垂，是两根白头发，哦，五根，是窗户，和它囚禁的风景。你左边的脖子里有一根圆柱状的疼，很硬，你艰难地咽口水，左嘴角抽动。你没听到马，也没听到黄昏，你觉得它们像一些夏天的浑水，不是亚热带的夏天，不是亚热带的水，要北一点，再北一点，但不能更北了。那些夏天的浑水，一连好多天，让人分不清地面和水面。浑水流出你的脑子，你脖子的疼变成土桥下的混凝土管，浑水在那里转弯，在你空空的胸腔和腹腔编织瀑布，水在你的臀部凝集水潭，溢入大腿，转过膝盖，一泻到足底。水位渐升，你倾听脚踝的满，脚掌的满，你的汗毛与趾甲，你的脚腕，你的小腿，满，如此平均。这世上的水啊。

水在你的躯干里空空地填满声音，利正义张嘴了，你没听到。然后他再次开口。

尾巴可能死了。

你在水里听到了，你并不奇怪，他早就会死了。有些人是这样，每次见到他，你都想这是个会随时死掉的人。如今他真死了，你还是略微诧异，因为你的潜意识里，在他死之前，何阿婆肯定已经死了。利正义告诉你，在东江口附近找到了船，但没找到人。你猜测水正包裹着尾巴，也许是海水。到处都是水，这世上的水啊。水位升到你的胸腔，落水声弱了。

他说，以前他不会到黄埔大桥东边去，人们都猜这次他划了太远，翻了，没游上来。

很简陋，你想。死得太简陋，尽管你早就期待过这种可能，船会翻，他有可能死掉。或许他想死了呢，但你不确定，那样一个脑袋，能不能理解死这种事。你猜也许他只是想去看看海。他在水中出生、长大，活了快四十岁，可他没有看过海。你的丈夫告诉过你，大人抱还是婴儿的尾巴到对岸，他一直哭，要把嗓子哭烂，把眼睛哭瞎。每次都是如此。后来，他在不同年龄尝试过，可每次，脚一落到地面，他就会喘不过气。所以他再也没到岸上去过。

也许他是想看看海了，你想。水填满你的脖子，你的口水漂在水面上。死是这样简陋。所以你摘掉右边的耳机，让浑水流出去。北方的浑水，淌入南国的房间，空气里有蝉和白蚁。

你说，早上我去家具厂送东西，院门没关，听到白三在屋子里打电话，说库哥，不是我想闹出人命，被他撞见了，不得不动手。嗯，库哥你放心，沉到江里去了，不会被发现的。你放心库哥，我一定准时送到，不会误事的。

后来，你打开店门，看到何阿婆照旧在路边摆摊卖番石榴和杨桃。有一会儿，你站在护栏处看江。一个村里的男人路过，问何阿婆，还出来卖水果。何阿婆硬邦邦地说，不卖就要烂掉了。平日里你很烦她，现在看着倒不那么横了。有游客买了番石榴，咬一口又吐到路边，抱怨说，哎呀太酸了。

三

你记得五月那天，门外浅云流过，太阳薄如银盘，羊蹄甲花开满树，慷慨地布施香味。电脑正在播放视频，你十指交叉托住下巴，为天空出神，头颅重量沿着小臂传入收银台。有人进来，你微微抬眼看人，冷冷的，并不热情。你早上见过这个男人，在过江的轮渡上。他又对你笑了一下，很好看的男人，但你讨厌那张好看的脸。你努力让嘴角动了动。一个男声正在念新闻，公安打掉了黄埔区九龙镇一个涉黑团伙，一举抓获二十一名犯罪嫌疑人。他往里走，行走在货架之间，你不关心他在寻找什么。电脑屏幕上接连出现工地现场、土方车、挖掘机、水泥罐车。该组织骨干利用村干部身份，雇佣外地打手，干扰破坏当地重点工程和民生工程，强取工程股份及材料供应。警察从一张张脏兮兮的床上摁住一个个赤膊汉子。你搞不懂他们都来自哪里。他抱着被子过来，屏幕上一闪而过一整排刀具、钢管，还有两把枪，木柄手枪，旁边的透明小密封袋里，七颗子弹。你凭空握住屏幕里的枪，感受它们的手感，按下扳机的冲动让你食指僵硬。两条军绿色的薄被子，你明白质量不好。你狠心放下枪，放进空气里，拿出黑色大塑料袋，往里装被子。他撑开另一个袋子，等你算账。你从脸盆里拿出牙刷、杯子和锤子，喂给扫描仪，一样样拿过去，仿佛把他的生活装进黑色塑料袋里。你只想老老实实结账，可他突然说记得以前这是陈宝库家的店。他的口音没有广东味。你说陈宝库是我老公。他说我是他小学同学。你抬头看了看他，说之前没见过你。你装好了被子，单手颠了颠，不沉。他说我十多岁就离开了，今天刚回来。付账时，他问你老家哪里的。你犹豫了几秒，竟然说河南。他说荷兰？你笑了，说是的。他问宝库在家吗。你说不在。他问你有没有床单被罩之类的，你说有。然后去货架深处，捞出五年前进的四件套。你悄悄打掉上面的灰尘，很不好意思。但他毫无异议地接受了。一对男女进来，你明白是游客。他付了钱，提着两个大黑塑料袋出门。你说，最好洗一洗。他没听清，回头问，什么？你说，四件套。你双手握拳，隔空搓了搓。你说，洗一洗比较好。他走了，你为那对男女的两瓶水结账，望着两人的背影走了十秒，突然想起那两把枪。你去空气里找，但只找到一把。

一个月后，龙舟水下了又下，田里的鱼塘满了。你们第一次偷情，刚关上门，他就开始吻你。吻了很长时间，他开始脱你的上衣。你后退几步，坐在床边，第一次开口，你就是想要这个对吗？

他摸着你的耳朵说，不是，我们也可以不这样。

你看着他，似乎要把他看透。你叹息一声，说，狗屎，我都不了解你。他没有说话，看着你，眼睛里有融化的山。你突然笑了。

做完爱，你们在床上躺了一会儿，说了些话，都不涉及过去或此时的人生处境。你感到快活，但或许不像你以为的快活，你没在意，细微的偏差不算什么。有一些悲凉，它们像很细的斑马纹，夹杂在快活中，毫不显眼。

你们又亲吻，他斜趴在你上面，脖子像一只鹅。他的吻停下来，只有鼻子连在一起。你们睁着眼，眼球的晃动一清二楚。谁都没有躲避，看着，随后都觉得自己被看穿了，灵魂虚弱。但谁都不愿意先闭上眼睛，对峙了一会儿，他用左手捏你的耳垂，然后松开，顺势在旁边躺下。你翻身面对他，眼睛正对着他的右耳。你伸出一只手，去抚摸他耳垂上的缺口，你说真漂亮。他问什么。

你使了使劲，指腹里有些隐痛。你说，这个，你的耳朵缺了一块。

漂亮，耳朵第一次得到这种美誉。他问，你不好奇它的由来吗？

我不想好奇。你捏着他的下巴问，你是真实的吗？

不是，他说，我是一个杀手。

杀手，你哈哈大笑。你说，我是黑社会老大的女人。

你很开心他说他是一个杀手，这给你新灵感。接着，你想起那天看到的新闻，告诉他那些人的武器，都来自你的老公，不过警察查不到他，但他还是出国躲风头了。你想起家具厂的白三，你一直觉得那张脸像坏人，所以说家具厂的白三，就是你老公的手下。他说他知道白三，他在路边跟何阿婆叙旧时，有个短脖子的粗壮男人摩托车开得飞快，惹得一个老头骂他。

你不害怕吗，你问，我老公要是发现我们的事，一定会杀了你的。

放心吧，他说，我是个手艺不错的杀手，一定会先杀了他的。

你为了他的配合哈哈大笑。你说，你知道我为什么到中国来吗？因为十几年前，我未婚夫做船员，从黄埔港返航后，那艘船就失踪了。那之后，我一直梦到一个岛，后来我到黄埔港，发现吉沙岛就是我梦里的那座岛。

在这里找到你的未婚夫了吗？他问。

你说没有。你以为他会有很多疑问，但他没有，只是搓了搓你的耳垂。你很感谢他没问，因为你没想好要不要告诉他，如果告诉他，又该诚实或者敷衍，诚实要诚实到哪种程度，敷衍又怎样不显得敷衍。

他说，我喜欢荷兰的风车。

你说，我也喜欢风车，我家的农场里就有一架。然后你继续讲一座农场，老房子、草坪、大橡树和狗，你的父亲养了两头奶牛，一头叫夏洛蒂，一头叫比埃尔。你说名字是你起的，起名字的时候，你的母亲说怎么还有个男孩名字，两头都是母牛。你一直说，他听着，像你想象中的情人一样看你。

后来你们睡了一会儿，睡得很熟，假如有谁看着，能看到两块甜蜜而熟练的石头。醒来已经下午过半，你们相拥站在窗边，窗台避阳的一角有盆红掌，佛焰苞正盛，两根海参样的肉穗上黄下白，尚未熟成草莓红。屋后的羊蹄甲和鸡蛋花都没了花，拼命长叶子，流云经过时，叶子上的水珠里没有阳光，很平静，你几乎体会到一种幸福，但你知道他也感受到时间的压力。珠江不在你的眼睛里，但你仍然看到，江水闪着明亮而脏的光。那很吵闹。珠江总是吵闹，发出种种声音，你隔着几百米就能听到。你没办法告诉他，你长大的那座村庄，东边也有一条河流，河水总是无声，仿佛凝固着，不流动。你喜欢珠江，因为它不结冰。你厌恶所有结冰的河面，你想可能这就是你守在吉沙岛的原因。

时间的压力让你们说话，你们谈起第一次见面。那天早上，你从江的另一侧上船，船是铁皮顶的旧船，两侧有两条长凳。右侧条凳尽头，你头戴黑色宽边帽，面向黄埔港，机械吊臂起起伏伏，任你检阅。你只觉得它们从空气中打水。起起伏伏，起起伏伏。你一下子很想死，察觉一切都令人厌倦。你想跳进水里，而在这之前，你想把整个世界抓住，揉成纸团，吞进肚子里。你很想这么做，因为你厌倦。你厌倦了，你曾用那么多的勇气逃跑，可这个时刻，寻常的一天，看上去像人们会沉浸其中的幸福日子，你只想把陆地扯过来，揉成一团，吞进你的肚子里，消化成屎拉出来。你坐在那儿，有个太阳的胃和肚子。今天是悬崖，你不知道如何不跳进去。所以你听见有人快步上来，你没有去看，后来察觉到目光，皱了皱眉头，继续看向远处。远处有人在江面行船。你知道那是尾巴。

从他口中你第一次知道原来尾巴叫阿康。他讲小时候每天和尾巴在一起，午后常常偷偷下楼，和尾巴一起在江心划船，但十岁之后，他不再愿意跟永远五岁的尾巴玩了，烦他，嫌他痴，想方设法甩开他，若是躲不掉，便凶他。每次被凶后，尾巴会短暂停下来，隔着几米默默跟上。利正义吼他，你总跟着我干什么？尾巴傻笑着回答，因为我是你的尾巴。从此之后，利正义喊他尾巴，没过多久，除了尾巴的奶奶何阿婆，大家都开始喊他尾巴。

你努力回忆尾巴，瘦小的男人，左下颌黄豆大的瘊子，你总想到孤坟。他的栈道是两根脆弱的木头，宽不足一尺，你很多次见他提着缆绳，双腿岔开，踩住两侧船舷，左右脚交替发力，船晃得像暴风雨。他嘴里哼唱着什么，玩闹一阵，随后身体定住，娴熟地让船静止，跳到栈道上，栈道又叫又晃，随时要撂挑子散了架。

你说，我都没记住他的脸，只记得有个瘊子。

他说，那个瘊子，以前上面还有根毛，我总想给他拔掉，尾巴不让，说他奶奶说了，拔掉那根毛就带走好运气，但我趁他打盹，一下子就拔掉了。他傻乎乎的，啪一下打自己脸，说有什么东西咬了他一口。我拿着那根毛在他眼前炫耀，他还没明白是怎么回事，我说我给你拔了，他张着嘴想了一会儿才想明白，他哭了，说不跟我玩了，但第二天他就忘了不跟我玩的事。

真的会拔掉好运气吗？你问。

这二十年，岛上的一切我都不想，但老是会梦到这件事，醒来就很难受，很后悔。

你这杀手真好笑，小时候拔人一根毛难受成这样。

如果有人让小可爱这么难受，他一醒来就会去把他杀掉。这就是我手艺不如小可爱的原因。

你们在这里沉默了一会儿，回到床边坐下。你能听到

遥远的终结   367

外面游人的声音。你猜测有人正用院子的大门作为背景拍照，下午羊蹄甲叶子在绿铁门上画着阳光，像水的反光。深入江中的长栈道和一棵孤独的死落羽杉成为网红打卡点后，游客一年年多了。因为锦田计划，承包鱼塘的男人们走了，你和其中一个偷过几次情。一股新生的期待，带给你一阵害怕和难过，十多年里，你只习惯过一种没有期待的生活。

他双手放在脖子后面，向后躺下。你左眼尾瞟他一下，又去看窗户旁边的墙壁。剥落的墙皮是海豚形状，你默默数着窗外的鸟鸣，但看不到那棵菠萝蜜。

他说，你给我的第一印象，是一朵没有情绪的旧云。

汽笛声让房间里的空气震动，你耳后的那块骨头发麻。到处都有声音，你一下子感到很累，猜测那船也许来自利比里亚。这个国家你昨天才知道，那时你站在岛屿尽头，朝着出海口方向，一艘红色货轮驶来，船头的白字有 Liberia，你搜索这个单词，认识了一个国家。船的名字叫 Spring Breeze，你没想到仍然认识 Spring 这个单词，毕竟远离初中英语已经十几年。搜索结果显示春风，你脑子里冒出一个念头，利比里亚也有人在生活，那里的人们给一艘船起名叫春风。你说，旧云哦，是说我老吗？

他说，我当时有种逃出生天的庆幸，又有种缺失感，空落又怅惘。这天之前，二十年的时间里，我用另一个名字活着，现在要重新做回利正义了。在北方，没有人知道我真正的家乡。

他说从北方潜入广州，连夜赶往吉沙岛，到达渡口已是深夜，没有船，不得不在江边一个角落里等待天亮。他背靠墙壁迷糊了一阵，后来被汽笛声惊醒。有船停在渡口，但过往二十多年他学会保持足够的耐心，多小心都不为过。他站在一棵树后面观察，等到过去两班轮渡，才瞅准时机，快速跑到船上。

你配合地听着，当是真的，你皮肤再次吹到那天早上的江风，巨大的货轮们恍若打瞌睡的象群，衬得渡船仿佛羔羊。吉沙岛在江心，一开始是条直线，随后在水汽中晕散，慢慢恢复立体。天已放晴，但尚未晴透，是种粉蓝色，云朵的轮廓不清晰，如同融化的奶油，很不真实。船行一半，有船错身驶过，船身上写着几个缺胳膊少腿的汉字，不过还是能辨认出是吉沙家具厂。船舱上用帆布蒙着些东西，风一吹，恍若丘陵。你觉得你跃过了时间里的一道悬崖。

他说，那几个等着上船的孩子，我一个都不认识，给我的都是看向异乡人的目光。

是的，你认识渡口那几个背书包等船过江的孩子，孩子们常到你的店里买奇趣蛋和巧克力。从栈道上去，是出租自行车的亭子，一条长链锁住单人和双人自行车，有股认命的丧气。再往前是甜甜糖水铺，门窗紧闭，你讨厌这家总是吐痰的老头。紧挨着糖水铺，你的小岛士多，几年前，你换了门头和招牌，没换名字。他在你身前停下，你并不知道，他正竭力从眼前的景物中寻找儿时的故乡。很快，你从他身边经过，走到小岛士多门前，蹲下来开锁，随后拉住把手重重一提，卷帘门哗啦收回到最上面。进去之后，你向外看一眼，他正往岛深处走去。岛外的城市日新月异，岛上变化不大，除了那些新添的稍显张扬的建筑，天上的云还是老样子，过去的房子在缓慢变旧。路边照旧是荔枝、杨桃和番石榴，深处有芭蕉，树上晒着闲置的捕虾笼。对你来说，这依旧是熟悉的一切，你不知道这些东西带给他何等感受。

他闭着眼睛，像没有呼吸，你担心他已经死了。阳光在地面走了一拃，小孩的尖叫声传进屋子，也许该下去，经过院子里那棵结果的水石榕，从后门进入你的店铺，开门营业，但你从来不是合格的店主。你侧身躺下，头枕手肘，眼前的侧脸像记忆中一次秋日的漫步，你从放大的耳郭里，寻找发白的土地和树林里的沟壑。他突然提起第一天的第三次相遇。

那是傍晚，你走到岛屿东头，黄昏的吉沙岛如同珠江的梦境，不远处黄埔港像一头发光的异形海洋生物，风吹过那里，也吹过这里。芭蕉叶宽大，像摇晃的巨人。回返时经过水泥栈道，有人向上走来。离得很近后，你认出是利正义。

好巧，他说。

好巧，你回。

或许是光线的原因，你觉得他变亲切了。你意识到他还想说些什么，可风声太大了，你们只是点点头，相向远去。你走进村子，远处另一个路口，尾巴尖啸着闯入田间小路。你停在路边，望江水和城市，直到黄埔港的几盏大灯撑住夜色。

那时没有预兆，一个月后他会躺在你的身边，闭着眼，说起这个黄昏，仿佛梦呓。他说，夜色从四面八方笼罩小岛，这个瞬间和过去无数个瞬间有什么区别呢？我感到我在这时，也在那时。经验是陈旧的，也是崭新的。但我仍然感觉自己如此格格不入。看到的，感受到的，越是熟悉，越是有超越时间的呼应，我越是怀疑，觉得难以忍受。我痛苦地走着，带有深深的自毁倾向，这世界上再没有一个容身之所，我曾在许多地方以异乡人的身份生存，但从来没有像当时那般，在自己的家乡，感觉如此异乡。

而你想着许多年前的一天，岛上的居民你尚未认全，傍晚你沿北岸江堤向东行走。这边少有人家，一侧是芭蕉、果树和稻田，一侧是江边碎石，偶尔能看到废弃的拖拉机和坏掉的船。网红水泥栈道上无人，你在尽头站了一会儿。落日余晖，浅水滩涂中一棵孤零零的死落羽杉，城市在对岸绵延。那里也是中国，偌大的大陆，它曾让你看不到尽头，等你站在这座岛上，你发现它那么小，小得像你流过眼泪的眼睛分泌的一粒眼屎，人们在里面死，也在里面活着，人们在那里做坏事，也做点好事。你只想把它抠下来，弹进垃圾桶。

你踩着石头前行，各种文字的食品包装袋、饮料瓶、鱼骨头、外文烟盒、酒瓶，和大大小小的石头建立了共生的关系。石缝里一只海螺，你想象新丈夫从水中讨生活的祖辈，捡起后，发现淤泥中一抹蓝色。

圆形珐琅怀表，表盖上一位中世纪白人女子，眼眉低垂，面露幸福之色。表链已完全锈蚀，凸起的齿轮无法扭动。翻开表盖，擦去水晶壳上的污泥，白釉面表盘没怎么损坏，但被指针的锈迹浸染，模糊了几个罗马数字。

而你回到家里，开始擦拭那枚怀表。你用纸巾擦拭，用棉布擦拭，对着灯光询问它来自哪里。你听到它说荷兰。到底是什么给它提示，告诉你这样一个国名，你在思绪里寻找线索，但不会找到，你对荷兰唯一的了解是风车和梵高。你感觉好笑，但你留在了荷兰。你想象一艘来自荷兰的货轮，停在黄埔港，夜里水手们聚在舱室玩乐，一个男人——你脑子里毫无缘由地出现安德鲁这个名字——独自走上甲板吹风。月亮紧贴水面，硕大无比，能看到表面清晰的阴影，昏暗的江面上有小船驶来。安德鲁掏出怀表，正是你手里的这枚，它应该是一份来自未婚妻的礼物，莎拉这个名字进入你的脑子。你看着安德鲁翻开表盖，长时间凝视指针转动。过分漫长的一秒，一只飞鸟刺过月盘，宇宙微不可察地晃动一下，产生位移。安德鲁不慎将怀表掉入水中。他俯身观察，只有明月满江。知道毫无用处，安德鲁还是向远处小船上的人喊话。可那小船快速划走了。

网上搜索，你才知道荷兰的首都是阿姆斯特丹。你在地图上看到水坝广场，于是命名那艘货轮为水坝广场号。你的大脑开始填充更多细节，2004 年，你最讨厌的年份，或许是 12 月，水坝广场号从黄埔港返回阿姆斯特丹，中途突然踪迹全无，搜寻一年多后，荷兰政府宣布终止搜救工作。莎拉应该是在报纸上看到的这个消息，于是你搜索荷兰的报纸，电讯报、人民报、忠诚报……你选择电讯报，日期是 2006 年 11 月 15 号 。这一天，莎拉站在窗前，她站的地方她母亲站过，她父亲肯定也站过，再往前数站过的人也不少。这座小农场，莎拉母亲长大的房间，从窗户望出去，草地上的那棵橡树巨大，也是莎拉母亲当年望过的。它曾经肯定很小过，到一定年头后，变化就不明显了。虽然隔得很远，莎拉还是闻到了该死的牛粪味，她打定主意要到阿姆斯特丹去。

你了解莎拉的母亲，那个正坐在椅子上说话的女人，一大段话最后，总会缀上一句"接受它吧"。但凡这样说的时候，都发生了坏事情，新生的牛犊马上要死了，有谁不小心打破了碗，鸟屎落在衣服上，她睁大眼睛，盯住坏事情的遗迹，认真、忧郁，轻轻叹气，说一句接受它吧。话一出口，松弛的腮部垂得更狠了，眼睛里的那股慈悲劲倒似刻薄。你担心总有一天，坏事情会让她活不下去。

在一旁站着莎拉的父亲，你一眼就看出，他没有说话可脑子里并不安静。草坪上的小狗在扑什么。这位父亲的目光时不时落在桌面的一沓报纸上，他有点不耐烦，想着奶牛的病。

老橡树看上去和往日并无不同，过去的二十多年中，尽管吃过一些苦，这个莎拉相信世界对她多有优待，这一年多来，世界开始对她毫不留情，她认识到世界运行的本质从不遵循个人预期，只是偶尔重合。

和她母亲总是重复的那句话一样，莎拉已经接受了。

可今天早上，读到电讯报上的新闻，她仍然忍不住崩溃了一小会。此前的一年多里，一个念头总是见缝插针地跑到脑子里：安德鲁活在某个地方，等待被发现。终止搜救的新闻是一次新的谋杀，击碎最后的侥幸。

父母的离场使房间稍显空旷，莎拉回想起安德鲁和她一起待在房间里的甜蜜时光，习惯性地抬起右手，拇指和食指分别放在两眼外眼角，紧闭眼睛，拇指和食指开始向内移动，同时口中轻声喊着"天呐"、"天呐"。两根手指在鼻根处紧紧贴在一起。然后她又重复一遍。又重复一遍。接着放下来，低声骂三次"fuck"，一声比一声缓慢低沉。随后她坐下，窗台上有东西妨碍视线，是安德鲁从东方城市带回的彩色瓷瓶。她让瓷瓶变得虚幻，紧盯草地中央那棵老橡树，沉入往事，又突然醒来，重新发现眼前的存在。存在与缺失，有个瞬间疑惑代替痛苦，随即痛苦回过神来，拍打得她喘不过气。

等她缓过气，感觉到有人站在身后，但回头什么也没看到。她试探地喊一声，谁？

一派沉寂。墙上的油画和荔枝刺绣，桌上的报纸，桌边的合照，都在扮演沉默的旁观者。这一切看上去和她的生活有关，可她却没办法跟它们讨价还价。它们和她共处一室，似乎只是遵守一个冥冥中签订的协议，并不多做关心。

重新回过头，橡树底下多出一条小狗，这个变化让她觉得错过了什么。没有小狗，有条小狗，这种改变凭空出现，似乎一种时间的幻术。小狗在树下东嗅西嗅，有时抬起头，耳朵支棱起来，望向莎拉所在的位置，保持静止或者叫上几声。下一刻又低头专注地盯着草地，突然抬起前爪摁下去。还有些时刻小狗隐匿于橡树粗大的树干，让刚才的一切如同幻觉。

你突然意识到，你就是莎拉，你来自阿姆斯特丹郊区的一座农场，农场来自你母亲的祖辈，已传承五代。可镜子满怀恶意，给你东亚人的眼睛和皮肤。这样一张脸，怎么才能在一座荷兰的农场里长大呢？只能是这样，一对荷兰夫妇，在中国一座县城的福利院收养了你，花费4365美元。

从那时到今天，吉沙岛也有人在生活，而你的过去在阿姆斯特丹，你租了一间房子，抱了抱母亲，又抱了抱父亲，半推半赶地让两人离开。一张床，一张桌子，一把椅子，朝南的窄窗，窗户外面有几盆应季的花。对面楼房上面的天空，给你一份崭新的蓝。街上，你的父母走到那辆疲惫的货卡，没有着急上车，互相抚摸肩膀，同时看了窗户一眼。你往后躲，转过身，房间一目了然。

白天你会走出家门，脚步拥有自己的意志，载着你经过商店和咖啡馆，到水坝广场旁边的咖啡馆坐下。你记得很清楚，有一天见到一个喝醉的男人，来来回回搬动两把椅子。他先将一把椅子从 A 点搬到 B 点，然后将另一把椅子从 C 点搬到 A 点，之后将第一把椅子从 B 点搬到 C 点，循环往复。还有一个男孩，一直吹哨子，嘟、嘟嘟、嘟、嘟、嘟嘟、嘟，你盯着他看，他也回看你，突然对你撅屁股，吹着哨子跑了。那个时候你觉得，你正在做的事和他们并无不同。人需要做点什么，做点什么可以让人不发疯。转到卡尔弗尔街，会经过一家酒吧，每天你都想喝很多酒，可一口都没有喝过，你并不想屈从于这种本能。走在路上，看到的一切都毫无道理，一个人从眼前经过，被你看到，然后离开，完全是一种别人的逻辑。所有事情都发生得太快，一闪而过，带有几分不屑一顾的恶毒。每个人都是一条线，这些线杂乱交织，眼花缭乱，但毫无意义。你特别想把自己的线抽出来，放在另一边，缠成线团，毛线球那种，或者摆成一些简单图案，或者打个大大的蝴蝶结。入眼的活物都麻木，厌倦，不止是人，连墙角低着脑袋到处乱嗅的狗、商店橱窗外面晒太阳的猫也都一样。你搞不懂人们的选择，走进这家店，招手拦这一辆出租车，歪着脑袋和同伴说话，志得意满地摆摆自己的领带，悠闲地喝咖啡，人们都笃定得不可思议，幸福得招人烦。天呐，人们是否知道，这世界上会发生多少残酷的事情，在亚洲，在非洲，在地球上的每一个角落，没有人该这样幸福。但你从来不是这样苛刻的人啊。也许你只是想说，没有人该这样悲伤。你没有目的地，只想看一些静止不动的事物。下午一遍遍来到港口外面，站在固定的位置，试图保留和这座港口的联系。你对眼前的事物充满感激，无助地望着它们，在孤独和想念中受罚。但时不时地，港口上那熟悉的、一成不变的场景，又让你心烦意乱。太残忍了，你想，一切怎么能毫无变化呢。

你每天夜晚给安德鲁写信。

"安德鲁，别担心我。"

"我坐不住，总想出去走走，出去后又觉得了无趣味。但走一走这种事还是好的，可以分散注意力。"

"安德鲁，我很想你。今天我又走了很远。我一直在想，你在哪里？活着还是死了？真希望得到你的确切信息。现在我还没有办法好好生活，安娜邀请我参加聚会，我拒绝了。我明白她们的好意，可我真不需要。人们都希望我马上忘掉你，这多可笑，仿佛一个人不见了，连同和他的情感也要马上消失。怎么可能呢，我需要一点时间。我做了很多梦，有些是陌生人的，有些和你有关。一开始会梦到你漂到一个荒岛上，想尽办法活着。后来常常梦见你死了，和船一起沉到海底，悬浮在舱室，身体一遍遍撞到墙壁。那肯定很疼吧。醒来后我想，你游泳技术那么好，一定不会淹死。然后有个声音又会说，别傻了，那可是大洋。"

好些天后，你终于意识到必须找份工作。下午，你小心地穿过一大段人群，走进一家超市。主管不在，接待你的女人让你待在一间空办公室里等。

你想了一会儿梦里的岛屿、夏天、死亡与爱情；想了一会儿自己长大的小农场。你的父亲正在考虑将农场变成种植鲜花的地方，就和周围那些蠢邻居一样。女人招呼你去见主管时，你脑子里突然冒出一句，世间还是会有好事发生的。你又想，但在好事发生之前，人不能盼着它发生，好事青睐不以好事给自己希望的人。

主管是一个胖乎乎的男人，一直拨弄手中的笔，笔有时逃离他的掌控，掉在桌面上发出挺大的响声，你的心脏会猛地跳一下。面试时外面下了一小会儿雨，后来你出门，雨已经停了，城市看上去像个新家伙。

坐在公共汽车上，你想着即将开始的工作，觉得是一个好的开始。人要做点事情，做事情让人安心。花店、面包店、牙医诊所、经过的路人，所有你看到的这些，仿佛全是上帝派来的启示，给你安慰。随后看到路边经过的那个男人时，你的心一下子提了起来，几乎要喘不过气。空白了一会儿，你意识到必须做点什么，于是跑到前门请求司机停下。那个红头发的胖男人拒绝了你。等待到站的这一小段时间漫长且煎熬，也包含难以承受的希望。车门刚刚打开你就冲下去，借着快要跌倒的势头往回跑。

奔跑中的感觉是好的，你希望可以延续下去，永远这样跑下去，别有尽头。但很快你停在一个十字路口，完全不知道该往哪里走。你清楚地知道，那不会是安德鲁，安德鲁已经死了。你靠着墙壁，体会一阵子死亡，奇怪自己并不疼。你重新开始往回走，惊异于鼻腔对种种气味的敏感，以及自己头脑的冷静。你从听到的所有声音中，听到爱和死亡的回响。宇宙正在运行，世界仍旧铺展，你突然觉得需要做点什么，对此时感受到的一切做出回应。

你走进花店，那个正在打电话的女人代表着此时整个世界对你的态度：处理手头的事情，给你一个微笑。这种态度让你舒适。你走路很轻，避免多余的声音打破这份默契。你经过郁金香、白玫瑰，不是以选择或欣赏的心态，而是感受它们的存在。店员挂断电话，仍旧坐着，微微涨起的腮部显现出对眼下的笃定，眼睛有时望望你，有时望望门外。

等要走时，你并没有想要带走其中任何一朵的想法，可仍然决定要带走点什么，你选择了淡蓝色的风信子。店员在操作台上铺好纸张，将风信子一根根摆上去，口中说，多好的风信子，它们会很善良。她熟练地包扎好，递给你，像托付。你接过花，在这样一个场景中，感受到实事求是的规范化的美好，不依赖于物质的成就和实质上的拥有。

走在路上，风信子举在胸前，香味包围你整个头部，此时你不再是一个悲伤的旁观者。你在人群之外，也在人群之中，不再是遥远的另一个。你走着，走着，经过公交站没有停下，往前走，陌生的街道夜的速度惊人，你流下三颗眼泪。安德鲁，人要是没有记忆，日子会好过许多，可是，应该有个人记得你，不是吗，应该有个人想念你，不管你是失踪还是死亡，在这个活人的世界上，应该有人寻找你，不忘记你。

平原往事

一

我常常以为他死了，但每次回去时，他总是活着。

每次讲，我都这样开头。但从今往后，不会再有人听到了。我来到新一天，太阳从过去的树后升起，院子里留下同样的影子，仿佛我回到了昨天。阳光明亮，天空瓦蓝，偶尔飘过一朵大云，我的脚沉入地面，忘了自己为什么逃来，又是怎么来的，仿佛在另一个地方做了一场梦，一睁眼就抵达了这里。广州在另一扇遥远的窗户外面，在几棵树和旧楼的夹缝里，一栋白色大楼。它太新了，像是搞艺术的人故意丢在老城区里，寻找某种反差。每次走进它的内部，沉入电梯，我都不记得来的路上见过它，因为我不记得怎么来的。我很喜欢它，甚至生出几分怜惜，它闪着光，令人怀疑是假的。我疑惑它在我的想象中出现过。

水声打捞我回到脚下，我走过去，脚步轻得像鬼，厨房的门敞着，一年年的雨水钻进木门底部，几年前隔出来的洗澡间没有门，洗手台旁边，一件衣服挂在洗衣机上洗另一件衣服。哦，原来是母亲，她胳膊伸进滚筒里，正在手搓一张床单。火气依旧冒出来，但我不会再开口了。随她去吧。阳光落在她的耳朵和侧脸，毫不认生。不知道她是怎么做到的，竟然这样老了。她抬头看我一眼，颧骨重重打过来，我的瞳孔留下颧骨上几根头发的印子。她也是怕死的，这个女人。她下颌那儿的皮肤，用手揪一揪，扯起来的长度会让人恶心。我永远不会跟她讲安林尔的故事。

"你先吃饭，馍在锅里，下面是米汤，应该热着呢。菜在炒锅里，要是凉了你拧开火热一下。"她搓床单，在洗衣机里，搓有牡丹花的床单，泡沫爬到她的手肘上，下面偶尔惊起水声。"吃完饭去给你爸烧纸吧，年年忌日你不在家，我替你去就替了，既然你在，就别再让我去了。纸我买好了，放在大门外头，你找个啤酒瓶，用瓶口敲一敲就行。"

我说好，站着没动。我知道死去的父亲不需要纸钱，他想要别的东西。

他死后我第一次见他，他就说："你得给我做件事。"

"不，"我说，"我知道你想让我干什么，我不会做，你只是想让我走你的老路。我可以多烧点纸给你。"

"不用烧纸啦，我只吃我的活着，吃完了我的活着，我就再死一次。"

"鬼也要死吗？"

"要死的，死去的人，会再死一次，而活着的人却不会再活一次。"

但我还是会去烧纸，等吃完饭。我会吃饭，但还要再等一会儿，我站在那儿，像鸟声一样寂静。我倚着没有门的门框，看着眼前的女人，没有话说。我没有问她是不是还在吃 APC，我不会跟她讲安林尔的故事，永远不会，而且我知道，我不会再跟任何人讲那个故事。曾经我太爱讲了，不管和谁，每逢话题走到绝境，我就开始讲安林尔的故事。

开头之后，有人会问为什么以为他死了，但都不像我的前妻何田田那么认真。我说："会有这种情况，你总觉得某个人已经死了，实际上还在某个角落里好好活着呢。"

或许想起了谁，她点点头说这倒是。

我会接着往下讲，而我讲的，都是安林尔讲给我的。他讲给我的时候，像是馈赠生命中仅剩的一笔遗产，而我倒这么一手，只是作为避免尴尬的工具。大部分时间刚开个头，对方的注意力就转到别处去。到处是新鲜事，这么做没什么不好意思。即使愿意听的人，也只能听上一个片段，就会被无处不在的生活破坏。故事是别人的，而生活是时刻发生的。我会适时闭嘴，不介意故事停在任何地方，那本来就是一个花了好些年才讲完的故事。

如今，只有何田田听到了故事结局。不是一次听完，过去我们都不着急，散落在日常的河流中，断断续续，不分固定场合与时间，吃饭时，睡觉前，开车从一个地方到另一个地方的途中，她抬眼或者斜眼看我一下，仰着脑袋，鼻孔出一下气，似乎这样做符合她内心某种预兆，随后轻声说："给我讲讲安林尔的故事吧。"

大多数时候，我不能准确记住上一次讲到哪里了，向她要提醒，她会说想到哪儿就从哪里开始。相信我经常搞混，有很多重复的部分。但她从不提醒。

十九岁的时候，有四个月的时间，安林尔陪伴赫尔曼·威廉·戈林在卢森堡蒙道夫的公园饭店度过。回忆起来，他常常将自己变成坐在戈林对面审讯者的角色，而不只是一名守卫。

"戈林是谁？"这样的问题会让我轻微失落，但仍会耐心地给人解释两句。而何田田问我的是，"等等，是那个戈林吗？"

"是的，就是那个戈林。"

她会微张着嘴巴，眼球转动几下，我停下来等她继续发问，而她说："好，你继续吧。"

从夏天到秋天，因为禁服吗啡的缘故，戈林常常焦躁不安，发一通统帅的脾气，往日的荣光仍然在他大脑中挥之不去。亲眼见着一个人日渐变瘦，几乎毫无察觉，然后某一天突然觉得像看着另一个人了。是凯利医生帮戈林摆脱了吗啡的控制，整个人安静许多。下午通常有一段时间，戈林既不说话，也仿佛听不见。更多时候答非所问。不少时候他像在发表演说，声音洪亮，逻辑清晰，讲执政理念、纳粹党历史、领袖原则、民族差异、政治制度的适用性。而对集中营、种族灭绝、领地压榨之类的问题，他一遍遍表示不曾下发残虐行为的命令，也对事情的程度并不知情。

戈林总是无视他（甚至无视任何人），偶尔目光落在安林尔身上，充满厌恶，仿佛安林尔是陷他到这种境地的罪魁祸首。极少几次，他从戈林的目光中看到一些无关紧要的真诚。有一次戈林问他是不是日本人。因为守卫条例，他没有回答。那四个月里除了简单的命令与引导，这次发问与沉默，是唯——次真正属于两个人的交流。

安林尔当然不是日本人。他出生于蒙大拿州西部的一座小城，出生时祖父已经死去，除了继承一部分遥远的语言，他对自己的祖父所知不多。他从父亲那里知道，1873年，他的祖父十一岁，和一群年龄相仿的男孩一起，从上海坐轮船到达旧金山，之后乘火车横穿北美大陆。途中发生一件离奇事，火车行驶在艾奥瓦州的一片草原上时突然脱轨，杰西·詹姆斯抢劫团伙冲上火车。所幸强盗们只抢劫了行李车厢，很快离开了。也就是那时，安林尔的祖父从火车上消失了。

每次说到这里，听者都免不了惊诧几句，对真实性大加怀疑。我当初也是如此。安林尔毫不介意，只是简单提醒我可以查询清政府第二批留美幼童的经历。我查了，确实发生了强盗抢劫火车的事，有出入的地方在于，记录上的28名幼童，没有一个姓安的孩子，也没有记载有孩子失踪。我对此表示疑问，他只是笑笑，并不回答。

遵守规定是一个原因，安林尔本身也不愿意跟戈林有任何交流。他朴素地厌恶戈林，除了天然的仇恨，还有私仇。安林尔登陆欧洲后，平安度过几场恶战，却在一次不重要的转移中遭遇埋伏，一颗子弹钻进他的肋骨。

"疼吗？"换药时，安努斯卡护士问他。

"伤口不疼，反倒是别的地方不好受，也说不上是疼，就是使不上劲，肌肉都像是木住了。"

安努斯卡脸颊瘦削，问话时好像有子弹正抵着她的脑门。

"中枪是什么感觉？痛不痛苦？"

"子弹钻进肉里时，我完全不知道，但我预感到了，我想，操，这下肯定是中弹了。然后伸手去摸，发现确实如此。"

"不疼吗？"

"一开始不疼。"

"你会想什么？"

"我想我是不是要死了，但并不感到难过。想要说话，但并不清楚自己在说什么。想起身做点什么事情，却不知道是什么事，有人把我按住了，让我不要动。"

"照你这样说，马上死掉的话，大概不会感觉痛苦。"

"大概是。"

后来安林尔知道，党卫军抓走了安努斯卡的祖母、父亲、母亲、弟弟。安努斯卡告诉他："如果死了的话，希望是被枪打死的。"

逃难一开始，她带着自己的妹妹，和一大群人在一起。一天夜里人们躲在一片树林里，后半夜有士兵闯进来，所有人都跑了。

"我拉着妹妹也跑，有个什么东西绊了我一下，我没有倒，只是手松开了。妹妹问我没事吧，我说没事，然后我们继续跑。我以为在我旁边跟我一起跑的是我妹妹，结果我的旁边没有人。之后我一边活着，一边找她，怎么都找不到了，连个见过她的人都没有。我反而莫名其妙活下来，后来有人来招募护士，我就参加了。"

"我把妹妹弄丢了，我把妹妹弄丢了。"

这句话她说过好几次，每一次都重复两遍。话开始的时候，甚至能在她脸上看到点笑意，随后每个词都像被老鼠啃掉一点，结束时啃光了，她只是小声叹息一下。

她给安林尔看过一张小画，画上是一条有褶皱的河流，线条粗疏，似乎出自孩童之手。小画来自一座法国小城。安努斯卡告诉他，废墟中像是客厅的地方，靠墙站立的桌子是唯一的完整物，一张照片在窗页下面，紧紧贴在砖块上，一对年轻夫妻和两个孩子仍保持笑意站在相纸里。照片已经湿透，她小心地揭下来，揭的时候记忆精准且残暴，往昔的温馨瞬间，提醒她现实的境遇。她想自己的家人了，有那么一刻想带走它，但还是决定把照片留在它的家。

安努斯卡对他说："它应该留在自己的家里，本该如此。"

她拉开桌子的抽屉，把照片放进去，看到小画在里面躺着。

安林尔伤愈归队，辗转几个地方，然后驻扎蒙道夫，然后戈林来了。换岗后的时间，安林尔时常拿出这幅小画，想象上面的河流，很快脑子里就全是安努斯卡了。

日子让他想要放纵，于是他更愿意克制自己。

如果不是战争，他或许会说他爱她，可他又知道，如果不是该死的战争，他不太可能遇见她。

落到戈林身上的恨意很多，有时候，戈林安静下来，脸上有激烈退去后的萧索，看起来倒像个真实的人了。极少几次，安林尔有点想要怜悯眼前这个大人物。这让他自责，自己对戈林的每一分同情，都是对很多人的不公平。他同样明白，一个人无力时表现出来的真诚并不可信。

9月，戈林转移到纽伦堡监狱，安林尔本以为自己将从守卫工作中脱身出来，不承想他们整个小队继续负责监视戈林的牢房。审判进行了一年之久，1946年9月30日，法官劳伦斯宣布戈林将受绞刑。得知这个消息，安林尔很想马上写信告诉安努斯卡，可惜已经完全失去安努斯卡的音讯。

很快，他遭受巨大打击。行刑前夜，戈林服毒自尽。

过去说到这里时，何田田双手交叠，在胸前上下晃动，脑袋左一下右一下。我望着此时的她，才突然注意到当时她粉蓝色的指甲和摇晃的耳环。当时我完全无视了它们。我的眼睛忠实地记录下来，大脑不动声色地储存，仿佛算好了会有这么一个时刻，在旧回忆中，得到新体验。

我看向何田田的手指和耳朵，那里很空，原来我们已经没有压力地沉默一会儿了。我不知道我是怎么来的，坐到她面前，身上还带着广州的疲倦，有时候我会在另一个女人身上，错看到她的影子，而忘记在我看不到的地方，年月依旧在她身体上增加重量。茶几上一张巨大的灰色盘子，剩下最后一颗苹果和它的刀子。那么红的苹果，果梗黑了，皮肤上流淌旧家具的气息。我的目光让她发问："怎么了？"

"想起来以前你涂过粉蓝色指甲，还戴了耳坠，一个叶子形状，一个三角形，你还记得吗？"

我等着她想起点什么，可她只是随口说了一句不记得了。她抬起右手，揪了一下左耳垂，又揪了一下右耳垂，然后挺直腰背，胳膊向前伸到尽头，手掌九十度翘起，眼睛在十根手指上打转。

"早就不弄这些东西了，心情不一样了。"

退役后安林尔回到蒙大拿州，用政府对老兵的教育补贴念了大学，大学期间认识了西班牙裔姑娘阿妮达。时间在别处流淌，也在蒙大拿流淌，六十四岁那年，他开车载着阿妮达沿密苏里河去看望住在大瀑布城的女儿一家。

河流时近时远，他忍不住从树木的间隙看一看河面。几次擦着岸边时，他非要停下来，亲手去捞一捞河里的水。阿妮达坐在车里，任由他去做。

大大小小的河流，他都喜欢，他认为河流是一个庞大的族群，是一条条更高阶的生命，正在用另一种方式理解着地球。很多时候，他想象自己在水面行走，还会问一问脚下的流水，你怎么看我的。

汽车驶过斜拉索大桥时，闪光的水面喊了他一下，他想起了安努斯卡，脑子里流过小画上的河。失败感啃食着他的脑子，水光波动的一瞬，眼睛突然胀痛，随后听到战场上的声音。

车子撞到护栏，差一点就掉入河中。脑水肿让他持续昏迷，醒来后，他觉得所有人都上了时间的当，只有自己掌握着真相——世界被偷偷向前拨动了一周。等到他终于接受这一周的缺失，他开始尝试将阿妮达死亡的消息看作事实。

还有错位的左边髋关节。

到墓地的路他始终坐在轮椅上。轮椅很新，他总能听到左边轮子周期性传来暗暗的咯噔声。

"你听到了吗？"他问身后的女儿。

"听到什么？"

"这个轮子在响。"他虚拍几下左边的轮子。

女儿弯腰听了几米，说："没有听到，是不是你的骨头又疼了。我推慢一点。"

很快转一个弯，能看到墓地了，有草，远处有几棵树，空气湿润，光线的质地让人一眼望过去就放松，他几乎要舒服地深呼吸。随后他察觉到种种不真实处，却没办法找到证据，世界正在微弱地流动，而周围的人毫无察觉。

墓穴前，他坚持站起来，并且推开了女儿的手。和骨头较劲的时候，他回想起过去的枪伤，觉得比子弹打在身上疼多了。他不知道自己是更怕疼了，还是更不怕疼了，也不知道一生中的疼是累积的，还是递减的。其间，他仍然为缺失的一周耿耿于怀。很多事不经他同意就发生了，世界在他毫无察觉的情况下，径自向前走了整整一个星期，他没办法不生气。

很快他又沮丧，于是动了动左腿，让疼痛跑出来。他想，人要是一条河流，那少的一周是一道大坝，还是一个枯水期呢？

第二天早上，他醒来，忘记了死亡的事，过一会儿重新想起来，流出眼泪。他确信那张小画一直好好地保存在某个箱子里，等他能独自行动后，翻遍每一个箱子和抽屉也没有找到。像是一个过期的誓言，一场长久的欺骗，他很愤怒，觉得那张画背叛了自己。他喝了一点酒，没力气了，意识到世界总是用背叛的方式让人变老的。

而脑子的河流仍然忠诚。之后的时间，他将所有精力用于查找河流资料，来对比那张小画里的河流。一开始锁定法国及其附近的国家，可是一直没有结果。后来开始翻找世界各地的河流，一个昏昏欲睡的午后，它找到了他。

来自他祖父的国度，黄河。

这一段我肯定重复了不止一次，因为回忆时我能听到何田田多次在这里大笑不止。好不容易笑声停下来，她借着余韵长长嗯一声，然后说："好像没有道理。"

"我也不知道，他就是这样对我讲的。"

她会再次笑，幅度比第一次小，我会跟着笑。有时上幼儿园的儿子东东也在，当时四五岁，我讲故事的时候，东东撅着屁股趴在地上，在白纸上乱画，偶尔会抬头确认我们一眼。

听到黄河的时候，他大声说："黄河！我知道黄河！我们老师讲了，长江！黄河！"

原来何田田在削苹果。东东的喊叫声让苹果皮突然收窄，她暂停手中的刀，对东东说："小点声，别一惊一乍的。"

"对，黄河。"我说。

东东站起来问我："你见过黄河吗？"

"我见过。"我说。

他走近我，抓住我的手。

"我还没见过呢，黄河长什么样？"

湿地、白茫茫的芦苇，似乎还有黄河边的湿气和大风。

"从堤坝上下去，是一望无际的湿地，要走上一个小时才能到河边，河边的黄土地上大片大片芦苇，水很凉，流得很快，河边的土时不时会塌进去。"

"太牛啦。"他喊道，不知道他脑袋里出现的是怎样的画面。声音让何田田皱眉，但她什么都没说，仍然削着手中的苹果。

"黄河里有鱼吗？"

"据说是有鱼，黄河大鲤鱼。旁边有农家乐专门做黄河大鲤鱼，但我怀疑是引出来的水泊里养的。"

"有多大，有这条大吗？"东东指着案板上的鱼问。

原来我正在杀鱼。这大概又是另一次了，记忆交叠，就像两种原色混在一起，成为新的颜色，难以重新分出层次。

那条鱼很顽强，也可能是我的刀太薄，我用刀背砸得鱼脑袋哐哐响，惹得何田田抬起头，对着天花板翻白眼，念叨老天爷啊。

"老天爷在楼顶呢。"我说。然后继续砸，鱼刺溜一下，跳到料理台的白色台面上。它挺几下腰，甩了甩尾巴，一双灰色的木木的眼睛。我又看见了它们，让我想起另一双同样的眼睛。我又连砸了两下，血出来了，鱼又挺了几下。鱼的眼睛看上去很浅，似乎只有一个浑浊的表面，但这会儿越来越深了。我有点害怕，因为鱼是无声的。不管我怎么砸，它都不发出声音。

"我真喜欢黄河。"东东说。

"我也喜欢。"

我又狠狠砸了几下，因为心里害怕，仿佛我正在一个洞里坠落。我想要一个底，这个底就是鱼的死亡。何田田捂住了耳朵。东东盯着我的手。我又砸了一下，鱼要是会叫该有多好，我不会怕它的惨叫，它就是一点声音也没有，只有身体下意识扭动几下。鱼会疼吗？我忍不住想。血管里流出来一些麻醉的东西，握着刀的手使不上劲了。鱼真就一点声音也没有，只有刀砸在固体上的声音。我越来越怕，于是把刀翻过来，一刀剁下去，鱼脑袋飞出，落在东东脑袋上，蹿了一下，又掉到地上。

我帮东东擦头发上的血。

"我喜欢黄河，我真想看一看。"

"有机会咱们一起过去看看。"

"行吗？"东东从我手底下出去，一大片头发一绺一绺地贴着他脑袋，他揪住何田田的衣服，"我们去吗？"

何田田把一整根苹果皮摆在桌面上，满意地打量着自己的作品，然后扯过东东的手，塞苹果进去。

"画你的画吧。"

二

早饭后，我去父亲坟前烧过了纸，暂时并不打算去见他。在这个院子里，母亲如同一个鬼魂，好像不在，却又无处不在。午后睡着前，我躺在床上听了会儿窗外的阳光。我从梦里醒来，听见何田田远远地说："你还是和以前一样。"

这个评价让我羞耻。

"不一样了，田田，看上去没什么变化，可里面有些东西不一样了。"

"看不出来有什么不一样。"

记忆并不遵从时间的远近，前几天发生的事，竟像一生那样远。可我并不会感觉到那种距离，我还是突然闻到空气中一股香气，看到她吸了一下鼻子，略带嫌弃地笑着说："青椒炒鸡蛋。"我重重吸上一口，脑子里嗡嗡响。"每天这个点，楼下就有人做饭，我只要闻到，就会猜猜今天做了什么。"她再次吸了一口，"我趴在阳台上找过，应该是楼下隔着两层左边那扇窗户里传出来的，那家窗台上有盆月季，花开得好极了。"

我问她："你没有再找人吗？"

这句话令她皱眉头，脑袋往一边偏，下巴扬起，盯着我，和过去一样，微微有点神气。"怎么突然问这个。"不是问我，语气带着点嘲讽。不等我回答，她马上继续说："没有，你呢。"

"也没有。"我心虚地回答。

"一个人挺好的，不想再给自己添麻烦。"说完她双臂抱在胸前，眼睛重新停在我身后某个地方，挺长时间没再说话。

她在想什么呢？我止不住困惑，一个人坐在那里，出现在你眼前，但她在想什么呢？

"你在想什么呢？"我竟然问出口了。她像是被这个问题吓了一跳，困惑地重复了一遍我在想什么呢，仿佛不确定刚刚脑子里的东西是不是自己想的。

她大拇指在下巴右边轻轻划了两下，这是她从记忆中提取素材的征兆。

"半年前，我自己去了黄河一趟，不是咱们河南的黄河，是甘肃的。"

"那里的黄河也很好。"我点点头。

"总是梦到它。"她看了看天花板，从左边看到右边，目光又停在我身后的老地方，叹了一口气。"眼下发生的事遗忘得越来越快，越来越经常掉进很早以前的记忆片段中，然后惊出一身冷汗。细节越来越清楚，当时没能看透的东西，也看明白了。"

"太对了。"我拍一下大腿，力气使大了，皮肤生疼。"昨天快睡着的时候，脑子里突然浮起一个画面，是那次你打碎了一个杯子，突然崩溃了，大哭不止，怎么劝都不行。我突然生出很大的罪恶感，好长时间都没能睡着。"

当时她扯了很多卫生纸擦鼻涕。结束得也突然，她只是随手抹了一把眼睛，手快速甩一下，那股利索劲好像真把什么东西甩出去了。随后她瞪着红红的眼睛叹一口气，我这都是干啥呀，没必要，我费这个劲干吗。

"当时完全不理解，觉得你是表演，虽然在劝你，可心里有点赌气的意思。现在我理解了，即使不是完全理解，我也觉得自己某种程度上理解你了。"

说到这里，有个声音拷问了我一下，让我隐隐心虚。我赶紧补充："最起码我愿意理解你了，如果重新来，我肯定会做得更好一点。"

她看着我说："没有怪你过去做得不好的意思，但重新来你真有信心做得更好一点吗？"

我好长时间张不开口。最终我说："越来越多的片段一下子从水底浮到水面上来了，很吓人，重量可一点也不轻。就像是一年年往河里抛的尸体，绑在上面的负重渐渐松脱，一不小心就冒上来。"

她没有接我的话茬，皱着眉，使劲甩了甩头，像是要把水泡过的尸体从脑袋里甩出去。

"我在黄河边的时候，情绪很糟糕。那天我一直头痛，脑壳快裂了，而且风太大，直往耳朵里灌，我还一直耳鸣，阳光又特别亮，搞得我像个贼，无处可逃。不过，现在那些坏情绪已经过滤掉了，回想起来觉得那天还可以。印象最深的是看到一只大肥耗子，它就在眼前慢悠悠走过去了，它还会回头看你呢，好大一只，这辈子见过最大的，老鼠可以这么大，出乎意料。我当时，"她眼神突然有点过分郑重其事了，盯着我，"我当时想起来你以前老给我讲的那个故事了，为了黄河跑一趟挺值得，但还是觉得，一个美国老头，因为一幅画，大老远跑到中国来找黄河，有点蹩脚。"

这份质疑让我心烦，我从不觉得自己对故事的真实性抱有责任。我快速地说："他是这么告诉我的。"

"这个我知道，只是有可能他在骗你呢，人是会说假话的。"她眼睛眨巴一下，"你找别人确认过吗？"

飞机在上海降落，唯一的行李是脑子里的黄河。

支撑安林尔的是一份暴力的热情，没有休息，在上海火车站观察地图，买了一张去往兰州的火车票。但兰州并非目的，只是一个方向。

出发时是早上，火车先是往西。车厢里没有几个人，他的座位靠左边窗户，阳光落在对面的座椅上，一小片明亮的乘客，恍如白色洞窟。过道另一边座椅上，几个男人在大声说话。他使用从记忆灰尘里扒出的汉语，混沌地理解周围的声音，对自己的处境感到惊诧。一切是这样随机，一列火车，陌生的国度，亲切但遥远的人群。平原铺展，仿佛没有昨天。

光头少年站在过道上看他，他有几分想要逗逗少年的心思，却没有做，因为疲惫，肌肉全都不听使唤。少年的脸无比熟悉，又不似见过的任何一人。他没有为此困惑，记忆常常产生偏差而无可辩驳。他望窗外，只是望着。大片收割后的空旷田野，各种不规则的形状飞来旋即飞远。这是异乡，异乡在脑袋里变成流动的语言，语速太快，词句太密，黏稠如同液体，什么都说不清楚。他感觉自己不属于这一天，不属于整片大地。此刻是树上唯一的果实，一个多边形的梦，与整体相连，却在整体之外。不事生产，不思考，只做一件事，在秋天的平原上乘坐飞驰的火车，在陌生、广袤的大地上飞行。

火车之后转向北，行驶几个小时，再次向西转一个大弯。整个过程他昏昏欲睡，却没有真正睡着，仿佛身体正在消融，和周围的声音融为一体。其间大声说话的男人中的一个喊他过去打牌，他拒绝了。几个男人调笑几句。少年站在他们旁边，他下意识将喊他的男人当做少年的父亲。

周围坐了人，又像没坐，外界既不真实又不明确，只剩下碎絮般的概念飘荡。他微弱地辨认自己的内部，但体会不清里面正在发生什么。一个通道在缓缓张开，一股引力如同波纹，暴力、柔软、无法削减，缠绕他的一切。他作为一个确切的存在，许多事实同时在他身上弥漫。

安林尔做了梦，梦里他时而坐在戈林的对面，时而自己变成戈林，他想辩解，可是不知道该辩解自己不是戈林，还是辩解自己无罪。很快又梦到别的。不曾谋面的祖父，阿妮达，安努斯卡。随后他变成一块浮木，海上的漫长时光，一只海鸟认真地对他讲话，似乎要从宇宙源于一场大爆炸开始讲起，一直讲到草履虫怎样分裂，随后鸟长出四条腿，金字塔建起来了，长城像一根死人骨头。时间无止境下去，永远无法到达……火车报站声推醒了他，是一个听不太明白的城市。

接近城市之后，铁轨变多变密，远远望去似乎倾斜、倒置、悬空。火车擦着建筑物的窗户飞驰，带飞一把花格子雨伞和一条碎花内裤。沟壑、砖房、瓷娃娃，水塘、铁门、塑像，一些儿童，骑摩托车驶入地下通道的男人。他看到这一切，怀着巨大的情感，虚弱地看到这一切。简陋阳台上的铁门打开了，中年女人透过敞开的门洞定定望着，在眼神相触的一瞬，转身离开。

他突然记起一个完全想不起来的恋人，一位中国女人，那是一个清晨，两个人早起赶火车，火车到站之前，他们在站台上接吻，那个女人说他的口腔里有西瓜的味道。她是谁？只有一个模糊的形象，不再能记起名字，也想不起发生于何时何地。时间消失在时间里，记忆隐藏在记忆中，常常自由发挥，长出新的藤蔓。他想了很久，顺着一生的行踪，仍然没有找到有关这个女人的蛛丝马迹。可此时记忆如此蛮横，由不得他去否认和怀疑。

夕阳金黄色地垂下，他看不到自己脸上的光。天空中一朵似曾相识的云，他在别处见过的云，云不是原来那一朵了，但云还是云。

一大片田野在薄暮时分倾诉凉雾，风中飘来树木的气味，而树木依旧在远处，是一层轻薄的印象。很难说清是什么在起作用，他突然对窗外土地产生轻微的情感。

田野无边，黄昏的浓度持续增加，天空正浩浩荡荡。他突然察觉到无处不在的意志，仿佛是宇宙中远道而来的讯息，使他再也无法相信人类可以主宰自己的命运，再也不怀疑天空。他没有感觉到自己正在变成另一个人，只感到年轻了，仿佛重新活过来。周围人的声音正在变得清晰且可以理解。

过去，那个时刻，听到这里，何田田仿佛在梦中喃喃说："我们会被注满。"我听到了，但下意识问她说什么。她仿佛惊醒过来，啊了一声，"什么都没说，我不知道我在说什么，别管这个"。

"可你明明说了，我们会被注满，到底是什么。"

"我不知道，"她很无辜地说，"我真不知道我要说什么，不知道怎么就说出来了，毫无意义。"

话说出口，肯定有点什么原因，但我已经习惯。她总是这样，梦呓般说一句话，却给不出解释。我刻意不讲话了，她撒娇地说："你接着讲吧，我想听你讲。"

天色完全黑了，发生了一件难以理解的怪事。火车正在减速驶入一座很小的火车站，少年的父亲提着蓝色的包裹经过他的座位旁边，少年可有可无地跟在包裹后面。少年的父亲突然嗓门很大地问安林尔，你不下车吗？

声音惊醒车厢里昏昏欲睡的人们，一道道目光纷至沓来。太粗鲁了，安林尔心生窘迫，只想赶快摆脱这场突如其来的小型骚乱，于是站起来小声说，下车。

火车停在光秃秃的站台，安林尔跟在少年后面下了车，可下车后，只是一低头的工夫，他发现少年不见了，眼前只有粗鲁的男人径自往前走。他试图喊住男人，但不知是下车的人们太闹，还是男人太急切，没有得到回应。他在站台上停留一会儿，没有看到少年，突然意识到自己正在车下而非车上。他感到荒谬，有一瞬间想重新上车，但看到列车员已经收起上车的台阶，一种并非羞怯的情绪阻止了他，他快步走向人群消失的地下通道，短暂而清晰的脚步声后，重新浮出地面。

火车站前高高的台阶底下，一片空地上伏着几间低矮小屋，几张台球桌像细小的岛屿，桌旁站着竹竿，白炽灯挂在上面，昏黄的光蜷着身体，仿佛在伪装旷野上的鬼火。

声音在近处听起来迅速且不幸，在远处传来缓慢的坠落感。他微微颤抖，因为感动，也因为清寒。这是一个美丽的时刻，也是一个悲伤的时刻，在蒙大拿的生活薄冰一样碎掉了，似乎从来不存在那样一个国家，没有过去，他的祖父不曾在十九世纪远渡重洋。

夜晚只剩下无垠的旷野，唯有不远处一家叫福喜的旅馆亮着崭新的招牌，他走了过去。

讲到这里的时候，何田田突然问："你听到水声了吗？"

听到她说的话，我从故事里出来，却完全忽略了她的话。现在回想起来，当时的那些对话奇异地清晰了。我们躺在床上，我闭着眼睛，脑子里是别的画面。

我说："我总是想起我们家院子里的那棵柿子树。"

而她说："我最近经常听到水声，不是那种很响的哗哗声，也不是溪流的声音。"

那棵柿子树牢牢占据着我的脑子，我接着跟何田田说："冬天的时候，院子里结了白霜，麻雀站在枝条上，像一颗颗干瘪的果子，人一走近，它们就飞走了。我会把手凑到嘴边哈一下。"

"你有听我说吗？和溪流声有点相似，像是躲在落叶下的暗流声。最近总能听到，时不时地。"

我能听到她的声音，但没有办法理解每一个字，它们像在我耳朵里玩捉迷藏游戏。"溪流声是吗？那些冬天的早上我还挺开心的，虽然身体一直缩着。"

"也不完全是溪流声，有一点像而已。夜太安静了，你有听到吗？我有时候觉得是星星的声音。"

"有时候半夜起来，走到院子里，天上星星是满的，很喜悦，望了一会儿又让人害怕。"

"可能是我的耳朵有问题了，我在网上查了，有说是神经性耳鸣，我觉得不是这个问题，可能真的是有水声被我听到了，只有我听到了。但这么说，容易被人当成精神问题。可说不准呢，另一个世界的流水声。"

"流水声，冬天晴朗的午后，屋檐上的冰溜子融化，像一场小型暴雨。我喜欢坐在房间里听。"

"我二姑小时候耳朵发炎，没有人关心她，后来听力就不好了。别人聊天时，她就笑着望望这个人的脸，望望那个人的脸，茫然又无辜地说，我也听不见你们说啥，你们要是给我说话，不是我不应，我耳朵聋，啥也听不清。其实哪有人对她讲话，大家客客气气告诉她，放心，要是对你讲话，我们会大声的。同时心照不宣地互相笑笑，觉得她实在是想多了。她也跟着笑。我现在有相反的感觉，好像全世界都听不见我说话了，所以我能听见水声。"

声音和声音交织在一起，像是一股流淌的难以脱身的陷阱。我说："啊，水流声。希望过去的我能做得更好一点。"

"你有在听我说话吗？"

我明白她生气了，仍然没有睁开眼，我固执地说："我有。"

她小声说了一句话，我问："什么？"她没有回答。但现在我听到了，她说："你没有，你什么都听不到。"

是的，那时我什么都听不到，而现在何田田不需要我再听了。她低着脑袋，我没办法把她和记忆中那个人叠在一起，因为我没办法将过去的我和现在的我叠在一起。我好像是突兀地变成另一个人的。

她说："这些年我一个人，一直在听，我发现全世界的人都像聋了一样。"

我开口说："最近我总是会回到过去的院子里。"她抬起头，眼神表示疑惑，我指了指脑袋解释，"是在这里回去。"

父亲死后，一个冬天的夜晚，母亲带我坐上火车，回到她在远方的故乡，寄居在舅舅家里。一年多后，我们不得不重新回到黄水镇。祖父母虽然很不情愿，但更不愿意失去家里唯一的男丁，勉强接受了这个事实。

那个院子里发生过多少不起眼的事情呢。母亲患上严重的偏头痛，吃一种叫 APC 的白色药片。一开始半片，后来增加到一片，后来更多。隔段时间，我穿过树林和一个大土坑去邻村诊所买药，那个五十多岁的歪嘴医生慢悠悠地明知故问："还是给你妈买的？"

"是。"

他稍显为难地说："按说这个药不能卖这么多，吃多了对身体很不好。"

但他还是会从柜子里拿出一个大瓶子，倒在一张白纸上，五片五片地数，包好后递给我。

"告诉你妈少吃点，下次不卖给你了。"

沿着同样的路回家，很远就闻到母亲脸上的苦味。她问："买回来了吗？"

我不说话，递给她，她快速拆开纸包，拿出一片仰头丢进喉咙里，喝一口水送下去，安慰紧绷的骨头。我忍不住说："以后少吃一点吧，吃多了对身体不好。"

"可是疼啊，疼得受不了。不好就不好吧，好歹吃完不疼了。"

"疼就忍着点呗，不要一疼就吃。"

"忍不了！"随后她喃喃自语："疼起来，可管不了好不好了。"

现在我明白，她只是做了一个交换，人不都会用什么交换一点什么吗？她坐在那里，看上去像一生的缩影，也是我当时完全想不到的我现在的样子：疲惫，衰弱，对命途无可奈何后的轻松。

"尽管离开很久了，我仍然一直把那个院子当成家。后来有一天我才突然意识到，我和母亲对待这个家的感情是不一样的。它出现在我的记忆里，出现在我的想象中，是我一遍遍想起但不再能走进的地方，可母亲始终生活在这里，并且将死在这里。"

何田田盯着我，那个眼神让我觉得心烦，然后她回到她在记忆中的地方。

三

离婚后我爱过别的女人，甚至偶尔产生一种错觉，仿佛重新理解了幸福，重新理解了爱，还有挺多别的。我倒是拿不出什么证据，说一说它们是怎样的，我也没有什么像样的东西搪塞和充当。现在我还敢说自己理解了吗？全都模糊了。我清晰地意识到，她们之所以爱上我，源于欺骗，并非我在骗她们，是她们被自己不与世俗相同的叛逆，和对爱情的期待所骗。我并不值得爱。

从这个院子里醒来，我的颈椎开始疼，所有的枕头都不舒服，脖子直挺挺的，像是一只赌气的鹌鹑。我常想它会像枯了几个年头的树枝，一只大斑鸠落上去就断掉，斑鸠还会吓一跳呢。

当年母亲常说，一切都会过去。而我越来越讨厌用一切这个词。一切，多么武断，多么专横。某个年龄段我也轻易使用这个词，这个词就是当时我理解世界的方式。现在我下意识回避这个词，仿佛一种应激反应。对我来说，生活变成一种常态，类似流动又稍显呆板的系统，它是个有边界的系统，另一个宇宙的局部。我很感谢这种边界，我越来越喜欢局部，越局部越好，我勉强应付得来。

夜里重新清醒的时刻，我听着身体的所有成分凝固为固体，之后等待一泡尿。我站在粪坑前，土灰色砖墙，有边界的星空，映在天空上的黑色树木，冷冰冰的，空气清白。冬天看上去总那么清白，冰啊，霜啊，雪啊，让人一边原谅，又一边冷得厉害，风灌进脖子里，缩着脑袋，没办法理直气壮。

我还是走出院子，沿着记忆中的沟壑。没有月光，周围村落的灯光越来越亮，污染记忆，驱赶着夜空在我的头顶旋转。星星活了，层层浮动。我走过新的房屋后山，走过小学新的围墙，依稀旧日读书声，枯草中的小路发白，恍若一条巨大的蛇蜕。

"你来了，我忘记了很多事，但我记得你，我的儿子。过去多久了？我记得的事情越来越少了。你来了，又唤醒我一些记忆，我又能多存在一些时间。上次我醒来，是见到那个吹喇叭的人，我曾把一根粪叉穿进他的脑袋里。他看起来很老了，我没有让他看到我。把粪叉穿进人的脑袋里，我再也不会做那样的事了。哦，原来你为此而来，我看到了死亡，我知道那个人已经死了。但我没有答案可以给你。"

"是的，死了。"

"那边有新鬼传来你妈妈的消息，告诉我你妈妈在地里浇水的时候突然哭了。我知道这些地里种不出好庄稼了。我的眼睛看到你心底的东西，你没有因为去到了另一个地方而变得更新。也许我们全都应该死亡，我们全都要死掉，连我们的鬼魂也得死掉。我们要给大地一个机会，去长出新的庄稼了。"

"你不算好人，但似乎变成了好鬼。"

"因为我死了。巨大的浪冲刷我，带走越来越多的东西，我曾被无数东西污染了心，遮蔽了眼，如今全都淘洗干净，只剩下最后一些。我会靠它们继续活着，直到有一天我失去我，彻底变成它们，那就是我的死亡。那时也许我在说和你有关的话，但我不会再和你说话，因为我不知道你是谁。"

"他说很遗憾，他没真去一次黄河。我告诉他并不遗憾，黄河不只是现在，也在过去，三百多年前，元朝到明末，黄河就在这里流淌。你知道这件事吗？"

"我死后知道了。"父亲说，"他一死我就知道了，但之前我忘记了这件事。他很遗憾，他说他很遗憾。有几年我确实等着，等他死。后来就不等了，因为我发现对他的仇恨不是我的。但，孩子，我没有答案可以给你。"

"也许有一天黄河还要回来，流过我们的骨头。我还是没有得到东东的消息。"

"这是件好事。"然后他不再说话，我知道他又陷入沉睡，有一天他还会醒来，带着更少的记忆。

面对沉默，那时候何田田说，你接着讲啊，怎么停下了。我总觉得这句话发生在许多时间中。接下来的这一段，从安林尔口中出来的不是完整事件，只是一些片段。不少地方出自我的杜撰。但我不会告诉何田田，哪些地方是我编出来的。

空间里是一股陌生的霉味，很暗，光在晃动。寒意从下面有节奏地敲打骨头，触感如同坟墓。死亡常常是种隐喻，不只在坟墓中。安林尔用八十岁的身体适应了一会儿，发现光源是蜡烛。视角原因，站在旁边的人显得分外高大，看不清脸，他知道是那个今夜入住的年轻男人。

理解一会儿自己的境遇，他尝试移动，但动不了。不是捆绑，似乎每一块骨头都被单独告诫过，缺乏行动的勇气。身体很瘦，躺在那儿像一面用破了的旗子。他接受这种境遇，不着急开口，也暂时无意了解到底在发生什么。年轻男人似乎也不着急，旗杆般站着。

安林尔想了一会儿别的。记忆正在变糟。小镇的十几年仿佛一段锯木头的声音。他记住一些事，一些人，忘记更多。

遥远的记忆反而更清晰，但这种清晰并不可靠，许多地方自相矛盾。记忆像循环过的水，很多东西已经丢失，同时增加了别的东西。就像此时，他想起有段时间和纳粹头目待在一起，一方面他清楚知道自己是一名站在门外的守卫，可记忆中他总是坐在椅子上。

这样的情况还有很多，同一个时间里，他似乎有两份记忆，有时甚至发生在相距极其遥远的两个地方。但他并不困扰，记忆靠不住，但记忆很好用，大把时间他靠记忆活着。另一些时间他接受。接受不是等待，他已不再等待，除了死亡，生活中不再有不期而遇的事物。这里应该是地下，安林尔能听得出来。

十多年来，他一直在倾听这片土地。这片土地太旧，太老，夜里会发出不堪重负的喘息声。日复一日，年复一年，什么都发生过了，这片土地上只有往事。

此时年轻男人突然开口，安林尔为被打破的安静可惜。

年轻男人说，这么多年来，我一直担心你突然死掉。

声音敏捷但是沉重，如同船上人死死盯着水面，要从奔流的水中捞起什么。年轻男人打量躺在地上的这具肉体，忍不住摇摇头。他接着说，看看你老成什么样子了，我再不来，你肯定就老死了。

是啊，是啊，夜晚安林尔躺在床上，已经能听到死亡的声音从空无中响起。可这话是什么意思呢？没有记忆供他理解，安林尔有几分绝望。这个男人的话是一份邀请，但安林尔默默拒绝了，安静持续下去，年轻男人成了被动的那个。

认识我吗？好好看看。年轻男人弯下腰，脸在安林尔眼睛正上方。光线昏暗，老眼昏花，让年轻男人这番心思变得徒劳。但一个名字准确地进入安林尔的意识。

安林尔从没有忘记过黄河，但认不出眼前的这张脸。第一眼见到黄河时，只看到一个脑袋。那天晚上，他走出火车站，走进附近唯一亮着招牌的福喜旅馆。坐在柜台后的女人有双杏仁味的眼睛，无聊地盯着电视屏幕。旁边是一颗光秃秃的脑袋，低着头，眉毛以下都被柜台挡住，能听到手持游戏机里的电子音。女人站起来招呼他，风尘仆仆。

安林尔跟女人沟通时，那颗脑袋抬起来，直直地看他。

眼前的不正是火车上遇见的少年吗？或许他看得太久，女人用稍显严厉的声音对少年说，黄河，怎么不知道喊人？

"黄河？"何田田念叨了一遍这个词。当时我们在车上，我望着前面的车屁股，上面贴着新手标志。前面的车移动得很慢，阳光在一辆辆车上打旋，我等着她问问题。如果她问，我会跟她说说黄河。她什么都没问，所以我什么都没说。

如今她更不会问了，楼上传来咚咚咚的声音，一下一下的，间隔均匀。何田田说："楼上那家的男人，脑血栓，练习走路呢。"

"很经常吗？"

她点点头，浑不在意地说："经常，只要我在家，就能听到。"

"你没上去找过他们吗？"

她摇摇头。

点头，摇头，好像所有的话，都简化成几个动作。我莫名有些恼怒。我说："要不我帮你上去说说。"

"你别假殷勤了，用不着你。"

语气里那股蔑视，燃起我心中的怒火。我仍然很客气地说："不用不好意思。"

"用不着，"她说，"其实我挺喜欢听听各种动静的。"然后她定住，"你听听。"

我竖起耳朵，除了拐杖敲击地板的声音，什么都没有听到。

"再听听，嗡嗡嗡，这是水泵声。"她脸上浮现笑容，

"水泵默默工作呢，真让人安心。"

"人就是活在各种各样的声音里。"她转向我，声音很大。"你仔细听听吧，那么多声音呢。"她早就不需要我回答了，也不需要我再讲什么，或许现在她愿意对我说话，只是想听听自己的话音。

我使劲听，楼下有一些交谈的声音，窗台上的三角梅似乎也在说话。甚至隐隐听到有雷声，我望向窗外，天空仍然晴朗。我感到很压抑，好在只是很短时间。接着响起螺旋桨旋转的声音，我和她都望着外面，直到一架直升机从她窗户里出现，又从她窗户里消失。

她伸了个懒腰。"随便听一听，就会发现生活围着你转个不停。"

看着她的眼睛，我知道她不是随便说说的，她有自己的体会，只是不能随便分享出来。我又想起黄河了，他棕色的眼睛，额头上一条瘢痕，一个人低着头走过一条横幅。然后我想起东东用指腹轻轻滑过我的脑门，凑到我耳边说我的妈妈是只鹅。我看向何田田，从她身上寻找鹅的影子。

那天在车里，在她自顾自重复一声黄河后，一定是相隔很久的另一个时刻了，她说："你给我讲那个故事吧。"

任谁听到，都能听出她的诚恳，而她不会用话语把诚恳累赘地复述一遍。

黄河。听到这个名字安林尔感到一股滑稽的相似性，世界在当时吐露出一种可笑的绝望，看上去如同巧合。他试图找出两个少年的不同，没能找到，但仍然认为这是两个不同的少年。他这么说服自己,自己用黄河的形象脑补了另一个少年的模样。

那时他接近七十岁,不再向外界要任何答案,只想抓住许多一闪而过的感受。他在福喜旅馆住下来,白天在镇子上闲逛,有时也走远一点,穿过铁路涵洞,到达树林和田野,站在村庄的边缘,眺望一种遥远的生活方式。玉米即将收割的季节,玉米田将道路变成峡谷,无数黄昏他走上同一条,尽头一棵死掉的杨树,浅红的夕阳贴在玉米穗上方,他几乎要走进太阳。

福喜旅馆的老板叫哈红妹,安林尔闲逛归来,会坐在柜台旁边和哈红妹聊天,遇到听不懂的地方,他就让哈红妹用别的词重说一遍。有时候赶上母子俩正在吃饭,也招呼他一起吃。那段时间,哈红妹和黄六指的父母闹得很僵。她告诉安林尔,自己准备卖掉旅馆,带黄河回娘家去。她总是一边摸着黄河的脑袋,一边说,老黄得罪了很多人,还是离开比较好。

安林尔望了望年轻人的头顶,记忆中那个光头的少年,现在头发长了。

是你对吗?黄河又说话了。杀人的那两个人是你雇的,是不是?

这话让安林尔无比困惑,为什么会认为是自己呢?他暂时沦为无法苏醒的幽灵,寄居在关于平原的记忆中,没有开口的兴致。眼睛里,黄河不断浮动黑色轮廓,亟待填充。身处的空间很陌生,但感觉不远,他闻得到气息,也许就在旅馆下面。过去他以为对这里已经足够了解，事实上仍然缺乏了解。

买下这家旅馆之前，安林尔已经知道发生了什么。哈红妹的丈夫，私下里人们喊作黄六指，夫妻俩相差十多岁，旁人都说她是买来的，但听起来更像传言。黄六指是一伙人的老大，早年间经过几场恶斗，搞到了蔬菜市场的承包权，并且垄断了火车站货场的贩煤生意。鼎盛时期，建了这家旅馆。

在安林尔到达小镇的几个月前，黄六指开车去县城办事，当天没有回来，第二天尸体出现在距离镇子十公里的河边。

讲到这里的时候，安林尔特意提醒我，后面这一段是他想象出来的。

何田田问我："你说是他亲口讲给你的？"

这不是她第一次问了，我再次告诉她，是的。我早就跟她解释过，仅有的一趟东向列车会停靠在晚上九点多的车站，我下飞机后，坐这趟火车回去，夜里不愿麻烦别人接我，会在福喜旅馆住上一晚。

我还记得很多东西。候车厅玻璃碎掉的窗户，大厅里没有常见的连排座椅，很少的几个人站在行李旁边沉默或者说话，像冬天田野中的树木。站前广场台球摊摊主是个跛脚老太太，总是坐在一张塑料椅子上，一言不发地盯着每张桌子。我怀疑她脑子里有好几个计时器。和何田田等西行的火车时，我们会玩上一会儿。当时她已经怀孕，微腆着肚子，总是掌握不好角度。看上去我们都很开心。

早上从福喜旅馆出来，在旁边吃一份水煎包。她们用果木烧火，那个胖胖的短发妇女时不时提起锅盖，盛了水的勺子在锅上娴熟地画个椭圆，这么做的时候，她总是在升腾的雾气中望向远处。

过去我向何田田描述这些画面，它们既不会令我沉醉，也不带来感伤，只像平原上的暮色弥漫。

过去的许多年里，安林尔偶尔想起哈红妹，带着一种赎罪般的困惑，想象她怎样跟在警察后面，走向丈夫的尸体。这样一幅画面自行生出无数细节，听到这个消息时她肯定会惊愕，但没有哭，只是招呼儿子在家不要出门。受伤、讨债、蹲局子这样的事会有心理准备，可死亡毫无准备。但在见到尸体之前，死亡仍有一段距离，只是一小截信息。这讯息塞在她的心里，应该堵得她有点干哕，她背负着它，也抗拒着它，它还不是一个事实。

想象中，哈红妹只是哭或不哭。哭的姿态并不好看，因为太过用力。仰着头哀嚎，然后俯下来，双手拍打自己的膝盖，嘶吼一些呜呜不清的句子。不哭又该如何？是冷冰冰？还是浑浑噩噩？真实的情况既然他没能看到，就永远没办法知道了。真实不仅仅是一个即时视角的事实，还与周围的一切有关，那些静物，时间空间，流动的人，流动的无形物体，过去及未来的岁月。这一切都在同时发生，它们暴力且天真，它们温驯且真诚，无法剥离。

有几十年的时间，他也想象戈林的死亡，带着巨大的报复和遗憾。然而，怎么想象都不够，戈林服毒死亡成为一个巨大的空洞，让他束手无策。自杀给戈林平添了几分英雄气概，仿佛是对世界的嘲弄。

尸体躺在那儿，残忍又天真。他经常想象的一个细节是，哈红妹看到早上出门时她帮丈夫拿的西装窘迫地贴在不再动弹的身体上，眼泪一下子涌出来，胃里反而舒服了。死亡变成一个事实，躺于地面，还弄丢一只鞋子，袜子大脚趾那儿破了个洞，现在骄傲地向上仰着。这双袜子哈红妹早想扔掉了，但黄六指不让。要是知道会有这么一幕，黄六指肯定不会留着这双袜子。

尸体在河里泡了那么远，已轻微肿胀。看上去很简陋，下面是草，没有垫东西，她感到心疼，尽管天还不冷，可地上多湿多凉。身上没有盖任何东西，下午的阳光质地轻柔，尸体看上去到处都是水。脸上没有血色，白色细条纹衬衣胸前红了一大块，被水泡后，仿佛扎染过。河流在尸体旁边流淌，远处有人三三两两站着，天空高远，野草丰茂。

这个丈夫，做过很多坏事的男人，作为一具尸体躺在那儿时，仿佛一个不好不坏的人。

作案手法没什么技术含量，破案花了不到一个月时间。凶手是谷楼村的两个农民。说是在一场牌局上，黄六指看不起他们，心里恨上了，瞅准行踪，等他开车从县城回来，拦下，本没准备杀人，黄六指一挣扎，失了准头，就这么捅死了。后来，这两个谷楼村的男人，一个枪毙，一个坐牢。

在回忆的缝隙中，安林尔听到黄河的话变多了，仿佛借着那些话整理自己的仇恨。安林尔仍旧在回忆。回忆不是出于主动，到他这个年纪，记忆成为重要且蛮横的客人，总是不请自来。

他已经想不起来买下这家旅馆的念头是怎样产生的。美国人的身份给他添了不少麻烦，也带来不少便利。其中的琐碎已经模糊，唯一清晰的细节是，那段时间，镇上主要街道上空都横贯一条红色横幅，上面写着"热烈庆祝黄六指被杀案圆满告破"。在他处理购买旅馆事宜的那些日子，总是会从红色横幅下走过。

毫无道理的事情，从美国不远万里，在一个陌生小镇触礁，停留下来。这件事如何影响他？它不是一个原因，甚至称不上是一个结果，仅是一种呈现。过去他朴素地认为，塑造和改变一个人的，是那些生命中的大事，生活的巨大转折。现在回想，参加"二战"，看押戈林，恋爱结婚，妻子的死亡，远赴异乡，或许这类事情更多只是改变一个人的生存轨迹，提供另一种境遇，只是让人换了一种生存的方法。而对于维持个体灵魂运行的系统而言，它们稍显无力。起作用的是另一些微不足道的东西，甚至是精神上微妙的错觉，它们日积月累，浮尘般笼罩，甚至想不起来它们到底是些什么。

黄河的声音突然变得尖锐，到了无法忽视的程度。每一天我都恨你，每一天我都想杀了你。

安林尔意识到，这是这个年轻人最强大的时刻，他几乎愿意摧毁一切。这也是他最虚弱的时刻，许多微不足道的事物就可以轻松摧毁他。

"你听到水声了吗？"何田田站起来，皱着眉头，快速走两步，又像忘记要去哪里，突然回头。她的眼神里充满茫然，仿佛刚刚发现屋子里还有一个人。随后她仿佛清醒了，表情变得痛苦。她缓慢地回到原处，扭头看着窗外。

"可能是梦里传出来的。"她自己回答，声音像平原上的冬天。她重新坐下，看我，目光让我微微恐慌。"我总是做梦，只有我一个人在一大片芦苇荡中，空气中都是水声。我知道那是黄河，是你说的那个黄河，我一直走，想走到黄河边，可是怎么都走不到。"

她叹了口气，突然伸手拿起盘子里的苹果，翻来覆去看了几遍。

"每天我都得吃一个苹果，不吃不行。这是最后一个了。"她目光里充满怜惜，拿起刀子，开始削皮。"我总把最好看的留到最后。"

这时候天光突然暗淡，昏暗中仿佛有种危险，我向窗外看去，有朵云刚好挡住了太阳。何田田的手仍旧那样安稳，我知道她会像过去一样，将苹果皮削成完整的一条。接下来的这一段，何田田是我唯一的听众。

买凶杀人的传言一直有，安林尔接手旅馆后的半年多里，听到好几个版本的传言，有说是竞争失败的对手，有说是野心勃勃的手下人……但他没听过自己是主角的版本。

与自己是黄河认定的杀父凶手相比，更令他诧异的是，自己从来没有试图想象一个孩子如何理解父亲的死亡，纵然是一个人人说死得好的父亲。他在一道道红色的横幅下走过时，那个男孩也在同样经过。那段时间里，虽然没有亲眼看到，但发生在黄河身上的事情他全都知道。但他什么都没有做。而哈红妹在相似的境遇里自顾不暇。

他用沉默回答黄河，同样是在对抗。他用沉默宽恕黄河，同样是在褫夺。他不是他，他们处在相同的空间里，但只是两个重叠的世界。重叠，永不融合，它们有完全不同的本质。世界是一系列世界的重叠。隔着重重阻隔，他听到天空中一座巨大的表盘，正在用指针记录一切。

我是无辜之人，他心中轻声呐喊。随即惊疑，无辜这样的词，真能形容自己吗？他回想起戈林一遍遍叫嚣自己无辜时那副令人恶心的嘴脸。也许是我做的呢，只是我忘了，他虚弱地想。记忆越来越不可靠。

你不敢承认吗？你这个懦夫，你不敢承认吗？黄河跪在了地上，鼻尖几乎碰到他的鼻尖。安林尔又看到了黄河，那是一张面积挺大的脸，上面流淌着悲伤和愤怒。这张脸和他父亲多像啊，这个念头刚一冒出，就带着新鲜的困扰，安林尔想不起来何时见过黄六指，也许看过照片，可他一点也想不起来。一些瞬间，几个场景，若干画面，没有别的了，忘记的事永远比记得的事要多。

黄河的脸已经从他眼前离开，但仍牢牢占据他的脑子。空间的位移已不重要，它已找到自己的位子。这是一张多么年轻的脸，仿佛一只悲伤的羔羊。有一份年轻人的仇恨需要我死。这样想着，一抹绝望的温柔从安林尔内心浮现，蕴含恻隐，他的喉咙解开封印。

是我做的，他说。随后又接一句，你妈还好吗？他本是真诚地问出这一句，或许声带锈蚀的原因，声音里蕴含令他吃惊的冷漠与傲慢，隐隐指向灾祸的氛围。像是罪无可赦的强盗，他想。

黄河几乎是癫狂地发出嘀嘀声。安林尔感到后悔，问这样的问题有什么必要呢。他还记得母子俩是连夜离去的，他送两个人走到站台。能带走的东西不多，只装满一个蓝色包裹，哈红妹吃力地提着走上车厢，临时台阶冷漠叫唤两声，列车员在催促，黄河裹在一件成人的棉衣里，跟在蓝色包裹后面，看上去小极了。根本来不及告别，哈红妹的确回头看了一眼，但那一眼极其迅速慌乱，只来得及确定儿子的位置，就被着急关门的列车员推搡到里面去了。

风大，安林尔裹紧衣服，挪动脚步，透过潮湿的车窗，和哈红妹一起穿过一排排座椅，缓慢，模糊。到了座位，哈红妹先让黄河坐下，独自踟蹰片刻，然后踮起脚尖，举起蓝色包裹，胳膊伸得笔直，摇摇晃晃。她像是把一生都打包在里面了。有一瞬间安林尔看到它几乎要掉落下来，最终还是撑住了。哈红妹露出卸力后的轻松表情，坐下来。黄河擦去了玻璃上的水汽，注视着安林尔。安林尔向他摆摆手，他无动于衷。哈红妹凑到玻璃前，先是抓了抓黄河的脑袋，随后向安林尔告别。安林尔只看到她嘴唇在动。哈红妹望向安林尔身后的黑暗。

解脱的茫然，不自控的茫然，火车噗呲几声，开始时笨重，速度起来后，标枪般刺入黑夜。

黄河在空间中消失了，时间无序地排列。安林尔看到火车在黑暗中消失，随后走进另一个夜晚，纽伦堡监狱里，年轻的自己伫立门外，完全意识不到几分钟后即将到来的失败。他经过年轻的身体，步入牢房，看到戈林在被子底下假寐。他无声无息地取走那根藏着毒药的水笔。中年的安努斯卡在窗子前昏昏欲睡。在大瀑布城，女儿拉开车门，女儿的两个孩子围绕阿妮达，阿妮达从包里掏出在密苏里河岸捡的石头递给她们。旅馆接待处后面墙上挂着一动不动的简笔黄河小画。椅子旁掉落的戈林传记。他还看到无法想象的事：哈红妹站在河边，用复仇的眼神注视黄六指的尸体。

随后跌入平原上的往事，他在死了。

苹果已经削好，何田田将果皮在桌面上围成一个圆圈，随后她左手拿着苹果，右手拿着刀子，吃力地闭上眼睛。

她没有睁开眼，问："他死了吗？"

"死了。"我说。

"死了是怎么给你讲这个结尾的？"

我没有回答。我看着她的脸，而她的眼睛睁开，又停留在我身后的某个地方。眼神里有漫不经心，有陈年的、远方的气息。那里到底有什么？我愤怒地想。我终于忍不住回头看了一眼，那里有什么呢，一小块洁白的墙壁，挂着一幅小画，我眯了眼睛，想看清楚上面是什么。

何田田仿佛完全变了一个人，吼道："死了是怎么给你讲这个结尾的？"

"一个人死了，是怎么讲的？一个人死了，是怎么，给，你，讲，的……"她说话的速度越来越慢，后面一个字一个字蹦出来。被她的眼睛紧紧攥住，我溺水般喘不过气。我想闭上眼睛，可是那微小的肌肉也做了叛徒。许多画面和黄河滩上的芦苇一起，湿漉漉地灌进了我脑子里。

那天倒是和今天一样的好天气，就是风大。不过风也不是那天才大，黄河边的风一直很大。风让人畅快，人们从河流上引一大片水出来，摩托艇一百八十块钱半小时，何田田在水边痛经，我载着东东在水上飞驰。无论我怎样努力，也想不起来摩托艇是怎样冲进黄河河道里去的。再次见到东东，已经是好几天后，在下游几百公里处。

我们到达时，东东的衣服已经干了，可看起来依旧湿漉漉。头发上有血迹，一绺一绺地贴着他脑袋。何田田张着嘴巴，脖子向上挺，喉咙如同卡住了，就像一只曲项的鹅。我以为她要倒下了，去扶她，手指刚刚碰到她的身体，尖利的号啕如同匕首，划开她的喉咙。

"谷经生，我听好多年了，人死了，是说不出话的。"

她的声音很轻，很慢，我没在她眼睛里看到仇恨，仿佛在说一件与己无关的事。

怎么会无关呢？我的心脏很痒，如果河流有感觉，冬天的冰融化时大概也会是这种痒。它越来越痒了，我很想撕开胸口，使劲挠一挠，可我的手不听使唤。我曾用几百个夜晚在鬼魂中行走，走遍这片平原。那些陌生的鬼魂告诉我，它们已经知道我在寻找什么，但它们没有收到东东的消息。

于是我躺下，像儿时一样，躺在父亲身边，而他在沉睡，就像他再也无法苏醒。他只有上半边身子，横挂在树林里的一棵年轻的洋槐树干上。月亮和清霜。所有的星星都在下坠。他死后，第一次见到他的时候，在很远的地方，他在我耳边说，你来了，你带着远方的记忆回来了，你想杀死我，你的父亲，你想杀死这里的你。

我跑回了家，没告诉母亲这件事，在被窝里一夜没睡。第二个夜晚，我还是来到同样的地方。

"你有可能来，有可能不来，但你来了。"

"你的腿呢？"

"平原上的鬼不长腿，平原上的鬼永远无法走动。"

"我还以为阴间在地下，或者另一个地方。"

"阴间就在这里，和你们一起。"

"我以为见到你的地方会是你的坟前，或者家里，为什么会在这里，挂在这棵洋槐树上，这不是咱们家的树林，不是咱们家的树。"

"我不知道为什么会在这里，不是我挂在树上，是这棵树恰好长进了我的身体。"

"你死得痛苦吗？"

"我听到一声巨响，从脑子里发出。枪子进入我，不疼，只像一股温暖的水浇灌我的身子，我才发现我那么僵硬，身体里所有的器官，都被浇筑了一层泥塑。温暖的水不停流淌，直到洗去所有的泥，然后我碎裂成无数片。于是我看到我的罪恶，我成年前强奸过的女孩，我打断的腿，我偷过的钱。我看到所有的罪恶，我想这片土地上，一个人只有死了才能看到自己的罪恶，只有死了才算半个好人。然后我带着所有罪恶，像一串项链飞过云朵，我看到我们的田野，看到树木和坟墓，看到谷楼村。它像个大点的猪圈。太拥挤了，我看到活着的邻居们，也看到死人，死人几乎占据每一个角落。我向下飞，想去给我的祖奶奶打个招呼，我还记得我冻僵的脚在她怀里融化，但离她很远就飞过去了。我想回家看看你妈，那时候我对她产生从没有过的柔情。但我停在了这里，没有脚也没有腿，再也无法挪动半步。"

"我倒是希望你死得痛苦一点。"

"瞧瞧，我在说些什么。这个我真陌生啊，很多时候我很不适应。我得承认，我还有点怀念过去那个活着的我，想做做他做的坏事。"

"所有的死人都会变成鬼魂吗？"

他发出一声长长的"呜"，而后发出"咄咄咄咄咄咄咄咄咄咄咄咄咄咄咄咄……"语速迅速加快，而后又骤然变慢，却没有气尽的感觉，我意识到鬼并不需要呼吸。我看见树林里开始浮出光点，像夏天的夜晚华南植物园萤火虫升起的样子。而后光点出现在屋顶，出现在街道，出现在田野中，成河成海，燃烧整座平原的夜晚。

"这里有饿死的人，有被吃掉的人，而吃人者的鬼魂正和被吃者的鬼魂待在一起。那个是日本人，那个日本人的鬼魂还没有沉睡，有时候我以为，不是他不要沉睡，是别的鬼魂不愿意让他沉睡。不用打招呼，你看到的许多半截人的轮廓，已经感觉不到你了。它们把世界忘了。你看，那些张着嘴的，是大水淹死的鬼魂；那些抱住手指的，是大旱渴死的鬼魂……哦，你看，夜马虎又来了，我们都很怕它，它会吞噬我们的记忆。"

"所有的死人都在吗？"

"我知道你想问什么。不过，要让你失望了，他叫东东，对吧，我的孙子，我没有得到他的消息。也许他还没有沾染上这片平原的罪恶，所以他不属于这里。看你的脚下！那是你的姐姐，她一出生就死了。"

我像滚油里溅出来的水滴，蹦出半米远，另一截鬼火穿过我的身子。而原处那一团小小的光，分不出头和身子。我不知道应该怎样跟她打招呼，手掌僵在那里。

"不用费心思，她又死了，变成一种耳鸣。你听不到，我还可以。"

代后记

向上朝着我黯淡 [1]

最初的记忆，死亡没有夺走她。

修建一间厨房，为了节省砖头，檩子架在另一间房子的山墙上，所以它将有一个倾斜的屋顶。男人们正在砌后墙，那是最后一面墙了。聊天，瓦刀敲打砖块，是声音而非画面。院子里，一个人坐在矮凳子上，不仅是位母亲，还是一个女人，二十多岁，离死去尚有七年富余。男孩肯定不到三岁，肚子支在女人的膝盖上，身体当跷跷板。后来，他快乐到疲惫，站在女人身侧，问快盖好了吗？女人说我不知道，你自己去看。旧砖搭配新泥，前墙坦诚且新鲜，男孩看

---

[1] "向上朝着我黯淡"，来自保罗·策兰的诗《在一根蜡烛前》："按照你的吩咐，母亲，／我用雕花黄金／塑造这个蜡烛台，从那里，／在裂成碎片的时辰之中，／她向上朝着我黯淡：／你的死／所诞生的女儿。／……"（黄灿然译）

进空门洞，零散的碎砖，一堆泥浆，树影在上面平等地浮动。不只出于那种羞涩的胆怯，男孩摇晃女人的胳膊。你去看嘛，女人说，你进去看看，自己去问，去吧，去。

去吧，去。要多少次鼓励，男孩才开始往前摸游，他回了一次头，女人说去吧，没事。他又回头一次。去吧，去。女人的杏仁眼来自一个富农的儿子，女人的杏仁眼里男孩往前摸游，直到男孩的手指碰到砖墙。潮湿、新鲜、清凉，男孩走进门洞，带着脑子里盲目的自信，仿佛世界天然给予一个人爱与偏袒，只叠加而不夺走。一个男人，挂着铁锹，暂时没有和他的泥。另一个男人，在后墙背面，在高的那侧，起伏他的脑袋。那张脸熟悉，但以后会陌生，因为男孩会看着那张脸衰老，总是这样，越熟悉的脸越让人无力，最新的脸轻易覆盖掉所有过去的脸，不可逆转。有一年中他会怀疑，难道生命如此吝啬，成长的代价必然是衰老？他问出了那个问题，快盖好了吗？和泥的男人动了几下铁锹。在高的那侧，脑袋起伏，敲打砖头，抹去砖缝溢出的泥，说快了快了。男孩不知道快了不是一个时间单位，他知道这个家里将有一间新厨房。

小孩，快出去！这个声音提醒他还有另一颗脑袋，在低的那侧，那一天这颗脑袋年龄最长，但后来看过去，比另一侧的男人年轻。声音急促而严厉，但听得出里面的逗弄。他是谁呢？男孩记得那张脸，但二十年后，从上面剥下来三个人的样子：一个亲戚，一个村里人，一个找不到来处的人。这份模糊会永远保持下去。他受到惊吓，像一根弹簧扎进了女人怀里。大人们哈哈大笑。女人很愧疚，说是她让他去的。那个男人卸下伪装的严厉，说他怕瓦刀砍断砖头，砸到男孩。男孩终于从女人怀里出来，躺在女人的一条大腿上，看洋槐树的树冠。

那是暮春？还是初秋？他曾对几个人说过，你无法不爱这种树，假如你见过洋槐花绿中透白，假如你淋过它的黄叶。但他还是杜绝这份浪漫化的势利，没有洋槐花，没有一树黄叶，这没有减损他对这棵树的喜爱，阳光下，每一片叶子莹莹若有光。爱在那里微小，不抵抗。

但或许是另一次。

在另一个村子，他离地面更近，而土地更加晃动。他会说话了，世界受困于轻微的睡意，他独自醒来，一个午后，天不会很热，因为皮肤并不裸露，也不会很冷，因为他没有裹上棉袄。阳光在木门框外明亮，却吝啬，只照亮堂屋的一小块。浮尘因光芒苏醒，懂得光的边界，只在内部游动。他怕吸进肚子，于是小心呼吸。世界看上去一颗实心，他伸出手掌，如同伸进了内部，浮尘惊慌躲避，但并不远离，像那些男人吐出的烟，又像那些从牛粪上涌起笼罩头顶的飞虫。后来，房子也困了，而世界正在变旧，他听到声音，没有来处，像光秃的竹扫帚扫变硬的雪。他望向暗处，衣柜后面，老人在床上做梦。一张柳木拔步床，床廊下的板子断了一块，他蹦断的，以后他偶尔陷进去，在他要爬上床的时候，而那个老人坐在床上如在洞中，笑他活该。他喜欢睡那张床，老人亲手织的棉布像平原一样平坦。棉布有粗的经纬，暗蓝色的条纹有粗有细，一群条纹与一群条纹之间，隔着同距的白色。他喜欢手指沿着暗蓝色的一条滑行，颗粒的细腻的棉花的柔情，会清凉，因为湿气一年年。土的地面，终年泥灰色，碗口大的凹陷与凸起，人在上面过活，仿佛在佛祖的头顶。窗户鼻孔大小，一横四竖的灰木头，正在开裂，封窗的塑料布已经脆透，手指碰到就是一个窟窿，为此，另一个老人呵斥了他。

八年后他会站在另一扇窗子后面，面对同样被太阳夺走韧性的塑料布，望向窟窿外的世界。但他无法用一个数字越过其中的年份，所以他留在两岁前后，站在老人的堂屋，房子味道浓重，但不黏腻。味道让屋子里的空气庄重且久远，渗透进每一件家具，黑色，裂缝，或许是柳木，纹饰和边角与拔步床同样风格。味道的源头，一尊白菩萨，一尊红财神，在黑色迎门柜的上面，枯守着各自的香炉，而墙上贴着四个巨大的人头。

每天，那个会织布的老人点燃香烛，燃烧的是什么？那时男孩不清楚，他一出生就是老人的那些人，曾经年轻过。燃烧的是什么？气味和烟雾一起升起。更重要的是香灰，香灰一年年，味道连同湿气，化为一栋房子的尊严。所以老人小声说话，默默祈祷，点燃香烛。她说做事的时候，别给事情加太多价值和意义，这些东西会一口吞掉你哟，事情越大，咱们越要活小。在那里，疼痛一年年，沉默一年年，爱很微小，不抵抗，在那里。在土墙里，在先是稻草后来更换的灰瓦片底下。土墙有泥灰色的里面，找平的土里混着麦秸。

房子人们建，一个富农的儿子，读过几年私塾，村子里的木门框上，贴满了他写的对子。对子也贴在这栋房子的门框，糨糊一年年，木头一年年，木门上贴过鲜红的囍字，或许也是富农的儿子亲手写的，几里外一个地主的女儿带着她的小脚，来到门前。假如已经没有盖头，她会看到那个字，或许她会多看几眼，带着她会绣花、织布、洗衣、烙烙馍、做衣裳、剪鞋样子的手，带着她漂亮的眼睛，带着一个符合人们期望的妻子的形象，并非美德，而是惩罚。男孩望向衣柜后的昏暗，直到看清拔步床的木顶。

那个地主的女儿正躺在他看不见的底下，让他感到她的存在，而十八年后她会死去，那时富农的儿子已经死去七年，死在几十米外另一栋房子里，而她的三女儿，已经死去十年。但这一刻她梦到所有人都活着，她躺在床上，用曾经浮肿但从未胖过的肉体，睡一个长长的午觉。男孩收回的目光，经过衣柜的后背，黑色，日历挂在上面，依旧是一整年。过去的日子被掀开，银色夹子夹住，挂在另一根钉子上。那个富农的儿子，拒绝撕掉任何一张。白纸红字，正在裸露的日子到底是什么？剩下的那半沓，无法确定厚度。如果男孩认字，或许能在上面看到：诸事可行，九星九紫。

所以他爬过门槛，走进摇晃的大地。

大地明亮，而所有建筑的颜色都来自土壤。院子里的一切，他曾熟悉，但此时陌生。西边的厨房木门半敞，一个影子正在走进。门口的水缸搭着高粱秆织成的盖子，枣树在旁边，比老人们年轻许多，这片土地上没有一棵树超过三十年树龄。这里的人太饿了，这里的人饿坏了。这是哪个季节？枝叶间是谷粒般的小花，还是青绿色的果子？记忆不吭，但给他声音，是什么而不是其他，使他朝院门走去？

去吧，去。在所有记忆之前，去向的到底是哪里？

仿佛一条足月的小狗，下睫毛几乎碰得到地面，他第一次独自走出家门，长长的胡同朝他倾斜。他往南走，仿佛正在一条河中，而手臂是鸭子的翅膀。村子里没有一百年的建筑，尽头，一片三角空地，一条斜路。这是他从未抵达过的地方，大风吹尽浮土，路面洁白、光滑、坚硬，曾有拖拉机轧过雨后的地面，依旧残留三五条车辙。世界不吭，但给他声音，路边的土墙亮得刺眼。他倾听这种声音，触感像流逝的梦漫过大脑皮层。他站在这遥远且危险的地方，体会世界尽头带给他的恐惧。他看见墙根几块砖上，硝的行迹犹如农历十月的蛇皮。云因硕大而低垂，天空凭自辽阔，气息冷漠，气息肃穆。天空不在乎。几棵杨树高大，叶子是新鲜还是枯黄？一处人家的门外是晒干的粪坑。一切在他的周围游动，以漠不关心的态度，他睁着眼睛，注视天空，而四下的土地向他围拢。

你怎么在这里？声音来自一个高大的男人，他终年肥胖，脸上是大象的表情。男孩的堂舅，一个好人，地主家的女儿给他的评价，后来死在一个男孩记不住的年份，在地主家的女儿死去之前，在地主家女儿的女儿死去之后。此时，他活着走出家门，看到男孩，整片平原上的教训令他心惊胆战，他上前拉住男孩的手，走进了胡同。

个体记忆无法覆盖之处，在最初以前，发生了什么？

女人在另一个房子里怀上了他，然后他出生，然后男孩的伯母死了，喝农药。她是很好的人，一张圆脸，微胖，我见过最心善的人，记忆从女人那里传递到他的记忆中，只剩这些了。他常常试图想象她，但想象不出。总是这样，好人更伤心，更容易死去，总是这样，总是。然后一个历代贫民的儿子，在隔壁院子，又一栋土屋旁边，一个冬天，走到路边，清晨的碗里红薯熬成的粥在他的嘴唇上凝结如脱落的唇皮，他淡淡地蹲下，肩胛骨搁在膝盖上融化进一排邻居同样的麻雀似的灰。红薯粥他呼噜噜喝，喝得更快，于是他带着全身的沉默起身走回院子，抱一捆玉米秸，放进牛的食槽，然后去抱第二捆，在到达之前，倒在了地上。一个人如何理解一个在记忆之外的人？那个人抱着一捆玉米秸，倒在上冻的土地上，心脏正在梗塞。牛最先知道，有三秒停顿，嘴角十厘米的干玉米叶溢出，然后吞进去，下唇继续左右摇动，垂首伸出舌头，更多枯叶扫进它的喉咙。这场死亡在男孩那里是二手记忆，死去的脸从牛的眼睛抵达他的眼睛，要在十几年后。

一间更新的房子，写字柜的抽屉里有一些干掉的油污，几把扳手底下，一盒缝纫机油用掉了三分之二，剩下的三分之一等了六年，没有等来那只手。他的指腹经过透明的表面，粘上因等待而变黏的液体，在盒子旁边发黄的卫生纸上，搓了两下，然后拿起两张身份证。一张脸过了二十年有效期，熟悉的国字脸，因过于年轻而弃用。另一张写着更老的年份，在那里，于他而言，时间是年代而非年份，在那里，时间不给他更好的分辨率。在那里，像素点与像素点之间，巨大的空白后面是什么？在那里，剩下一些明确的词汇，词语过分清晰，掩盖了背后的一切。那张脸过于清晰，像上面陌生的名字。黑白，瘦削，尖下巴，双眼皮像两道无力的褶子，向下垂落，眼神里看不到死亡。那不是一对人的耳朵，像老鼠的脸长了狐狸的耳朵，尖形的上耳廓，比下巴更尖。这是谁？这张可怕的脸。一个人在他的一手记忆之外，突然有了具体的模样。

有人出现了，一个大他两岁的女人。这应该是咱们爷爷，咱爸不告诉我，你可以再问问，但你有可能挨骂。

他走出房门，走进院子，迎面走来的男人，清空那张在高的那侧浮动的脸，不可逆转。这是谁的身份证？男人的眼睛移动到他的手，消失了笑容。男人接过去，站在院子里的夏天，开始沉默，注视，手指薄薄地捏住。

是谁？是谁呀？是谁？

你从哪里拿的？你拿它干什么，快放回去！

你给我说是谁呀？这有什么不能说的。是我爷爷吗？

你听谁说的？

我姐说的。

她就喜欢乱说话，你们拿它干什么，我放回去。

男人走进屋子，指着敞开的抽屉，跟他确认是不是从这里面拿的。然后放进去，继续看了几眼，在那张脸膨胀之前，合上了抽屉。男人走出房子，在院子里走动，捡起一片树叶，踩低一块翘起的砖头。拿它干什么？男人轻轻低语。

拿它干什么？拿它干什么？拿它干什么？

那个人在男人那里不是二手记忆，记忆真实产生之处，一个人怎样活过几十年，剩下一段沉默，而眉毛和眼睛留下，出现在男孩的一手记忆里，那几张血缘熟悉的脸，而那对尖耳朵，从他每一位亲人的头上消失。

死者的尖耳朵紧贴上冻的地面，牛继续嚼它的草，下唇左右摇动，男孩满了一岁。几个月后，年轻男女从村子西北角出发，经过低矮的房屋，经过亲人也经过仇人，经过土坑和树林，抵达村子最东边，清理一片林间空地，建一座新的房子，男孩将开始逐渐生产自己的记忆。

但不着急，记忆不着急回到记忆清晰之处。在最初的最初的最初，在二手记忆无法抵达的地方，发生了什么？

村子里没有百年的建筑，黄河的第五次重大改道，发生在金末元初，包括从金哀宗开兴元年（1232 年）到宋理宗端平元年（1234 年）的三年间连续发生的两次人为改道。1232 年蒙古军队挖开凤池口，滔滔黄河水从归德西北倾泻而下，直冲城下。可是城高，河水并没有灌到城内，而是绕城而过，在归德西南流入灉水，夺灉入泗。两年之后，南宋军队北上开封，与蒙古南侵者争夺中原。蒙古南侵者针锋相对，引军南下，重演了一出决河灌军的故伎。决河的地点是开封以北二十多华里处的寸金淀。河决后，水南流，经封丘、开封到杞县，分成三股岔流。主流流过杞县新旧二城之间，经太康以东进入涡河，再到怀远汇入淮河。元成宗大德元年（1297 年），黄河在杞县蒲口决口，经商丘、夏邑境内，到徐州汇入泗水，再转入淮河。明正德至嘉靖前期，黄河下游仍呈多支分流的局面，当时比较稳定的泛道共有五条，分为南路与东路两大流向。嘉靖十年，夏邑知县滑参于邑城之北三十里许筑长堤以御水患，西自归德东，东至萧县，延袤百余里。长堤而后多冲坏，乾隆十七年，归德知府陈锡辂率夏邑知县初元方，用民重新修筑。[1]

清咸丰五年（1855 年）六月，黄河在兰阳铜瓦厢决口，此后逐渐恢复了北宋以前的流向。这是黄河变迁史上的第六次重大改道。黄河暂时离开了村子，余下一道长堤守着它没有带走的胳膊，在地方志里，胳膊名为巴河。又百多年，胳膊分解去所有血肉，留下骨头，骨头上种上庄稼，长出村庄，空余一道残堤。1980 年后，村人们刨开长堤，平整出几百米宽的高坡，而到下一个十年，男人的家庭会在这里分到两亩七分地，沙土里的红薯会长出沙瓤。在土下，男孩挖出米粒大小的白贝壳，指甲大的煤，在那之前，为了组建家庭，二手记忆重新回来，八十年代将磨男人的脚，他带着黑皮肤和青春痘，带着红薯干养活的胃，来回一百六十里，一遍遍，村子与市区，运输泡沫鞋底和竹竿。在路上，他亲眼见证，原来太阳从东边升起，原来太阳从西边落下。脚上的血泡和手心的茧子，变成红砖房，在村子的西北角，在三处

---

[1]　相关资料来自辛德勇《黄河史话》，明、清、民国时期《归德府志》《夏邑县志》。

434

院子的更西边。

　　树林是房子的院墙，林外宽沟大壑。女人在这里生出一个女儿，一年多后再次怀孕。肚子里的活人比死人更重，砖坯比烧熟的砖头更沉，有些路很短，人是更主动的驴子，砖坯从空地搬进窑里。煤在燃烧，火焰哪里去了？有些火从不熄灭，甚至长时间不热，偶然间才会烫人一下。火是一种能量，逸散在空气中，传递到铁里、水里、土里、馒头里。女人托着肚子，消化火光的残余，在胃里，等待因误差而发白的砖头。十年后她将死去，而几个月后她分娩，生出她的第二个孩子。

　　房子里没有男孩的一手记忆，但在他的额头留下一道永远的疤痕。隔壁院子那个最大的女孩，喜欢他肥胖的小手，抱起这个膨松的婴儿，直到婴儿的脑门吻上收音机的尖角。血比哭声流淌更远，送到诊所缝了三针。疤痕的白色逐渐变淡，男人和女人收拾家当，带着发白和畸形的砖头，带着女儿和儿子，从西北角出发。

　　正在补锅的铁匠扬起尖头铁锤，敲打铁叶，一截铁轨上铁声叮叮，一瓶氧乐果早已抵达一个好女人的胃和血液。土屋里的女人还不够老，已经买好了寿衣，叠在深深的木箱，她正在堂屋的案板上擀面条，梁上一道影子，落进她的脖子。没有风扇的夏天，清凉绕颈，她舒服得打了个摆子。那个在牛眼睛里一直死去的男人，无法听到她几秒钟后的尖叫，帮她摘下那条蛇。接下来两个男孩出现在路口，没有喊堂叔和堂婶，十几年后小的那个被人称为傻子，无法成亲，而大的那个失去音讯，人们猜测他被骗去黑煤窑，成为一具无名尸体。男人后来为此开心，他忘不了结婚前的某个夜晚，那个女人的娘家兄弟们，闯进屋子，拽掉棉被，抬他出去挨揍。

男人和女人经过死人，也经过活人，抵达最东边的树林。两人砍掉柳树和杨树，砍掉桐树和榆树，没有一棵的年龄超过三十，一棵洋槐留在那里。

洋槐一年年，坐西朝东的屋子一年年。一间是另一间的两倍，蚕在小的那间，用牙齿和桑叶下了几年夜雨。在墙的另一边，男人和女人梦着一个宽敞的堂屋，雨声浸染低低的心。另一个女孩在这里出生，带着全世界的阻拦，带着被牵走的牲畜和藏匿的家具，留下后墙上一个大洞。修补的痕迹将持续下去，女孩躲去另一处院子，夜夜躺在那张拔步床上，直到死亡将她赶回这里。

她回到这里，身体不够窗台高，男孩透过小孔看明亮的外面，她在旁边着急。这是八年后的另一扇窗户，同样的阳光照在塑料布上。铁栅和纱网，红锈一年年，灰尘一年年。灰尘覆满纱网的经纬，生出黏性。粘住的是什么？窗角的蜘蛛离开了它的网。

灰尘在阳光下昏暗了八年，此时像那时一样呼吸，男孩守着塑料布的窟窿。在那里，环绕洋槐树，一个女人的死诞生的宴席。

人们喧嚣、调笑，孩子们哭喊、打闹，他同姓的同学单手托住托盘，一次送三张盘子，刚刚上桌就被席卷一空。

他看到颈间绕蛇女人的娘家侄子，脸色尚未因肝硬化发黄，将烟头丢进一次性杯子里的半杯水中。管事的男人时不时闯进舞台中央，形如将军，指派各路人马，骤然闲下来的时刻，管事男人看到窟窿里的眼，想笑一下，但突然停顿。后来他当了多年大队书记。

男孩察觉死者的杏仁眼，正在凝视后背。

死者的杏仁眼。

死者的杏仁眼遗传自富农的儿子。富农的儿子躺在另一扇窗户后面，有同样的塑料布和纱网，距离鼻孔大的窗户一百米远。房子人们造，为四女儿和入赘的女婿造，富农的儿子躺在夜晚，窗外的柿子树上又结了一年果子。他轻声说话，对空白处，人们看不见他死去的堂弟。

就在这儿站着呢，他说在等着我呢，让我跟他一起走。

你跟他说不跟他走，让他自己走。

我说了，他不听，就非得等着我一起走。

死亡如此慈悲，派来熟人，给将死之人以死后的希望。死亡与死亡的间歇，男孩总是麻木，他不知道肿瘤还有另一个名字。人们会生病，需要治疗，然后活下去，一直如此，不是吗？距离这一夜还有好几个月，他坐在床边，光线透过塑料布勉强照亮老人的脸。沉默比过去短暂，老人催他出去玩。

春节前他再也不去拿春联了，从初中学校回到家里，他一次次跟男人起争执。

你没事也去一趟，哪怕当成任务，你姥爷又问我了，说你怎么都不过去了，好像是我在背后使坏。

令人抗拒的是什么？新堂屋依旧站着过去的白观音和红财神，水泥的地面爬满裂缝。二手记忆里，那把少了一半椅背的竹椅上坐着地主的女儿，原来瘦的人还能更瘦。富农的儿子坐在边缘，默不作声。其他人坐着还是站着？他会往里添加一把椅子，躲在光线不佳的深处，空空旧旧。关于赔偿金的争执，哪一位先提起？那肯定很不容易。二手记忆里，观世音菩萨，笑脸财神，向他倾斜。细小的碎裂声。他倾听它们的苦衷。

于是男孩就会在二手记忆中走出房门，门边两棵柿子树叶子已经硬了，秋天果子将依旧繁硕。后来富农的儿子用此生最大的音量，喊我闺女都死了，要钱有什么用。他在声音的后面经过不在场的男孩，走出院子。他能去哪里呢？唯有田野容纳他，他的苹果园，他将要种上西瓜的东地。他还会帮西瓜翻秧，然后丢下棍子，坐在平原上抱头大哭，轻轻说我闺女都死了，活干着还有什么劲？

苹果园里不再有一棵苹果树，最多的是沉默，在院子里，在柿子树的旁边，两个凳子相距五米。男孩低头，数地面的尘埃，他看见死者的杏仁眼，透过五米外生者的眼睛，把他紧紧噙住。富农的儿子将突然惊醒，在男孩抬头的时刻，老人将摘下帽子，挠光秃秃的脑袋。

死者的杏仁眼透过生者也透过死者，把他紧紧噙住。二手记忆，路边的村人提起死去的老人，多么好的人，这么早就死了。比他大的女孩骑自行车经过，流下两公里眼泪。

他们向死者致敬。那是他们所做的事。人在那儿依旧是有一定意义的。他们表现出了对他的尊重。[1]

而后两公里更加遥远，地主的女儿更瘦。令人抗拒的是什么？男人终于发了大脾气，不再是男孩的男孩勉强出门。夏天的雨水淹没田野也淹没道路，他绕到远处，在土黄色的水面寻找土黄色的路面。自行车倒了，他跪到浑水中，充满愤怒，原路返回，拒绝再去。男人动了更大的怒，拿起一把笤帚，作势打他。他夺过笤帚，用真力气，一下下敲打自己的脑袋，大喊，不用你打，我打给你看。

男人凝固了半分钟，从此认输。获胜的到底是什么？总有些道路仍会到达，那个院子住着地主女儿的后半生，也住着他丛生的记忆。老人坐在院子里，孤零零。春节后的团聚时刻，新一代的孩子越来越多，院子在孩子们的童年生产新的记忆。他在周围走动，不生产，只回去。所有的孩子围拢，老人坐在门口，孤零零。孤零零颤抖她的手，孤零零颤抖她的眼，他越来越成熟的脸为她模糊。

地主的女儿将死去在一个冬天，他将在电话里听到这个消息，他将耐心上完这一天的课，偶尔忘记这件事，他将在吃晚饭的时候，轻轻说我的姥姥死了，而同行的人没有听到。他将不回去。他将在暑假的时候忘记了这件事，他将送表妹回家，他将在那个院子的门口突然意识到，原来姥姥已经死了。他将不熄灭摩托车的火。他将不走进那扇门。

---

[1] ［爱尔兰］约翰·麦加恩《乡下的葬礼》，张芸译文。

他将听到表妹说，你知道南边有个老院子吗，我生下来就不在那边住了，上个月去看，草吃了房子。

草吃了房子。草吃房子不发出声音。雨水丰沛的夏天，土黄色的雨水漫过道路，平原上的沟壑连成一片。雨水稍歇，绿色浮萍一夜之间占领所有水面，偶尔有人站在水边，用网兜打捞，它们是鸭子的好食物。

村子的最东边，那片树林，男人用赔偿金加盖了堂屋。屋顶的水泥，墙上的白石灰，一个女人的死亡诞生的房子，活人住进去，吃饭，睡觉，做浅绿色的梦。此后的许多年中，男孩跟随男人，从这里出发，经过死人也经过活人，经过土屋里怕蛇的女人。女人将死在另一个冬天，在孤零零的女人之前。不算是男孩的男孩从市区出发，走进院子，敲打铁皮的男人从他的眼睛里寻找眼泪。他不会再流泪了，堂屋的地面铺满了稻草，守孝的人还没有跪在上面。这个所有人说小心眼爱生气的女人，躺在冷棺里，磨花的玻璃后面，脸比遗照里安详。冷柜一天两百块。她活在她的标签里面，晴朗的冬天坐在堂屋门边，晾晒她的偏头痛。她会一圈圈解开裹脚布，流淌出浮肿，在阳光下，在透明的里面。老太太的裹脚布——又臭又长，这颗残忍的心是谁？裹脚布如此慈悲，抚慰她畸形的小脚。

从东边走到西边，经过水面也经过土地。

死者的好心肠。

死者的尖耳朵。

死者的杏仁眼。

死者的不说话。

死者的绕颈蛇。

死者的孤零零。

草漫上接下来的路面，他额头的伤痕面对它的来处。那里有一扇红色的对开木门，两扇窗户碎了三块玻璃。沟边大柳树向上亲吻地面，裂缝盘着树干，几米发黑的内部，夏天长出木耳和白色真菌。

村子另一头的猪圈，吃了这里低矮的厨房。而堂屋西边山墙外一棵枣树苗，逃过孩子们的手，耐心长了几年。那巨大的胃来自何处？野草是它的胃液，流进屋顶和砖缝，里面和外面。地面的碎玻璃，泥土舔报纸上的墨。倒下的是棵什么树？在夏天，在雨中，砸破瓦片、油毡布和木板。枣树长到小臂粗细，后来小他一岁的男孩告诉他它结了枣子。房子倒塌了半边屋顶，倒塌了一半前墙和东山墙，新家的院墙吃掉那些潮湿的砖头。新家的周围张开更多嘴巴，吃掉后墙，吃掉西山墙，吃掉地基。

更多的人正在死去，于是村庄抛弃了旧房子，向东向南平移。二十一世纪第二个十年即将结束，墙壁推倒，土墙与砖墙，地基挖出，树根挖出，死者的后代在书记身边围拢，规划新的耕地，兄弟不再为一条地边血殴。他失去了他不曾拥有的枣树，他在电话里知晓这个消息。未来抵达他这里，总是陈旧的颜色。大地淹没一切，比洪水更彻底，爱在那里微小，不抵抗。

在死亡的郊区，死亡的别墅旁边

是一片永远夏天的树林，和它的邻居

左边是爱，右边是永远敞开窗户的幽灵

死亡的后花园后面

种过谷与麦的地挖出骨头

大地已经吃透它们，这些骨头不能用了

房子我们造而没有骨头

伐我们的腿，伐木丁丁

一根好骨头，血迹新鲜犹如蜂蜜

我们的脚趾头流淌着血与蜜的梦

在冰与土，在黑暗的幸福

房子我们造，我们造它们就倒

我们造

我们造建不起来的房子

一个幽灵，美丽而污秽

它的长头发比黄河长一米

我们吃，和死去的后代一起吃

吃也吃不完

头发借我们的脑，借我们的口

砖里流出血也流淌着我们的匕首

房子我们造

不闭眼的幽灵透过窗户看着我们飘浮的头颅

快盖好了吗？快了快了。

那间倾斜屋顶的厨房哪里去了？那棵洋槐树？是谁拆掉瓦片和檩子？是谁挖出树根？是在哪个年份？

记忆丛生处，它们隐藏入最繁茂的底下，给他空白。透过它们看不到的消逝，他会抵达草的深处，在那间堂屋醒来，死者正在长长地午觉。一棵枣树，他可以增加一点温情，看满谷粒大的小花。但他不会，他听见那个八年后会死去的女人，在一年后对他说话。

去吧，去。

于是他走出院门，南望那条不长的胡同，死亡如此慈悲，时刻漫过灵魂，却偶尔给人放过肉体的幻觉。他看到无垠的冰面反射阳光，死亡冲洗尽所有尘埃，春水碰浮冰，发出声响。他听见关系短暂的瞬间，一颗低低的心。只剩下这些了，几块浮冰，水中起伏，偶尔碰撞。他听见声音，不含悲哀，而有几分肃穆。没有浪漫化苦痛的倾向，没有在沉浸中诗意的冲动，他往前走，没有爱与恨，没有情绪，不悲喜不善恶，地面在不远处明亮。这是他能走得最远的路了，他站在那里，三岔口的中点，不恐惧，土地洁白，光滑，轻轻地合拢，向上朝着我黯淡。